U0893405

小娇娇

西子绪/著

中国广播影视出版社

图书在版编目（CIP）数据

小娇娇 / 西子绪著. -- 北京 : 中国广播影视出版社, 2020.9
ISBN 978-7-5043-8452-2

Ⅰ. ①小… Ⅱ. ①西… Ⅲ. ①长篇小说－中国－当代 Ⅳ. ①I247.5

中国版本图书馆CIP数据核字(2020)第017981号

小娇娇

西子绪 著

责任编辑 王 萱
封面设计 连灿剑 西 少
责任校对 张 哲
特邀策划 号 号 李姣姣

出版发行 中国广播影视出版社
电 话 010-86093580 010-86093583
社 址 北京市西城区真武庙二条9号
邮 编 100045
网 址 www.crtp.com.cn
微 博 http://weibo.com/crtp
电子信箱 crtp8@sina.com

经 销 全国各地新华书店
印 刷 三河市嘉科万达彩色印刷有限公司

开 本 880毫米 × 1230毫米 1/32
字 数 370千字
印 张 12.25
版 次 2020年9月第1版 2020年9月第1次印刷

书 号 ISBN 978-7-5043-8452-2
定 价 39.80元

目录

第一章

分手快乐

八月的天气已经热到极致，附在树梢上的蝉发出聒噪的鸣叫。

道路旁侧写着周记大排档的招牌下，摆满了矮小的餐桌和塑料凳，嘈杂的交谈声和老板的吆喝声将这里彰显得格外热闹。这是个充满了生活气息的地方，却不是个适合谈事情的地方，但秦鹿，还是驳了何淼淼的意见，选择在这里和她谈分手。

天气很热，何淼淼穿着一件白色的T恤，她脸上化着精致的妆容，只是表情阴沉着，盯得对面的秦鹿一言不发。

不得不说，即便是在提分手这种尴尬的时刻，坐在对面的秦鹿，依旧充满魅力。和时下比较流行的小鲜肉不同，他的皮肤偏黑，脸颊上的线条锋利如同刀刻一般，高挺的鼻梁下是薄且性感的嘴唇，都说薄唇的男人薄情，现在何淼淼算是体会到了。

睫毛微垂黑如鸦羽，眼睛正漫不经心地看着自己，说是看着自己，其实又好像在看什么别的东西，何淼淼最讨厌他这副模样。

但毕竟是在外面，何淼淼还是不想闹得太难看，她深吸一口气，吸了一口夹在指间的烟，又吐出一团白雾:“你真要分？”

秦鹿点头。

何淼淼道:“为什么？”

听到这个问题，秦鹿连头都没有抬一下，他说:“当初不都说好了吗？”

何淼淼蹙眉:“说好什么？”

秦鹿道：“咱们试一试，不行就散。”

何淼淼：“你觉得不行？”

秦鹿点头：“不行。”

何淼淼心里瞬间烦躁起来，她追了秦鹿快一年才追到手，这才一个月秦鹿就提了分手，她实在是有些无法接受。

气氛就这么沉寂下来，两人都不再开口，与周围吵闹的环境显得格格不入。秦鹿还是那副无动于衷的样子，就在何淼淼快要受不了的时候，他们身边传来一个声音，那声音软软甜甜，带着一丝哭音，似乎是一位可爱的姑娘，姑娘说：“你为什么要劈腿啊，我对你不好吗？”

何淼淼闻声转头，看到坐在她身旁不远处的一对情侣，男方背对着她，看不清楚面容，但可以从他的肢体动作里看出他非常不耐烦，女方坐在男方的对面，穿着一袭白色连衣裙，黑色的长发并未束起，简单地披散在肩上，她的身高不高，看起来十分娇小，巴掌大的小脸上有着精巧的五官，乍看上去，简直像是个可爱的洋娃娃。

何淼淼脱了高跟鞋都有一米七二，走的是性感御姐风，而眼前的姑娘，显然和她风格完全不同，是属于那种女孩子见了都想搂进怀里好好疼着的类型。

“遥遥，原谅我这一次吧？”姑娘虽然长得可爱，但眼神却不怎么样，她男朋友很是无耻地说，“我真的是没忍住，我还喜欢你啊。”

姑娘微微一愣，似乎有些惊讶听到这样的答案，她的黑色双眸里浮起一层薄薄的雾气，好像马上要化为泪水溢出眼眶，她说：“可是你上次也是这么说的呀。”

男人讪笑：“这是最后一次，我保证！”

姑娘不说话了。

何淼淼听到这里，心里嗤笑一声，对于这姑娘的印象瞬间差了许多，男人偷腥从来都只有一次和无数次，既然上次原谅了他，那这一次估计她还是会继续妥协，直到男人把她踹了。

如此想着，何淼淼很是无趣地回了头，看见秦鹿果然对那边的争吵一点兴趣都没有。

“唉，长得是挺可爱的，就是眼光不太好。”何淼淼说。

秦鹿没说话，他对于这些事情向来不太感兴趣。

然而就在何淼淼以为隔壁桌的姑娘和男人会亲亲抱抱举高高就这么和谐地离开这里的时候，身侧却传来男人气急败坏的咆哮：“林遥之，你干什么?! ”

何淼淼转头看去，发现那男人狼狈不堪地跳起来，满头都是正在往下滴落的水，而刚才那个快要哭出来的被男人称作林遥之的姑娘，此时手里正拿着一个空啤酒杯——旁人一看便明白发生了什么。

何淼淼“咦”了一声，对这姑娘来了兴趣。

“滚吧。”林遥之全然没了之前的楚楚可怜，她站起来，此时正面无表情地看着对面那个对着自己咆哮的男人，恍惚之下，何淼淼竟觉得她的神情和自己对面的秦鹿有几分相似。

“你说什么？你让我滚？”男人似乎完全接受不了刚才还像小白兔的女朋友突然变了脸色，他注意到周围围观的群众投来异样的目光和窃窃私语，登时恼羞成怒，气得浑身发抖。

“对。”林遥之的声音依旧很柔软，她将刚才的话重复了一遍，“第一次只是聊天，看在你这张脸的分上我就忍了，这一而再再而三的，真当我是垃圾处理站啊？你可以滚了。”

男人登时脸色铁青，他伸出手指着林遥之的脸，抖着嗓子道：“林遥之，你别给脸不要脸。”

林遥之冷笑一声，毫不客气：“怎么，一杯酒还不够你洗脸，想来第二杯？”

这话一出，男人便发出一声气急败坏的怒吼，抬起手掌便朝林遥之的脸上甩过去。

这个举动来得太过突然，周围的人几乎都没有反应过来这男人竟会突然对自己的女友动手，他虽然长得不算太壮，但也是个一米八几的成年男性，这一巴掌要是真的甩到林遥之脸上，恐怕娇小的林遥之得当场趴下。

何淼淼惊恐地“啊”了一声，坐在她面前的秦鹿跟着站了起来，似乎想要去阻止男人的举动，可他们两边到底是隔了些距离，秦鹿虽然反应快，但还是来不及了。

何森森不由自主地偏过脸，不愿再去看，就在她以为会听到那个小姑娘惨叫的时候，耳边传来的却是重物落地的声音和男人凄惨的叫声。

“啊！”何森森露出愕然之色，她回过头，看到林遥之还站在原地，面前的桌子却散落一地，似乎是被林遥之直接掀翻了。男人身上到处都是食物的残渣，那只想要打在林遥之脸上的手，却被林遥之握在手里。

男人本能地想要挣扎，可林遥之白皙纤细的手却好似铁铸一般，死死地抓住他的手腕，让他根本动弹不得，他眼神里全是惊恐，并不明白平时连可乐瓶都打不开的林遥之怎么会有这么大的力气。

“我就说让你平时去健身房锻炼一下，这下连我都打不过。”林遥之嘲笑道，配着她那张洋娃娃似的脸更是显得嘲讽无比，周围看热闹的人发出哄笑声，隐约可以听见什么银样蜡枪头之类的话。

男人哪里受得了这刺激，嗷的一声又朝林遥之冲过去，结果被林遥之拎着手腕直接甩到地上，他被甩到地上时还一脸茫然地看了林遥之一眼，似乎没明白林遥之到底对自己做了什么，自己居然连还手之力都没有。

何森森看得拍手叫好，跟着人群一起大笑起来，她抽空看了一眼秦鹿，发现他似乎也对这姑娘产生了兴趣，在感觉到何森森的目光后，他淡淡地道了句：“她应该练过。”

何森森道：“那我也找时间去练练！”免得以后遇到人渣，连还手之力都没有。

秦鹿却摇了摇头：“你不行。”

何森森：“为什么不行？”

秦鹿道：“这不是一个正常女生应该有的力气。”

何森森还想说什么，却听到身后像破布娃娃似的被甩到地上的男人发出凄惨的哭声，一边哭一边叫道：“林遥之，你居然敢打我，我要报警，我要报警！”

林遥之很不客气地呸了一声，说：“你报啊，你告诉警察我家暴你，你看警察信谁。”

男人居然真的掏出手机，颤抖着手指拨出110，随后一把鼻涕一把泪地开始和接警员说自己被人打了。当然，他没好意思说自己是被女朋友揍了。

围观的人被男人这种不要脸的行为震惊了，连何森森都不例外。

“这也太不要脸了吧？”何森森啧啧称奇。

秦鹿赞同地点点头。

林遥之看到自己的前男友报警后，也没有要走的意思，她捋了捋身上那一袭白裙，优雅地在塑料凳上坐下，留下男人一个人耍赖皮似的瘫坐在地上。

警察的出警速度挺快，来到现场后看见一地狼藉，马上开始询问情况，只是当男人指着坐在椅子上一脸无辜的林遥之说自己被她打了的时候，警察同志的表情变得有点奇怪了，他说:“你被她打了？”

男人点点头。

警察说:“你们什么关系啊？”

男人老实道:“她是我女朋友。”

警察:“那她为什么打你？”

男人:“因为我劈腿。”

警察:“……”

凑热闹的围观群众中有不怕事大的来了句:“因为他想打那个姑娘，那姑娘是正当防卫！这不要脸的就该用最厚的脸皮，挨最毒的打！”

在场的所有人都哄笑起来。

第二章

讨打

林遥之发现自己的力气异于常人，是在幼儿园的时候。她从小个头就不高，再加上那白瓷似的皮肤和精致小巧的五官，看起来就跟个洋娃娃似的，从小深得长辈们的喜欢，也没挨过什么欺负。

然而这样的情况却在林遥之上幼儿园之后终结了。上学的第一天，长得可爱脾气又好的林遥之成了班级里的核心人物，男生女生都喜欢和她玩，只是孩子年纪太小，表达喜欢的方式总有些幼稚，于是林遥之脑袋上留着的小辫子就遭了殃——她后座的同学总是扯她的头发。

第一次被扯头发，林遥之告诉了老师，老师过来训斥男孩一顿，又安慰林遥之一番，但这种训斥显然没有起到什么效果，小男孩反而觉得林遥之的反应十分有趣，下手越来越重。

小小的林遥之努力忍耐，直到家里比她大五岁的哥哥看出了端倪。

“遥遥，是不是有人欺负你了？”哥哥抱着自己洋娃娃似的妹妹，蹙着眉头问。

林遥之委屈道：“小雨总是扯我的头发。”小雨就是那个男孩的小名。

哥哥听到自己的妹妹被欺负，瞬间怒了，撸起袖子道：“谁欺负你，走，哥哥帮你打回来！”

林遥之道：“妈妈不是说不能打架吗？”

哥哥：“你这不算打架，你这叫正当防卫。”他又思考片刻，慎重道，“不过你是女孩子，可能打不过他。”他家妹妹又软乎又可爱，怎么可能打得过那些皮孩子？

林遥之眨巴着她的大眼睛：“正当防卫是什么意思？”

哥哥解释：“就是如果有人想欺负你，你反抗回去的意思。”

林遥之道：“会被妈妈骂吗？”

哥哥说：“不会。”

林遥之若有所思地点点头。

哥哥并不知道，自己的一番教诲，给自己可爱的妹妹打开了新世界的大门。

第二天，林遥之背着小书包，晃荡着脑袋后面的两根小辫子到了学校，她没急着坐进座位，而是对那个天天扯她辫子的小雨招了招手：“小雨。”

小雨听见林遥之的声音，屁颠屁颠地跑过来：“怎么啦，小遥？”

林遥之道：“你以后可不可以不要扯我的辫子了？”

小雨闻言却坚决地摇了摇头，道：“不可以。”

林遥之歪着头看着小雨，沉默片刻，道：“你跟我过来一下。”

小雨脸颊上浮起一团红晕，有些不好意思，但还是乖乖地跟在林遥之身后出去了。

大约五分钟后，教室外面的花坛处传来震天动地的哭号声。

老师匆匆赶过去，看到坐在地上号啕大哭的小雨和站在旁边一脸无辜的林遥之。

“小雨！你是不是又欺负遥遥了？”鉴于小雨的前科，老师问出了自己的第一直觉。

“呜呜呜。”小雨哭得满脸通红，用手指着林遥之，“她……她欺负我。”

老师一愣，看向林遥之，林遥之抬起头和老师对视，她有些委屈，脸颊鼓鼓的，像个刚蒸熟的白团子，黑色的眸子湿漉漉一片，小巧的鼻尖轻轻抽了抽，小声道：“老师，我不是故意的。”

老师一听到这话，心立马就软了，小雨平时就喜欢扯林遥之的头发，她教育好多次了，小雨也不听，甚至换开两人的座位后，小雨还会在课间时间欺负林遥之，她虽然知道小雨没什么恶意，只是小孩别扭的喜欢，但这对于林遥之来说并不是什么好事。

“那是怎么回事啊？”老师不由得放低了声音。

“她……她揪我头发。”小雨哭着回答。

林遥之无辜地道：“可是你平时不也揪我的头发吗？”

小雨道：“我没有用力呀。”

林遥之认真道：“我也没有用力。”

老师听到两个孩子的对话，便以为只是普通的摩擦，正打算劝慰一下，却见小雨哭着转过头，露出自己脑袋的另一边，只见本来该长满短发的脑门上却缺了一块，露出光秃秃的头皮来。

“呜呜呜呜。”小雨号啕大哭，“你都把我揪秃了还没用力啊？”

林遥之默默地把自己的手背到身后，搓了搓指缝里的碎发。

老师在看到小雨的头皮时表情呆住了，不可思议地看了眼林遥之，见林遥之满目茫然，又是叹了口气，林遥之是班上最乖的学生之一，长得可爱，又不惹事，还很聪明，老师们都很喜欢她。只是这次下手实在是狠了点，只能通知双方家长看怎么处理了。

好在小雨的家长还算通情达理，之前老师就和他们说过自家儿子老是在幼儿园欺负女生，他们教育了几次，小雨都不肯听，这下被女生欺负回来，也没什么好说的。

倒是林遥之的家长来接她的时候，反复和老师确认事情的过程，在得知林遥之把欺负她的男同学薅秃了之后，在回家的路上很是理智地和自家女儿谈了谈。

“还手可以，别薅头发，容易被看见。”林遥之的爸爸是个女儿奴，恨不得把自家小公主宠到天上去，之前因为林遥之老是被揪辫子的事不太高兴，今天倒是扬眉吐气了，“他以后要是再揪你的头发，你就踹他屁股！等等，他是个男孩子，你要是打不过他怎么办……”

听着身旁的父亲念念叨叨，林遥之小声地说了句：“爸爸，我没用力。”

爸爸摸摸林遥之的小脑袋：“爸爸知道，爸爸没怪你，下次用力也没关系。”

林遥之不吭声了，她今天是真的没用力，只是想像小雨揪她那样揪回来，谁知道一巴掌下去，把头发全揪下来了。

“嗯，你这么可爱，爸爸真不放心。”爸爸碎碎念着，“以后要是遇到人欺负你，你都还不了手，说到还手……遥遥，你想不想练跆拳道啊？”

林遥之说：“跆拳道？”

爸爸道：“就是可以揍人的功夫。”

林遥之想了想：“功夫？中国功夫吗？”

爸爸道：“你想练中国功夫？”

林遥之点头，她在电视上见过中国功夫，可厉害了，要是她学会功夫，就再也没有人敢揪她头发了。

爸爸拍了把方向盘说了声好，这事就算这么定下了。

回家后关于林遥之到底要学什么，家里人进行了激烈的争论，哥哥说学跆拳道，洋气，穿的衣服也好看，以后打到黑带说出去还有范，妈妈说学太极，够斯文，适合女孩子。最后家里决定让林遥之自己选择，林遥之左看看右看看，手一指：“我学这个。”

家人望去，看到两个字：散打。

“遥遥，你想学散打啊？”妈妈有点愣。

林遥之点点头，举起自己的胳膊，捏了捏自己手臂：“我要揍他们。”

谁要敢欺负她，她就把他们揍得满地找牙。

十几年过去，现如今林遥之的这个梦想，终于实现了。

她的前男友坐在地上号啕大哭，她一脸冷静地在和警察做着笔录，过来出警的警察大概是个新人，听着林遥之的叙述忍不住想笑，憋得肩膀一个劲地抖，看得林遥之忍不住道：“想笑就笑吧。”

警察拒绝道：“不，我们都是专业的，一般不能笑出来。”然后他安静两秒，补了一句，“除非忍不住。”说完就笑得眼泪都开始往外流。

坐在地上哭的前男友觉得有点尴尬，收了眼泪拍拍屁股从地上站起来，他干咳一声，想说什么，林遥之瞅了他一眼：“你还想继续闹，不怕上社会版新闻？”这年头《1818黄金眼》之类的节目可是什么都播。

前男友觉得周围的目光有些刺眼，但就这么走，他有些心有不甘，道：“结束可以，但是你不能和我分手！”

林遥之没说话，只是朝自己手里的啤酒瓶看了眼：“也行。”

前男友被她的目光搞得浑身一颤，听到她答应自己，正欲高兴，林遥之却来了句：“反正这年头家暴警察也不太好管……”

前男友沉默片刻，最终嘴里恨恨地念叨着，愤然转身，打算离开。

林遥之叫住他：“等等。”

前男友脚步一顿，惊恐道：“你要干吗？警察在场啊。”

林遥之：“把账结了。”

前男友：“……”

林遥之：“不然揍你啊。”

前男友哭着掏出了钱包。

第三章

第二次偶遇

前男友走后，警察也离开了，一场闹剧就这么落幕。

何淼淼意犹未尽，看着林遥之整理一下自己的白裙子飘然离去，那背影颇有些独孤求败的味道。

“唉，后悔了。”何淼淼扬声长叹，撸起袖子捏了捏自己的手臂，感觉上面全是软软的肉，一点也不结实，然后看向坐在自己身旁的秦鹿。

感觉到她的目光，秦鹿扭头同她对视，道：“后悔什么？”

何淼淼说：“我该去上散打课的……”

秦鹿：“嗯？”

何淼淼扬声长叹，涂着红色甲油的漂亮手掌狠狠地拍一下面前的桌子：“我要是比你厉害，一定揍得你不敢说分手！”说完，她伸手一把将秦鹿的T恤掀起来一半，露出结实又漂亮的腹肌，因为长期运动，秦鹿的身材非常漂亮，无论是劲瘦的腰线，或是那线条流畅的八块腹肌，都让人垂涎。

秦鹿冷静道：“别耍流氓。”

何淼淼假哭：“我就要！”

秦鹿道：“无论是耍流氓还是打人，都是违法的。”

何淼淼蔫了，她问：“真要分啊？”

秦鹿点点头，即便没有说话，但他的表情和神态已经告诉何淼淼，他的的确确做了决定，经过这段时间的相处，何淼淼清楚秦鹿的性格，明白这个手他是分定了。

既然这样，何淼淼虽然不甘，但也只能接受，她举起手中的酒，朝秦鹿敬了一下，随后一饮而尽。

秦鹿也没矫情，和何淼淼对饮一杯。

只是喝完杯中酒的何淼淼心里却冒出几分苦涩，她听着耳畔的蝉鸣声，想着今年的夏天才刚开始怎么就觉得那么难熬呢。

林遥之打车回了家，到家后她做的第一件事就是先去浴室认真地冲了澡。

天气有些热，因为刚才发生的事，她浑身上下都是黏湿的汗水。林遥之洗好澡，换了身干净的衣服，在床边坐定。

屋子里的空调清爽的冷风吹打在肌肤上，林遥之感觉自己的手臂上蹦出一颗颗的鸡皮疙瘩。她在床上坐了一会，待沐浴的热气彻底散尽，才拿出手机，删掉了那个备注名为“宝贝”的微信号。

随后又打开朋友圈，犹豫片刻还是发了三个字：分手了。

毫不意外，三分钟后，手机振动起来。林遥之不用看也知道是谁打来的，她按下通话键，听到那头抱怨的声音：“遥遥，我早就让你和他分手，他一看就不是什么好东西。”

“可是哥……”林遥之从床上站起来，慢吞吞地走到冰箱前，“你看谁都不像好东西啊。”

林遥之的哥哥哼了一声，不肯承认：“哪有，我看小贝就挺好的。”

林遥之：“小贝是我闺密，我总不能和我闺密谈恋爱吧？”

哥哥死鸭子嘴硬：“不管，反正他不是好东西。”他没问妹妹到底是怎么分的手，反正在妹控的眼里，分手都是男友的错。

林遥之对着空气翻了个白眼，打开冰箱取出一根冰棍，塞在嘴里含糊说道：“行了。”

哥哥以为自己妹妹是在伤心，道：“你为什么喜欢他啊？我看他也没什么特别好的地方。”

林遥之啃着冰棍，思考片刻，道：“因为他长得好看。”

哥哥："……"

林遥之："还蠢。"

哥哥："……"

林遥之："我和他谈了快半年，他都没发现我力气特别大，还给我起名叫小可怜，说没了他我连瓶盖都打不开。"她缩回床上，打了个哈欠，"这样的漂亮蠢货不好找啊。"

哥哥怎么觉得自己妹妹的语气像是个阅人无数的渣男呢？

说到这儿，林遥之又想起刚才的事，恨恨地一口咬掉一半冰棍，小白牙嘎吱嘎吱地咀嚼起来："可惜！竟敢背着我有别的狗！要不是怕坐牢，我真想打他个满脸彩！"

哥哥想起自家妹妹的力气，被噎了一下。

"算了，不说他了，分开就分开，下一个更乖。"林遥之把冰棍吞下去，"明天订的那个蛋糕是下午来取对吧？"

"嗯。"哥哥道，"到时候再和你联系。"

"那我挂了。"林遥之说。

哥哥还想说点什么，林遥之却已经挂断了电话，他盯着手机屏幕叹了口气，心里想着自己妹妹做这份工作算不算是屈才了。

当年自从林遥之接触散打之后就一路突飞猛进高歌凯旋，连她的教练都开玩笑说她是练武界的一个奇才，如果继续练下去可能会大有所为。不过后来因为学业和家人的问题林遥之没能继续深造，毕竟按林遥之妈妈的话来说就是可以接受女儿学散打防身，却绝对不能接受女儿在台上被揍得满脸是血，他们家最宝贝的就是这个女儿，从爸爸妈妈再到他这个哥哥，谁都忍受不了那样的画面。

鉴于这些原因，林遥之最后没有再继续练散打，不过底子还在，揍她男友那样的绣花枕头是全然不在话下。

大学毕业后，林遥之自己开了家蛋糕店，做得顺风顺水，在顾客里的口碑非常好，可以说是实现了不少小姑娘的终极梦想。

只是林遥之的感情之路，却不似这般顺利。

关于分手的那条朋友圈，最后被点了二百一十三个赞，简直像是在骂林遥之傻，底下大部分的留言都在问为什么林遥之突然醒悟，看清了前男友草包的本质，再次回归单身贵族。林遥之心想大家都是看热闹不嫌事大，根本没有人关心她因为这件事伤得有多深，有多难过。

“老板，你看什么呢，笑得那么开心？”店员小顾疑惑地问。

林遥之抬头：“我笑了吗？”

“笑了啊。”小顾说，“你笑得我都看见八颗牙了。”

林遥之干咳一声，有点尴尬：“没什么，看见个笑话。”

小顾：“哦，那笑话挺好笑的吧？”不然怎么笑得眼睛都看不见了。

林遥之默认，她觉得这样不好，得调整一下状态，人家分手都是伤春悲秋的，自己都快笑出声了，显得自己十分不专情。于是她整理一下心态和面部表情，故作严肃地问：“前天订的那个蛋糕材料准备好了吗？”

小顾点点头，说都备好了，问谁来做。

林遥之摆摆手，说他们来做就行。她其实对于做蛋糕这种需要精确控制力气的活很不喜欢，店里的店员做出来的反而更漂亮，但是不知道为什么，好几个老主顾都坚持让她来做，说她做出来的更有味道。

都戴着手套呢，能有什么味啊？林遥之没明白。

今天天气比昨天还热，这会正是下午三点，一天最热的时候，地面上蒸腾而起的热气好像将空气也扭曲了，马路上只有奔腾而过的车流。林遥之坐在门边的空调口下，一边整理需要进货的食材，一边和自己的闺密聊天。

知道自己分手，闺密喜大普奔，说要给她开个单身派对，林遥之疑惑地问为什么大家都好像对她男友很不满意，却没一个人说出来。

“这不是遇到他这么蠢的人也不容易嘛。”闺密很懂林遥之，“长得也还成。”

林遥之看着这些文字有点羞愧，觉得自己被闺密看穿了浅薄的灵魂，于是义正词严地回话：“其实你们都看错我了，我不是那种只看外表就会被迷住的肤浅之人！”

她刚把字发出去，门口响起清脆的铃铛声，有客人来了，林遥之条件反射地抬头，在看清楚来人的那一刻，胸口的位置好像被什么重重地撞了一下。

客人是个高大的男人，皮肤是漂亮的巧克力色，宽肩窄臀，在夏天单薄的衣物衬托下一览无余，他脸部的线条非常锋利，鼻梁高挺，好像艺术家手下的希腊雕塑，大约是有些热，汗水顺着他的下巴滑落，流过凸起的喉结，性感得要命。

男人似乎注意到她的目光，朝林遥之的方向看过来，林遥之赶紧低头，手指在键盘上挥舞："我的妈呀，来了一个好帅的客人！好性感、好有男人味！"

闺密："你刚才说什么来着？"

林遥之："我说什么了？"

闺密："你说你不是那么肤浅的只看外表的人。"

林遥之义正词严："他不一样，他一看就很有内在！"

闺密："你才看见他多久？"

林遥之："算上和你打字的时间，足足有三分钟了，放心，我不是那种喜欢一见钟情的浅薄之人，我已经看穿了他富有深度的灵魂。"

不再理会闺密，林遥之微笑着合拢电脑，缓缓起身，小碎步走到男人身边，刻意放轻自己的声音，让自己看起来柔软又可爱："这位客人请问您需要什么呢？"

男人看见她，沉默两秒，道了句："是你啊。"

林遥之惊喜道："你认识我？"

男人说："嗯。"

林遥之正欲露出笑容，男人说出了后面的话："我昨天看见你把你前男友揍翻了。"

气氛登时凝固了一般，林遥之和男人大眼瞪小眼片刻，尴尬地笑起来："熟人啊。"

男人的眼神里也浮起一丝笑意："熟人。"

"早说嘛。"林遥之干咳一声，假装什么事都没有发生的样子，"这位先生想买点什么？店里的蛋挞刚出炉，新鲜着呢，不来一个？"

男人并不回答，而是道："我叫秦鹿。"

林遥之一愣，随即心中暗喜，心想难道是自己美丽的容貌和娇小的身姿引起了男人的兴趣，于是捏着嗓子甜甜地道："你好，我叫林遥之，秦鹿，是哪个鹿字呀？道路的路？"

秦鹿道："逐鹿中原的鹿。"

林遥之反应了一会："就是小鹿斑比的那个鹿？"她说着又打量了秦鹿一番，怎么都觉得他这黑黑帅帅的样子，和眼睛圆圆的小鹿斑比差得有点大。

秦鹿似乎有些无奈，轻轻地"嗯"了声。

林遥之对他伸出手："很高兴认识你呀。"

秦鹿握住林遥之的手，语气微沉："也很高兴认识你，其实我想问问……"

林遥之听见这话，灵魂已经悄悄尖叫起来：没错，我现在是单身！虽然我昨天才痛揍我的前男友，但我现在的的确确是单身！

然而秦鹿的下一句话却是："你在哪里学的散打？"

林遥之："啊？"这剧情怎么好像哪里不太对。

秦鹿道："看你像是练过的。"

林遥之："……"

秦鹿道："有机会过两招？"

林遥之瞬间蔫了，她以为秦鹿是看上了她美丽的脸，谁知道秦鹿的兴趣却是她结实的身体，就差来一句，我看你骨骼清奇，必定是练武的奇才。林遥之在心中默默地流下一滴悲伤的泪水。

"行吧。"林遥之收回自己的手，哀愁地看着秦鹿，像是在看一块从自己面前跑走的肉，"如果有时间的话……"

秦鹿并不知道林遥之复杂的内心活动，他只是觉得眼前这个姑娘挺有意思，而且从昨天的表现来看，她的力气显然大于常人。一般情况下，男女身体力量的差异其实是非常大的，就算是练过的女性，在面对一些没有基础但体形壮硕的男性时也会比较困难，但眼前这个忽闪着大眼睛的漂亮姑娘，昨天却是轻轻松松拦下了她一米八几的男友的一巴掌，还成功反杀。

秦鹿自己就是玩散打的，所以对这样的人自然有了几分兴趣。

"以前练过一段时间，后来我妈怕我长不高，就没让我练了。"林遥之如是解释。

秦鹿道："长不高？"他用手轻轻在林遥之脑袋和自己胸口间比画一下，沉吟片刻，"也是。"

林遥之："……"大哥你过分了啊。她就算没有一米七，但也到了女生的平均身高，不过看秦鹿这身高得接近一米九了，自己勉强到他的胸口，而且他的体型真的蛮漂亮的，肌肉练得并不夸张，两条腿修长笔直，还有那劲瘦的腰线，乍看上去不像练武的倒像是模特。

林遥之打量片刻后想起什么，赶紧收回目光，道："对了，秦先生你是来买蛋糕的吧？想买点什么？"

秦鹿抬眸，目光在店里逡巡："有蛋糕卷吗？"

"当然有了，想要什么味道的？"说到蛋糕，林遥之就自在多了，她走到玻璃柜前，隔着玻璃指了指各种口味的蛋糕卷，"都是刚做好的，我推荐我们店里的招牌榴莲，口感非常醇厚，味道也不会太甜。"

秦鹿道："他喜欢甜一点的。"

他？听到这句话，林遥之心中警铃大作，她试探性地问道："给女朋友买的？"

好在秦鹿摇摇头："我一个朋友，男的。"

"哦……"林遥之这才松口气，笑眯眯地介绍，"最甜的是芒果口味，不过如果你喜欢千层的那种口感，我更推荐你毛巾卷，我们这边的毛巾卷夹的都是动物奶油，还有水果颗粒，味道很好。"

秦鹿低头看着玻璃柜里面的蛋糕，最后定了一个抹茶口味的毛巾卷。

林遥之让店员把毛巾卷包起来，顺便还找借口加了秦鹿的微信，说如果店里以后做活动一定通知他。秦鹿点头应好。

外面依旧很热，光是推开门就能感觉到扑面而来的热气，林遥之本来打算请秦鹿喝杯饮料解解暑，但他却以自己还有些事没办拒绝了。

遗憾之下，林遥之只能看着秦鹿提着蛋糕离开。

重新打开电脑，林遥之看见聊天框那头的闺密已经奓了毛，问林遥之到底去哪儿了，当然，重点是询问那个帅哥到底有多帅，最好能配个照片什么的。

林遥之讪讪地回话："帅是挺帅的，好像也对我有点兴趣。"

闺密："那不是好事吗？"

林遥之摸摸自己的脑袋："可是我有点分不清楚。"

闺密："分不清楚什么？"

林遥之："我分不清楚他到底是对我这个人有兴趣，还是对我的散打功夫有兴趣。"

林遥之："这就很恐怖了。"

闺密："这就是现实版本的我想当你女朋友，你却拉着我练散打？"

林遥之："……"

闺密："没事，你在他面前装装柔弱，他就不找你打架了。"

林遥之欲言又止，最后还是没把昨天发生的事说出来，她觉得影响不太好，毕竟打一个草包没什么成就感，还侧面反映了自己的眼光极差。

正在和闺密东拉西扯，林遥之听到门口传来她哥的声音，抬起头，毫不意外地看见她哥戴着口罩站在门口冲自己招手，虽然下半边脸被遮住，但弯得快要看不见的眼睛还是说明了他此时的心情非常好。

"哥，你怎么过来了？"林遥之讶异道，"不是你朋友过来取蛋糕吗？"

林遥之的哥哥叫林霖之，比林遥之大五岁。

"我偷跑过来的。"林霖之用手扇着风，他走到店里才把口罩取了，露出一张十分俊美的脸，"遥遥，我还是不放心你。"

林遥之茫然："啊？"

林霖之伸手按住林遥之的肩膀，他的声音低沉温柔，好似在演一出现代校园情感剧："毕竟这是第一次谈恋爱，他是你的初恋，我知道你说自己没事，可是我昨天思来想去，还是觉得你是在我面前故作坚强。"

林遥之无语，她哥哪儿都好，就是脑子有时候不大好使。

"所以我今天决定亲自来一趟。"林霖之说着说着，先把自己感动了，"哭吧，哥哥的肩膀借给你，你好好哭一场，就忘了那个男人吧。"他说着重重地拥住心爱的妹妹。

林遥之一巴掌呼了过去，当然她已经收敛了力气，不然她哥肯定被呼趴下。

即便这样，林霂之还是被打得惨叫一声："妹，你哭可以，别打我啊，你这一拳下来真要你老哥的命啊。"

"你别给我加戏。"林遥之对林霂之的抽风行为嗤之以鼻，"我是那种会在一棵树上吊死的人吗？"

林霂之："你是那种会砍树的人。"

林遥之竟然无法反驳。

林霂之冷静一下，看了看自己妹妹可爱的脸蛋，又掐了一把她软乎乎的脸颊："真不伤心？"

林遥之道："哥，我最伤心的事就是没让他知道如果劈腿了会被打死这件事。"

林霂之想起自己妹妹的力气，身体颤抖了一下。

林遥之握起拳头，凝视着自己的手臂："都怪我给他自由过了火。"

林霂之放开林遥之，这下确定她是真的没事了。

林遥之招呼一声店员，让他们把蛋糕取出来，顺便问了句晚上是谁过生日。林霂之拿上蛋糕，说是和自己同剧组的一个女孩子，就是演××××的那个主演。

林遥之不大看电视剧，也不追星，"哦"了声便摆摆手让哥哥赶紧走，免得被其他顾客看见脸，又得引起骚乱。

林霂之见自己的妹妹如此无情，只能露出悲伤的表情，惨淡离开。林遥之知道她这个哥哥戏多，也没理他，掏出叮咚作响的手机看一眼，发现是秦鹿给她发来一条微信，大约是邀请她去一家名叫锐锋的散打俱乐部过招。

林遥之本来打算干脆利落地拒绝，但在知道秦鹿在那里当教练后，林遥之突然有了个想法，她笑眯眯地在微信上敲了敲自己的闺密："想不想认识帅哥？"

闺密："帅哥？"

林遥之："就是那种身材又好长得又帅的！"

闺密发了个流口水的表情："当然想了！"

林遥之："那你陪我去报课吧！"

闺密："什么课？"

林遥之:“就是普通的燃脂课程，除了稍微痛点好像也没什么不对。”

闺密完全不知道好友给自己挖了个大坑，高兴地一口应下:“成啊！”

林遥之:“啾咪，哞哞，人家最爱你了哟。”

第二天，被林遥之拉去散打俱乐部报名的闺密发出杀猪一般凄惨的号叫:“林遥之，你为了男人是要我老命啊，去你的燃脂课程，这一拳头下来都把脂肪打漏了还燃个屁啊！”

第四章

行家出手

自从高中不再练习散打之后，林遥之已经许久未曾进过武馆之类的地方了。现在再次进来，颇有些怀念的感觉。

锐锋散打俱乐部的核心就是散打教学，其中还包含一些自由搏击和泰拳的内容。散打和健身最大的区别在于实用性，同样的体格，练习散打的人几乎可以完胜健身训练肌肉的人，因为散打更注重实战演练，在反应力和爆发力等方面都有极大的优势。

正因如此，练习散打的人肌肉并不会特别夸张，反而劲瘦充满爆发力。

俱乐部挺大的，前台是个漂亮的姑娘，见到林遥之和她闺密陆筱便热情地上前询问她们需要什么帮助。

林遥之道："你们这儿有个叫秦鹿的教练对吧？"

秦鹿这个名字一出，原本笑容灿烂的前台小妹表情略微僵了片刻："你是来找秦鹿的？"

林遥之说："对啊，我想学散打。"

前台姑娘道："哦，那你可能没什么机会了。"她从柜子下翻出一个厚厚的本子，"秦教练的课程都排到明年三月了。"说完这话，她假笑地看着林遥之她们，"不然我帮你排个队？"

林遥之眨眨眼："小姐姐，就不能通融一下吗？"

前台姑娘道："哎呀，这个真的通融不了，你看看……"她把本子转了个面，"排队的客人个个都想通融，但秦教练只有一个呀。"停顿片刻，她又笑道，"不然我给你介绍一下别的教练，我们俱乐部里的教练颜值都挺高的。”

林遥之想了想，觉得要是等到明年三月份再过来铁定黄花菜都凉了，于是果决地掏出手机，打了个语音电话。

电话那头响了几声，很快被人接了起来，秦鹿的声音从那头传来，微微带着些喘息，听起来低沉又性感：“怎么了？”

“秦教练。”林遥之道，“不是你邀请我过来玩吗？我把我朋友也带来了，她说她想上个散打培训班。”她冲陆筱挤眉弄眼，气得陆筱用嘴型恶狠狠地表示“我没有”。

“哦，你们现在在前台吗？”秦鹿明白了，“稍等一下，我马上过来。”

林遥之高兴地“嗯”了声，挂了电话。

前台姑娘被林遥之这一通电话弄蒙了：“你们认识秦鹿啊？”

林遥之道：“也不算认识，就是在外面偶遇，他邀请我过来参观一下俱乐部。”她没说秦鹿是邀请她过来技术交流的，反正说了估计前台姑娘也不会相信。

听了林遥之的话，前台姑娘的表情变得十分微妙，秦鹿可是他们俱乐部的镇部之宝，多少女学员都是冲着他来的，前些日子俱乐部老板的女儿好不容易把他追到手，结果没到一个月就分了，大家还在发愁他到底喜欢什么样的姑娘，没想到今天居然会邀请过来一个。

不过话说回来，眼前这姑娘怎么看也不该是秦鹿喜欢的类型啊。

今天天气炎热，林遥之上身穿了一件暗红色的薄纱条纹衬衫，下身是白色的短裙，黝黑的长发从脸侧编了两根小巧的发辫，用漂亮的发卡束在脑后，她皮肤生得白，被红色的衣衫衬托着更是如同白瓷一般，晶莹剔透，柔软白皙，浓密的睫毛下一双灵动的大眼微微带着笑意，唇边还有两个可爱的梨涡，甜美得像是一块蜜桃味的软糖，轻轻一捏，就能捏出一把水来。

这样的她，和秦鹿简直像是两个世界的人，秦鹿稍微用力，就能把她弄坏了。

想到这里，前台姑娘的心情有点复杂，这男人喜欢什么类型，还真是说不太准，毕竟秦鹿对何淼淼那样的极品御姐都没兴趣，莫非真是喜欢眼前这种小甜甜的类型？

唉，原来大家都走了一条弯路啊。

正在感叹着，秦鹿从场馆里走了出来，他似乎刚才在练拳，上身穿着简单的T恤，下身穿着一条短裤，汗水顺着他的身体缓缓往下淌着，从棱角分明的下巴，到微微凸起的喉结，再到线条优美的胸肌。他的胸膛上下起伏，随手抹一把还在滴汗的黑发，抿成一条直线的薄唇微启："林遥之，你来了。"

陆筱刚才还在哭着喊着要回去，这会看见秦鹿，眼睛都直了，用手指直戳林遥之的腰眼，小声在旁边碎碎念着："太帅了，太帅了！"

林遥之想，是挺帅的，要是他不找我练拳，就更帅了。

秦鹿显然已经习惯女生们那十分醒目的目光，见到林遥之微微颔首，便道："先进来吧。"

"好。"林遥之扯着已经要昏过去的陆筱，在前台姑娘愕然的目光中，进了俱乐部。

俱乐部挺大，分为上下两层，秦鹿介绍说下层是给学员们练习的地方，上层有擂台和观众席，偶尔会举办比赛。场馆里面有不少人，四处挂着各种规格的沙袋和各类体育器材，加上旁边练习的学员，看起来颇为专业。

"我还在教学。"秦鹿走在前面，指了指不远处站着的几个人，又转过头上下打量陆筱，"你朋友也想练？"

"对对对，我想练，特别想练。"陆筱完全忘记了刚才的悲愤，全然被秦鹿的魅力吸引，"教练你缺沙袋吗？一百多斤的那种。"

林遥之在旁边忍不住笑了："你不怕脂肪被打出来？"

陆筱："如果是教练亲自下手的话……"

林遥之哈哈大笑，秦鹿的眼里也浮起些许笑意，但他摇了摇头："算了吧，你要是抱着这样的心态过来，没到一周就会觉得我面目可憎了。"

陆筱："怎么会呢？"

秦鹿淡淡道："会的。"

他说着走向那群学员。

走近了林遥之才发现，秦鹿的这群学员几乎全是姑娘，只穿插着两三个男人，那群女生见到跟在秦鹿身后的林遥之和陆筱，纷纷露出不善的目光，显然是将她们两个当成新的竞争者了，看来前台姑娘说的那些话的确有几分道理。

林遥之装作没看见，跟着秦鹿继续往前走。

秦鹿走到众人面前，眉头一蹙："叫你们停下了吗？继续。"

学员们听到这话，只好摆好姿势再次挥拳，林遥之也是学过的，自然知道他们在干什么，这是练拳的基础动作空击，练习的是身法和腿部的配合。

"这要挥多久啊？"陆筱在旁边问了句，她注意到学员们身上已经出了不少汗，室内是有空调的，也不知道多大的运动量能练得这么满头大汗。

"二十分钟往上吧。"林遥之道，"得看个人体力，不过像你这样没有底子的人，估计十分钟就力竭了。"

秦鹿面无表情地在旁边看着，时而会给学员们示范正确的动作，和学员们那软弱无力的挥拳不同，秦鹿手挥出去时，站在他旁边的人都能感觉到一阵厉风从脸侧刮过。这就是挥拳力道的差别，没有十年八年，是练不出来的。

秦鹿教，林遥之和陆筱就站在旁边看，大概过了十分钟的样子，秦鹿才喊了声停，让学员们休息片刻，他扭头看向林遥之道："我要去拿水，你们想喝点什么？"

林遥之笑道："矿泉水就好了。"

秦鹿点点头转身离开。

"你们也是来学拳的？"坐在地上的姑娘们虽然都有些累，但也没有忘记八卦，毕竟林遥之和陆筱可是被秦鹿领进来的，看起来很有问题的样子。

"她学，我不学。"林遥之很老实地说。

于是女孩们警惕的目光瞬间从林遥之身上移到陆筱身上，陆筱赶紧道："哎，朋友，你怎么这样呢？人家秦鹿教练邀请的可是你，我就是个附带的！"

"什么？秦鹿教练邀请你来的？"坐在人群最前面的是个扎着马尾的姑娘，从模样上来看她的确是长得不错，打扮也很精致，即便是这样汗水淋漓的场合，依旧坚持化着淡妆，最神奇的是这么多汗水流下来，居然没有晕妆，也不知道用的是什么牌子的化妆品。

“问你话呢。”那姑娘见林遥之一脸神游，有点不高兴地重复了一遍。

“啊？什么？”林遥之回神。

“我说，是秦鹿教练邀请你过来上课的？”姑娘道，“你是他朋友吗？”

“偶遇，只是偶遇。”林遥之解释，“是这样的，秦鹿正好遇到我和我前男友因为分手起了争执，我和他就这么认识了，他就邀请我来这边看看。”

“哦，原来是这样啊。”那姑娘露出了然之色，迅速在脑海里脑补了一出秦鹿英雄救美的剧情，大概就是眼前这小可怜和前男友分手时有了分歧，前男友对她动粗，最后被秦鹿遇见，拦了下来，之后秦鹿便邀请她来上课，想着至少学点防身的技能，免得以后遇到这种事什么都做不了。

既然如此，那她应该没什么威胁，姑娘想着，秦鹿最不喜欢的就是娇弱无力的女生，他喜欢的是那种有韧性、够独立、能和他并肩行走的类型。

那么这个叫林遥之的女生，显然是不符合秦鹿的要求的。

姑娘想到这里，露出一个笑容，笑容中的警惕少了许多：“哦，是这样啊，我叫石谷秋。”

林遥之道：“我叫林遥之，她叫陆筱。”

“你还是不打算学吗？”石谷秋道，“我其实觉得女生学一点散打也挺好，以后遇到什么坏人也不至于手无缚鸡之力。”

“有道理。”林遥之拍了拍陆筱的肩膀，“听到没？”

陆筱苦着脸没吭声，她虽然的确觉得秦鹿长得很帅，但这散打看起来也太难了，她连瑜伽都没坚持下去。

石谷秋讶异道：“你不学吗？”

林遥之笑道：“我不学，谢谢你呀。”

石谷秋见林遥之不松口，心中更是放心，觉得林遥之肯定是怕苦才不肯参加，这样一来她和秦鹿就更没有可能了。

秦鹿很快拿了三瓶矿泉水回来，递给林遥之和陆筱，又和学员们说了接下来的课程——打靶，或者说是打沙袋。

沙袋可以很好地模拟人体的运动，也可以很好地锻炼拳手的耐力和出拳角度，是教学必不可少的一部分。学员们并不是第一次上课了，在秦鹿吩咐完后，很快就分成几对，开始进行沙袋练习。

“来两下？”秦鹿忽然开口。

“沙袋？还是实战？”林遥之问道。

“先沙袋吧。”秦鹿说，“介意吗？”他虽然看出林遥之力气大于常人，并且有过散打的底子，但不好直接和林遥之上擂台，毕竟对于实力相差太大的人来说，一击重击下去人估计就得晕了，更不用说林遥之这样看起来白皙柔弱的姑娘。

“行啊。”林遥之很久没有玩这个了，既然来都来了，她也不想矫情，“等他们练完？”

秦鹿说：“好。”

两人一边说话，一边看学员们练习，之前和林遥之搭话的石谷秋就站在他们旁边，目光一直朝这边瞟，显然心思没放在练拳上，她打完一轮，到休息的时间，装作不经意地凑过来笑着道：“教练，我这次怎么样啊？”

“还不错。”秦鹿道，“只是手部的力量太弱了，要多练练。”

“真的吗？”石谷秋笑着，“那我是不是比以前强多了？”

秦鹿点点头：“进步很大。”

被喜欢的人这么夸奖，石谷秋自然高兴得不得了，她看了林遥之一眼，道：“不过打沙袋真的好累啊，我打一组最多坚持两分钟。”

“嗯，女孩子体力和力量上是会稍微差一些。”秦鹿道，“不过可以慢慢练上去，至少比现在好很多。”

“林小姐你要不要也试试看啊？”石谷秋笑眯眯地给林遥之挖坑，“练拳其实真的很有趣。”她说着话，还用余光注意着秦鹿的表情。如果林遥之同意，那正好上去出丑，如果林遥之拒绝并且表示对散打没有兴趣，那林遥之和秦鹿的关系估计也就到此为止了。

谁知林遥之听到这话却咧开嘴笑了，只是眼神里没有什么笑意，她看向石谷秋，慢条斯理地说：“好啊，我刚才还在和秦教练说好久没有玩，手有点生了呢。”

石谷秋愣了片刻，道：“好久没有玩……你练过？”

“嗯。”林遥之道，“以前练过。”

石谷秋有点讶异，随即觉得林遥之是在说谎，这么个长得跟洋娃娃似的姑娘，怎么可能练过散打？而且如果她练过散打，还至于和前男友发生争执吗？她一定是在说谎。

可是这个谎言也太容易被拆穿了吧？石谷秋瞬间混乱起来，有些不明白到底是怎么回事。

林遥之懒得说话，她不是那种任人揉捏的软包子，遇到石谷秋这种刻意给人挖坑的，她也没必要给人留面子。

学员们很快就练完了几组沙袋，秦鹿去找了适合林遥之的防具，给她佩戴好。

不得不说，林遥之这么个瓷娃娃似的女生，戴上拳套和头套后看起来相当违和。

学员们没有想到会有这么一幕，觉得十分有趣，将林遥之和秦鹿层层围住，窃窃私语地讨论着眼前的画面。

旁边的教练也跟着过来了，那人似乎是秦鹿的熟识，道：“哟，这什么情况？秦鹿，你小子哪里找来的这么可爱的女学员？”

秦鹿道：“不是学员。”

那人道：“那是什么？”

秦鹿说：“拳手。”

那人的表情摆明了不信。

林遥之把他们的对话听在耳朵里，不过她不是很在意，毕竟当初被她揍趴下的人里，十个有九个都觉得她是绣花枕头。

至于是不是绣花枕头，先打一场再说吧！

林遥之摆好姿势，重重地出拳，和人打架不同，她击打沙袋，完全不需要收敛自己的力气，可以痛痛快快地全力挥拳！

“砰！”拳头和沙袋相接，发出巨大的响声，眼前的这个沙袋里装满了铁砂，足足有十六斤，却直接被林遥之那双看起来纤细柔弱的手直接砸飞了出去，再重重地荡回来。

如果是初学者，即便是一拳把沙袋击飞，也很容易被回弹的沙袋击倒，但林遥之灵巧地侧过身体，轻而易举地躲过沙袋的回弹，随后又是一击重拳！

“砰砰砰！”一声声拳头和沙袋相接的闷响，犹如沉重的鼓点敲击在众人的胸口上，林遥之的拳一下下挥出，将沙袋砸得不断摇摆，她的身体极为灵敏，巧妙地躲避着沙袋的反弹，如同鬼魅般，在沙袋周围辗转腾退，让其他人看得眼花缭乱。

秦鹿脸上没什么表情，眸色却愈来愈深，垂在右侧的手微微用力，握成一个拳头。

大家都看傻了，特别是准备看笑话的石谷秋更像是见了鬼似的，她用尽所有的力气，沙袋最多轻微地后摇一下，可沙袋在眼前这个比她还矮一些的女孩子手里,它里面好像装的不是铁砂而是羽毛似的,这根本不是正常女生该有的力气！

五分钟后，林遥之气喘吁吁地停下，取下脑袋上的头套，随手丢给秦鹿：“不行了，太久没练，体力跟不上了。”

秦鹿道：“已经很好了。”连续不断的击拳五分钟，并不是什么容易的事，这不但考验耐力，还要有用力的技巧，特别是像林遥之这样都是重拳的练习法，常人根本无法做到。

“等等，你不是说你和教练是在你和前男友有争执的时候认识的吗？”石谷秋完全被林遥之的这一组拳法镇住了，不由自主地开口道，“你是在骗我吗？就你这样的还需要教练帮忙？”

“嗯？”秦鹿低头，“你说什么？”

石谷秋急忙把林遥之说的话重复一遍，她现在觉得林遥之就是在故意戏弄自己，好让自己出丑。

“哦。”秦鹿很淡定，听完后看了眼坐在旁边休息的林遥之，“的确是这样，不过不是我帮了她。”他停顿片刻，声音里带上一些笑意，“她是亲自动手把自己前男友揍了。”

石谷秋：“……”

秦鹿道：“很厉害吧？”

石谷秋登时无话可说，她憋了半天，才勉强憋出来一句："是……是挺厉害的啊。"

秦鹿道："我也觉得。"

林遥之已经好久没有做这么激烈的运动了，这会有点累，就坐在椅子上喝着秦鹿给她带的矿泉水看秦鹿和石谷秋聊天，看着石谷秋的脸色红了又黑，黑了又白，简直像是被打翻的颜料盘似的，心情瞬间好了不少。

陆筱在旁边用手帮她扇着风："宝啊，你看我多久能练成你这样？"

林遥之想了想："等你真的减肥成功的时候。"

陆筱苦着脸："那岂不是一辈子都不成了？"

林遥之道："可以努力一下嘛。"

两人正说着话，秦鹿朝她们走过来，走到林遥之面前，他微微俯身，在林遥之身上投下阴影："林遥之。"

林遥之抬起头，看着秦鹿近在咫尺的俊脸忽然有些紧张，她含糊地"唔"了声。

秦鹿道："你真美。"他的赞美是这般坦诚，那双黑色的眼眸里，是仿佛要将人溺毙的温柔。

林遥之顿时心如鼓擂，她明明才喝了水，却还是感觉口干舌燥，就在她想说点什么的时候，秦鹿补完了后面的话："特别是在出左勾拳的时候。"

林遥之："……"

陆筱："哈哈哈哈哈哈哈哈。"

林遥之被气得差点一口血喷出来，她艰难道："秦教练，你能换个夸法吗？"

秦鹿闻言皱眉，思考片刻后，严肃道："你右勾拳的时候也很美。"

在陆筱那仿佛要断气的笑声中，林遥之木然地对秦鹿的夸奖道了声谢谢。

第五章

一顿夜宵

从秦鹿的夸奖中，林遥之体会到一种铁血直男的气息，她还是第一次听到有人用这样的话夸她美，直接把她夸了个哑口无言。

就在众人吵吵嚷嚷的时候，人群中忽然走出一个漂亮的女人，女人的面容有几分眼熟，但林遥之没想起来到底是在哪里见过。

“你们做什么呢？”女人开口询问，她的目光停在场中巡视一圈，很快把注意力放在了林遥之身上，语调里也带上了几分讶异：“是你？”

“你是？”林遥之虽然觉得女人眼熟，但的确不记得两人在哪儿见过。

“就是那天晚上。”女人灿烂地笑起来，她身高一米七几，烫着一头蓬松的大波浪，妆容浓烈但精致，看起来充满成熟女人的魅力，“你和你男友分手的时候，我和秦鹿正巧在旁边吃饭。”

“哦！”林遥之道，“好像有点印象了。”

女人友好地伸出手，细长的指尖上涂着大红色的艳丽甲油，将她的手背衬托得纤细洁白：“我叫何森森。”

“我叫林遥之。”林遥之握住何森森的手，因为刚运动完，她的手是热的，何森森的手却很凉，握上去冰凉柔软，很是舒服。

“你怎么会来这里？”何森森问道。

“是秦先生邀请我过来玩的。”林遥之并不知道何森森和秦鹿的关系，隐约感觉两人间似乎有些不寻常的气氛，秦鹿倒是显得平静坦然，但何森森的目光时不时就会落到秦鹿身上。

“哦，这样啊。”何森森抬手看了眼手腕上的表，“反正现在时间不早了，等会下课，我请你吃个饭？”她笑起来，“那天看你打男友的时候，我恨不得在旁边拍手叫好！”

林遥之尴尬地笑起来：“这不是没忍住……”

何森森道：“换我也忍不住。秦鹿，晚上吃饭你一起去吧？”

秦鹿看了林遥之一眼才慢慢点头，算是应下了何森森的邀请。

何森森咯咯地笑起来：“你不用这么避我如蛇蝎，虽然我们谈过恋爱，但不是已经分了吗？我又不是那种会一直缠着前男友的人。”

秦鹿淡淡道：“我知道你不是。”

何森森说：“那就对啦，晚上一起吃个饭吧，我对这个小姑娘也挺感兴趣的。”

她说完话，对林遥之露出一个笑容。

林遥之眨眨眼睛，心想自己果然没猜错，只是没想到何森森和秦鹿真的是男女朋友关系，不过她从何森森身上没感觉到太过浓烈的敌意，反而对她印象很好的样子。何森森这种御姐型的漂亮女生，别说是男人，就连女人从她身边走过，都会不由自主地多看几眼。

陆筱在林遥之旁边咬耳朵：“看来她是你的情敌啊，遥遥你这竞争可真够激烈的。”

林遥之冷静道：“不算激烈，毕竟从拳法上来看，我是一枝独秀了。”

陆筱：“是啊，人家是以茶交友，简称茶交，你是以拳交友，简称……”

林遥之：“求求你闭嘴吧。”

为什么正常的画面在陆筱的嘴里突然就歪了起来。

何森森来的时候，秦鹿的课程差不多要结束了，林遥之看着秦鹿的一众女学员依依不舍地离开，眼珠放在秦鹿身上压根不想移开，恨不得直接粘在秦鹿身上。面对这些目光，秦鹿显得淡定非常，先去冲了澡，然后换了身衣裳，出来后问三个女生想吃点什么。

“我都可以啊。”林遥之对于食物并不挑剔。

“那咱们去吃小龙虾吧。”何森森说，“上次去吃小龙虾的时候光顾着看你打架了，都没吃多少。”

林遥之道：“好啊。”她也喜欢小龙虾。

秦鹿安静地站在旁边，听着几个女生聊天，没有一点要插嘴的意思。

于是众人去了市里最有名的一条夜宵街吃小龙虾，那条街上的大部分店铺都是本地特色菜，这个季节的小龙虾是一年中最肥美的时候，无论是蒜蓉还是香辣，味道都很诱人。

到了饭店，四人寻了位置坐下，一路上何淼淼都在和林遥之聊天，当得知林遥之学过散打，她十分惊讶，说自己也学过一些，但仅仅是只能勉强防身，真要对上一个体格健壮的成年男性，恐怕是毫无胜算。

林遥之道：“这是正常的，毕竟体格差距摆在那儿嘛。”

何淼淼说：“对了，那你现在在做什么，也在教散打？”

林遥之道：“现在我开了一家蛋糕店，做蛋糕呢。”她说着笑起来，露出唇边的小梨涡，看起来可爱极了。

何淼淼的表情突然严肃起来。

林遥之以为她要说什么正事，结果她来了句：“我可以捏一下你的脸吗？你的脸看起来好软乎啊。”

林遥之愣了三秒：“行……吧？”

何淼淼说捏就捏，伸手就在林遥之脸颊上来了一下，捏完之后大加赞赏：“好软啊，你也太可爱了，好想把你抱进怀里揉一揉，我可以叫你遥遥吗？你叫我淼淼就好了。”

林遥之被她捏得脸有点发红：“可……可以啊。”

何淼淼大声地笑起来，她笑着笑着，指着旁边的秦鹿道：“他啊，可难追了，才和我谈了一个月不到就提分手，我也不像你这么能打，只能同意了。”

秦鹿淡淡地道：“我们不合适。”

何淼淼还想说什么，又忍住了，似乎是觉得在林遥之面前扯这些私事不太好，她长叹一声，说恨自己没有一身武艺，不然绑也要把秦鹿绑回去做压寨夫人，然后又伸手拍了拍林遥之的肩膀，说这个艰巨的任务就落在你的身上了。

林遥之被说得有点不好意思，表示自己不是那种会随便动粗的人。

何森森说：“那如果你前男友还来纠缠你怎么办？”

林遥之挥手做了个抹脖子的动作。

何森森心道，你还真是不随便动粗，只要一动就特别粗。

儿人聊天时，热气腾腾的小龙虾送到桌子上，一起送来的还有一箱冰镇啤酒，何森森拿起一瓶打开后灌满了桌上的玻璃杯：“能喝酒吗？”

林遥之道：“能啊。”她拍拍坐在自己旁边的陆筱，“她酒量特别好。”

“那好，为了庆祝我们今天的第一次相遇，不醉不归！”何森森举起杯子，将杯中的啤酒一饮而尽，喝完之后啪的一声把杯子放下，“我干了，你们随意。”

“豪爽！”陆筱也是个能喝酒的，她家乡在北方，光是白酒都能干一斤，啤酒更是不在话下，见到何森森这动作，马上被激起了好胜之心，“我也不客气了。”说着也将杯中酒一口干了。

林遥之和秦鹿对视一眼，都在对方的眼睛里看到了同样的神色——两人十分默契地开始戴手套，准备吃小龙虾。

何森森显然不打算轻易放过林遥之，道：“遥遥，你不来一杯吗？”

林遥之笑道：“喝是可以，但是我酒量不太好，容易喝醉。”

“是啊，喝醉了不安全。”陆筱忙道。

“也是。”何森森没有为难林遥之，“毕竟是女孩子，有安全意识挺好的。”

“屁嘞。”陆筱道，“我的意思是她喝醉了我们不安全，她力气大得很，酒品又不好，真闹起来谁都制不住……”说起这事，她满脸的痛心疾首，“当时我们上大学的时候毕业晚宴，她不小心喝醉了，把班里的男生打趴下一圈，那醉拳，耍得比李小龙还溜。”

林遥之辩驳：“哞哞，你不要污蔑我！”

陆筱道：“我污蔑你？你去问问班长，你当时一拳上去他右眼青了半个月。”

何森森拍桌大笑起来，说没事，今天秦鹿在，要真是要起醉拳，两人正好打一场，分出个胜负来。

林遥之假装什么都没听见，继续吃自己的小龙虾，暗暗伸手拧了一把陆筱腰上的软肉，拧得陆筱龇牙咧嘴，却不敢说什么，毕竟是她亲口爆出了林遥之的黑历史。

这家的小龙虾味道相当好，虾头已经去掉了，虾背上被厨师划了一刀，这样汁水可以完全浸入虾肉里面。剥开坚硬的外壳，就是粉嫩的被汁水浸泡着的虾肉，沾点汤汁，放进嘴里，麻辣鲜香，让人根本停不下来。林遥之一边吃小龙虾一边小口地喝着啤酒，脸颊上很快浮起了一层薄薄的红晕，眼神也变得湿漉漉，看起来更加柔软可爱了。

何森森似乎有心事，说着今晚是出来吃夜宵，却一个劲地在喝酒，好在有陆筱陪着她，两人一瓶接一瓶，一箱啤酒很快就见了底。

何森森喝完，又让服务员抬上来两箱，搂着陆筱的肩膀说今晚不醉不归。

一直在旁边很安静的秦鹿开了口："差不多就行了，别喝太多。"

"我就喝。"何森森说，"秦鹿，你老实和我说，要是今天林遥之不在，你会不会陪我吃这顿饭？"

秦鹿干脆利落地摇头："不会。"

"你也太过分了吧。"酒精冲淡了何森森的理智，她带着哭音道，"连顿饭都不肯陪我吃？"

秦鹿叹息，他似乎有些困扰："我怕让你误会。"

何森森道："误会什么？"

秦鹿道："误会你还有希望。"

何森森道："我……我……"她不甘心极了，不明白为什么秦鹿就是不喜欢自己，"难道就因为我打不过你，所以你不喜欢我？"

秦鹿蹙眉："并不是这个原因，我没有要求女朋友要打得过我。"

何森森一指林遥之："那你喜欢她吗？"

秦鹿坦然道："挺喜欢。"他大概是怕何森森误会，又补充了一句，"她打拳的时候很好看。"

何森森放声号啕："你不就是嫌弃我打拳不好看吗？还说不是这个原因。"

林遥之坐在旁边哭笑不得，她觉得何森森有点喝多了，自己又是个外人，不好劝说什么，好在旁边的陆筱赶紧举杯，说别哭了，咱们继续喝，去他的男人，喝了我的酒，男朋友会有！

于是何淼淼又喝上了。

林遥之和秦鹿在旁边大眼瞪小眼，林遥之小声道："你真不是因为她不会打拳才分的啊？"

秦鹿的表情扭曲了一下："真不是。"

林遥之："那是因为什么？"

秦鹿端起杯子重重地灌了一口，他说："你知道的，喜欢一个人就容易患得患失，担心他是不是喜欢自己。"

林遥之道："所以呢？"

秦鹿道："何淼淼性格比较开朗，本来应该会很好相处，但是谈恋爱的时候却特别的……"

林遥之："特别的？"

秦鹿缓缓地吐出一个字："作。"

两人沉默片刻，都在消化一些东西，消化结束后，林遥之又道："比如？"

秦鹿露出不堪回首的表情，他说："比如有次我在开车，她坐在后座。"

林遥之听着秦鹿的话，心想这能怎么作啊，秦鹿继续说："她从后面蒙住我的眼睛，说'猜猜我是谁'。"

林遥之嘴里的一口酒喷出来，差点被呛个半死，随后身体不由自主地抖动起来，憋笑憋得满脸通红。

秦鹿满目无奈："我差点以为我们两个都要死在高速路上。"

林遥之笑得眼泪都出来了。

秦鹿说："之后这种事情又发生了几次，我终于确定她适合当朋友，而不是女朋友。"他伸手揉了揉太阳穴，"我真的觉得我们继续下去会两败俱伤——这不是个形容词。"

林遥之要笑断气了，她实在没想到何淼淼这个看起来如此靠谱的姑娘，谈恋爱的时候却这么笨拙可爱。

秦鹿吃一口龙虾："所以我真的不是因为她打不过我才分的。"他没那么神经病，要求一个姑娘能打过自己，这又不是比武招亲。

林遥之终于弄明白了秦鹿和何森淼的情况，再看旁边的何森淼，已然和陆筱打成了一伙，开始大肆地讨论男人。

何森淼说自己这辈子最亏的一件事就是没把秦鹿睡了再走，陆筱说是有点亏，毕竟秦鹿身材那么好，睡了就赚大发了。

林遥之看着两个喝大了的人赶紧阻止了一下，毕竟当事人还在场呢。

"没事。"何森淼道，"他都习惯了，我给你说啊林遥之，以后要是你把秦鹿泡上了，可得赶紧睡，不然你还没反应过来他就把你踹了。"

林遥之道："人还在这儿呢，咱也不要太直白嘛。"

何森淼道："直白？还有更直白的呢，我给你说！一般人我不告诉他，秦鹿腰上那位置，有个特漂亮的文身，他换衣服的时候我偷偷瞧见的，可惜就看了一眼……"她说着又哭了，"早知现在，我就再伸手摸一把了。"

秦鹿坐在林遥之旁边，沉默得像个被色魔调戏的小姑娘。

林遥之想笑又觉得笑出来不合适。

何森淼指着秦鹿腰的位置道："快，趁着我们还没恩断义绝，再让我看一眼……就一眼……"

秦鹿："你喝多了。"

林遥之道："对，你喝多了。"

何森淼贴到林遥之脸上，压低声音："那你想看吗？"

林遥之没吭声。

何森淼按住她的肩膀，用蛊惑的声音道："真的特别好看。"

林遥之道："在这儿也不太合适吧？"

这里可是大排档，到处都是人，要是上去把秦鹿的衣服掀了，无异于当众耍流氓，要被警察叔叔抓走的。

"没事，我们可以找个小树丛，先把秦鹿骗过去，然后你按住他的手脚，我来脱他衣服！"何森淼摩拳擦掌地说着自己的计划，全然不顾计划的对象就在旁边一脸黑线地听着。

“我打不过他啊。”林遥之和何淼淼认真讨论，“还有别的法子吗？”

何淼淼道：“那完了，没法了，呜呜呜呜，看不到了……”她又灌了一杯，是彻底喝迷糊了。

秦鹿觉得不能再让这两个醉鬼继续下去了，鬼知道他们会想出什么鬼点子来折腾自己，于是他干脆利落地掏出钱包喊来老板结账。

陆筱趴在椅子上已经意识模糊，林遥之想了想，掏出手机打了个电话，问自己哥哥现在在干吗。

林霂之说自己正在家里啃冰棍，今天上午上了个综艺，下午经纪人给他放了假。

“那你开车过来接一下我吧。”林遥之道，“陆筱喝醉了，在××大排档外面。我们都喝了酒，不能开车。”

“行。”林霂之应下。

吃饭的地方离他的住所不远，林霂之开车过来十分钟以内就能到。

秦鹿说自己送何淼淼回家，林遥之询问何淼淼家在哪儿，得知何淼淼的小区居然就在自家旁边，只隔着一条街。

“她家里有人吗？不然我送她回去吧。”林遥之道，“你带着个喝醉的人也不好叫出租。”

秦鹿道：“你顺路？”

林遥之道：“嗯，我哥过来接我。”

秦鹿思考片刻，最后还是决定坐林遥之哥哥的车先把何淼淼送到家再说，这会儿九点多，附近人流量又大，的确很难打车。

林霂之来得很快，脸上依旧戴着口罩，帮林遥之把陆筱和何淼淼送进车里后，才注意到站在旁边的秦鹿。

“这位是？”林霂之马上警惕起来。

“这是我朋友，秦鹿。”林遥之介绍，“这是我哥哥，林霂之。”

秦鹿友好地和林霂之打招呼，林霂之却态度冷淡——他对所有靠近妹妹的男人都同一个态度，倒也不是针对秦鹿。

林遥之坐到后座方便照顾两个喝醉的姑娘，让秦鹿坐到了副驾驶的位置。

林霂之坐上车后摘掉了口罩，他本来以为秦鹿会说点什么，但秦鹿一副完全不认识他的模样，搞得林霂之莫名有一种失落感。

秦鹿虽然不认识林霂之，车里却有人认识，本来已经喝得醉醺醺的何森森突然从后座上蹦了起来，疑惑地看着车里的后视镜："我喝得有那么多吗？怎么都出现幻觉了？这人怎么长得那么像黄千炎。"她重重地揉一下眼睛，噌地从座椅上爬起来，把脸凑过去，"妈呀，我怎么看见火火在开车？"

黄千炎是林霂之的艺名，粉丝们都亲切地叫他火火，这事还被林遥之嘲笑过几次。

"哦，黄千炎是我哥。"林遥之赶紧按住何森森，"森森，你先坐下，开车呢，站起来太危险了。"

何森森表情呆滞地看了林遥之一眼："你说什么？"

林遥之赶紧把话重复一遍。

何森森用力地掐一把自己，感觉到疼痛后才开始尖叫："我居然真的不是在做梦，我居然看到了火火？黄千炎？黄千炎，我是你的小火苗，你所有的电影我都刷了三四遍，我爱你！"

林遥之用力地按着何森森，怕她冲上去像蒙住秦鹿眼睛那样蒙住他哥的眼睛，这车里可是五条人命啊。

好在何森森吼完一嗓子后困了，没有再继续尖叫，蔫巴巴地靠在窗户上，嘴里念叨着自己看见了活的男神。

车里没醉的人都很安静，气氛一时间显得有些尴尬。

林霂之趁着红灯时间，扭头看向副驾驶的秦鹿："这姑娘是你什么人？"

秦鹿冷静地回答："前女友。"

林霂之道："为什么和你们一起吃饭？"

秦鹿："因为不想和我分手。"

林霂之从后视镜瞅了眼盯着他满眼都是桃心的何森森，慢条斯理道："没看出来啊。”

秦鹿突然想抽根烟，说实话，他现在也看不太出来何淼淼不想分手的对象是自己。

第六章

真正的受害者

折腾一路，总算是成功把何淼淼送到了家。

虽然临走时何淼淼对林霂之依依不舍，但从她的言语上听起来她似乎全然将林霂之当成了自己醉后的幻觉，毕竟一直喜欢的偶像突然出现在自己面前，一般人还真是不太能接受得了。

送走何淼淼，林遥之本来打算让林霂之把秦鹿也送回去，秦鹿却拒绝了，表示自己可以打车，不用麻烦林霂之。

林霂之挑剔地打量着秦鹿，目光比看林遥之的前男友还苛刻："行吧，那就不送了。"

秦鹿摆摆手，干净利落地离开。

林遥之有点奇怪林霂之对秦鹿的敌意，说："哥，你为什么不喜欢他啊？"

林霂之看了眼自己的傻妹妹："他太好看了。"

林遥之："可是我前男友也很好看啊。"只是好看的类型和秦鹿不太一样。

林霂之道："他虽然长得好看，但脑子不好使啊。"

林霂之摸摸下巴，用品评的语气道："至少从外表上来看，这个秦鹿的脑子肯定比你前男友的好使。"

林遥之表示赞同。

林霂之道："所以我觉得他不是个好东西。"

林遥之："你这逻辑是不是哪里不对？"

"哼，哪有不对。"林霂之把口罩重新戴上，"被我妹妹看上的男人，都不是好东西。”

林遥之无话可说，她这个哥哥从小到大对一切靠近她的雄性生物都充满了敌意。

“走吧，回去休息。”林霂之道，“我给你泡了冰镇柠檬水，还加了蜂蜜呢。”

林遥之笑着说好。

外面热得像蒸笼，刚一走进室内，手臂上的肌肤就因为冰冷的空气起了一层密密麻麻的鸡皮疙瘩，林遥之去浴室里把自己洗得香喷喷的，披着湿漉漉的长发爬到沙发上，喝着林霂之给她泡的柠檬水。

林霂之坐在旁边打游戏，笔记本被他敲得噼里啪啦的："把头发先吹干，别感冒了。"

“嗯。”林遥之含糊地应着，“哎，他还敢联系我耶。”

“谁？”林霂之问。

林遥之道："王飞涵。"

王飞涵是她前男友的名字。

“你没把他拉黑？”林霂之凑了个脑袋过来。

“拉黑了啊，QQ、微信什么的都一起拉黑了，他是给我发的邮件。啧，他脸皮真的好厚啊。”

“脸皮不厚当初也追不上你。”林霂之道，“我觉得他这个人还是有优点的。”

“什么优点？”林遥之问。

“记吃不记打。”林霂之道，“你看你才揍了他一顿，他又屁颠屁颠地靠过来，真是个小可爱呢。”

林遥之心想，小可爱这三个字你不说得那么咬牙切齿我还会勉强信一下。

邮件里，王飞涵用一千字详细地描述了自己对林遥之的爱意，又用一千字对自己劈腿这件事表示歉意，最后的一千字情绪激烈地询问他和林遥之两个人之间还有没有复合的可能性。

林遥之看完邮件的想法就是劈腿男友总不听话，打一顿就好了。

林霂之清楚自己妹妹在这事上不会轻易退步，所以两人都把王飞涵的话当成了笑话，全然没有放在心上。

第二天，酒醒的何森森给林遥之打了个电话，有点不好意思地对昨日的失态道歉。林遥之表示没什么关系，并且赞美了何森森的酒量。

“唉，以后再也不喝这么多了。”何森森说，“我喝多都出现幻觉了，还以为自己看见了黄千炎。”

林遥之：“唔……”

何森森道：“我甚至还以为黄千炎是你哥！”

林遥之想了想，决定还是不瞒何森森了，坦诚道：“你没有出现幻觉，黄千炎就是我哥。”

电话那头安静了几分钟，随后尖锐的惊叫声刺痛林遥之的耳膜，何森森道：“我是在做梦吧？我酒还没有醒吧？黄千炎，活的黄千炎啊！”

林遥之跟着笑起来，她觉得何森森这姑娘的确挺有趣的，看着像个御姐，但其实是个小孩子心性。

随后林遥之答应何森森，帮她找自己哥哥要个签名才让何森森平静下来。

林遥之挂断电话，看着这会时间还早，本打算去蛋糕店里逛一圈，却接到朋友的电话，说小依今天晚上过生日，问林遥之要不要过来玩。

小依是林遥之大学时的同学，她人缘好，大学时进了不少社团，交的朋友即便是现在离开校园还依旧有联系，想着反正没事，便应下了，还说让他们别买蛋糕，自己带一个现做的过来。

换了身清爽的长裙，林遥之化了个淡妆出门了。

提前打了个电话到店里，让店员做好蛋糕，林遥之顺便去店旁边的商场给朋友挑选好生日礼物。在待人方面，她从来都很周到，不过即便如此，交心的朋友也是屈指可数，至少今晚见的那十几个人，连她练过散打这事都不知道。

到了七点多，炎热的太阳总算落入地平线，地表温度略微下降。

林遥之提着蛋糕和礼物来到朋友们约定好的餐厅，还没进入包厢，便听到里面传来嘈杂的话语声。

林遥之敲了敲门，随后推门而入，刚进去，包厢里的众人便哄闹起来。

“遥遥，你来啦。”寿星小名叫小依，热情地招呼林遥之，“快过来坐呀。”

林遥之笑眯眯地“嗯”了声，随手将蛋糕放下，只是她的目光却落在某个不起眼的角落。

角落里，坐着一个盛装的男人，那人似乎还特意去烫了头发，修了眉毛，如果只看外表，当真会让人赞叹一句玉树临风。

只可惜，林遥之在看到他后，脸上的笑容淡了下来。

没错，这人就是林遥之厚脸皮的前男友，没想到她会在这里见到他。

大约是见到林遥之的表情不太对，小依赶紧解释，说：“遥遥，你别生气，咱们今天就吃个饭，不说别的事。”

林遥之道：“不说别的事？好吧。”她撩了撩耳畔的黑发，笑得柔软又温和，像个脾气很好的小姑娘，“那大家都不准提哦。”

小依这才松了口气，道：“对，大家都不提。”他们这群人只知道林遥之和王飞涵分手了，却不知道他们是因为什么分的，从王飞涵的话语中感觉似乎只是因为一些小矛盾，只要稍微哄一下，两人应该就会复合。

都说宁拆十座桥不拆一对人，如果两人复合，那自然是好事，不过这是林遥之来之前他们的想法，现在林遥之来了，态度有点不对劲，小依敏感地察觉后，赶紧圆了场。

今天订的餐是中餐，菜品味道都很清爽，如果不是同桌坐着个讨厌鬼，林遥之觉得自己会更开心，好在大部分朋友都说到做到，没有人再提王飞涵的事，倒是有两个和林遥之关系一般的女生似乎对王飞涵有点兴趣，一直在和他有说有笑的。

林遥之并不介意，毕竟前男友就算想找头猪谈恋爱，她也管不着。

酒足饭饱，众人约着去KTV唱歌喝酒，林遥之本来是婉拒的，但在朋友们的热情邀请下还是同意了，反正她回家也没事做，虽然王飞涵这人是挺讨厌的，但错的又不是她，她凭什么要躲？

打车去附近的KTV，林遥之点了几首歌便坐在桌子前吃起了果盘。

王飞涵吃饭的时候一直挺老实，没敢来招惹林遥之，这会正坐在旁边喝闷酒，林遥之把他当空气懒得去看。

唱了十几首歌的工夫，包房里的气氛越发热烈，林遥之虽然不像她哥那样多才多艺，但唱歌还是很好听的，当年还在校园十佳歌手比赛上拿过奖。

只是在她握着话筒唱《七里香》的时候，另外一个声音却从音响里放了出来。

“遥遥。”不知道什么时候，王飞涵坐在点歌台上，手里握着另外一个话筒，他深情地凝视着林遥之，语调悲伤，“你还记得，我们认识之后第一次来KTV，你唱给我听的第一首歌吗？”

林遥之：“忘了。”

王飞涵道：“可是我却记得，记得清清楚楚。”他站起来，缓步走到林遥之面前，单膝跪地，“你当时唱的就是这首《七里香》，我听完歌，就知道非你莫属。”

林遥之心想这小王八犊子戏还真多，我倒要看看你今天能玩出什么花样。不过虽然心里已经骂开了花，但她脸上还是做出一副梨花带雨受到惊吓的神情：“你做什么呢王飞涵！我们已经分手了！”

王飞涵道：“不！我不同意！我从来没有同意过！”

林遥之心里骂娘，想着在警察叔叔面前你可不是这么说的，她道：“你不同意也无所谓，反正我们已经分手了！”

“遥遥，你再给王飞涵一次机会吧。”旁边的朋友小声劝着，“他真的特别喜欢你，你们分手之后他天天去喝闷酒，喝醉了嘴里还念叨着你的名字。”

“不，别说了。”王飞涵悲痛道，“我需要的不是遥遥的怜悯，我需要的是她的爱！”

不得不说，他这张俊脸摆出这样深情又隐忍的神色的确让人十分不忍，周遭的几个女生都纷纷露出同情之色，要不是因为他们分手是因为原则问题，林遥之或许还真会再给他一次机会，只可惜此时的林遥之已经看透了前男友漂亮蠢货的本质，对此她无动于衷，心硬如铁，但为了维持自己的形象，她还是做出一副深受感动的模样，说：“你说你那么爱我，你为什么要劈腿呢？”

这话一出，周围很是感动的女生们表情都僵了一下。说实话，劈腿这事，无论是谈恋爱还是结婚，都是大忌。

“我只是一时没把持住。”王飞涵道，“再给我一次机会吧。”

林遥之颤声道：“你劈腿就算了，在我质问你的时候，你居然还打我，要不是警察来得快，你……”

王飞涵愣住，他不可思议地看着林遥之，就这么呆滞了几秒钟，似乎是在思考自己什么时候打过林遥之，挨打的那个不是他吗？

朋友们的表情彻底变了，看向王飞涵原本同情的眼神变成嫌弃，劈腿就算了，居然还家暴，林遥之这么可爱的女生居然也下得去手？这人可真是够不要脸的，简直是人渣中的战斗渣。

王飞涵见形势逆转，连忙辩驳：“不，不是这样的，我没有打你啊，明明是你打的我！”

林遥之心里冷笑，脸上却显得哀愁无比，此时他们林家祖传的演技终于得到完美体现，一滴晶莹剔透的泪水，滑过她巴掌大的脸颊，顺着下巴滴落，让周围人看得心中一颤：“你明明就有扇我耳光。”

当时王飞涵的确是想扇她耳光，只是被她伸手抓住手腕没得逞罢了，所以这话也不算是冤枉他。

王飞涵急道：“你怎么这么说？我虽然是想扇，可是明明没有扇到！我哪有打你啊！”

“呜呜呜。”林遥之捂住脸哭了起来，“难道非要打到我脸上才算打吗？要不是被拦住……王飞涵，你又劈腿又家暴，今天却在这里装深情款款，你就知道欺负我，你太无耻了，太无耻了！”

她柔弱哭泣的身姿，像是被大风吹拂的纤细芦苇，让人看了心中不由得升起浓浓的心疼和同情，与此同时，还有对罪魁祸首王飞涵的愤怒和唾弃。

“王飞涵，你真是够不要脸的啊，咱们遥遥这么可爱，你不但劈腿，居然还打她，现在在这儿装什么好人，赶紧滚出去！”有男生看不下去了，直接走到林遥之面前一把掀翻王飞涵。

王飞涵被这逆转弄得彻底蒙了，他没明白受害人怎么就变成林遥之了，慌乱道："不……不是啊，明明是林遥之打了我，怎么就变成我家暴她了？"

"林遥之打你？"女生也看不下去了，"你多高啊？你都要一米九了，她一个一米六几的小女生打你个一米九的大男人？拿什么打？你说这话的时候也不摸摸自己的良心，太过分了吧！"她刚才还在替林遥之感动，这会儿恨不得冲上去给王飞涵这不要脸的东西两巴掌。

王飞涵语塞，要不是他自己就是亲身经历者，也不可能相信林遥之的力气那么大。

"对啊，林遥之连个瓶盖都拧不开。"男生道，"还打你？你是草包做的吗？被一个小姑娘打？"

王飞涵无话可说，只能狼狈地从地上站起来，他恨恨地看一眼林遥之，甩下一句狠话："林遥之，你给我等着，我不会放过你的！"

林遥之心里冷笑，心想要不是这儿这么多人，我今天就要了你的狗命，但想归想，面容之上悲哀之色更甚，干脆扑到身旁女伴的怀中呜呜抽泣起来。

大家都被气得不轻，本来以为王飞涵和林遥之之间只是小矛盾，还想着撮合一下，现在看来，林遥之和他分手简直太对了，而且林遥之居然没有告诉其他人他们分手的原因，给王飞涵留够了面子，这脾气真是太好了。殊不知林遥之自己也有点心虚，毕竟王飞涵可是真的被她揍了。

王飞涵在众人谴责的目光下狼狈离开。

林遥之掐了会表，感觉时间差不多了，才停住啜泣，委婉地站起来说自己想去趟厕所。

众人看她眼圈红红，楚楚可怜的样子，很是不忍，觉得自己仿佛成了王飞涵的帮凶，还有女伴问需不需要陪林遥之一起去厕所。

林遥之委婉地拒绝了，虚弱地说自己没事，然后踉跄着出了包厢。

大家担忧地看着她的背影，寿星小依不高兴地说："我就说别叫王飞涵来，你们非要这么搞，看看，遥遥多难过啊。"

"我也没想到王飞涵是这么个东西。"张罗这事的男生小声道，"太人渣了，可怜了我们遥遥，唉，下次一定不掺和这些事了。"

林遥之离开包房后，就直起身板，嘴里小声碎碎念地骂着王飞涵那个王八蛋，还浪费了她几滴眼泪。

一边骂着，一边低着头用纸巾擦眼泪，却不想转身撞在了一个人身上。

“抱歉，抱歉！”林遥之赶紧道歉，谁知抬起头，竟看到了秦鹿蹙着眉头的脸。

“你怎么在这儿？”林遥之吓了一大跳。

秦鹿并不回答，只是沉默地看着林遥之，林遥之被看得有点后背发毛，小声地说：“怎么了？”

“谁惹你了？”秦鹿道，他伸出手，拇指在林遥之的脸颊上轻轻摩挲一下，沾上了些水渍，“你哭了。”

林遥之语塞，她总不能说自己刚才为了演戏怼前男友才故意哭的吧。

“嗯？”秦鹿又问。

林遥之嗫嚅半晌，才勉强从嘴里憋出一句：“就……就是前男友。”

秦鹿：“他？”他眉头蹙得更紧了，“你不是把他揍跑了吗？他还敢来招惹你？”

林遥之小声道：“是他冤枉我！我可委屈了！”她拭去眼角的泪水，“就……不小心哭了。”她没敢说自己是演戏。

秦鹿道：“他在哪儿？”

林遥之说：“已经走了……你要干吗？”

秦鹿眸色微沉：“看来你没把他揍痛，他才敢再来冤枉你，这次我来，保证他下次见了你就跑。”

林遥之扑哧一声笑开了，心情顿时好了许多。

秦鹿见她笑了，表情才略微柔和下来，他伸手揉了揉林遥之的脑袋：“下次遇到这种事，给我打电话。”

林遥之说好，说完又觉得有些不好意思：“那我先去趟厕所……你在哪个包房啊？”

秦鹿说了他们的包房号，说是俱乐部组织的团建活动，他不太喜欢唱歌，就出来抽根烟。

林遥之道:“那我上完厕所去找你玩?”

“嗯。”秦鹿道,“不过都是一屋子的男人,你不过来也行。”

林遥之笑着点点头,转身进了厕所。

在厕所的镜子里,她看见自己红红的眼睛和鼻头,这红色衬着她白净的皮肤,看起来倒真有几分楚楚可怜,难怪秦鹿刚才那么紧张,还以为她受了欺负。其实如果林遥之真受欺负了,恐怕红的不是眼睛,而是握紧的拳头。她可不想在朋友们面前把王飞涵揍一顿,还帮他多了个受害者的名号,现在倒是刚刚好,王飞涵人渣的名气已经打出去了,也不用担心自己周围的人再和他有什么接触。

至于王飞涵放下的狠话,林遥之一点没放在心上,草包就是草包,再怎么样也折腾不出花来。

林遥之心情颇好地哼着歌,对着镜子把自己花掉的妆容补上,随后提着包蹦跶地数着数字,找到了秦鹿说的房号,小心地敲了敲门才推门进去。

“哟,这位不是那天打沙袋的美女吗?”众人的目光看过来,有人一眼就认出林遥之,那人笑道,“秦鹿,你从哪儿把人家小姑娘骗过来的?”

秦鹿看他朋友一眼:“别开人家小孩的玩笑。”

林遥之腼腆地笑着:“我才不是小孩呢!”

秦鹿道:“你多大了?”

林遥之道:“都二十五了!”

朋友道:“看不太出来啊,我还以为你是大学生呢。”

秦鹿不咸不淡地说:“你以为人人都像你长得这么老?林遥之,你猜猜他多大了?”

林遥之看向秦鹿的朋友,他留着一脸络腮胡,怎么看怎么不像个年轻人,应该比秦鹿要大上一轮,于是慎重地开口:“三十?”

朋友感动道:“姑娘你也太客气了,别人猜我岁数,都是四十往上猜的。”

“那你到底多大啊?”林遥之问他。

“比你小一岁。”秦鹿道,“你可以喊他程弟弟。”

林遥之忍不住哈哈笑起来。

第七章

她是小甜甜

若是只从外表来看，程冕无论如何也不相信林遥之是前几天在俱乐部打沙袋练得特别好的那个姑娘，散打，说白了就是个体力活，一般情况下体重是和力量成正比的，这也是为什么散打运动员严格控制体重的原因，因为比赛分了公斤级别，要是体重超过自己的公斤级别，那就等于直接失去参赛资格。

“程弟弟。”林遥之笑眯眯地占他便宜，“我叫林遥之，你好呀。”

“你别听比比在那儿乱说。”程冕被林遥之这么叫着，有些不好意思，那张满是络腮胡的脸上居然浮起了一丝红晕，“你叫我程冕就行。”

“比比？”林遥之被这称呼惊了一下，“谁是比比？秦鹿？”

程冕道：“他不是叫秦鹿吗？小鹿斑比嘛，我们都亲切地叫他比比。”

林遥之：“噗。”这名字也太可爱了吧，乍一听简直像是Baby的简化版。

秦鹿的脸色越来越黑，程冕的求生欲还是很强的，赶紧转移话题，他可打不过秦鹿。

于是林遥之在包厢里寻了个位置，一边吃果盘一边听程冕聊天，和秦鹿不同，程冕简直是个话痨，而且看起来和秦鹿关系不错，就这么一会工夫，都快讲到秦鹿幼儿园尿裤子的黑历史了。

也亏得眼神不能杀人，不然程冕恐怕早就被秦鹿的目光解剖几百次了。

林遥之笑得花枝乱颤，从程冕的话语中，她了解到秦鹿和自己相似，也是从小就开始学习散打，还参加过全国的散打比赛，拿下过银奖，后来因为一些原因退役，就在俱乐部任职。

“为什么要退役呀？”林遥之好奇地问，秦鹿还不到三十岁，正是运动员的黄金年龄。

程冕笑着道：“可能是因为他发现了他的真爱吧。”

“真爱？”林遥之更好奇了。

程冕不要脸地指着自己：“我啊。”

秦鹿在旁冷冷道：“打死真爱可会轻判几年，你确定要当我的真爱吗？”

程冕无耻道：“哼，昨天叫人家小甜甜，今天就要打人家，有了遥遥这个新欢，就忘了我这个旧爱。”

秦鹿撸起袖子，程冕见状赶紧认尿，说：“对不起大哥，我只是开个玩笑，你看在我昨天给你带的葱油饼的分上，原谅程弟弟这小小的错误。”

林遥之被程冕逗得都要笑背过气了，不过她也没有继续问关于退役的事，看来这事另有隐情，不然程冕也不会刻意岔开话题。

歌唱到十一点，大家便要散了，秦鹿提出送林遥之回家。

林遥之欣然应允，坐上秦鹿的副驾驶。

夏日的夜，反倒比白日来得更亲切。

热气退下，风也带上一丝清凉，树梢上的蝉已经睡了，抬起头便能看见灿烂的繁星和一轮皎洁的白月。

街道上的车流渐少，摇下窗户也不觉得聒噪。林遥之坐在副驾驶上，侧着头看秦鹿。

秦鹿注意到林遥之的目光，问道：“看什么呢？”

林遥之笑着说：“看你好看呀。”

秦鹿道：“你都这么直白的？”

林遥之说：“你喜欢我委婉一点？”

秦鹿失笑，他发现林遥之这姑娘，长得温婉可人，但真要接触起来，其实性格很是直白，大约是在自己面前没有伪装的缘故，不过这份直白，倒也并不让人讨厌，反而十分可爱。

林遥之弯着眼角：“今天谢谢你呀。”

“我又没帮你揍你前男友。”秦鹿说，“你谢我做什么？”

林遥之道：“揍可不行。”她的表情认真又严肃，“你和我前男友对上，指不定谁会占便宜呢。”

秦鹿眉头微微挑起，显然不同意：“哦？”

林遥之道：“你啊，虽然身上的肌肉都很漂亮，但是和我前男友对上，真的要小心点，毕竟你一拳下去，可能就直接把他打死了。”

秦鹿听笑了，肩膀微微抖动，眼睛也弯起好看的弧度。

林遥之继续保持着严肃的表情：“你看我和他谈恋爱的时候，都小心着呢，这一巴掌过去，指不定就是一条人命！谁敢和他打啊！”

秦鹿道：“你男友不知道你学散打？”

“哼。”林遥之嘟起嘴，学着程冕的语气道，“人家可是小甜甜，散打是什么？人家不知道呢。”

秦鹿又笑了，他和林遥之在一起的短短几个小时，比他一个星期都笑得多。

林遥之伸手戳了戳秦鹿的肩膀，道：“我说真的，我身边的朋友没几个知道我学过散打，你要是和他们认识了，可别掀我老底。”

“好。”秦鹿似笑非笑道，“你就是个什么都不会的小甜甜，散打什么的，你才不知道呢。”

林遥之满意地笑了。

到了家门口，两人互相告别，林遥之目送着秦鹿远去，然后哼着歌，心情很好地蹦跶着回了家。

用钥匙打开家门，林遥之却发现家里的灯还亮着，一进客厅，自家本该睡了的老哥阴沉着脸坐在客厅沙发上，手里捏着剧本，眼神不善地看着晚归的自己。

“还知道回来啊，这都几点啦？”林霂之不悦道。

“哥。”林遥之冲上去给了林霂之一个熊抱，林霂之差点没被她抱断气，等林遥之松手后好一会才缓过来，咬牙切齿道：“你是想把我直接弄死在你怀里吗？”

林遥之忽闪着自己的大眼睛，可怜巴巴地看着自己的哥哥：“王飞涵又来找我了。”

“什么？”林霂之果然瞬间被转移注意力，“那货还敢来找你？”

“是啊。”林遥之委屈道，“要不是那么多人，我真想再打他一顿。”

林霂之想了想道：“那你下手得轻点，真打死了也不好交代，他那身板，你两拳下去怕是就没了。”

林遥之道：“肯定的。”她握紧自己的拳头，磨牙道，“我有分寸！”

林霂之道：“他在回来的路上拦你了？”

“没有啊。”林遥之回答。

于是问题又回到最开始的时候，林霂之眯起眼睛，目光好似X光似的上下打量自己的妹妹，问：“那你为什么回来这么晚？”

“哦，他们不是约着唱KTV嘛。”林遥之道，“我就多玩了一会儿。”

林霂之道：“可是小依十点就到家了。”

林遥之语塞，半天憋出一句：“你怎么知道小依几点到家的？”

林霂之说：“他们说你可能心情不好，让我安慰你一下。”不过那群朋友没敢提王飞涵的事，所以他还以为是别的事惹到他妹妹了。

林遥之知道瞒不过去，只能把秦鹿的事说出来，林霂之听完后心情十分复杂：“你看上他什么了？”

林遥之：“我看上他坚韧不拔的性格，永不言败的精神！”

林霂之：“说人话。”

林遥之老实了：“对不起，我就是看他长得好看。”

林霂之气得给林遥之脑袋上来了一下，他这个妹妹哪里都好，就是十分颜控，那个王飞涵他就看不上，但林遥之喜欢，他只能随着林遥之去了。

“不过秦鹿不同！”林遥之摇头晃脑的，“和其他人很不一样，他班里全是漂亮的姑娘，他一个都看不上！”

林霂之：“那能看上你啊？”

林遥之：“他夸我美呢！”

林霂之狐疑地看着林遥之：“真的？夸你哪里美？”

林遥之：“夸我……反正就是夸我美了！”她才不想再提到什么左勾拳的事，

简直了。

林霂之虽然对此抱有疑问，但林遥之死活不肯松口，便没有继续追问，于是只好叮嘱林遥之注意安全，一旦发现不对劲一定要早点撤，不然秦鹿可不像王飞涵那么好对付，这要是撕破脸，两人说不准还真得天雷勾地火地干一架。

林遥之敷衍完自己的哥哥，这才被允许去睡觉。

她洗个澡，又敷了面膜，躺在床上打开泡沫剧，打算看会剧就睡觉。睡前自然没忘记给秦鹿发了条信息道“晚安”。

林遥之本来没指望秦鹿回，却出乎意料地收到了秦鹿的“晚安”。

心里一阵高兴，林遥之握着手机哼起小曲，她想了想，又给秦鹿发了一条信息，询问秦鹿明天有事没有。

秦鹿表示没有。

“那我来俱乐部看你训练吧。”林遥之厚着脸皮发语音，“我蛋糕店里又出了很美味的新品，给你带几份过去，你那个喜欢吃蛋糕的朋友也在俱乐部吗？”

“不在。”秦鹿道，“不过我可以给他带回去。”

“带回去？”林遥之立马警惕起来，“你们住在一起？”

秦鹿：“对。”

林遥之：“唔……是室友啊？”

秦鹿：“算吧。”

林遥之想了想，总感觉哪里不太对，像秦鹿这样性格的人也会和人同居吗？还和一个喜欢吃甜食的男人同居？她觉得自己有必要收集一下这个同居室友的信息，免得出现什么不必要的意外。

第八章

再见俱乐部

第二天，林遥之把自己打扮得漂漂亮亮，从店里提了新品蛋糕去俱乐部看秦鹿。

天气实在是热得厉害，他们蛋糕店也应季开发了不少与冰淇淋相关的新品，比如林遥之这次提的就是个水果味的冰淇淋蛋糕，蛋糕主体是冰淇淋，上面铺满了冰镇过的水果，装蛋糕的是个小巧的保温箱，里面有冰袋仔细放在四周，即便是离开冰箱一段时间，也不用担心蛋糕融化。

林遥之到了俱乐部，笑眯眯地和前台姑娘打招呼后，先溜到厕所里补了个妆，才进去找秦鹿。气温高，出一趟门就浑身是汗，从车上下来的时候，总觉得自己好像进了桑拿房，到了俱乐部才感觉稍微好一点。

秦鹿今天也在上课，只是换了批学员，不过林遥之眼睛尖，一眼就看到学员中的一个熟人，是上次她来这里，故意给她挖坑的石谷秋。

“来了？”秦鹿这次没有下场，只是在旁边指导学员们热身，听见林遥之的脚步声，才回头轻声道了句。

“嗯，我给你带了冰淇淋蛋糕。”林遥之笑道，“俱乐部有冰箱吗？先冻起来，免得化掉。”

“有的。”秦鹿道，“我来冻吧，你不玩玩？”他扬了扬下巴，示意旁边的沙袋。

林遥之想了想：“可以呀，我先热热身，你待会儿帮我拉筋吧。”

“好。”秦鹿果然没有发现林遥之的阴谋，随口应下，转身去冻蛋糕。

林遥之笑眯眯地看着他的背影，心想自己可真是个小机灵鬼。

拉筋，又称作拉韧带，是散打教学必须经历的一个过程，基础动作类似一个人躺在地上，另外一个人把那人的腿往上压，在这个过程里两人之间会有比较亲密的身体接触。当然，拉筋对于没有练过的人来说都是很痛的，当年林遥之学的时候就被她的教练硬生生扳哭过。

这么多年过去，也不知道自己还能不能撇出一字马来，林遥之想着。

“你学过散打的吧？怎么还要到这儿来浪费时间？”大概是见到秦鹿不在，本来在学员里练动作的石谷秋又凑过来，她说出的话酸味都要溢出来了，“你不是很厉害吗？”

林遥之在自己朋友面前是个小甜甜，可面对故意挑衅自己的人，她的脾气可不怎么好，不过就算如此，她也不打算撕破脸皮，于是一脸无辜地看着满脸汗水的石谷秋：“怎么会是浪费时间呢？只要时间是花在秦教练身上的，都不算浪费呀。”

石谷秋咬着牙道：“你喜欢秦教练？”

林遥之弯起眼睛：“秦教练那么好看，谁会不喜欢秦教练呢。”

石谷秋道：“可是我先来的！”

林遥之道：“咦，你是说你先来上课的吗？难道你来了，其他学员就不能报课了？”

石谷秋气结，这个林遥之看起来软软乎乎的，没想到居然这么不好搞，打不过就算了，居然嘴上也说不过，搞得石谷秋郁闷得不得了，而且最让她嫉妒的是秦鹿对林遥之的态度，秦鹿只给男学员拉筋，女学员他碰都不碰一下，可是这个林遥之一来，秦鹿居然同意了。

石谷秋还想说什么，但秦鹿已经回来，她只好闭了嘴。

林遥之今天是有备而来，不但穿的是方便运动的服装，甚至还背了换洗的衣物，放开手脚热了身之后，便到了最期待的环节，她眨巴着那双大眼睛，甜甜地叫了声秦教练。

秦鹿被她嗲声嗲气的语调搞得微微蹙眉，走过来道：“你叫我秦鹿就行。”

林遥之道：“不嘛，人家不嘛。”

秦鹿:“好好说话。”

林遥之:“行吧秦鹿，我准备好了！”

秦鹿打量她一番，犹豫片刻:“我下手有点重，不然我还是让女学员来帮你拉筋吧？”

林遥之心想这怎么可以，我今天就是奔着这个来的，你要是让个女的来，我不就前功尽弃了吗？于是赶紧阻止道:“别别，我糙着呢，其他人我也不熟，别麻烦他们了，就你来吧！”

秦鹿见林遥之态度坚决，于是点头同意，不过还是给林遥之打了个预防针，说自己下手真的很重，并且不会半途停下，让林遥之想好了。林遥之心想再重能重到哪儿去，来吧，用力吧，请不要怜惜我这朵娇花，于是连声称好，坚决不给秦鹿反悔的机会。

秦鹿是个果断的，得到林遥之同意后，直接下手了，他让林遥之侧躺在地上，然后单膝跪在林遥之身后，抬起她一只脚，开始往上扳。散打对柔韧性的要求很高，至少要撇成一字马。

躺在地上的林遥之，感到一双微微发热的手握在自己的小腿上，秦鹿显然很懂得避嫌，身体离林遥之有些远，除了那双略微粗糙的手。啊，这就是她和秦鹿的第一次亲密接触了，林遥之有些羞涩地想着，然而她还没羞涩两秒，身后的人就开始发力——

“啊！”林遥之发出杀猪一般的惨叫，此时此刻终于明白之前秦鹿的反复叮嘱是什么意思了，这货压根就没有给人准备的时间，几下就把她的腿压到极致，也亏林遥之之前就练过，不然她真的觉得自己当场要死在这儿。

美色什么的已经完全被林遥之抛在脑后，她现在唯一想做的事就是从地上爬起来，离秦鹿要多远有多远。

“啊，轻点啊，秦鹿，秦教练，哥！”林遥之眼泪都下来了，她被秦鹿死死地压在地上，动弹不得，韧带的部分好像断了似的，但秦鹿显然是有分寸的，因为他的手还在继续往后压。

“我都说了。”秦鹿的声音离林遥之有些近，灼热的气息扑打在林遥之耳边，他语调里带着些笑意，“你以为我是在开玩笑？”

“我错了，哥，我错了！”林遥之痛哭，“我再也不要你给我拉筋了，呜呜呜呜。”那一瞬间她的眼前闪过白光，还以为自己会这么痛晕过去。

秦鹿似笑非笑：“这不是你要求的吗？”

林遥之委屈巴巴：“我哪儿知道你这么狠啊？”

“不狠点谁都要我拉筋。”秦鹿用只有他们两人能听见的声音慢条斯理道，“我有那么好用？”

林遥之登时哑然，此时此刻，她突然发现，秦鹿并没有她想象中的那么纯良，自己这点小手段，恐怕早就被他看穿了，不过秦鹿没有点醒她，反而依了她的小心思。

“好了，不疼了，已经拉开了。”秦鹿松了手，扶住林遥之的肩膀让她坐起来，“去玩吧。”

林遥之悲伤地抹去眼角的一滴泪水，心想你让我喘口气再玩。

秦鹿并不催促，就在旁边看着她，眼神里带着的笑意十分明显，搞得林遥之有些郁闷。

就在这时，旁边却插入了一个不和谐的声音，正是那酸不溜秋的石谷秋，石谷秋道：“教练，你也帮我拉拉筋吧，我已经热身好啦。”她用撒娇的语气说着话，再配上那张漂亮的脸，很难让男人拒绝。

秦鹿道：“我不给女学员拉筋。”

“为什么？”要是秦鹿一视同仁也就罢了，但现在有了林遥之这个例子，石谷秋就不乐意了，“她不是女学员吗？”

“你和她比？”秦鹿挑眉，“要拉也可以，我先和你说，你喊疼我也不会半途停下。”

石谷秋道：“我不会喊疼的！”她嫌弃地看了眼坐在地上哎哎直叫唤的林遥之，已然当成她是故意喊疼博取同情，哼了声，“我从来不怕疼，更不用说是教练你帮我拉了。”

秦鹿见自己的学员态度坚决，没有再说话，只是做了个手势示意她躺下。

看见石谷秋喜笑颜开地躺下，旁边的林遥之露出不忍之色，道：“秦鹿，人家好歹是个姑娘，下手别那么重啊。”她现在疼得都站不起来。

秦鹿淡淡道：“放心，肯定不会像拉你那样。”毕竟林遥之是有底子的。

石谷秋却很不给面子地说：“教练，不用怜惜我，我不怕疼！”她觉得林遥之是在故意酸她。

秦鹿也不废话，直接抓住石谷秋的腿，用力下压。

“啊……”石谷秋微微喊了一声，就没了声音。

林遥之见状大感惊讶，心想没想到这姑娘是个狠角色，这么压都不带叫的，刚才发出猪叫的自己简直是弱爆了，正这么想着，谁知面前的秦鹿眉头一皱，还没压到底就放下了石谷秋的腿，随后把她翻了个身，抬头看了林遥之一眼。

“你看我干什么？”林遥之莫名其妙。

“还不是你招惹的。”秦鹿无奈地叹息，“疼晕过去了……”

林遥之这才发现石谷秋满脸冷汗，眼睛紧紧闭着，居然昏厥过去了。

“妈耶，我说怎么不叫了呢，原来直接晕了啊！”林遥之登时哭笑不得。

第九章

最难消受美人恩

林遥之刚夸完石谷秋是个狠人，结果下一秒这个狠人就昏厥了过去，秦鹿一脸无奈地站在旁边看着自己的学员，检查一下她的脉搏，确认她只是疼晕了才放下心来。

林遥之坐在地上还是一脸半死不活的样子，同时用同情的眼神看着地上躺着的石谷秋，旁边围观了这一幕的其他女学员纷纷朝秦鹿投来惊恐的目光，没想到秦鹿对于娇花似的姑娘都能下得去狠手。

过了五六分钟，被疼晕的石谷秋才缓缓醒来，只是醒来后她的状态依旧不是很好，不但脸色苍白毫无血色，还满额头的冷汗，睁开眼后做的第一件事就是扶着自己的腿根呜呜地哭开了。

“你没事吧？”林遥之坐在旁边，对石谷秋生出了些同病相怜的怜惜。

“我……呜呜呜……”石谷秋哭得梨花带雨，“我的腿不能动了。”

林遥之还没说话，秦鹿这个狠毒的教练就开了口：“这就不能动了？看来平时韧带都没有拉开嘛，以后我来给你拉。”

“不不不！”若是以前的石谷秋听见这话估计会欣喜若狂，但此时此刻，她的表情好似见了鬼，手摆得跟摇头扇似的，“不用麻烦教练了，让其他姑娘来帮我拉就行！”

秦鹿道：“真不用我来？”

“不用不用。”石谷秋被秦鹿盯得满脸惊恐，艰难地从地上爬起来，即便是站不稳，也一瘸一拐地朝远处走去，生怕自己走慢了秦鹿又给她来一下，这再来一下会死人的啊！

秦鹿故意叹口气，扭头看向林遥之："你还要拉吗？"

林遥之赶紧摇头，表示自己已经完全拉开了，柔韧得像根刚煮熟的面条，不需要秦教练再费心思。

秦鹿摊手："好吧，那你自己来。"

林遥之赶紧点头称好。

经过今天这么一闹，秦鹿在女学员里的人气降了不少，不过显然他也乐于此事，至少休息的时候不会有姑娘一直跑过来问一些让他头疼的问题了。

林遥之坐在旁边跟个娃娃似的，她现在腿根还疼呢，走起路来一瘸一拐，张牙舞爪的，很不美观。

好不容易挨到课程结束，林遥之眨巴着大眼睛问秦鹿想不想吃蛋糕。

"现在吃？"秦鹿道。

"不可以吗？"林遥之道，"还是你们俱乐部有什么规定，不能在里面吃蛋糕？"

"行吧。"秦鹿看了一下表，"我们去茶水间吃。"

林遥之高兴地同意了。

林遥之虽然是开蛋糕店的，但平时为了控制体重，其实她不怎么吃甜品，今天给秦鹿带了这么大一个冰淇淋蛋糕，和他一起尝尝，也算是件幸福的事。

于是嘴里哼着歌，林遥之拿着塑料盘子和小叉子，两眼放光地等着秦鹿给她切一块。

"哟，你们这是在背着我吃什么呢？"有人推门而入，正是那天在KTV里见过一面的程冕，程弟弟。

"吃冰淇淋蛋糕呢。"林遥之的盘子上已经放了一块，她用叉子叉起来，放进嘴里，感受着冰淇淋在舌尖化开带来的冰凉触感和浓郁奶香，"你要来点吗？"

"蛋糕？"程冕听见这两个字眼睛就亮了，"遥之你带来的？"

"唔。"林遥之点头，"是我家蛋糕店最近出的新品，味道还不错。"

"我能来一块吗？"程冕凑到秦鹿身边，觍着脸道，"就一块。"

秦鹿面无表情地看他一眼。

程冕缩了缩脖子："哎，你怎么这么小气？你室友也吃不完，这么多就给我尝一点不行吗？"

室友？听到这两个字，林遥之的耳朵立马竖起来，她清楚地记得和秦鹿的第二次见面就是因为秦鹿来她的蛋糕店给室友买蛋糕，还特意叮嘱要甜一点的，要不是因为这个，她也拿不到秦鹿微信，两人也不会有接下来的交集。

"室友吃不完，我吃。"秦鹿道，"总之你就别想了。"他说着收起蛋糕，一点没给程冕留面子。

程冕哭丧着脸，还想再说什么，但看秦鹿的样子是丝毫不肯心软。

林遥之见状有点不忍，但还没开口劝说什么，秦鹿就指了指程冕，说他要打比赛，正在控制体重，蛋糕什么的想都别想碰一口。

林遥之道："好吧。"

程冕开始假哭，只可惜他那张满是络腮胡的脸让人丝毫感觉不到哭声的动人，反而坚定了不给他吃蛋糕的决心。

散打比赛是需要严格控制体重的，因为一旦胖一两斤，需要面对的就是不同公斤级别的敌人，体形上的差距让选手在一开始就会处于劣势。

秦鹿心硬如铁，程冕再怎么哀号他都无动于衷。

"我去趟卫生间。"秦鹿道，"你看着冰箱和程冕。"

"好！"林遥之舔了口自己的叉子。

秦鹿一走，程冕赶紧凑到林遥之身边，甜甜地叫了声："林姐。"

林遥之警惕道："我不会心软的。"

程冕："就一口啊……"

林遥之道："一口也不行。"

程冕见林遥之不肯松口，无奈地叹了口气。

林遥之见秦鹿不在，装作不经意地开口道："对了，我之前就听说秦鹿有个室友，你见过他吗？"

"室友？"程冕的表情有点奇怪，随后机灵的眼神一转，"我见过啊。"

“见过？”林遥之好奇道，“是个什么样的人啊？”她真的对这个室友十分好奇，毕竟能和秦鹿住在一起，还让秦鹿出来帮他买蛋糕，这人肯定不一般。

“嗯……我是挺想告诉你的，但是背后道人长短也不太好，这样吧。”程冕无耻道，“你让我尝一口蛋糕，我就告诉你。”

林遥之：“……”

程冕道：“你快点想啊，秦鹿待会儿就回来了。”

林遥之面露无奈，没想到程冕居然这样耍赖，她思来想去，还是同意了这个交易，一口蛋糕应该也没什么事，于是她重新拿个勺子，从自己没有碰过的地方挖了一块，递给程冕。

程冕连忙把蛋糕塞进嘴里，几口吞下，配上一脸络腮胡，简直像个吃小孩的大熊，他把勺子毁尸灭迹似的丢进垃圾桶，才道：“秦鹿的室友是个可爱的男孩子呢。”

“可爱的男孩子？”林遥之被这个形容词和程冕的表情搞得毛骨悚然，脑海里浮现出动漫里可爱的正太形象，“再具体点？”

“身高一米六几，一头小卷发。”程冕大咧咧道，“就是脾气不好，你要是把他惹到了……”

林遥之道：“怎样？”

程冕：“他就对你吐口水。”

林遥之面露惊恐之色。

“秦鹿是很宠他的，他喜欢吃蛋糕，秦鹿就经常去店里买，对他比对我好多了。”程冕酸溜溜地说。

林遥之总觉得哪里不对劲，但是哪里不对劲呢？又说不出来，秦鹿这个硬邦邦的性格会和一个这么软乎的室友同居？是不是哪里搞错了？

程冕见林遥之一脸疑惑，在心中偷笑起来，还想说什么，去上厕所的秦鹿回来了。

“聊什么呢？”秦鹿察觉屋内气氛有些微妙，挑眉看向程冕。

“什么都没有聊啊。”程冕故作无辜，“林姐可听你的话了，一口蛋糕都没给我吃。”

秦鹿的目光在他脸上扫视片刻，不咸不淡地“哦”了声。

程冕被秦鹿的眼神搞得很是心虚，赶紧转身开溜，把林遥之留给秦鹿。

“你这么看着我做什么？”林遥之干了坏事，也有点虚。

秦鹿沉默片刻，淡淡道：“下次你给他偷吃蛋糕，记得让他把胡子上的奶油擦干净。”

林遥之：“咳咳咳咳！”都怪这个程冕，留那么多胡子做什么。

秦鹿道：“走吧，时间不早了，谢谢你的蛋糕，我请你吃个晚饭吧。”

“好呀好呀。”林遥之开心地同意，从椅子上站起来，正打算跟在秦鹿身后高兴地蹭一顿晚饭，谁知刚迈出腿，就感觉腿根处一阵酸软，两股战战。

秦鹿见状道：“是不是很久没拉了？”

林遥之道：“是啊，挺久没拉了。”

秦鹿道：“那你经常来俱乐部玩吧。”

林遥之一愣，还没来得及高兴，就听到秦鹿缓声道：“我亲自帮你拉。”

这一刻，林遥之并没有感到快乐，而是后背腾地浮起一层凉气，颤声道：“不……不了吧。”

秦鹿居然满脸无辜：“为什么不？你不喜欢我这个教练了吗？”

林遥之道：“没有没有，我挺喜欢的！”只是再这么拉下去，她就真的要变成面条了。

秦鹿却笑了，眼角微微弯起，形状优美的薄唇勾起漂亮的弧度：“开玩笑的，下次我会温柔一点，可以吗？”

林遥之被秦鹿这个少有的灿烂笑容迷惑得意识模糊，不知不觉就点了头，等反应过来才意识到自己答应了什么，随后心中一颤，顿时有些理解什么叫作最难消受美人恩了。

秦鹿这笑容，换了哪个姑娘都顶不住啊！

第十章

激烈的讨论

秦鹿请林遥之吃了一顿丰盛的晚餐，还在晚餐后将林遥之送回了家中。

看着秦鹿渐渐远去，林遥之一瘸一拐地走回了家。

家里，林遥之的哥哥林霖之已经回来，见她踉踉跄跄地进屋，朝她投来一个审视的目光："你腿怎么了？"

林遥之羞涩道："和秦鹿玩得太激烈……"

林霖之脸瞬间黑了："玩？你们玩什么了？"

林遥之："就是那个……那个我躺着他跪着……"

林霖之咬牙切齿："好好说话。"

林遥之见自家哥哥一副气得马上要爆炸的表情，乖了："就是拉筋嘛。"

林霖之："……林遥之你真的是皮痒了。"

林遥之摇摇晃晃地凑到哥哥旁边，哼哼唧唧道："哥，我有个问题想问你。"

林霖之道："问。"

于是林遥之便把今天程冕告诉她的关于秦鹿室友的描述又给林霖之重复了一遍，林霖之起初没什么表情，结果听着听着，眉头蹙了起来："这什么奇怪的室友？"

"对啊，我也觉得很奇怪。"林遥之道，"男孩子一米六几的不多吧，还喜欢吃甜食，难道是小朋友？但是听程冕的意思又不像是小朋友啊……"她挠挠头，很是茫然。

"还有吐口水。"林霖之给林遥之分析，"正常人会吐口水吗？难道……"

林遥之道:“难道什么?”

林霂之沉声道:“难道这是秦鹿智商存在缺陷的弟弟?”

林遥之语塞。

林霂之道:“你觉得呢?”

林遥之:“不可能，如果是这样，他肯定会说是他弟弟的，但是现在只是说那是他室友啊，而且……”想起秦鹿给室友买蛋糕时温柔的表情，林遥之酸得像个小柠檬，“他还给他室友带蛋糕呢。”那么一个硬邦邦的男人，却提着柔软又甜蜜的蛋糕，对比着实有些强烈，让人不由想要嫉妒被这样对待的人。

林霂之沉默片刻，欲言又止。

林遥之看出哥哥想要说点什么，便靠在他肩膀上撒娇:“哥，你想说什么就说呀。”

林霂之看了眼自家妹妹:“我怕说出来你打我。”

林遥之:“哼，讨厌啦，你不说小心人家小拳拳捶你胸口。”说完捏起自己的拳头。

别的姑娘小拳拳捶胸口都是撒娇，他家妹妹这句话是实打实的威胁，这一拳下来，他胸口得青一个星期。

思量再三，要求林遥之不对自己动粗后，林霂之用沉痛的声音说出了一个恐怖的猜测:“你有没有想过，秦鹿是Gay?”

林遥之:“哈?”

林霂之自觉自己的社会经历比妹妹丰富许多，况且他还在混娱乐圈，这个圈子的俊男美女数不胜数，与之相对，诱惑也特别多，男人跟男人，女人和女人已经不算什么稀奇的事，他就见过不少。

林遥之惊恐无比:“你为什么这么说啊?”

林霂之道:“你说说，正常男人会给室友买蛋糕吗?”

林遥之觉得自己的哥哥有点不靠谱，狐疑地看着林霂之:“你不就给你经纪人买过吗?”

林霂之登时语塞。

林遥之道：“你还跟他一起洗过澡！”

林霂之恼羞成怒：“我们是清白的！你也不看看他那张脸！”

林遥之抓住林霂之的把柄：“我要去和刘哥告状说你嫌他丑！”

林霂之发现他妹妹不但拳头厉害，嘴巴也挺厉害的，居然没上套。

“不是，你先听我说。”林霂之还想挣扎一下，“你看看，他那个室友才一米六，头发卷毛，还喜欢吐人口水，你活了这么多年，见过这样的男孩子吗？”

林遥之沉思片刻，觉得好像有那么点道理：“所以你就说秦鹿是Gay？”

“你不是说过吗？他学员全是女生，说真的，就这样他还没恋爱，那肯定是有问题的！”林霂之继续分析。

“可是他才和前女友分手啊。”林遥之又发现了一个问题，“怎么能说没谈恋爱呢？”

“才分手？你不是说他是柳下惠坐怀不乱吗？”

林遥之道：“柳下惠也是要结婚生孩子的……算了，我懒得听你胡扯，你还说过我前男友是Gay呢。”反正看上她的人都是Gay。

林霂之试图辩解的行为失败，只能长叹一声，恨妹妹长大了没那么好忽悠了。

林遥之把自己哥哥丢在客厅，跑进卧室掏出手机，找到何森森的电话号码，随后加上微信——指望自己哥哥，那她可能要单身到五十岁了。

何森森应该也在玩手机，所以通过得很快，林遥之加上之后还没说话，何森森就热情地给她打招呼。

“遥遥，晚上好啊。”何森森道，“有事吗？”

林遥之委婉地询问能不能打听一些关于秦鹿的事。

何森森大方地表示没问题，还说她和秦鹿缘分已到，随后更加委婉地询问林遥之能不能帮她要到林霂之的签名照。

林遥之拍着自己的胸口表示小意思，随后两个姑娘进行了一波私下情报交易。

“秦鹿这人生活规律得很。”何森森说着自己对秦鹿的了解，“每天俱乐部、家两点一线，几乎没有什么夜生活，而且他对感情挺迟钝的，你也不用担心他在外面拈花惹草。”

林遥之却觉得何淼淼的描述不尽然，她之前也是这么觉得的，但是今天经过拉筋事件，她发现秦鹿心里其实明白得很，只是有时候不愿意去回应，毕竟在某些情况下，沉默就是另一种拒绝，而且是比较给人面子的那种。

“对了，秦鹿是不是有个室友啊？”林遥之问出自己最想知道的问题，“我听说是个男生……”

“室友？有吗？”何淼淼有点茫然，显然对这个室友的情况不是很清楚，“不过我只和秦鹿谈了半个月的恋爱，没有去过他家，也没见过什么室友。”

林遥之纠结了：“真没听过啊？”

何淼淼果断说是。

这就奇怪了，按照秦鹿和程冕的说法，这个室友是肯定存在的，但何淼淼身为秦鹿的前女友却完全不知道这个人，难道是秦鹿有意瞒着何淼淼，真的有问题？

在林遥之沉默的时候，何淼淼羞涩地问起关于林霂之的事，比如林霂之有没有什么喜欢吃的，有没有什么喜欢玩的。

林遥之很不客气地把自己老哥卖了，说自己的哥哥平时没什么爱好，宅得厉害，没事的时候喜欢窝在家里打游戏，下次如果有空就叫何淼淼过来玩，她可以当面找他要签名。

何淼淼激动得声音都颤抖了，说自己高中的时候就开始追星，林霂之出的所有蓝光和唱片她都有买！

林遥之惊了一下：“你高中的时候就开始追星？那岂不是连我哥的早期作品都看过？”

何淼淼：“看过啊，我就是从你哥演的第一部剧喜欢上他的。”

林遥之：“你喜欢他什么？”

何淼淼：“喜欢他的赤子之心。”

林遥之：“……”

林霂之演的第一部是电影，在电影里，他扮演一个先天性智障儿童，傻得一塌糊涂，看来何森森是真的很喜欢林霂之了。

交换情报的工作终于告一段落，虽然知道了很多秦鹿的兴趣爱好，但关于室友的情报依旧寥寥无几，不过在林遥之纠结的时候，秦鹿居然给她发了条信息，说他周末准备请几个朋友在家BBQ，问林遥之要不要一起过来交流武艺。

林遥之直接把交流武艺几个字在脑子里屏蔽，把这当成是秦鹿对她的约会邀请，开心道："好啊好啊，我需要带什么东西吗？"

"人过来就行了。"秦鹿如是道。

林遥之道："你室友也在？"

秦鹿道："在，怎么了？"

林遥之傻乐："没事没事。"这下好了，她终于有机会可以一睹秦鹿室友的庐山真面目，不用在这里继续傻乎乎地猜了。

只是不知道那室友到底是个什么样的人呢。

第十一章

斑斑和比比

毕竟是第一次去秦鹿家，林遥之特意化了精致的妆，穿了身又美又仙的白色雪纺裙。

看见这样精心打扮的妹妹，林霂之成功化为柠檬精，酸不溜秋地叮嘱林遥之早去早回，还说如果有什么情况一定给他打电话，他马上过去接人。

林遥之嘴里“嗯嗯”地应着，其实压根没听林霂之在说什么，如果真打起来，他哥还没她能打呢。

开着车，林遥之很快到了秦鹿的小区附近。

这小区在市里是挺有名的富人区，房型基本都是洋房和别墅，在这寸土寸金的市区内着实价格不菲，看来秦鹿的经济条件很不错，只是这样的人会需要一个室友来同住？难道是觉得自己太过寂寞？

怀着各种复杂的心情，林遥之敲响了秦鹿家的大门。

片刻后，门被人打开，出现在门后的是一个高大的男人，男人裸着上半身，下身穿着牛仔裤和围裙，从身材来看，显然也是练过的，无论是胸肌还是腹肌都特别漂亮，他大约正在干活，胸膛上浮起点点汗水，看起来更性感了。

“你找谁？”男人开口问道。

“我找秦鹿。”林遥之站在门口乖得像个瓷娃娃。

“秦鹿？”男人闻言，神色里流露出些许诧异，似乎有些惊讶，随后回头叫了声，“秦鹿，有人找。”

屋子里传来秦鹿的声音：“谁？”

“是我，林遥之。”林遥之大声道。

“林遥之？进来吧。”秦鹿温声应和。

秦鹿放话，男人才让林遥之进来，他有些不好意思地笑了笑：“不好意思啊，找秦鹿的人有点多，上次放进来一个姑娘，我还被他说了。”

“没事没事。”林遥之不是什么小气的人，摆摆手示意自己并未放在心上。

她进屋之后，被男人带到一个室内花园，还没进去，林遥之便听到里面传来男人说话的声音和笑声，隔着玻璃，她看见秦鹿站在人群中间，脸上带着从未见过的灿烂笑容，周围几乎全是男人，没有看见一个女孩，空气里弥漫着男性荷尔蒙的气息。

站在一群男人中间，穿着雪纺裙的林遥之，便显得有些格格不入了。

“哟，秦鹿，你不是说你不找柔弱的姑娘谈恋爱吗？”见到林遥之，人群里发出一阵起哄的声音，“这下真香了吧？”

秦鹿解释道：“她不是我女朋友。”

“那是你在追她？别说不是啊，我们聚会的时候就从来没见过你带其他的女人来。”

“你小瞧她可是会吃苦头的。”秦鹿道，“她厉害着呢。”

那人上下打量林遥之一番，对于秦鹿的话显然并不相信，林遥之乖乖地站在旁边也不解释，无辜地看着秦鹿，一副根本不明白你在说什么的可爱表情。这样一来，其他人更不相信秦鹿的话了。

秦鹿哪儿会不知道林遥之在想什么，他收敛笑容，对自己的好友道：“不然你们比一场？”

“比什么？比可爱吗？那我可赢不了。”好友哈哈大笑，显然是把林遥之当成了一个漂亮的洋娃娃。

“这里也不适合散打，不过可以比点最基础的。”秦鹿慢慢道，“你们就比一场掰手腕吧。”

“掰手腕，我和她？”好友指了指自己的手臂，又指了指林遥之的手，“这不是欺负姑娘吗?！秦鹿，你变坏了啊，姑娘你说怎么罚秦鹿？”这人性格不坏，到底是害怕林遥之丢面子不好意思，所以没有答应，反而是转移话题，想要略过这个提议。

“好呀。”谁知林遥之却好似没有明白他的意思似的，笑眯眯地点了点头，“比一比也可以。”

好友闻言，表情一愣，显然没明白林遥之怎么会就这么答应了，这不是自取其辱吗？

“只是点到为止。”秦鹿看着林遥之说。

林遥之乖乖点头。

好友见到两人的互动，有些茫然，他才不信自己掰手腕会输给眼前这个漂漂亮亮的小姑娘，从体格差距上来说这是根本不可能的事！

但秦鹿没有多说什么，转身找了张桌子，让两人在两边坐下。

一只白皙柔软的手，和另外一只又黑又粗糙的手在桌面上握住，形成十分强烈的对比。

好友笑了笑：“姑娘，那我就不客气啦。”

林遥之道：“自然。”

随后好友的手臂开始发力，想要迅速解决战斗。两人周围围了一圈看热闹的人，这些人显然都把这次掰手腕当成了一场闹剧，除了站在秦鹿旁边满脸络腮胡的程冕。

见过林遥之打拳的程冕，知道眼前的小姑娘不是什么容易糊弄的角色，他拍了拍秦鹿的肩膀，一脸你真是个坏东西的表情。

秦鹿只当没看见。

掰手腕开始，大家都以为结果会飞快地出来，但随着时间流逝，众人的脸上出现了变化，其中变化最剧烈的，当属和林遥之掰手腕的唐文歌。

唐文歌手里握着的那只白净小手，看起来一阵风就能吹倒，可无论自己怎么用力，却都如钢铁铸成一般无法撼动分毫，他开始还担心自己会不会太过用力伤到林遥之，可当所有力气都用上后，林遥之那只手依旧没有任何变化，她眼神里带着些笑意，本来看起来十分柔软，只是此时此刻，这份柔软在唐文歌眼里却变成了嘲讽。

嘲讽着自己的不自量力和轻敌的态度。

起初周围人还以为是唐文歌没舍得用力，但当大家看见唐文歌因为用力手腕上的青筋都暴出来了以后，才明白唐文歌不是没用力，而是眼前这个姑娘的实力深不可测。

现场的气氛好像凝固一般，所有人的眼神里都带着不可思议和愕然，唐文歌心中微微一叹，想着自己是赢不了了，正欲认输，对面的林遥之却先松了手，嘴里“哎呀”一声：“没有力气啦。”

唐文歌一愣，他是当事人，自然知道林遥之还有余力。

林遥之已经站起来，委屈地凑到秦鹿面前，把自己的手抬给他看：“你们怎么都那么厉害？我手都红了。”

秦鹿握住林遥之的手，看见林遥之的手上果然有一个由于用力过度而出现的红痕，道：“过来，给你冰敷一下。”

“好嘞。”林遥之高兴了。

唐文歌沉默地站起来，此时他也反应过来到底是怎么回事了，他之前想给林遥之留一份面子，所以现在，林遥之也给他留了份面子，这姑娘人不错，长得可爱，情商也高，当然，重点是力气真的好大。

周围的人戳戳唐文歌的肩膀，问他到底怎么回事。

唐文歌叹息：“她真的不是陶瓷娃娃。”

“那是什么娃娃？”众人看热闹不嫌事大。

“钢铁娃娃。”唐文歌想了想，“也不知道秦鹿从哪里找来的这么个宝贝。”

那边林遥之跟着秦鹿去厨房找冰块，秦鹿低着头认真地给林遥之冰敷，这算是两人第一次亲密接触了——请不要再提拉筋相关的任何字眼。

林遥之的手被秦鹿握在手里，心里甜滋滋的，接着便听秦鹿道：“谢谢你给文歌留面子。”

“他人敬我一尺，我敬他人一丈。”林遥之说完嘟囔一句，“况且赢了也没什么好处。”输了还能在你面前撒个娇呢。

秦鹿眼里浮起笑意，奖励似的轻拍一下林遥之的脑袋。

“对了，你那个一米六的室友呢？”林遥之想起自己来这里的正事，装作不经意地问，“我怎么没看见？”她进了花园就开始寻找目标，但是周围的男人没一个低于一米七五的，个个高大威猛，哪有什么一米六的可爱男孩子。

“你提他做什么？”秦鹿疑惑道。

“我就是好奇……”林遥之道。

秦鹿道：“他还在睡觉，待会才出来，你想去看？”

林遥之心想在睡觉啊，那就算了吧，毕竟把人家叫醒就为了看一眼也不太合适，然后随口问了句：“他在哪儿睡觉呢？”

“我卧室。”秦鹿道。

林遥之如遭雷击：“在哪儿？”

秦鹿还未意识到自己回答的严重性，于是又重复一遍：“我卧室，怎么了？”

林遥之呆住，脑海里开始不停地回荡自己哥哥说的那个英文字母，像秦鹿这样的钢铁直男会和室友同住一间屋子吗？难道自己真的喜欢上了一个Gay？

秦鹿见林遥之的表情变幻莫测，莫名其妙道：“你想什么呢？”

林遥之抬眸深沉地看秦鹿一眼：“比比，你一定不是的，对吗？”

秦鹿：“别叫我比比。”

林遥之：“那斑斑？”

秦鹿：“……算了，随便你吧。”

第十二章

原来是你

林遥之对秦鹿这个室友的好奇心已经浓郁得完全掩盖不住，连秦鹿都明显感觉到了。他思考片刻，问道："你想看看他吗？"

"我可以看看他？"林遥之激动地从椅子上站起来，随后又觉得自己这么明显是不是不太合适，于是干咳一声，委婉道，"这样是不是不太好……"

"有什么不好？"秦鹿的脑回路和林遥之始终没有调到一个频道上，他既不明白林遥之为什么会纠结，也不明白她为何会激动。

"那好吧，都来你家吃饭了，认识一下你的室友也是应该的。"林遥之小声地嘟囔着，其实她的家教告诉她这样的行为不太好，但对秦鹿室友浓重的好奇心还是压倒了她的理智。

秦鹿对林遥之招招手，两人朝卧室的方向去了。

秦鹿家的洋房一共有两层，第一层是厨房、客厅类的开放空间，第二层则是卧室和书房，他到了二楼，停在走廊尽头，轻车熟路地握住门把手，缓缓扭开。

嘎吱一声，卧室的门开了，露出宽阔的房间，房间的陈设很简单，除了一张大床，最吸引人眼球的，就是床铺旁边巨大的落地窗，落地窗外是十分宽阔的阳台。

林遥之的目光首先锁定在秦鹿干净洁白的大床上，床单是清爽的淡蓝色，被子也整齐地叠了起来，简直比林遥之的卧室还干净，只是上面却并没有林遥之想象中的室友。

她走到床边，左看看，右看看，确定床上空空如也，什么都没有。

“哎，你室友呢？”林遥之奇怪地问。

秦鹿也很莫名其妙：“当然是在阳台，我总不能和他睡一张床吧？”

林遥之愣了：“所以你室友睡阳台你睡床啊？”

秦鹿：“不然呢？”

林遥之用看渣男的眼神瞪着秦鹿。

秦鹿全然不觉，从头到尾他都没搞明白林遥之脑瓜里到底在想些什么，只见他在林遥之谴责的目光中，坦然地走到落地窗前，打开玻璃门，随后指了指外面：“喏，你不是要看我室友吗？”

林遥之跟过去，顺着秦鹿指去的方向，竟看到一个浑身毛茸茸的巨型生物趴在阳台上睡觉，那生物听见门口的动静，慢吞吞地扭过头，不知是不是林遥之的错觉，她竟从这只生物睡意蒙胧的眼里，看出了几分鄙夷的味道。

林遥之露出愕然之色，这生物分明就是一只白色的羊驼，又被网友们亲切地称为草泥马！

“我的妈呀！”林遥之叫出了声，“你居然养羊驼！”

秦鹿疑惑道：“你不知道我在养羊驼？那你为什么要看我室友？”

林遥之：“唔……”

秦鹿是个聪明人，眉头一皱，就知道是怎么回事了，他按住林遥之的肩膀，缓声道：“是不是程冕和你说了什么？”

林遥之沉默两秒，正在思考要不要把故意误导她的程冕卖了，秦鹿却已经从她的沉默中得到了想要的答案：“我知道了。”

你也反应得太快了吧。

他们说话的时候，羊驼就睡眼蒙胧地瞅着他们，时不时打个哈欠，它躺在一张柔软的地毯上吹着空调晒太阳，浑身上下毛发雪白，看起来非常干净，也没有什么奇怪的味道，脖子上还戴着一个大红色的领结，看起来真是可爱极了。

“我……我能摸摸它吗？”林遥之看着毛茸茸的羊驼，心痒了。

秦鹿道：“可以，你先去洗个手。”

林遥之道：“还要先洗手？”

秦鹿道:“不洗也可以，但是它吐你口水我可不负责。”

林遥之闻言抖了一下，她在动物园里见过这种动物，只是动物园里的它们就没这么可爱了，不但味道很大，脾气还很坏，只要靠近就会被吐口水。

林遥之去卧室的浴室把自己的手洗得干干净净，才重新回到阳台，然后小心翼翼地靠近羊驼:“它叫什么名字呀？”

“叫咪咪。”秦鹿冷静道,“我本来打算养只猫的，结果养了它，名字就凑合用了。”

你还真是够凑合的。

“它今年四岁，男孩子，脾气挺好，很少主动攻击人，但有个特别的地方，就是非常爱干净。”秦鹿介绍着自己的室友,“平时喜欢在一楼院子里晒太阳，今天那里人太多，它就来了我的卧室。放心摸吧，它对姑娘向来宽容。”

林遥之慢慢地靠近咪咪，用更加缓慢的速度把自己的手轻轻放上去，感受着独属羊驼的柔软卷毛。

“呜呜呜呜它好软啊。”感受着柔软的触感，林遥之的心脏好像被一颗颗的泡泡灌满，酸酸软软的，林遥之忍不住把脸也贴了上去，嗅到了一股沐浴露混合着阳光的味道,“咪咪你太可爱了……”

咪咪好像还没睡醒，半睁着它双眼皮的大眼睛，懒懒地打了个哈欠，由着林遥之在它身上蹭来蹭去。

林遥之抱着它可劲地撸，撸了好一会儿才满足:“比比，为什么你不说咪咪是你的宠物，要说它是你的室友？”

“因为是在和它合伙过日子。”秦鹿道,“它心情不好的时候，也不让我摸。”

林遥之心想那现在咪咪心情是很好了:“它什么时候会心情不好啊？”

秦鹿沉思片刻:“比如我刚带它回来，给它取名字的时候。”

林遥之想着“咪咪”这个名字，陷入沉默，随后朝咪咪投去怜悯的目光。

咪咪翻了个身，一副不想和秦鹿说话的样子，继续睡觉。

林遥之也不好再继续打扰它，再加上一楼的朋友们还等着，于是便退出卧室，打算回到一楼。

此时林遥之内心最大的疑惑得到解答，还狠狠地过了一把手瘾，心情好得不得了，愉快地和秦鹿聊起了关于羊驼饲养方面的问题。

从秦鹿那里得知，咪咪是只比较特殊的羊驼，本来是被他朋友养着，结果越养越瘦，眼见就要养死了，才被迫送给了秦鹿。

“羊驼是群居性动物，所以一般至少得养两只。”秦鹿道，“但是咪咪是只有些特别的羊驼。”

林遥之回忆一下咪咪的模样，觉得它的确是挺特别的。

秦鹿说：“它不喜欢和别的羊驼睡在一起，上厕所一定要在特定的地方，不然能憋一天，喜欢洗澡喜欢晒太阳。”

林遥之心想要是每只羊驼都像咪咪这样，那羊驼可能就是世界上最受欢迎的宠物了吧。

话说回来，程冕给她挖了这么大个坑，还骗了她一口蛋糕，她得好好地报复回去！

林遥之和秦鹿消失那么久，这会突然回来，众人开始起哄问他们做什么去了。

林遥之笑眯眯地盯着程冕，说她上楼看秦鹿的室友去了，真是个可爱的男孩子呢。

程冕自知理亏，尬笑两声正打算开溜，却被秦鹿一把揪住。

“去哪儿呢？”秦鹿缓声问道。

“我……我去上个厕所。”程冕㞞得像只被拔了毛的鸡。

“哦。”秦鹿道，“那我陪你去吧，正好和你说点事。”

程冕满脸惊恐，被秦鹿揪走，走时哭着喊着对林遥之道歉，让林遥之救救他。林遥之眨着大眼睛道：“讨厌啦，我都打不过比比，要怎么救你呢？安心地去吧，室友在二楼守护你呢。”

程冕此时才发现，秦鹿也好，林遥之也罢，都是人以群分，这两人的心和手都狠得不行。

怪叫着的程冕被抓走，这里总算是安静下来。林遥之身边的人大笑着递给她一串刚烤好的鸡翅，一看正是刚才和林遥之掰手腕的唐文歌。林遥之正好饿了，便道了声谢，接了过来。

“程冕惨了。”唐文歌笑着说。

“秦鹿会怎么整他啊？”林遥之道，“和他打一顿？”

“不会的。”唐文歌似有深意地笑了，“对待程冕，秦鹿向来很‘温柔’。”他说“温柔”这两个字时，特意加重了读音，显然不是什么好事，搞得林遥之越发好奇起来。

大概十分钟后，秦鹿和程冕才再次回来，只是程冕一直低着头，一副垂头丧气的样子。

“你们回来啦。”林遥之笑道，“程冕，你被秦鹿怎么啦？”

程冕抬起头，哭道：“我再也不和你玩了。”

他一抬头，林遥之看清楚了他的脸，当场扑哧一声笑了出来：“哈哈哈哈哈，程冕，你的络腮胡去哪儿了？”

第十三章

沉醉于风的夜

满脸络腮胡的程冕粗糙得像只在山洞里冬眠了半年的熊，而此时，没了胡子的他却只能用“清秀可人”四个字来形容，那微微婴儿肥的娃娃脸，水汪汪的大眼睛，还有被白皮肤衬托得红润可人的嘴唇，说他是高中生都充满了可信度。

“哈哈哈哈哈，程冕你怎么长得这么嫩啊？”林遥之毫不客气地指着程冕哈哈大笑，“你真的只小我一岁吗？你别还没成年吧？”

程冕登时恼羞成怒，只可惜配上他现在的模样，像极了一只张牙舞爪的小奶猫，于是林遥之笑得更灿烂了。

周围的人也跟着发出哄笑声，林遥之抹着笑出来的眼泪：“我总算知道你为什么要留络腮胡了……”

“你是不知道，程冕当年没有留络腮胡的时候上赛场，被对手怀疑年龄，还好他最后赢了，不然就成为他这辈子的污点了。”程冕的损友愉快地和林遥之科普起了程冕的黑历史，“还有一次，我们组队去景区玩，买票的时候卖票阿姨问程冕带没带学生证，说学生证五折……”

林遥之：“哈哈哈哈哈！”

程冕气得要扑过来，却被秦鹿一把抓住领子硬生生地拎了回去，他反手就想反抗，转头看见眼睛微微眯着神色不明的秦鹿时，又蔫了：“算了，我才不和你们这群幼稚鬼计较。”

只可惜他用这样一张可爱的脸来说这话确实没什么说服力。

林遥之大仇得报，还看到了被程冕隐藏在络腮胡下面的可爱脸蛋，顿时觉得自己好像赚大了。

最后，程冕被众人笑得十分郁闷，本来打算拿盘沙拉去角落蹲着，却听秦鹿道了句:“厨房有没有放沙拉酱的，吃那个去。”

程冕道:“你就让我吃草啊？”

秦鹿:“你还有白煮蛋和鸡胸肉可以选。”

程冕不再说话，垂头丧气地走了。

林遥之在旁边看着好笑，觉得程冕在秦鹿面前像只被欺负得耷拉着耳朵的兔子，不过话说回来，散打运动员肯定是烟酒不沾的，烟熏过的食物也要少吃，生活饮食方面都得十分节制。

沙拉虽然可以吃，但沙拉酱是肯定不行的。

林遥之就没这个顾虑，所以开心地吃了两串秦鹿烤的基围虾，心情十分美妙。

聚会的人里有些是运动员，所以大家也没喝酒，最多喝点碳酸饮料。秦鹿坐在林遥之旁边，慢条斯理地烤着各种食材。

他烤好一串，就递给林遥之一串，没一会，林遥之就感觉自己饱了，伸手在肚皮上摸了摸，小小地打了个嗝。

秦鹿又递过来一串青椒，林遥之摇摇头:“饱啦。”

“你好像没有什么不喜欢吃的东西？”秦鹿问道。

“还真没有。”林遥之道,“我什么都吃，很好养活的。”

“嗯。”秦鹿总结,“那你和咪咪一样好养。”

林遥之:“……你夸人的方式永远这么特别。”

吃饭的过程中，秦鹿向林遥之介绍了一下聚会的大部分成员，林遥之才得知这些人多是秦鹿上学时就认识的朋友，大部分都是玩散打的，还有现役运动员。这些人对林遥之充满了好奇心，要不是秦鹿坐在旁边镇场子，恐怕林遥之早就被他们包围了。

但由此也看得出秦鹿在他们之中的地位比较高，大家在靠近林遥之的时候，都会先委婉地征求一下秦鹿的意见。

而林遥之则是十分乐意和秦鹿的朋友们亲密接触，对于他们的问题都态度友好地一一回答，气氛十分融洽。

到聚会快要结束的时候，一脸沧桑的程冕才再次出现，站在他旁边的唐文歌明明和程冕差不多高，却偏偏站出了监护人的气势。

“我就是去上个厕所而已。”程冕叫着，“唐文歌你是变态吧？这都要跟着我进去？”

唐文歌道：“有人带着沙拉酱去上厕所的？你是想把沙拉酱拌什么吃啊？”

程冕：“……”

唐文歌：“秦鹿，你也是，把他胡子剃了干吗？我现在看见他就觉得自己好像老了一辈儿似的。”

秦鹿冷静道：“多认个儿子不亏。”

唐文歌：“也对。”

林遥之看着他们两个把程冕损得哑口无言，他们三个应该关系挺好，毕竟整场聚会下来，就唐文歌和秦鹿说的话最多，至于程冕——他现在最想做的事可能是冲进厕所里往嘴里挤一管沙拉酱吧。

聚会结束后，秦鹿本来想把林遥之送回家，林遥之却态度坚定地拒绝了，说自己是开车来的，不用送。

秦鹿也没有强求，只是让林遥之到家时一定要给他打个电话报平安，林遥之高兴地应下。

夏天的九点，天空还很明亮，皎洁的月亮挂在暗色的夜空中，风吹动着云朵，好似吹着一片柔软的纱。

响亮的蝉鸣并不聒噪，反而应和着草丛里的虫鸣声，添了几分夏趣。

就在林遥之开着车正打算离开秦鹿家小区的时候，却好似看见了一个熟悉的身影，那身影只是一闪而过，还没等林遥之看清楚，就已经不见了。

林遥之并未多想什么，很快便把这件事抛在了脑后。

美好的聚餐就这么结束了，林遥之不光对秦鹿很满意，还对秦鹿的室友也十分满意，只是某人看见林遥之这春心荡漾的模样，很不满意。

“遥遥，我明天放假呢。”某个吃醋的哥哥酸溜溜地说，“你想不想去游乐园玩啊？哥哥可以陪你玩旋转木马呢。”

正在敷面膜的林遥之对自己的哥哥递去一个鄙夷无比的眼神：“我今年二十多了。”

林霖之：“那咱们去玩点刺激的？”

林遥之来了精神：“刺激的？”

林霖之：“激流过山车！惊不惊险，刺不刺激！”

林遥之脸上恢复面无表情：“不了吧，我明天邀请了人来家里吃饭。”

林霖之道：“男的女的？”

林遥之：“女的，一个漂亮姑娘，还是你粉丝，迷恋你很久了，甚至把《亲爱的相框》看了十几遍。”

林霖之笑容僵住：“她看那个做什么？”

林遥之极其怜悯地看着自己的哥哥：“她说她从这部剧里，感受到了浓郁的母爱……”

这次轮到林霖之面无表情了。

《亲爱的相框》是林霖之的大银幕处女作，当年票房成绩颇佳，获奖无数，受到业界的极大好评，也给林霖之之后的影视之路奠定了一条通途大道。而这部剧，于林霖之而言，唯一的美中不足，就是他在剧里演了一个智商不到十岁的智障。用林遥之的话来形容就是这个角色生动传神，林霖之用自己的天赋，赋予了这个角色灵魂，一看到林霖之，就会想起智障。

林霖之对自己妹妹的这种评价心中酸楚，所以在提到这部剧的时候，更多的是幽怨。

“她的品位很特殊。”林霖之道，“但是我不是一个靠品位特殊就能得到的男人。”他继续说，“你得告诉她，我们没有未来的。”

林遥之道：“我会的。”

这其实也怪不得林霖之自恋，他现在本来就很火，就算周围有人不喜欢他，但在得知林遥之的哥哥是他后，都会对他生出无限好奇，毕竟在现实中看见明星可不是件容易的事。

正因如此，林遥之几乎很少提起林霂之，大部分朋友都只知道她有个哥哥，但是都不知道这个哥哥就是大明星黄千炎。

而林霂之现在所有的精力都放在事业方面，完全没有找个女朋友的打算，他见惯了女生们暗生情愫的眼神，被她们靠近，反倒会觉得困扰。

“放心，她应该不是那种死皮赖脸的人。”林遥之道，“而且她还是秦鹿的前女友呢……”她想了想，“我觉得她挺喜欢秦鹿的，但也没有继续和秦鹿联系，人应该还不错。”

秦鹿和何森森，理应算是有缘无分，都是很好的人，只是性格有些不合适。

“哦，那好吧。”林霂之道，“明天就由我下厨来给你们做两道硬菜吧！”

林遥之闻言欲说什么，林霂之伸手按住她的嘴，阴森道：“要么吃我的菜，要么陪我去玩旋转木马。”

林遥之：“其实旋转木马还不错。”

林霂之：“你是要造反了，林遥之？”

林遥之露出痛不欲生的表情，她这个哥哥，喜欢做饭就算了，厨艺还差得要命，就连那个宠他宠得不行的经纪人都不愿意以身试法，别人做饭是要钱，他做饭是要命啊！

第十四章

林霂之的情感之路

林霂之，长得帅，演技好，影视圈大咖，一个十六岁就问鼎影帝的天才演员，却拥有着一身狗都嫌弃的厨艺。

他第一次下厨的时候，林遥之还在上小学，回家时父母正巧不在，于是她那位不靠谱的哥哥就拍着胸膛说自己要做两个硬菜给妹妹吃。

林遥之的兴奋劲一直持续到林霂之把他做的菜端到桌上为止。

那一天，戳着面前比筷子还要硬的饼，林遥之的世界里，硬菜这两个字被重新定义了。别人家的硬菜硬在味道，他哥哥的硬菜硬在口感——真是硬得她家的狗都不吃。

之后，不甘心的林霂之又进行了第二次、第三次尝试，大概是因为他心中的执念太过强烈，奇迹发生了——他家厨房炸了。

“从今天开始，林霂之你离厨房要多远有多远，再看见你往里面凑我不揍死你才怪。”林妈妈为了全家人的安全，宣布了以上残酷的决定，从此，林霂之成为厨师的梦想破碎了，他被迫成了一名演员。

“我最大的梦想就是演厨师。”被记者采访的时候，林霂之如此坦然地表示，“最好是那种厨艺特别高超的，就算是反派也没有关系。”

只可惜大约是他长得太帅，和厨师这个职业实在是不搭，他的这个梦想至今都没有实现。

现在林霂之和林遥之住在一起，没有了林妈妈这个大魔王镇压，林霂之的厨艺之心又开始蠢蠢欲动。

林遥之阻止失败后，陷入低沉的情绪，并且委婉地询问何淼淼要不要换个时间来她家玩。

“怎么啦？你哥有什么事吗？”何淼淼误会了林遥之的意思，“如果不方便的话我就不来了，你找个时间把签名寄给我就好。”

林遥之道：“不是，是这样的，我哥说明天要下厨。”

何淼淼惊喜道：“什么，千炎还会做饭？这也太棒了吧！”

林遥之心想饭谁不会做啊，做出来能不能吃是个大问题，不过何淼淼过来玩也是好事，至少可以帮她分担一部分，而且有外人在，林霂之或许会稍微收敛一点。

林遥之如此想着，便决定不再拦何淼淼，让她见识一下林霂之的庐山真面目，说不定看了之后就脱粉了呢。

林霂之对于明天的厨艺展示表现出了让林遥之毛骨悚然的热情，甚至这会还是晚上，就已经开始在各个外卖平台订明天需要的食材，林遥之看得心惊肉跳。

然而该来的总会来，第二天早晨八点，睡梦中的林遥之被林霂之从被窝里揪起来。林霂之扎着一个小辫子，穿着围裙，挥舞着锅铲大声地宣布：“我已经决定了今天的菜谱！”

林遥之一下子被吓醒，瞪圆眼睛惊恐地“啊”了一声。

然而最恐怖的事情还在后面，林遥之听见林霂之的菜谱内容，他要做叫花鸡、松鼠鳜鱼、烫干丝、红烧肉、红烧狮子头。

林遥之听晕了：“你怎么不做佛跳墙呢？”

林霂之居然认真地回答：“那个我也查了，有点太难，超出了我的实力范围。”

林遥之心想你现在成功炒个土豆丝其实也算是在爆肝，你怎么就不明白呢？

林霂之道：“快起来，都八点了，吃个早饭就过来陪我做菜吧。”

林遥之很想无情地拒绝，但是她又担心自己这个哥哥会不会做饭的时候死在厨房里，自己虽然帮不了什么忙，但至少能在高压锅炸开的时候把他提前带出来吧？算了算了，救人一命胜造七级浮屠，更何况这是她亲哥呢。

于是林遥之只能蔫巴巴地进了厨房，她打了个哈欠，靠在旁边打瞌睡，时不时看一眼手表。

何森森说她会早点来帮忙，林遥之恨不得她马上到这儿。

好在没过多久，家里的门铃就响了起来，林遥之风一样地冲向客厅，给屋外的何森森开了门。

何森森手才刚敲两下，门就开了，把她吓了一跳。

“森森，你来啦！”林遥之牵着何森森的手把她领进屋子，亲热地呼唤着她的名字，“我等了你好久了！”

何森森道：“嗯，你哥已经开始做了？”

林遥之道：“是啊是啊，就等你过来了，你会做饭对吧？快去厨房盯着他，我怕他把家给烧了。”昨天她就确认了何森森是会做饭的，不然就算林霂之不要脸地在地上打滚，她也会把他拽出去吃饭。

何森森笑了起来：“哪有这么严重，做个饭而已。”说着，她跟林遥之一起去了厨房。

林霂之正在厨房里捯饬，听见何森森的脚步声，转头对她露出一个友善的笑容。

何森森的笑容更加灿烂，她站在林霂之身后，看着他手上的动作。

大概过了一分钟，林遥之亲眼看见何森森脸上灿烂的笑容渐渐僵住，最后变成震惊和不可思议。

“你哥在做什么呢？”何森森小声问林遥之。

“他说他在做叫花鸡。”林遥之道，“我也不会做饭，看不太懂。”

“怎么了？”林霂之听到她们的对话，扭头问道，“工序有问题吗？我都是看着菜谱做的！”

“那个……”何森森说，“你的鸡，清理了吗？”

林霂之：“清理？哈哈，当然了，我知道鸡毛都是要拔掉的。”

何森森：“不是，我的意思是，你把鸡的肚子破开了吗？”

林霂之愣住，和他一起愣住的还有林遥之，这兄妹两人此时惊讶的表情格外相似，连说出的话都一样：“把鸡肚子破开做什么？”

何森淼捂脸。

气氛凝滞几秒，何森淼整理一下自己的心情，才道："我来吧。"她把袖子撸起来，然后示意林霂之把围裙给自己。

今天何森淼打扮得很漂亮，脸上化着精致的妆，一头柔软的大波浪长发垂在脸侧，身上还喷着淡淡的香水，怎么看都和厨房的风格格格不入。但当她拿起那把菜刀，把林霂之折腾到一半的鸡抓进手里后，林遥之从她的身上感觉到一种很难用言语描述的神采和自信。

"这鸡选的年龄太大，做叫花鸡会老的。"何森淼手上动作干净利落，在鸡肚子上划一个口子，把里面的内脏掏出来，"用来炖汤或者红烧好一点，你觉得呢？"她问林霂之。

林霂之愣了片刻后，随即点点头："也可以。"

何森淼说："那就好，还有，你切菜的手势不对，会切到手指的。"她说着对林霂之扬了扬下巴，"来，看我这样，稍微隔点距离，实在不行可以把指甲放在前面，切下去也不会太重，说白了还是熟能生巧。"

林霂之跟个小学生似的在旁边乖乖听着。

林遥之则松了好大一口气，知道今天自己的胃是得救了，她在厨房里帮不上什么忙，干脆溜了出去，找了袋坚果在沙发上一边嗑一边看电视剧。

厨房里和谐得要命，并未发生什么林遥之担心的高压锅爆炸事件，今天算是顺利地度过了。

时间过得飞快，一晃就到了十二点，几道冒着热气的菜肴被摆到桌上，何森淼取了围裙，这才恢复了刚来这里的状态，有些不太好意思和林霂之对视。

林霂之倒是习惯了这样的目光，没有太不自在，准确地说，他现在所有的注意力都在和何森淼一起做的食物上。

"这真的是我做的菜吗？"林霂之不可思议地问，"我真的成功了？"

"是的，你成功了。"何森淼温柔地看着林霂之，指着面前的小葱拌豆腐道，"是你亲手剥的葱呢。"

林霂之激动道："我成功了，遥遥，我终于成功了，我成功地做出了自己梦想中的菜肴！”

何淼淼就差在旁边给林霂之鼓掌了。

“来，尝尝吧，你亲手做的菜。”何淼淼眼神中的爱都快要化为实质溢出来了，她对林霂之道，“一定很好吃。”

林霂之开心地点点头。

坐在旁边的林遥之总觉得眼前这个画面哪里不太对劲，思来想去又找不出问题所在，直到林霂之准备夹面前的松鼠鳜鱼时，何淼淼来了句：“吱吱，小心鱼刺。”

林霂之还在高兴，没察觉何淼淼的话有哪里不对，而林遥之却猛然惊醒，此时此刻，她终于明白了问题所在。

吱吱，是《亲爱的相框》里那个智障角色的小名，而何淼淼现在的表情，怎么看怎么像一个慈祥的母亲。

林遥之的哥哥显然还没发现问题所在，他所有的注意力都在面前的餐桌上。无论是香气飘飘的松鼠鳜鱼，还是浓油赤酱的红烧肉，都让他移不开眼。好吃的菜肴林霂之算是吃过不少，但是眼前的这一桌菜却不一样，这是他自己亲手做的！每一盘菜上面，都饱含着他的血汗！当然，这话林霂之没敢说出来，不然他觉得他那个妹妹肯定会露出嫌弃的表情。

林霂之吃得津津有味，何淼淼就在旁边温柔地帮他夹菜，画面十分和谐，何淼淼的表情是幸福且甜蜜的，只是发现真相的林遥之却察觉出了其中微妙的异样，对自己的哥哥投去同情的目光。

林霂之全然没有意识到问题所在，他笑眯眯地笑纳了这顿饭，对何淼淼的好感度也噌噌往上涨。

现在会做饭的人很多，但做出花样来的却屈指可数，林遥之虽然对做饭一窍不通，但她也能看出何淼淼这手厨艺并非一朝一夕练成的。

“淼淼，今天麻烦你啦。”既保住了家里的厨房，又让林霂之过了厨师瘾，晚饭结束时，林遥之对何淼淼充满了感激之情，起身十分积极地收拾起碗筷。

“哪有。”何淼淼笑着撩了撩耳畔垂下的一缕卷发，“明明麻烦的是你才对。”

她喜欢黄千炎很多年了，却从未想过能见到真正的明星，这都是托了林遥之的福，她十分感激。

做饭虽然累，但和自己的偶像一起做饭就不一样了，何淼淼觉得就算自己再做一顿也幸福满满。她本来想去洗碗的，却被林遥之抢先了，林遥之冲着何淼淼挤眉弄眼，道："我哥吃完饭都喜欢打会游戏，你陪他一起吧？"

何淼淼看见林遥之的表情，便明白了她的意思，正欲小声道谢，林遥之却已收拾碗筷进了厨房。

林霂之果然坐在沙发上打开了电脑，他刚吃饱，此时心情十分美妙，连带着话也比平日里多了一些："你玩游戏吗？"

何淼淼道："玩啊。"

林霂之道："都玩什么？"

"什么都玩。"何淼淼坐到林霂之不远处，看见他的电脑屏幕，"你玩网游啊？"

林霂之道："嗯，平时累了就玩一会。"

这游戏何淼淼认识，是时下比较流行的网游，只是这游戏在玩家中的风评不太好，用玩家的话来形容就是，其他游戏都是你充钱，游戏公司管你叫爸爸，这游戏是你充钱了才有资格叫游戏公司爸爸。

说白了，就是一个核心是氪金的游戏，但好在游戏画面漂亮，建模和特效也是一顶一的好，所以即便如此的不公平，还是有不少玩家。

林霂之开心地玩起来，何淼淼就在旁边看，看了一会，她生出疑惑："你在干吗呢？"

"玩啊。"林霂之回答。

何淼淼："你不去做日常，站在这里干吗？"

林霂之满脸茫然，显然没听懂何淼淼的话："日常是什么？"

何淼淼："……"

日常，就是每天游戏里面需要做的任务，会给予金钱和一些替换装备需要的东西。

而林霂之在打开这个游戏后，唯一做的事就是站在原地不停地买钥匙开箱子。箱子是游戏商城里卖的，人民币二十元一个，能用不同的钥匙开出不同的装备和材料。

何森森委婉地问道：“那你开箱子做什么？”

林霂之道：“好玩啊。”说到这个，二十多岁的男人笑得像个幼稚园发现玩具的小朋友，可爱极了，“开到金色的箱子屏幕上会掉雪花，还有很多人私密我问我买东西。”

何森森道：“原来你是在倒买倒卖啊？”游戏里也有这样的商人，专门开箱子赚钱，只是这样的人做事都是精打细算，哪有林霂之这样大手大脚的。

“不是。”林霂之否认了，他一脸淡然道，“我东西都不卖的，卖东西麻烦死了。”

何森森瞬间服了，一脸恍惚，她看着林霂之游戏账号仓库里乱七八糟的东西，心想这可能是在真正地“玩”游戏吧。

林霂之热情地问何森森要不要玩，他还有个小号，可以借给何森森。面对偶像的邀请，何森森马上动心，她现在玩的都是竞技类比较强的游戏，只要技术够好，不用和别人交流也行。

林遥之从厨房出来，看见自己哥哥在高高兴兴地给何森森安利游戏，她看了看时间，道：“哥，森森姐，我去睡个午觉，你们先玩着啊。”

“你把你电脑借我用一下。”林霂之道，“我要教森森玩游戏！”

林遥之闻言有些惊讶，不是因为林霂之要和何森森一起玩游戏，而是因为林霂之居然称呼何森森小名，还是如此自然亲切，要知道他哥因为身份问题，对于女生的防范是十分严格的，平日里从来都是叫何森森的大名。

“森森，你会玩游戏呀？”林遥之好奇道。

“会一点。”何森森笑着，“平时没事的时候也会玩玩。”

林遥之佩服道：“你可真厉害，我就不行，玩什么都很菜，最多玩个连连看。”

何森森笑道：“连连看也挺好玩的呀。”

林霂之在旁边催促，一副急不可耐的模样。

林遥之去卧室把电脑拿出来，递给何森森，输入开机密码后就回房间午睡了，睡前还没忘记告诉他们冰箱里有蛋糕，可以当下午茶。

林霂之虽然人气很高，但朋友并不多，他不喜欢应酬，也看不惯娱乐圈的一些潜规则，所有大部分休息时间都是和林遥之在家里一个看电视，一个打游戏。林遥之对游戏不感冒，所以也没什么人陪他，今天何淼淼先是露了一手让他惊艳的厨艺，随后又似乎在游戏方面颇有见地，林霂之马上对她生起了相见恨晚的感觉。

林霂之说话的时候，何淼淼就笑着在旁边听，她发现和银幕中那个有些忧郁的林霂之不同，眼前的人反而更加让她感兴趣。

林霂之长相并不是特别俊美，但身上有一种很难用言语形容的特质，这种特质在他不说话的时候格外明显，某个知名导演曾经形容林霂之是个气质和长相都很高级的人，这样的人很适合出现在大银幕上，他的脸并不完美，却是演艺圈少数几个可以拍面部特写的男演员之一，他就是为了吸引观众目光而存在的。

而林霂之的经纪人，也很明白这些道理，所以平日里，林霂之几乎不会为了曝光率随便接广告，就算接，也全是一些高大上的品牌。

可就是这样一个生活在大银幕里，看上去格外高贵的人，此时却在自己面前玩着幼稚的游戏，笑得眯起了眼。

“淼淼？”林霂之的声音唤醒走神的何淼淼。

“嗯？”何淼淼道，“怎么了？”

“你说这个可以拿来做装备对吧？”林霂之靠到何淼淼身边，声音很开心，“怎么做啊？你教教我，还有……”

说到这里，他忽然顿了片刻。

何淼淼微微卷翘的长发发梢，林霂之嗅到一股带着柑橘味的清爽香气，这香气应该是某种香水，一下子就摄住林霂之的嗅觉，他鼻翼微微翕动，想要更多地吸入这种气息。

“千炎？”何淼淼见林霂之不说话了，道，“怎么了？”

“没事。”林霂之下一刻便恢复如初，他笑着说，“我问你这个装备怎么做。”

“这个啊。”何淼淼移动鼠标，“你把它们两个拖到合成栏，然后加入材料，下面是成功的概率，高级材料至少要到80%才能合成。”她垂着头，挂着红色宝石的耳垂从发丝间露出来，她的耳朵白皙小巧，被耳坠衬得更是如玉一般。

林霂之移开目光，装作不在意地起身去了厨房，再次出来的时候，手里多了两瓶冰镇过的饮料。

不得不说，何淼淼的确是个漂亮得足以吸引大部分男人目光的女孩，但林霂之觉得此时自己对她也只是有些好感罢了，至于刚才的失态，林霂之全然没有放在心上。

他见过太多美丽的皮囊，却从未遇到过可以吸引他的有趣灵魂。

何淼淼没去看林霂之，她发现林霂之在游戏里简直是暴殄天物，好多顶级材料都放在仓库里发霉，要是全做成装备，恐怕林霂之早就称霸这个区了。不过她对这个游戏也只是比较初步的了解，具体情况，还得再花些时间来分析。

把林霂之甩给何淼淼这个家长托管，林遥之美美地睡了个午觉，起来后看见两人还在玩游戏，便让两人休息一下眼睛，顺便商量下晚上吃什么。

“看你想吃什么。”何淼淼站起来，伸了个懒腰，“你先说菜单，我看我会不会做。”

“是我们！”林霂之在旁边凑热闹。

“唔，我想吃糖醋排骨。”林遥之道，“再煮个酸菜鱼可以吗？”

“行啊。”何淼淼道，“家里有酸菜吗？需不需要我们去超市买点菜？”

“不用了。”林遥之笑道，“我哥不方便出门，一般都是点外卖上门，酸菜嘛，超市肯定会有的。”

于是晚饭就愉快地决定是美味的酸菜鱼了。

虽然林遥之表示可以叫外卖上门，但何淼淼还是出了一趟门，说亲自去挑的鱼会比较新鲜，还能顺便买点其他菜。

林霂之因为明星身份不太方便，便由林遥之陪着何淼淼去了。

“怎么样呀？有没有对我哥幻灭？”在超市里，林遥之推着手推车和何淼淼聊天。

“幻灭？我为什么会幻灭？”何淼淼一脸茫然，并不明白林遥之话语中所指的含意。

“当然是因为我哥和大屏幕里的不一样啊。”林遥之道，“别看他演戏这么多年了，其实还是幼稚得很，脾气跟个小朋友似的。”

何淼淼顺手拿了一包调料，摇摇头：“没有，我挺喜欢现实里的他。”她停顿片刻，斟酌了一下用词，“很可爱。”说着不知道想到什么，又笑了起来。

林遥之“哦”了一声，道：“我哥私生活挺干净的，和其他女星闹的绯闻基本都是因为对方想要炒作，近年来好了很多，毕竟咖位到这儿了，别人也不敢得罪他。”

提到业内的事，何淼淼的八卦劲瞬间上来，她眨巴着眼睛，好奇道：“那他和白雪虹闹的也只是绯闻而已？”

“是啊。”林遥之道，“当时他们不是在一起拍戏吗？出去吃个饭，正巧被狗仔逮住了。”白雪虹是业内很有名的女星，也算是个影视大咖，长相漂亮，口碑也好，林遥之见过她几次，觉得这姑娘的确不太适合她哥。

“哦。”何淼淼应了声。

林遥之观察着何淼淼的表情，怎么看怎么觉得不对劲，她疑惑道：“淼淼，你为什么看起来很失望啊？”

何淼淼道：“有吗？”

林遥之点点头。

何淼淼尴尬地笑了笑：“可能是因为我觉得白雪虹还不错，吱吱要是错过了挺可惜的。”

林遥之听见这话愣住了。

何淼淼没注意到林遥之的异样，继续温柔地解释：“毕竟吱吱都要三十了，虽然说不急着结婚，但是谈谈恋爱也挺好的。”

林遥之被何淼淼的语气搞得毛骨悚然，她颤声问：“你……你不是粉我哥吗？你听见他谈恋爱，就不吃醋？”她哥每次出来绯闻的时候，大部分粉丝可是哀号遍野啊。

“吃醋？我为什么要吃醋？”何淼淼不明白了，“明星谈恋爱不是正常的事吗？我虽然喜欢你哥，但总不能不让你哥谈恋爱吧？”

林遥之回忆起中午何森森和自己的哥哥在饭桌前那温馨和谐的画面，如遭雷击，脑子里浮现出一个可怕至极的猜想。

“所以我哥谈恋爱什么的，你完全不介意对吧？”林遥之问。

何森森坦然点头。

林遥之道：“就算是找素人你也不介意？”

何森森道：“是啊，但是一定要找个人品好的，娶老婆也是大事，可不能随便凑合。”

林遥之听着何森森老母亲似的碎碎念，一时竟不知道该说点什么，是啊，何森森显然并不是林霂之的女友粉，她对于林霂之谈恋爱这事不但不抵触，甚至保持着支持的态度。除了女友粉，还有另一种粉丝，以另一种方式爱着自己的偶像，那种粉丝的名字叫亲妈粉。

希望自己的偶像越来越好，希望他能生活幸福，感情顺利，总而言之，就是用看儿子的眼神看自己的偶像，巴不得他越来越好。

林遥之之前听说过亲妈粉，但今天算是在何森森的身上领教到了，也不知道她哥哥明白之后，心情会有多复杂。

买好所有菜肴需要的材料，林遥之和何森森回了家。

晚饭吃的是酸菜鱼和林遥之最爱的糖醋排骨，林霂之本来想和她们一起吃，却被经纪人一个电话叫了出去，虽说今天放假，但工作真的来了，他还是得先照顾工作。

虽然有些遗憾，但何森森也没表现出太大的失落，晚饭结束后，林遥之坚持要把何森森送回家。

“都是女孩子，你送完我，岂不是还要自己回来？”何森森本能地想要拒绝。

林遥之道：“没事，我学过散打，没几个人能打过我。”

何森森还想说什么，但见林遥之态度坚决，最后只能同意，还好何森森的小区离林遥之家不远，走过去只要十几分钟，连车都不用开。

到了自家小区楼下，何森森盛情邀请林遥之上去坐坐。

林遥之同意了。

上楼过程中，林遥之得知何淼淼也是和她哥哥住在一起的，不过她哥哥是记者，平日里经常不见人影。

林遥之想起上次送何淼淼回家时看到的男人，那人应该就是何淼淼口中的哥哥了。

“过来，我给你看个东西。”在客厅坐了一会，退去身上的暑气，何淼淼对林遥之招招手，示意她来自己的卧室。

林遥之好奇地走过去，看见了何淼淼闺房里的景色。不看还好，看了真是吓一跳，书架上摆满了各式各样的蓝光碟，全是林霂之的作品，这和何淼淼的外表简直格格不入,谁能想到一个看起来十分高冷的御姐,却是个狂热的追星族呢?

“我喜欢他好多年了。”何淼淼倒是一点没觉得不好意思，笑得坦然,“当时看完电影，就对他念念不忘，后来看了他的其他作品，就更喜欢了。”

林遥之道:“没看出来你追星呀。”

“嗯。”何淼淼道,“我喜欢他的电影，所以一般都会收藏至少三份蓝光碟。”她掰着手指,“一份用来看，一份用来保存，一份备用。”

林遥之仔细看了看书架，感觉自己都没有何淼淼集得齐全。

“谢谢你呀，遥遥，没想到这辈子还能看见千炎本人。”何淼淼笑道,“还可以和他在一张桌子上吃饭。”

林遥之道:“没事，以后机会多着呢，我哥最喜欢做饭了，但是厨艺嘛……”她露出惨不忍睹的表情。

何淼淼见状笑出了声:“挺可爱的。”

两人又聊了些有的没的，林遥之见时间不早了，才匆匆告辞。

她回到家时，林霂之也回来了，正坐在客厅里吃冰棍，见到她，问了句:“淼淼走了？”

“回家了。”林遥之道,“这么快？”

“嗯。”林霂之道,“反正不是大事,我就让他把我先放回来了,酸菜鱼还有吗?那酸菜可是我洗的，我都还没尝尝味呢。”

林遥之道:“有啊，热一下就能吃。”

“那待会再吃。”林霂之道，“她真是秦鹿的前女友？”

“是啊。”林遥之道，“挺不错一姑娘吧，我反正挺喜欢她的。”平日里看起来高高冷冷的，相处下来却发现性格很不错。

“嗯，还不错。”林霂之含糊道，“对了，我没加她微信呢，你把她微信给我，我约她打游戏。”

林遥之似笑非笑地把手机递给林霂之：“怎么，看上了？”

林霂之傲娇地哼了一声：“不要乱说，这只是一个偶像对粉丝的爱。”

林遥之也没反驳，心想我才不管你对她是不是偶像对粉丝的爱，反正她对你是母亲对儿子的爱，巴不得你早日娶妻生子，子孙满堂。

当然，这话林遥之没说出来，只是把何淼淼的联系方式给了林霂之。

林霂之加上之后，两人就聊了起来，最后干脆拿出笔记本电脑，愉快地打起了游戏，连心心念念的酸菜鱼都忘了去吃。

林遥之看着林霂之乐呵呵的样子，对他露出一个同情的表情，她已经隐约预感到林霂之未来感情路上将会遭遇到的坎坷了。

第十五章

程冕的小意外

自从那日看过秦鹿的室友后，林遥之就对白生生、软乎乎的羊驼咪咪生出了浓厚的爱意，奈何咪咪是秦鹿的室友，平日里很少能见到，林遥之思来想去，觉得不能再让思念折磨自己，于是催促着自家的蛋糕店开发新品，打算用新品去勾引一下秦鹿，看有没有机会再吸两口咪咪。

这天晚上，林遥之敷着面膜趴在客厅沙发上，哼哼唧唧地拨通秦鹿的电话："喂，比比啊。"

秦鹿的声音从电话那头传来，微微有些喘息，似乎是正在运动的样子："嗯？"

"我家蛋糕店又出新品啦。"林遥之道，"你看……"

秦鹿瞬间明白林遥之的意思："明天不行，明天程冕比赛。"

"比赛？他明天就上场？在哪个运动馆啊？"林遥之来了兴趣。

"市中心的那个运动馆。"秦鹿道，"我这边还有多余的票，如果你想去，可以过来。"

"那太好了。"林遥之十分高兴，"明天不行，那后天行吗？"

"可以。"秦鹿同意。

目的就这么愉快地达成，挂断电话后，林遥之对正窝在沙发上皱着眉头啃沙拉的林霖之炫耀道："太棒啦，我后天又能去吸秦鹿的咪咪啦！"

林霖之本来吃得好好的，被这句话差点没呛死，咳嗽半天，才红着一张脸训斥林遥之："林遥之，你说什么呢？你一个女孩子，天天……吸……看看你像话吗？"

林遥之茫然片刻，才反应过来林霂之的理解出现了偏差，马上惊恐地解释：“哥，你理解成什么了？咪咪是秦鹿养的羊驼！”

林霂之狐疑道：“羊驼？为什么会有羊驼的名字叫咪咪？总之，离秦鹿远点，你是个大姑娘了……”

哥哥的担忧却被妹妹无情地拒绝，林遥之面无表情道：“就是因为我是大姑娘了我才要离秦鹿近点，如果再离他远点，他肯定就被别的狗勾引走了。”虽然现在秦鹿看上的是她健壮的身体，但是没关系，总有一天他会看上自己美丽的灵魂的！

林霂之无话可说，只能气呼呼地回去吃沙拉。

第二天，因为要去看程冕比赛，林遥之特意把自己打扮得美美的，本来她穿的是一套漂亮的淡蓝色纱裙，出门前却被自己哥哥揪回来，硬生生换上衬衫、牛仔裤，才被允许出去。

“你得小心点秦鹿。”林霂之碎碎念，“他不像是什么好人。”

林遥之：“你怎么看出来他不是好人了？”

林霂之：“好人怎么会给羊驼取名叫咪咪?！”

这是什么鬼逻辑。

算了，反正比赛马上就要开始，林遥之也懒得和自己这个哥哥继续磨蹭下去，换了衣服后直接蹿出去，没有给林霂之继续啰唆的机会。

打车到了比赛场馆，因为外面炎热的天气，林遥之额头上出了一层薄薄的汗水，她进入场馆，气喘吁吁地在检票的地方看到了秦鹿。

秦鹿似乎已经到了一会儿，见到林遥之，便朝她招了招手。

林遥之屁颠屁颠地跑到他身边，开心地叫了声：“比比，我来啦。”

秦鹿面露无奈：“你能不能别叫我……”

林遥之：“斑斑？”

秦鹿：“算了，进去吧。”关于他名字的这个话题，是个永远不会结束的轮回。

两人结伴进入赛场，很快在一个视野很好的位置坐定。

只是非常遗憾的是，国内观众似乎对于散打不太感兴趣，观众席上只有稀稀拉拉的男性，林遥之观察了一下，发现全场居然只有自己一个姑娘。

“人这么少啊？”林遥之小声和秦鹿说话。

“嗯。”秦鹿缓声道，“散打起步晚，发展也比较慢，目前观赏性不算太好，所以除了一些顶级赛事，平时的比赛几乎没什么人看。”

林遥之倒是对这个了解一些，散打虽然对抗激烈，但不像拳击那样拳拳到肉，反而会有一些别的得分点，这些得分点的观赏性不高，对于不懂比赛和拳法的观众而言，看起来反而更像是在摔跤，正因如此，这项比赛一直发展得不算太好。不过规则都是在进步中不断改进的，林遥之相信以后散打一定会更加受人欢迎。

程冕和对手很快上场准备比赛，只是被剃掉络腮胡的程冕却迎来对手异样的眼神，那眼神可谓是轻蔑中带着怜悯，怜悯里带着自信。

“小弟弟，你成年了吗？”对手道。

程冕冷笑：“你管我成年没有，能对上我，说明你也不怎么样嘛。”

裁判做了个停止的手势，示意两方不能再继续交流，虽然言语挑衅是被禁止的，但是裁判其实不会这么严苛，随便说两句话，还是没事的。

只是程冕说完狠话，还是朝观众席投来一个幽怨的眼神，林遥之看见，开心地和程冕招招手：“冕冕加油啊，赢了这场比赛，姐姐给你买蛋糕过十八岁生日。”

她声音大得不得了，搞得裁判都笑了一下，程冕气得差点吐血，很想让秦鹿管管林遥之，但回头看去，却发现秦鹿没有一点要阻止的意思。

最后程冕只能恨恨地回头，把所有的怨气都撒在对面的对手身上。

观众席上的林遥之从自己的背包里掏出一包坚果，愉快地递给秦鹿，秦鹿摇摇头拒绝了，让林遥之自己吃。

“程冕这孩子实力怎么样啊？”林遥之问。

“还不错。”秦鹿缓声道，“但是他力气应该没你大。”

林遥之道：“还没我大？”

秦鹿似笑非笑：“整个俱乐部力气比你大的都没几个吧。”

林遥之道：“你怎么知道？”

秦鹿缓声道："上次和你掰手腕的唐文歌可不是普通人，你能赢得了他，就胜过了大多数。"

林遥之含糊道："我这不是没赢吗？"

秦鹿偏过头，看了眼林遥之，此时的林遥之嘴里含着满满的坚果，腮帮子也微微鼓了起来，配上那双亮晶晶的黑眸，简直像是只藏坚果的小松鼠，可爱极了。

看着这个模样的她，秦鹿忽然觉得自己手指有些发痒，他也没有为难自己，伸出手便在林遥之的脸颊上轻轻戳了一下。

林遥之被秦鹿戳得莫名其妙，鼓着腮帮子道："戳我干吗？"

秦鹿冷静地编故事："你脸上有脏东西。"

林遥之艰难地把嘴里的东西咽下去，掏出包里的小镜子照了照，却什么都没看见。

秦鹿道："擦干净了。"

"谢谢呀。"林遥之还以为是坚果皮之类的，有点不太好意思地道谢。

"看比赛吧，马上开始了。"秦鹿移开眼神。

大概是刚才受了林遥之和秦鹿的气，比赛一开始，程冕出手就特别狠，上去就直接把对手掀翻在地拿到了分数。

对手本来还对程冕这个娃娃脸心存轻视之心，因而被掀翻的时候，几乎是一脸茫然，全然没明白到底发生了什么自己就倒地了。

等到裁判判分他从地上爬起来，还在想是不是自己太轻敌，然而下一秒，程冕就直接朝他冲了过来，他条件反射地想要防御，却感觉程冕的拳头像是炮弹一样重重砸在自己身上，力道之大让他根本无法立在原地，只能一步步后退，最终直接跌出场外，再次被程冕拿到分数。

"没看头啊。"快要把坚果吃完的林遥之懒散道，"都不是一个重量级别的。"

秦鹿道："是太弱了。本来还想在正式比赛之前先找找程冕的问题，找错对手了。"

赛场上，根本就是程冕单方面的屠杀，对手好不容易在第二局勉强接住程冕的攻势，却一点还击之力都没有，看得林遥之昏昏欲睡。其他的观众也是如此，本来就不多的人开始陆续离场。

最终，比赛结束，程冕的对手一共只得了三分，还是程冕打到后面懈怠了才拿到的。

林遥之看得很不过瘾，幽怨道："我觉得自己好像浪费了一个下午。"

秦鹿道："是有点。"

"所以你要不要补偿我一下？"林遥之眨巴着眼睛撒娇。

秦鹿道："怎么补偿？"

林遥之脱口而出："我想亲……亲你一口？"

秦鹿沉默三秒，嘴里吐出几个字："别耍流氓。"

林遥之："……"

秦鹿道："开个玩笑。"

林遥之保持着僵硬的表情抖了一下，颤声道："你也会开玩笑？"

秦鹿挑眉："为什么不会？他们都说我很有幽默细胞。"

林遥之狐疑地看着秦鹿，心想谁这么没眼光啊："谁说的？"

秦鹿："程冕啊。"

林遥之惊了："他在什么时候这么说的？"

秦鹿冷冷地说："在我说他敢说我无聊我就揍死他的时候。"

林遥之："……"行吧，毕竟生命还是第一位的，也不能太怪程冕昧着良心吹彩虹屁。

赛场上完胜对手的程冕已经被裁判宣布胜利，他的对手垂头丧气，显然完全没能接受自己就这么惨败给一个娃娃脸的残酷事实。但体育竞技本就如此，无论在什么时候，轻视敌人，都是最愚蠢的行为，就像林遥之之前还玩散打的时候，看不起她女孩子身份的人有很多，而这些人，最终通通都成了她的手下败将。

第十六章

可爱的咪咪

看程冕比赛的这一天，林遥之觉得完全浪费了，十分无趣，但一想到明天就能再次见到咪咪，心情顿时好了许多。

随着夏意渐浓，天气也越来越热，连带着傍晚的空气都好像水箱里的蒸汽，沾一点，浑身上下都黏糊糊的。

林遥之最不喜欢夏天，一到夏天，她觉得自己就像一棵被晒干的小白菜，连头顶上的菜叶子都是蔫巴巴的。秦鹿把她送到楼下便回去了，林遥之在窗口目送他离开。

走到小区门口时，秦鹿好像遇到了熟人，林遥之定睛一看，是何淼淼。

两人简单交谈片刻，便相互告别，双方似乎都没有太多的留恋。随后秦鹿走出小区，而何淼淼的目的地，是他们这栋楼。

林遥之想到什么，扭头看向趴在沙发上没什么精神的哥哥："哥，你叫淼淼过来了？"

"嗯。"林霂之说，"过两天我就走了，可能要去喀纳斯几个月。"

林遥之："取景？"

林霂之："对，新电影。"

林遥之道："哦。"她对林霂之的娱乐圈事业不太感兴趣，平日里几乎不怎么问，"注意安全。"

"会的。"林霂之应声。

没隔一会儿，门口传来敲门声，林遥之去打开门，见到手里提了一袋子东西的何淼淼。她的额头上有些汗，长长的卷发束成干净利落的马尾辫，因为穿得少，完美的身材被完全凸显出来，无论是纤细的腰肢还是笔直的大长腿，即便是林遥之这样的女生，也被她吸引得移不开目光。

不得不说，何淼淼真是个非常标准的美人。

“来啦，提的什么呢？”林遥之问。

“我自己做的水果冰棍。”何淼淼递过去，“放在冰箱里冻着吧。”

林遥之接过来看了一眼，从袋子里抽出一根，含在嘴里，随即露出惊艳之色：“好吃！”

“好吃你就多尝尝。”何淼淼笑着。

林遥之“嗯”了声，道了句谢，便把冰棍放好，回自己卧室了，回去前，她注意到何淼淼非常自然地走到林霂之旁边，坦然坐下，脸上并无任何羞涩或者腼腆，而林霂之仿佛习惯了何淼淼这个朋友，还像条虫似的趴在沙发上，懒懒散散，毫不顾忌形象。

两人间相处的气氛十分和谐，好像他们已经相识许久。

林遥之吃着冰棍，悄无声息地关上了门。

就在林遥之快要睡着的时候，卧室门却突然被轻轻敲响，林遥之打着哈欠从床上爬起来，开门看到何淼淼。何淼淼见林遥之一脸睡意，露出些许歉意：“已经睡了？”

“还没睡着。”林遥之看了看时间，已经十一点半了。

何淼淼道：“你哥去睡觉，我也要回去了，就是临走前，我有些事想和你说。”

“什么事？”林遥之一愣。

“关于秦鹿的。”何淼淼道，“我也只是知道一些，具体……你还得问秦鹿。”

“嗯？”听到秦鹿两个字，林遥之一下子就精神了，“什么事？”

“你就没想过，秦鹿为什么会退役吗？”何淼淼声音低低的，像是在避讳什么。

“我问过，他岔开了话题。”林遥之道，“就没有继续说这个了。”

“嗯。”何淼淼道，“知情的人很少，也很忌讳这个，我只知道好像是因为他一个朋友……”

“朋友？”林遥之呆了呆。

何淼淼叹息：“反正这件事，几乎没什么人知道，我打听了好久都没有打听出来什么，就是想和你通个气……”

林遥之若有所思地点了点头：“谢谢你了。”

何淼淼伸手摸了摸林遥之的脑袋，她个子比林遥之高许多，做这个动作倒是十分自然：“客气什么，仔细想想，你的确是比我更适合秦鹿。”

林遥之有些不好意思。

何淼淼又和她说了两句，才和林遥之告别。

林遥之在心里的小本子上默默记下何淼淼说的话，这才转身去睡了。

第二天，又是晴朗的一天，昨天秦鹿答应自己今天可以去他家看咪咪，所以林遥之早早地起来了。她先去了自家的蛋糕店，撸起袖子打算亲自给咪咪做个甜蜜蜜热乎乎的蜂蜜芝士蛋糕。

“哟，老板，今天是抽了什么风啊，居然亲自动手了？”店员有些惊讶。

“给朋友带的嘛。”林遥之笑眯眯的，“心意自然是要到的。”

因为秦鹿说过室友喜欢甜口味，所以蜂蜜和糖林遥之都多加了一些，看着制作好的蛋糕进了烤箱慢慢膨胀成金黄色圆鼓鼓的模样，林遥之的心里充满了成就感。

只是外面的天气依旧热得让人发慌，林遥之提着蛋糕赶紧上了车，朝秦鹿家去了。

秦鹿住的小区贵有贵的道理，不但清静，绿化也做得好，树荫几乎把整个小区覆盖了。当然，绿化好却有一个缺点，就是蚊虫特别旺盛，短短一条小路，林遥之胳膊、腿上就被咬了五六个包。

秦鹿给林遥之开门的时候，就看见这小姑娘扁着嘴，一脸委屈的样子。

“谁欺负你了？”秦鹿问。

“你家小区的蚊子。”林遥之把自己手露出来，给秦鹿看自己小臂上三个新鲜出炉的红包，“痒死我了……”

秦鹿没再说话，只是趁林遥之换鞋的工夫，去拿了花露水，然后上上下下给林遥之喷了一通。

林遥之被喷得直打喷嚏，好一会才缓过来："这么重的花露水味，咪咪不会嫌弃我吧？"

秦鹿道："不会。"停顿片刻，他语调里带着些笑意，"它被咬得比你还惨。"

林遥之闻言笑了起来。

给林遥之喷完花露水，秦鹿领着林遥之就往一楼的花园去了，林遥之本来还想着这么热的天气咪咪应该不会晒太阳了，没想到真的看见咪咪在晒太阳，不过是在屋内晒，屋子里的空调开得足足的，它懒洋洋地趴在一块洁白的毯子上，脑袋还枕着枕头，从姿势看上去显得格外的舒适。

"咪咪！"终于见到心心念念的羊驼，林遥之一个没把持住，就扑了上去，脑袋扎在咪咪软乎温暖带着阳光味的卷毛里。

咪咪被林遥之吓了一跳，噌地想要站起来，却被林遥之搂住了颈项，片刻动弹不得。

林遥之像块石头似的，死死压住身下的咪咪，两只手疯狂撸毛："啊啊啊，你好软啊，咪咪！"

咪咪被林遥之压得差点背过气，嘴里发出"嗯嗯"的叫声，听得林遥之心都软了，她第一次知道羊驼的叫声是这样的，又嗲又软，被欺负狠了，也只会"嗯嗯"直叫。

秦鹿就在旁边静静看着，大约是咪咪对他投去了求救眼神，他无情道："你看我做什么？又不是我抱着你不松手。"

咪咪："嗯嗯。"

秦鹿居然好似听懂了咪咪的意思，道："帮不了，我打不过她。"

咪咪："……"

林遥之揉羊驼都快揉得走火入魔了，咪咪身上的绒毛软乎得要命，让林遥之感觉自己好像陷入了一块巨大的海绵中。

和秦鹿一通交流过后，咪咪终于放弃挣扎，像块饼似的瘫在地上一动不动，任由林遥之抚摸把玩，那生无可恋的表情让林遥之忍不住露出了笑意，她捏了一下咪咪同样软软的脸颊，道：“哎呀，就摸你一下嘛，怎么就不高兴了？”

咪咪：“嗯嗯嗯。”最后的“嗯嗯”声它特意拉长，好似在表达对林遥之粗暴举动的不满。

林遥之看向秦鹿，求他翻译。

秦鹿道：“它说它挺喜欢你的，让你继续揉揉。”

林遥之见状哈哈大笑，她虽然不明白咪咪到底在说什么，但也能从咪咪震惊愤怒的眼神里看出端倪，秦鹿果然是蔫坏蔫坏的，平时看起来很是正直，但坑起人来，也是丝毫不手软。

林遥之知道做事要见好就收，虽然还没有揉够，但总不能把咪咪得罪得太狠，于是伸手温柔地摸了摸咪咪的脑袋，从它身上爬起来，给了咪咪喘息的机会。

林遥之一起来，咪咪也跟着起了身，接着拔腿就跑，林遥之目瞪口呆地看着它飞速跑到二楼，几秒钟后，二楼传来一声巨大的关门声。

林遥之目瞪口呆地看着秦鹿。

秦鹿摊手，做出一个无辜的表情。

“它还有自己卧室的啊？”林遥之道。

秦鹿：“我说了它是我室友。”

林遥之：“还能锁门？”

“问题不大。”秦鹿道，“屋子里的门锁钥匙我都有，待会给你就是了。”

林遥之哭笑不得，觉得自己好像是个欺负咪咪的变态，而秦鹿就是那个可怕的帮凶。

“热死了。”刚才闹了这么一通，林遥之身上又出了汗，她道，“我已经开始期待冬天的咪咪了……”

秦鹿挑挑眉，对林遥之的说法不置可否，但还是转身去了厨房，再次出来的时候，手里多了一瓶冰水，他顺手把冰水扔给林遥之：“去楼上吃蛋糕？”

“好呀好呀。”林遥之高兴地答应，“我记得咪咪也很喜欢吃蛋糕的吧？待会咱们把它骗……不对，是叫出来。”

秦鹿眼里浮出些许笑意，轻轻地“嗯”了声。别看咪咪现在在林遥之面前落荒而逃，事实上他的好友里面，能摸到咪咪毛的人可不多，咪咪外表看着软萌，实则也是看人下菜碟，估计是被林遥之那可爱的外形欺骗了，还以为她是个软乎的小姑娘呢。

第十七章

旧事

冰水润过喉咙，退去身上炎热的暑气。

林遥之在秦鹿的卧室地毯上盘腿坐下，面前的小桌上，摆放着她带来的芝士蛋糕。

芝士蛋糕是可爱的奶黄色，散发着芝士和牛奶的浓郁香气，林遥之捏着塑料刀，小心翼翼地切下一块，然后放进盘中，随手递给坐在旁边的秦鹿。

秦鹿神色自然地接过，拿起叉子打算享用。

林遥之笑道："我还以为你不吃这些甜品呢。"通常情况，教练对热量控制要求都很高，没想到秦鹿倒是来者不拒。

秦鹿坦然地吃着芝士蛋糕，柔软的芝士和他硬朗的线条格格不入，倒衬出几分反差的可爱，他道："偶尔吃点没关系。"

房门嘎吱一声响了，林遥之回头，看见站在门口鬼鬼祟祟的咪咪，咪咪很快便发现卧室中间的芝士蛋糕，还有坐在蛋糕旁边、笑容可爱在它眼中却格外恐怖的林遥之。

"过来呀。"林遥之挥舞着手里的芝士，"可好吃了。"

咪咪没动，显然还在权衡拿身体换芝士蛋糕值不值得。

"我不揉你啦。"林遥之道，"真的，你过来嘛。"

咪咪看秦鹿一眼，秦鹿淡然回望，一人一驼的目光相接，仿佛在交流着什么。最终，咪咪还是没能忍住芝士蛋糕的诱惑，缓慢地踏着步子，走到林遥之面前。

林遥之"啊哈"一声，飞速伸手搂住咪咪的脖子，把它抱进自己怀中："看我抓到了一只什么？一只无辜的小羊驼。”

秦鹿慢条斯理道：“别喷口水啊，会溅到蛋糕上的。”

林遥之乐得咯咯地笑，但手还是放开咪咪，十分大方地给它切了一大块芝士蛋糕，摸着它脑袋上软乎乎的卷毛道：“别生气，只是开个玩笑，来嘛，都是你的。”

咪咪“嗯嗯”两声，这才弯下头来，开始慢吞吞地吃蛋糕。

别人家的羊驼吃东西都像牛嚼牡丹，十分粗暴，但咪咪偏偏能把这块芝士蛋糕吃出优雅的味道来，黏糊糊的蛋糕一点也没有沾染在它的毛发上，直到快吃光，它的脸颊都干干净净，也不知道怎么做到的。

趁着咪咪吃蛋糕的工夫，林遥之仔细打量起秦鹿的卧室，之前虽然来过，但也只是匆匆一瞥。

秦鹿的卧室和他这个人一样干净，最醒目的就是放在中央的大床，大床旁边是简单的衣柜，衣柜的对面放着一个细长的架子，架子上插满了类似光碟的东西，似乎是收集的电影光盘。

毕竟林遥之家里就有人是娱乐圈的，见到这东西，便好奇地走过去，问道：“你喜欢看电影吗？收藏了这么多碟片。”但她走近才发现，这些碟片都没有封面只有数字，怎么看也不像是电影收藏品，反而十分可疑。

秦鹿果然否认了：“不是电影。”

林遥之道：“那是什么？”这些碟片收藏得非常好，上面甚至没有一点灰尘，可以看出主人平日十分爱惜，但又因为放的位置比较偏，感觉主人似乎并不想让它们吸引太多的目光。

“猜猜看？”秦鹿又慢慢吃了口芝士。

林遥之道：“给点提示嘛。”

秦鹿思考片刻，给了第一个提示词：“暴力。”

林遥之脑子里开始浮现恐怖的画面，沉默半晌都没吭声。

秦鹿道：“你的表情为什么那么奇怪？”

林遥之挠挠头：“我有个很恐怖的猜测……”

秦鹿好奇:“什么猜测?”

林遥之开始发挥自己丰富的想象力:“我哥演过一部电影,在电影里,他是个变态杀人魔,他收藏了很多关于各种死法的录像,每次杀人之前,都会邀请死者选一盘,选到的,就是死者的死法……”说到这儿,她打了个寒战,“很吓人的。”

秦鹿站起来,缓缓走到林遥之身侧,修长的手指轻轻从碟片上滑过,声音有些低沉:“里面还真有人死了。”

林遥之被吓了一跳,条件反射地想要后退一步,却发现自己的身后就是墙壁,而秦鹿刚好将她堵在墙角的位置,此时的秦鹿看起来莫名充满了压迫感,他的影子将林遥之笼罩起来,黑色的眸没有情绪地半垂着:“想看吗?”

林遥之咽了口口水,嘟囔道:“你别吓我。”

“不是在吓你。”秦鹿淡淡道,他的手停留在某张光碟上,“选一张?”

林遥之抿唇。

秦鹿见她不再说话,却笑了,只是这笑容里并没有多少真意,显得格外冷漠:“怕了?”

林遥之歪了歪头,忽然大叫:“吃我一拳!”她一拳挥出,却被秦鹿反应极快地握在手里,这是两人第一次正面力量对抗,林遥之感觉秦鹿的手如同铁铸一般,纹丝不动,但他想要往林遥之这边再近一寸,也并不易。

两人的目光相触,一个带着审视,一个无比坦然,好似擦起了灼热的火花,空气也要燃烧起来。

“我才不怕。”林遥之声音很软,像是个故意说狠话的小姑娘,但只有捏着她的拳头、感受着她力量的秦鹿才知道,她不是在开玩笑。

“你真要杀我,哪有那么容易?”林遥之道,“我们至少得打半个多小时,到时候那动静足以把警察引过来了。”

秦鹿不语,只是眸中的审视渐渐淡去。

林遥之又道:“而且咪咪还在场呢,咪咪那么可爱,你舍得让它看那么血腥的场景啊?”

他们两个纠缠的时候,咪咪就静静地站在旁边,目光依旧停留在芝士蛋糕上,对于其他人根本不感兴趣。

秦鹿挑眉："我可以把它也灭口了。"

林遥之："这么可爱的羊驼你都下得去手？"

秦鹿："你比它可爱我都下得去手，它只能算个附带的。"

突然被夸可爱，林遥之反应了一会儿，脸立马有点红，眼神也乱了："你是在夸我可爱吗？"

秦鹿道："嗯，把拳头收了更可爱。"

林遥之羞涩收手，秦鹿默默看了眼自己的手掌，那里一片通红，也不知道明天会不会青。

林遥之还在不好意思，一巴掌拍到秦鹿胸口上："讨厌啦，你老是逗人家，人家会害羞的，小拳拳捶你胸口啦。"

秦鹿被林遥之拍得闷哼一声，差点没喘上气。

林遥之还想继续撒娇，秦鹿却哑声开口："别动手了，再来一下我人没了。"

林遥之眨眨眼睛："哼，我才不信，只有我哥那样的才挨不了我两下，你嘛……肯定可以挨第三下的。"

这一刻，秦鹿竟在内心深处升起对林遥之哥哥的一丝同情。

"好了，别开我玩笑了。"林遥之道，"这到底是什么呀？"

"收藏的一些打拳录像。"秦鹿道，"比较血腥。"

林遥之明白了什么："黑拳呀？"

秦鹿点头。

这下林遥之就明白了，黑拳这东西，虽然犯法，但屡禁不止，就是因为其观赏性和刺激程度是一般的竞技比赛难以企及的。正规的散打或者拳击比赛，无论规则或者裁判都会对拳手进行较大的限制，但黑拳不一样，一旦上了那个台，都是生死不论。

但林遥之很不喜欢，这种东西于她而言只是纯粹的暴力，毫无美感而言。况且黑拳对于身体的摧残非常大，那些经常玩的选手，全身上下都是暗伤，很难活过中年。

看秦鹿的状态应该还不错，林遥之也没在他身上看到太多的外伤，想来并未涉及这些项目，只是不打黑拳的秦鹿，难道是黑拳的爱好者，所以才会存这些碟片？

秦鹿似乎猜到了林遥之的想法，淡淡道："我不打。"他停顿片刻，补充了一句，"也不喜欢。"

恐怕不只是不喜欢，秦鹿在提到黑拳的时候，眼神里那浓烈的厌恶感根本掩盖不住，林遥之从未见过他这种表情，敏锐地感觉到其中必有隐情。

"那可以给我看吗？"林遥之试探地问。

"当然可以。"秦鹿道，"你自己选吧。"

林遥之闻言，随手选了一张碟片，拿起来后，看见碟片外皮上写着一个潦草的十二。

"去书房看吧。"秦鹿转身。

林遥之拿着碟片，跟在他身后出去了。

咪咪对两人投来疑惑的目光，似乎不明白刚刚还剑拔弩张的两人，这会怎么又和好了？不过它的兴趣并不在人身上，而是盯着桌上的芝士蛋糕一个劲地咽口水，直到林遥之和秦鹿的身影消失在卧室，它才开心地对着剩下的芝士蛋糕咬了下去。

这还是林遥之第一次来秦鹿的书房，她本来以为秦鹿的书房会像他的卧室一样干净简洁，却没想到秦鹿的书房里书籍种类非常多。

林遥之十分惊奇："你这么喜欢看书？"

秦鹿道："偶尔看看。"

林遥之摸摸脑袋："我还以为你是那种胸大无脑的呢……"

听到这话，秦鹿表情凝固两秒，缓缓回头看向林遥之："你说什么？"

林遥之满脸无辜："我说你室友呢。"

秦鹿："……"

"你的室友羊驼咪咪！"林遥之无耻道，"你不会误会了什么吧？"

秦鹿沉默许久，从嘴里蹦出一句："林遥之，你在其他人面前也这样？"

林遥之做了个可爱的表情："人家从来都是个表里如一的小可爱啦。"

秦鹿："……" 我信你才有鬼。

第十八章
巨猿和伯爵

怀着好奇、兴奋和一丝丝紧张，林遥之在书房的沙发上寻了个角落坐下。

秦鹿走到投影仪面前，将手里的碟片取出，小心地放入影碟机里。影碟机发出咔嚓一声轻响，随后徐徐转动起来，投影仪上出现了画面。

伴随着画面，是人群喧嚣的声音，有人在咆哮，有人在尖叫，还有人发出神经质的狂笑，这些声音汇集在一起，让气氛变得更加疯狂。

林遥之透过人群，看到一个擂台，影片似乎是有人用小型摄影机拍摄的，画面并不稳定，不断在摇晃，好在清晰度还够，让看的人能清楚地看到擂台上的情况。

“今天是巨猿和伯爵的场子！票提前一周就卖光了！”一个男人的声音如同画外音般响了起来，语气里带着压抑不住的兴奋，“伯爵已经连胜九场比赛，今天巨猿能不能赢下他呢？真是太期待了！”

随着他的介绍，林遥之看到两个穿着防具的男人，缓步走上擂台，其中一个是身材健硕的东方人，而另一个却是虎背熊腰的西方人。两人一到台上，气氛就紧张起来，台下的观众声音不自觉小了许多，所有人的目光都聚集在他们身上。

“马上开始了，马上就要开始！我这次买的是伯爵！他一定不会让我失望，会赢的！”被现场气氛所感染，男人的声音也变得尖锐偏激。

一个穿着火辣的女郎举着第一场的牌子从擂台上走过，接着，有人敲响铃铛，台上的两人便缠斗在一起。

“裁判呢？怎么没看到裁判？”林遥之忽然发现了问题。

“没有裁判。”秦鹿淡淡道，“只有一个人站不起来或者亲口认输，比赛才会结束。”

林遥之蹙起眉头。她是见过黑拳的，但她见的黑拳显然和眼前碟片里的不是一个档次，她见的那种，至少还会担心出人命，所以当选手有了过分的举动，场上裁判也会进行阻止。但眼前碟片里的显然并不是这样，拳手们毫无章法，毫无规矩，每一拳击向的都是对手最孱弱的部位，完全不会考虑这一拳下去，会不会出人命。

林遥之觉得心里不舒服的感觉浓了起来，并不是害怕，而是因为这种对人命不负责的态度。她蜷起膝盖，嘴唇也抿出一条不悦的直线。

秦鹿大约是误会了她的反应，道：“不想看了吗？不想就不看了吧。”

“没。”林遥之道，“我只是觉得这样的拳击赛不太好。”

秦鹿道：“是不好。”

林遥之想说点什么，但话到嘴边，又咽了回去，她把目光重新转回投影仪上，沉默着继续观看。

第一场比赛时间很快就到了，大概因为都是初次相遇，所以第一场的大部分时候都是在试探对方的实力，并未有太过激进的进攻。那个东方人身材非常高大，上半身裸露着漂亮的肌肉，他长得不算太过俊美，但那种属于男人的冷硬气质却让人根本移不开眼，林遥之注意到，他眼睛的部位似乎有一道伤口还未愈合，那伤口差一点就贯穿了他整只眼睛，让他看起来更添几分暴戾。休息时间，他就这么静静地坐在擂台边，周围是专业的按摩师在利用短暂的时间给他放松肌肉，冰敷伤口，接着又是一声哨响，男人站了起来，跨过擂台绳朝擂台中央走去。

他的对手巨猿脸上挂着恶意的笑容，张口对男人说了一串英文，还抬起手对着男人勾了勾，充满了挑衅的味道。

伯爵却并不愤怒，反而咧开嘴笑了，只是这笑容如同看见猎物的猛兽，充满了血腥的味道。

林遥之听见男人的声音格外沙哑，他说：“既然都要废了，就让你先多说几句吧。”说完，男人挥拳猛击。

林遥之看得入了迷，如果说第一场比赛只是两人间的试探，那第二场比赛，就是单方面的虐杀。

无论是男人的拳法，还是反应力和耐力，都完全碾压对面的西方人，以至于从头到尾，放下狠话的西方人都只能不断后退，甚至险些翻出擂台外。男人的拳法丝毫不花哨，每一拳砸向的都是对手最孱弱的部位，他虽然身材高大，但身体十分灵活，当迅捷的步伐和手里的重拳配合起来时，可以让完全不懂散打的人也看出其中蕴藏的力量和美。

都说外行看热闹，内行看门道，林遥之看出了点什么，她道："他的右手受伤了？"

秦鹿"嗯"了一声。

林遥之歪了歪头，即便是男人右手受伤，可依旧和对手不是一个级别，两人实力天差地别，他的实力几乎碾压对方。

果然，第二局结束，那个西方人已经快要站不住了，他满脸是血，看向男人的眼神里充满了恐惧，身体也佝偻起来，丝毫不见开场时挑衅的气势。

男人表情冷漠，并不因为对手的退缩而放松攻势，事实上他反而加强了攻势，又是一拳狠狠砸到对手的下巴上。

这一拳砸得极狠，林遥之清楚地看到有两颗牙齿和着鲜血从对手的嘴里飞了出去，对手向后仰去，直接倒在地上，男人正欲上前将对手拎起来，铃铛却已敲响，示意第二场中场休息时间已经到了。

对手没能起来，被人拖了下去，擂台的周围充满了咒骂和尖叫声，观众显然对于巨猿如此不堪一击十分恼火，甚至有情绪激动的人开始往巨猿那边扔东西。

而外号伯爵的男人，却缓步走到擂台旁边，在休息的凳子上沉默坐下。

"巨猿这个废物！"拍摄的人也大声叫起来，"居然打不到第三场，真是没用的东西。"他又哈哈大笑起来，"还好我没有买他，伯爵果然是最强的！"

大约是他的声音太大，伯爵抬眸朝这边看了一眼，虽然是隔着屏幕，林遥之却在看到伯爵的目光后呼吸一窒。那目光冰冷中蕴藏着暴虐，好似荒野之中刚捕到猎物的猛兽被打扰了进食，被这目光盯上的人，下一刻就会被咬断颈项。

拍摄者吓得一抖，手里的小型摄像机直接跌落地上，接着他慌乱地将相机捡起来，但画面也就到此结束了，看来他并没有敢继续拍摄下去。但比赛结果已经毫无悬念。

屏幕黑了下来，林遥之回味刚才的比赛，秦鹿也沉默着。

沉默的气氛持续许久，林遥之才将其打破："那些碟片里面，还有伯爵的吗？"

秦鹿看了林遥之一眼："有。"

林遥之："还能看看其他的吗？"

秦鹿道："你不反感？"一般女生，对于这种血腥暴力的东西都不会太喜欢，甚至说得上讨厌。

"你给其他女生看过？"林遥之敏锐地抓住秦鹿话语中的漏洞，心想是哪个小妖精居然捷足先登了。

"我朋友的女友。"秦鹿倒是坦然解释，"看到一半就哭了。"

林遥之莫名："哭了？为什么哭？"

"吓的。"秦鹿道，"不说女孩子，就是有些男生都看不下去。"他站起来，语调懒懒的，"今天就到这儿吧，以后有机会再看。"

林遥之本来还想撒个娇，转念一想，以后再看的意思，不就是以后能常来秦鹿家了吗？这可是大好事呀。

于是她点点头，乖乖说了声好。

秦鹿站起来："晚上想吃点什么？想在家里做还是出去吃？"

林遥之好奇道："你会做饭？"

"会一点。"秦鹿道，"得看你想吃什么，太复杂的还是不行。"

林遥之想了想："你做什么我就吃什么，我不挑食。"她瞪着亮晶晶的大眼睛瞅着秦鹿，倒真像一只讨食的小鹿了。

秦鹿思考片刻，问林遥之想不想吃火锅，林遥之点头称好，表示什么都可以。

于是秦鹿拿了钥匙，打算出去购买食材。林遥之走在他身后，忽然问了个问题："那个伯爵是你的朋友吗？"

秦鹿"嗯"了一声。

“他……现在还好吗？”林遥之问出这个问题后，又觉得不太合适，“你要是不想回答就算了，我就随便问问。”

“还活着。”秦鹿还是回答了林遥之的问题，他背对着林遥之，看不到表情，声音也没有任何起伏变化，仿佛对林遥之的问题并不在意。

林遥之却从中察觉出某些异样，她问的是还好吗，秦鹿回答的话是还活着。

只是还活着而已，无关乎好不好，人可以有很多种活着的方式，但很多活法，却不能说活得好。

林遥之想起何淼淼同自己说过的，关于秦鹿因为一个朋友退役的话，有些后悔自己问出了这么莽撞的问题，秦鹿和这个伯爵的关系显然并不只是朋友那么简单。

秦鹿已经走到门口，他拉开门，外面的热浪扑面而来，在出门的那一刻，他说了一句话：“但只要还活着，就是有希望的，不是吗？”

这句话太轻，若不是林遥之所有注意力都在秦鹿身上，恐怕都会以为这只是自己出现的幻觉。

“对。”林遥之对此表示赞同，“只要还活着，就是有希望的。”

秦鹿发出低低的笑声，他说：“林遥之，你果然是特别的。”

林遥之听着这话，她小声道：“哪里特别呀？”

秦鹿：“力气特别大。”

第十九章

季和玉

夏天就该坐在清爽的空调房里，喝着冰镇气泡水，吃着热腾腾火辣辣的火锅。秦鹿做饭的时候，林遥之在旁边帮忙，她发现秦鹿应该是经常一个人做饭，手艺十分娴熟，一锅散发浓郁香气的锅底很快就端到了桌子上。

咪咪不知何时从二楼跑了下来，站在桌子旁边支着脑袋眼巴巴看着，又被秦鹿以它不能吃辣为由无情地赶开。

火锅的味道很不错，林遥之尝了一下，便对秦鹿的手艺大加赞扬。秦鹿告诉林遥之，以前自己住的时候经常做饭。

“那现在呢？”林遥之把嘴里的蔬菜咽下去，“现在不做饭了？”

“现在都是跟着俱乐部吃。”秦鹿道，“一个人做饭总是不好控制分量。”

林遥之道：“你在这儿住多久啦？”

秦鹿回答：“有了咪咪才搬过来的。”

林遥之“哦”了声，低头继续吃。

他们吃饭的时候，咪咪就在旁边哼哼唧唧，一副你们欺负我的表情，那双大眼睛里透出的神情竟让林遥之生出几分不忍来，只有秦鹿心硬如铁，叫林遥之不要心软。

咪咪见讨不到好，气呼呼转身走了，走到客厅边，又转头在沙发上拉了一块垫子，蜷缩蹄子在垫子上缓缓蹲下。

林遥之看笑了：“它这是做什么呀？”

“嫌弃地脏。”秦鹿头也没回便知道咪咪做了什么，“它一直都这样。”

林遥之闻言哈哈大笑起来。

酒足饭饱，林遥之也不好再继续打扰秦鹿，早早告辞。

秦鹿开车将林遥之送到家门口，看着她上楼，才开车离开。

林遥之打着哈欠到了家中，并未看到林霂之，这才想起林霂之去了新疆取景。

家里空荡荡的，林遥之爬到沙发上瘫倒，拿出手机给自己的哥哥打电话。电话响了十几声也没人接，大约是忙着拍戏没空接电话，林遥之便又打给哥哥的经纪人赵统。

经纪人接通电话，叫了声遥遥。

“赵哥，我哥呢？”林遥之问。

“拍戏呢。”赵统道，“你回家没有？”

“回了。”林遥之说，“趴家里沙发上呢。”

“你哥刚才还在问呢。”赵统道，“一个女孩子，不要回去太晚了。”

林遥之“嗯”了声，又和赵统聊了几句，得知林霂之没什么问题后，才挂断电话。虽说林霂之比林遥之大几岁，平时也是他在管着林遥之，但真遇到什么事的时候，林遥之却是保护林霂之的那个人。

有一次林霂之出去买东西被粉丝认了出来，当场差点引发骚乱，还是林遥之硬生生把粉丝拦下来，让林霂之跑了，这事才没闹大。

挂断电话，林遥之摇摇晃晃地从沙发上爬起来，懒懒地打个哈欠，便去洗澡睡觉了。

第二天，是个雷雨天。

林遥之是被雷打醒的，窗外的雨哗啦啦地冲刷着玻璃和草木，砸得整个世界都噼啪作响。但空气依旧是闷热的，林遥之醒来后也没有起床，就缩在床边发呆，直到被电话铃声叫回了神。

“遥遥，你在做什么呢？”闺密陆筱的声音从那头传来，“出来玩呀。”

“这天气出去玩？”林遥之惊了，“你不怕被雷劈啊？”

陆筱：“怕什么，你又没做坏事。”

林遥之道：“你在哪儿呢？叫我去玩？”

陆筱道："俱乐部啊，你不是让我燃脂吗？我现在不正燃着呢吗？"

林遥之："哪个俱乐部？"

陆筱狐疑道："还能有哪个？当然是秦鹿在的俱乐部了，难道你背着我又找了别的小妖精？"

林遥之奇怪了："你在燃脂，你确定？你前天不是还叫我吃炸鸡吗？今天怎么就燃上了？"

陆筱道："燃脂这种事情当然要挑个天时地利人和的好时候燃了……不和你扯了，你过来不？"

以自己对这个闺密的了解，林遥之知道事情肯定没那么简单，她道："你说实话我就过去。"

陆筱长叹一声，说："我亲爱的朋友，你又何必逼迫我至此呢？其实是这样的……"

原来那日陆筱见过秦鹿后，就对秦鹿的美貌念念不忘，但也知道朋友妻不可欺，所以只打算过来过过眼瘾就算了，谁知道在打算离开的时候，被另外一个美人拦下，随后色欲熏心的她就这样昏头昏脑地在俱乐部报了一学期的散打课程。

林遥之听愣了："那你叫我过去干吗？"

陆筱怒道："要不是你拉我到这儿，我至于被美色所诱惑吗？你得对我负责！"

林遥之："……"

陆筱道："来不来吗！"

林遥之瞅了眼外面电闪雷鸣的天气，思量片刻，觉得自己好像的确没做过什么坏事，也不用太害怕，于是答应了："行吧。"

于是，林遥之在轰隆隆的雷声中开车去了俱乐部，好在俱乐部离家不算太远。但她还没进去，就在门口听到了熟悉的惨叫声。

她的好闺密陆筱叫得像只被刀捅了脖子的猪，嗷嗷嗷的叫声配着轰隆隆的响雷简直如同受刑一般。

林遥之没急着往里面走，而是先在外面观察了一下。

今天俱乐部应该休息，场馆里几乎没什么人，只有稀稀拉拉几个学员，其中最引人注目的，自然是叫得响彻整个俱乐部的陆筱。她被一个男人按在地上，从姿势来看，比较容易引起误会，但林遥之清楚知道，她只是在被教练疏通筋骨而已。

“陆筱？”林遥之远远叫了一声。

陆筱哭着扭头：“遥遥，遥遥……我……啊！教练，你轻点啊，我不行了。”

教练道：“我还没往下压呢。”

陆筱道：“别别，我要死了，我要死了！”

教练笑了起来。

林遥之走近才发现这教练是张新面孔，之前未曾见过，不过也难怪陆筱会中招，这男人长得的确漂亮。和秦鹿那种硬朗的俊美不同，他的轮廓更加柔和，眼角微微垂着，看起来格外温柔，此时表情带笑，仿佛春日抽芽的嫩绿草木，让人看了心生暖意。

当然，暖起来的前提是他得先把抓着的陆筱给放了。

陆筱之前一点这方面的功底都没有，一副快要背过气的样子，教练松了手她也没缓过劲来，嘴里小声叫着。

林遥之揪了一下她的脸：“你没事吧朋友？”

“没……”陆筱道，“你终于来了。”

林遥之从兜里掏出一包坚果：“来是来了，但是我又不练。”

教练听着二人的对话，笑了起来，笑声是和他气质相符的一派温柔：“把你朋友也叫过来报课了？”

“她可不用报课。”陆筱道，“她厉害着呢，能和秦鹿打个五五开！”

林遥之道：“你在说什么呢？”

陆筱道：“难道不是？”

教练只是笑，大约是把林遥之和陆筱说的话当成了玩笑，并未放在心上。

林遥之却很不客气地来了句：“我和他可还没打过，万一是四六开呢？”

“谁六？”陆筱问。

“当然是我六了。”林遥之用那张可爱的脸蛋，说出了毫不客气的话。

都道“文无第一，武无第二”，身为武者，好胜之心是必须有的，林遥之虽然挺喜欢秦鹿，但也绝不会轻易觉得自己技不如人，说白了，她骨子里也是骄傲的。

“你们这群小姑娘真有意思。”听着两人的对话，教练脸上的笑意却在渐渐淡下，“和秦鹿打能四六开，当真？”

“自然当真。”林遥之道。

他们正在说话，身后有人叫出了林遥之的名字，只是不是当事人秦鹿，而是之前在秦鹿家见过的那个和秦鹿关系不错的唐文歌，唐文歌大概听到他们的对话内容，对那教练道了句：“季和玉，你小瞧这个姑娘，是要吃苦头的。”

原来教练的名字叫季和玉，倒是和他的气质十分相配，但是他显然没把唐文歌的话放在心上，只是冷淡道：“能吃什么苦头？”

“不然你们两个比画比画？”唐文歌道，“点到为止。”

季和玉道：“和她？”他虽然没有说出来，但眼神却是隐藏不住的轻蔑，显然对身材娇小的林遥之根本不屑一顾。

也是，两人的身材差距摆在那儿，林遥之再怎么厉害，也是个女孩子。都道一力降十会，在绝对的力量面前，技巧根本不值一提。

林遥之也不笑了：“怎么，不敢？”

季和玉道：“不是不敢，我是怕伤了你。”

林遥之上下打量季和玉一番：“你和秦鹿打过？谁赢了？”

季和玉淡淡道：“秦鹿。”

林遥之道：“你连秦鹿都打不过，还担心伤了我？”她毫不客气，“你别开玩笑了。”

唐文歌本来只是开个玩笑，却见两人间的气氛剑拔弩张，顿时有些无奈：“遥遥，你别刺激他，他和秦鹿不太对付。和玉，我跟你开玩笑呢……”

“那就来比画比画吧。”谁知季和玉并不给唐文歌面子，他脸上再无一丝温柔之色，只余下冷漠，“先说好，伤到了，我可不负责。”

“嗯。”林遥之道，“我也不打算负责。”

还在地上坐着的陆筱目瞪口呆，完全没想到因为自己开的玩笑话，自己的闺密居然就要和教练打起来了，外面又是一个响雷在头顶炸开，将俱乐部里的气氛衬托得更加诡异。

看来这场比画，还真是无法避免了。

第二十章

一力降十会

既然两人要比画，为了安全起见，唐文歌拿来了护具让林遥之和季和玉穿戴整齐。只是季和玉显然没把眼前这个身材娇小的姑娘放在眼里，穿护具时十分漫不经心，看得唐文歌一阵无语。

“和玉，她真不是你想象中的那种娇花。”唐文歌提醒着好友，“你还是小心一点比较好。”

季和玉闻言敷衍地笑了笑：“嗯，我知道了。”

唐文歌见状也不好再说什么，看来季和玉只有吃了亏才能彻底长记性。

陆筱也有点担心，在旁边小声问林遥之有没有问题，她虽然知道自己的好友练过散打，但季和玉毕竟是个一米八几的男人，真要打起来，林遥之说不定还会吃亏呢。

林遥之摇摇头，示意陆筱不必担心，自己自有分寸。

穿好护具，两人上了擂台。季和玉问林遥之是否按照散打比赛的规矩来，林遥之笑道：“不用了吧，既然是比画，那就不用那么多规矩了，点到为止就好。”

季和玉道：“几局？”

林遥之：“一局吧。”

季和玉闻言挑了挑眉，无所谓地道了声好，他此时觉得林遥之说的这些话，都是为了她自己好，毕竟女性由于身体的限制，耐力一般会比男性差一些，所以一局定胜负速战速决，她们的优势反而会更大。

“那我就开始了。”季和玉道。

“请吧。”林遥之做了个招手的手势。

季和玉表情严肃起来，脚下往前一步便朝林遥之攻了过去，他大约是害怕伤到林遥之，出拳的力道收敛了三分，但拳风凌厉，速度极快。眼见那拳头朝林遥之挥过去，林遥之往后一退，躲开了这一拳，季和玉见状欲继续强攻，打算就这么将林遥之直接逼下擂台。可原本还在后退的林遥之此时却朝季和玉跨了过来，她一只手直接架住季和玉的双手，随后右手从后面抱住季和玉，季和玉感到自己的后背一阵巨力袭来，他面露愕然之色，还未反应过来，已经被林遥之翻倒在地。

“林遥之得一分！”擂台下充当裁判的唐文歌吹响哨声。

林遥之微笑着松开倒在地上一脸呆滞的季和玉，缓缓起身。

季和玉躺在地上，甚至没明白刚才发生了什么，林遥之用的动作，是散打比赛里最基础的技法，架住对手的上身后，再用力量硬生生将对手翻倒在地。但说着容易，做起来却非常难，对手倒地的前提是至少要拥有让对手失去平衡的力量和技巧。

季和玉闭了闭眼，心中明白自己是轻敌了，他吐出一口气，缓缓从地上爬起，对林遥之道：“你很厉害。”

林遥之道：“客气。”

季和玉道：“但我不会再轻敌了，接下来我会用全力，如果不小心伤到你，先道一声抱歉。”

林遥之点点头，示意他不必多说。

季和玉敛起笑容，再次攻了过来。

到底是壮年时期的男性拳手，真要认真起来，也并不好对付，擂台下的陆筱看得紧张极了，最担心的事情，便是林遥之伤到自己。

“你觉得谁会赢？”唐文歌忽然问道。

“我……我不知道……”陆筱当然是希望林遥之能赢，但她没有信心说出来，光看体格差距，林遥之就和季和玉不是一个等级的，此时两人在擂台上，简直像是季和玉在欺负小孩子。

“打个赌？”唐文歌道。

“赌什么？”陆筱问。

唐文歌正色道：“我赌林遥之赢。”

陆筱道：“啊？你那么有信心？”

唐文歌道：“那当然，你听说过一句话吗？”

陆筱：“什么话？”

唐文歌道：“一力降十会。”

陆筱听得一头雾水：“那你为什么赌林遥之赢？”如果说是一力降十会的话，赢的不应该是高大的季和玉吗？唐文歌说赌林遥之赢又是什么意思？

唐文歌只是笑了笑，并未详细解释。陆筱挠挠头，嘟囔道：“那也赌不上啊，我也希望遥遥赢呢。”

陆筱不明白唐文歌话语中的意思，可台上的季和玉却明白了，他越和林遥之打，表情就越严肃，因为他发现，眼前这个比他矮了一头的小姑娘，真的不好对付。

林遥之则没有打算继续和季和玉纠缠，她打拳向来都是速战速决，此时也不例外。

抓住季和玉的一个空当，林遥之侧过身体，便是一个转身侧踢，这是散打规则里非常标准的得分动作，只要她的脚击中季和玉的躯干，并且保证自己身体站立，就能稳得三分。

但季和玉反应极快，他看出林遥之的攻势，一把抱住林遥之的腿，随后猛地发力想要将林遥之直接掀翻。

按道理说，单脚着地的林遥之应该会因为季和玉的力量失去平衡，轻而易举地被季和玉掀翻在地，但让季和玉没想到的是，林遥之居然站住了，他的身体被林遥之的双手死死架住，两人的力量对抗到达极致，季和玉咬紧牙关，用尽全身的力气，却无法再进一步。林遥之却好似还有余力，她右脚猛地发力，左脚踉跄着跳行，硬生生推着季和玉一步步后退到擂台的边缘。

如果是正规的散打比赛，两人早就被裁判分开了，奈何这次的对抗没有裁判存在，所以季和玉居然拿林遥之一点办法都没有，他如果不松手，估计就会这么被林遥之硬生生推出擂台。

无奈之下，季和玉只能放手，林遥之怎么会放过这么好的机会？她咧嘴一笑，又是一记飞踢，这一下，结结实实地砸在季和玉的腰部，那巨大的力量让季和玉脸色一白，险些倒地。

都说一力降十会，可季和玉看着眼前笑得灿烂的漂亮姑娘，做梦也没有想到，她居然是那一力，而自己再多的技巧，在她大得超出常人范畴的力量面前，也毫无用武之地。

“你没事吧？”林遥之察觉季和玉的脸色有点不对，想起了什么，忙道，“抱歉，我太久没和人打了，力气可能没控制好。”

季和玉摇摇头，示意自己没事。

虽然彻底丢掉了自己对林遥之的轻视之心，季和玉的颓势却没能挽回，一局时间结束，林遥之轻而易举以大比分的优势赢下了这场比试。

季和玉吐了口气，伸手摘掉防具，无奈道：“你赢了，是我技不如人。”打到一半的时候他就知道自己肯定赢不了，他完全没有想到，自己和林遥之的力量差距居然这么大，大到熟练的技巧也无法弥补。

林遥之客气：“承让承让。”

季和玉道：“你的力气很大，技巧也很厉害，为什么不去参加比赛呢？”

林遥之道：“家里人不放心。”

“也是。”季和玉笑了，他看着林遥之娇小的模样，“我要是你家里人，我也不放心。”

林遥之想了会，说：“能看看你的腰吗？刚才不小心用力太大……”

季和玉沉默片刻，伸手掀起自己的衣服，露出劲瘦白皙的腰，那腰的线条特别漂亮，只是上面有很大一块青紫的痕迹，破坏了本有的美感。

林遥之露出愧疚之色：“看起来好严重啊……对不起啊！”

“没事，小伤。”季和玉放下衣服，淡淡道，“是我自己轻敌了，你……很厉害。”

林遥之道：“谢谢。”

“但还是不如秦鹿。”季和玉微微扬了扬下巴，“你的力量或许和秦鹿可以比拼一二，但技巧却不如他，太久没练，手会生的。”

林遥之笑道：“知道了，谢谢你。”

季和玉不再说话，摆摆手一瘸一拐走了，看来他腿部还有受伤的地方，只是没好意思说出来。唐文歌不好意思地和林遥之打了个招呼，说自己过去看看，也走了。

林遥之下了擂台，陆筱赶紧用毛巾帮她擦脸上的汗水，一脸严肃：“宝，你没哪儿疼吧？”

“没有啊。”林遥之伸展一下身体，确认自己没有疼痛的部位，“挺好的。”

“那我能问你个问题吗？”陆筱道。

“什么问题？”林遥之问。

陆筱道：“你用的什么牌子的睫毛膏啊？流这么多汗都没晕妆，太牛了，快给我推荐一下。”

林遥之面露无奈地说了个牌子。

“对了。”陆筱压低声音，小声道，“那个季和玉的身材真好啊，那腰，那腿……”

“是挺不错的。”林遥之话语一转，“你怎么天天看这些呢？我打得不好看吗？你就盯着人家腿看，臭不要脸的。”

陆筱：“这不是看不懂嘛……”

林遥之伸手在她额头上弹了一下。

陆筱“哎哟”一声，揉着自己的额头抱怨：“真的看不懂啊，都不知道怎么才算得分，对了，你看过秦鹿的腰吗？”

林遥之表情一滞。

“不会还没看过吧？”陆筱道，“肯定比季和玉的好看，你怎么不说话？想什么坏事呢？”

林遥之摇摇头：“没什么。”她只是想起何森森说过的话，何森森说，秦鹿的腰上有一块非常漂亮的文身，只是和秦鹿相处这些日子，她却一次都没有见过，而秦鹿似乎也特别在意这些，平日里，就算是运动，也很少会有裸露上半身的时候。

所以，要怎么才能看到可爱的比比那更可爱的腰呢？林遥之陷入沉思之中。

第二十一章

该死的温柔

秦鹿是几天后才知道林遥之和季和玉比画的事。

当时林遥之正啃着冰棍坐在俱乐部的角落里快乐地玩手机，感觉一片阴影落在自己身上，她一抬头，看到秦鹿面无表情地看着自己。

“怎么啦？”林遥之舔了口冰棍，被秦鹿的目光瞪得有些心虚。

“你和季和玉比了一场？”秦鹿问。

林遥之朝秦鹿身后看去，果然看到一脸歉意的唐文歌，知道肯定是他把这事告诉秦鹿的。

“嗯……”林遥之含糊地应声，“就比画了两下。”

“谁赢了？”秦鹿问。

林遥之弱弱地举起自己的手。

秦鹿又问：“你没受伤吧？”

“没有呢。”林遥之表情委屈巴巴，嘎吱嘎吱地把嘴里的冰棍咬碎，吞进喉咙后，才含糊道，“那个季和玉可真狠啊，我差点不是他的对手。”

“哦？”秦鹿挑眉，显然不信。

“真的呢。”林遥之比手画脚地说着，“当时情形极端危急，那季和玉一招黑虎掏心，还好我躲闪迅速，我也不甘示弱，反手就是猴子偷桃……”

秦鹿听得嘴角微微扯了一下，也不知道是不是因为林遥之的描述实在是过于有画面感。

“总而言之，我们两人战得是风生水起，日月无光，最后我终于靠着坚强的毅力险些取胜。”林遥之终于做下结束语。

秦鹿点点头，总结道：“所以就是你把季和玉打败了。”

林遥之：“是的呢。”

秦鹿道：“真没受伤？”

林遥之眼神一转：“其实我不小心崴了脚，但是又没好意思说。”

秦鹿似笑非笑：“你崴了脚？刚才你进来的时候可跑得飞快。”

林遥之觍着脸：“这不是看见你高兴吗？”她又嘟囔了两句，“那个唐文歌是不是又和你告状呢？”

“你没做坏事他怎么告你的状？”秦鹿问。

林遥之语塞，瞪着那双又黑又圆的眼睛半晌没说话，连秦鹿都从她那双眼睛里硬生生看出了无辜的味道。

“总而言之，你没有吃亏对吧？”秦鹿为这件事做下结束语。

“没有没有。”林遥之摆摆手，“大家都是点到为止……”她声音突然小了一些，想起季和玉腰上被自己不小心踹出的青紫痕迹。

秦鹿也明白了什么，他并未责怪林遥之，而是伸手轻轻在她脑袋上拍了一下：“护具什么的还是要穿好，不然容易受伤。”

林遥之乖乖点头。

秦鹿这才转身走了。

林遥之看着秦鹿的背影，冲不远处的唐文歌做了个鬼脸，唐文歌哭笑不得，他也不是故意要告林遥之的状，只是和秦鹿无意中提起关于季和玉的事，才发现秦鹿不知道季和玉同林遥之比了一场。

“喂，你居然告我的状?!”趁着秦鹿去教学员的工夫，林遥之凑到唐文歌身边，抱怨道，“都说江湖恩怨，不涉及家人，你怎么还告状呢？”

唐文歌听笑了：“秦鹿什么时候变成你家人了？”

林遥之眨眨眼睛：“早晚的事嘛。”她摩拳擦掌的样子格外可爱，“我就不信还有比我左勾拳漂亮的姑娘。”

唐文歌笑出了声。

“那个季和玉和秦鹿是什么关系呀？”林遥之八卦道，“感觉他们两人不是很对付的样子。”

“以前我们几个关系比较好，后来因为秦鹿退役，他和秦鹿就杠上了。”唐文歌解释道，“说看不惯秦鹿自我放纵的样子。”

林遥之道：“哦，这样啊。”

唐文歌道：“嗯，所以其实关系也还好，就是有点别扭。”

林遥之明白了，她又想起了在秦鹿家里看到的关于伯爵的录像，她的直觉是唐文歌知道关于伯爵的事，但总觉得这事不太好问，似乎涉及一些关于秦鹿的旧事。

气氛就这么安静下来。

季和玉才来俱乐部几天就被林遥之踹了一脚，此时正在秦鹿旁边的位置教他的学员，从学员成分上来说，他极有可能成为俱乐部的下一个顶梁柱。这一水的小姑娘，看得林遥之眼睛都红了，最让她愤愤不平的是她那见色眼开的闺密也在其中。

“你居然报敌人的课程！”林遥之曾愤怒地谴责。

闺密一脸无辜地回答：“你都把人家腰踹青了，我好意思不报课吗？”

林遥之竟然无言以对。

季和玉来后，林遥之还在季和玉的学员里看到几个秦鹿曾经的学员，看来她们也无情地叛变了。

只不过她们叛变的理由和陆筱不太一样，陆筱叛变是因为朋友妻不可戏，而她们叛变则是觉得季和玉这个眼角略微下垂、笑得一派温和的教练要比冷硬的秦鹿温柔许多。

显然这只是姑娘们的错觉。

很快，整个俱乐部就被女生的惨叫充斥，林遥之眼睁睁地看着季和玉微笑着把一个姑娘的腿拉到最大，随后用更加温柔的语气问她疼不疼，还能不能坚持。

那姑娘眼泪都掉下来了，却哭着说教练我没事，然后季和玉就更加不客气地用了一把力。

林遥之看得浑身一抖，再看秦鹿那边，都是学员们给自己拉，显然要温和不少，不至于被拉得涕泪横流，险些当场晕厥。

“秦鹿被抢了不少生意啊。”林遥之小声道，“这些识人不清的小姑娘哟。”

唐文歌表示赞同，说其实最温柔的是自己，只可惜没一个姑娘报自己的课。

林遥之瞅了眼唐文歌：“你长得也不差啊，为什么没有？”

唐文歌摊手：“可能是珠玉在前，很难将就，况且他们两个都没女朋友。”

林遥之同情地看着他，拍了拍他的肩膀。

季和玉一来，俱乐部就更热闹了，特别是报名的姑娘数量激增，不知道的人进来估计会以为自己到了女子俱乐部。

好不容易授课结束，林遥之远远招呼着秦鹿，说：“帅哥，回家吗？我可以开车送你啊。”

一众女学员朝她投来愤恨的目光，林遥之毫不在意，反而挺起胸膛，骄傲地接受大家的羡慕嫉妒恨。

“行啊。”秦鹿答应了。

于是女学员的目光幽怨更浓，不明白眼前这个娇滴滴的姑娘怎么就获得了教练的欢心。

林遥之丝毫不在意，摇着车钥匙和秦鹿一起去了车库，先给秦鹿拉开副驾驶，对他做了个请的手势。

秦鹿坐好后，林遥之才进入驾驶室，哼着歌把车开出了俱乐部。

之前去过几次秦鹿家，此时林遥之已经对路线非常熟悉，一路上都在和秦鹿聊天：“我总感觉好像忘了什么事。”

秦鹿道：“什么事？”

“不知道。”林遥之说，“好像掉了什么东西似的……”

被林遥之落下的陆筱在俱乐部门口露出幽怨之色，拿出手机拨通林遥之的电话号码，随后对这个重色轻友的闺密予以痛斥。林遥之接到电话后才想起来自己掉了一个人，瞬间心虚了，说明天就请陆筱吃大餐，让陆筱大人不记小人过，陆筱这才放了她一马。

“我就说忘了什么。”挂断电话后，林遥之悻悻道，“我把我朋友给忘在俱乐部了。”

秦鹿勾唇一笑。

林遥之道：“对了，那个季和玉在抢你生意啊，他和你就那么不对付吗？”

秦鹿淡淡道：“他脾气可不好。”

林遥之道：“看起来挺温柔的呀。”

秦鹿：“是吗？怎么看出来的？”

林遥之道：“就长相和气质。”

秦鹿沉默片刻：“你还没和他打够？”

也是，当时唐文歌一提比画的事，季和玉马上就答应了，丝毫没有怜香惜玉的想法，看来他的性格并不像他的脸那样温柔，只可惜似乎有不少姑娘已经上钩了。

车到了目的地，林遥之看着秦鹿下车，秦鹿问她要不要进去坐会，林遥之高兴应允。

因为来得太过频繁，咪咪已经习惯了林遥之的存在，只见它趴在客厅沙发上，听见两人脚步声，也不过是抬了抬眼皮，连个多余的眼神都没给。

林遥之笑眯眯地凑过去，又开始抚摸起咪咪的卷毛，咪咪被摸得哼哼唧唧，朝秦鹿投去一个谴责的眼神。

秦鹿已然习惯，当作没看见，转身去厨房拿了冰水出来。

林遥之喝着冰水更开心了，问秦鹿晚上打算吃什么，秦鹿说今天吃沙拉和鸡胸肉，没有沙拉酱的那种。

林遥之一听马上表示自己晚上还有饭局，就不叨扰秦鹿了。

秦鹿哪里会不知道林遥之的小心思，似笑非笑地“哦”了声，倒也没有拆穿她。

林遥之最讨厌的食物就是鸡胸肉，特别是蒸的那种，又柴又干，一点味道都没有，吃得她怀疑人生。现在她反正也不需要保持太精确的体重，平日三餐可以正常吃，只要运动量足够就行了。

“那我先走啦。”林遥之见时间差不多，便同秦鹿告辞，“明天见。”

“明天见。”秦鹿道，他看着林遥之蹦蹦跳跳地上了车，才转身回房，咪咪的目光更加幽怨，也不知道是不是听到秦鹿说晚上要吃沙拉和鸡胸肉。

“你不能吃肉。”秦鹿对自己的室友表示，“羊驼是草食系动物，肉是消化不了的。”

咪咪：“嗯嗯。”

秦鹿伸手在它脑袋上拍了一下，道：“一点也不行。”说完转身就走，直接无视咪咪那不甘的眼神。

林遥之这边上了车，她正顺着马路往前开，却又看到了之前见过的某个人影在秦鹿家附近鬼鬼祟祟，这一次，她终于想起了这个人的身份，这人不是秦鹿的学员石谷秋吗？当时她和自己很是不对付，被秦鹿拉过一次筋后，就再也没有见过她了，林遥之还以为她是知难而退放弃秦鹿了，可是这会怎么跑到秦鹿家附近来了？林遥之上次似乎就在这边见过她，难道她家也住在这边？

越想越觉得不对头，林遥之把这事记在心上，打算明天去俱乐部的时候和秦鹿说一下，免得到时候出现什么意外情况。

第二十二章

窥探者

第二天，林遥之在俱乐部将石谷秋的事告诉了秦鹿，秦鹿听完后皱起眉头：“你没看错？”

“没有啊。”林遥之十分肯定，“这已经是我第二次看见她了，上次没看清楚她的脸就没想起来。”她掰手指算了算，“难道她家在你家附近？上次看见她大约是在半个月之前。”

秦鹿摇摇头：“不，她家肯定不在我家附近。”

“你知道她家在哪儿？”林遥之抓到重点。

“她在俱乐部受过伤，我送她回过一次家。”秦鹿说，“她家离我家远着呢。”

听见秦鹿的话，林遥之生出一种不太妙的预感，她上上下下打量秦鹿一番，最后问道：“比比啊，这石谷秋不会是个变态吧？”

秦鹿道：“变态？”

“是啊。”林遥之道，“偷偷摸摸住到你家附近，就为了多看你两眼。”说完这话她打了个寒战，因为听起来实在有些恐怖。

秦鹿也陷入沉默，如果真是这样，事情就难办了，他既不能伤害石谷秋，也无法阻止她，就算报警，警察也最多劝解石谷秋一番，毕竟人家只是个小姑娘，而秦鹿却是个成年男性。

秦鹿吐出一口气：“希望不是吧。”

“没关系，我先帮你盯着。”林遥之感觉到秦鹿的烦恼，立马拍着胸膛道，“谁也别想越过我骚扰你！我就是你的骑士，啊！我最可爱的小鹿斑比。”

秦鹿："……"你不说最后一句话，我会更感动的。

他安静几秒，还是没忍住，道："秦鹿这名字的起源是古籍《史记》，'秦失其鹿，天下共逐之'，后世以秦鹿比喻秦国的帝王之位。不是什么小鹿斑比！"

林遥之："哦，我知道了，原来是这样啊，比比。"

秦鹿："……"算了。

事实上林遥之根本没仔细听秦鹿的话，她现在所有的注意力都放在了石谷秋身上。她出现在秦鹿家附近，到底是巧合还是阴谋，林遥之决心将这件事调查个水落石出！

于是林遥之便开始了在秦鹿家附近的蹲点工作，天气热，蚊虫又多，林遥之才蹲了一个傍晚，就被咬得差点昏迷过去。

她哭着跑进秦鹿家，拉起裤腿委屈地嚷嚷："我要被咬死了，比比。"

秦鹿本来在厨房做晚餐，出来就看见林遥之那一截洁白的小腿上全是星星点点的红痕，他拿过花露水，弯下腰握住林遥之的脚踝，然后一点点帮她涂上花露水："别去了，都被咬成这样了。"

"不成，要是不去不就白被咬了？"林遥之痒得龇牙咧嘴，她被咬的不止小腿，甚至颈项上都有两三个包，看着秦鹿给她涂上花露水，还哼哼唧唧地让秦鹿给她每个包上都用指甲掐个十字止痒。

秦鹿满目无奈，只能依言照做。

这就是小区绿化太好的后遗症，虽然物业已经喷洒药物，但是蚊虫还是很多，特别是天气炎热的夏天，出去转一圈就是几个包。像林遥之这样白白嫩嫩的小姑娘，放在外面简直像是进了狼群的小羊羔——蚊子又不怕散打。

随后，林遥之把自己捂严实，在秦鹿无奈的目光中又溜了出去，这会时间已经接近九点，小区的路灯亮了起来，在小区里做运动的人们开始散去，沉寂的夜晚渐渐笼罩大地。

林遥之蹲点的地方，离秦鹿家并不远，那里草木茂密，可以完全将秦鹿家一览无余。

时间一转眼就到了晚上十点，就在林遥之想着今天应该没什么收获了的时候，一个身影出现在了她的视野里。那个身影便是林遥之要等待的人——石谷秋。

石谷秋似乎是从旁边的屋子里出来的，身上穿着长裙凉鞋，一袭长发散乱地披在脑后，虽然因为天色太黑，林遥之看不太清楚石谷秋的模样，但从她的动作里，还是品味出了一点惊悚的味道。

秦鹿家外面是一圈用栅栏围起来的花园，想要进去就要通过花园才行，此时外面锁着门，可石谷秋却不知从哪里弄来一个折叠塑料梯子，顺着梯子居然直接爬进栅栏里，随后，她如同一个幽怨的女鬼，缓缓靠近住宅的窗户，将脸贴了上去。

林遥之看得毛骨悚然，那扇窗户里透出橙黄色的灯光，平日这时候，秦鹿要么在客厅里陪咪咪看电视，要么就在书房里看书，石谷秋显然已经是个老手，因为她那个位置，刚好可以看到电视机前的秦鹿。

接着，石谷秋从怀里掏出什么东西，林遥之以自己0.5的视力清楚地看见那是一台小型照相机。

林遥之被这一幕吓到了，她开始以为石谷秋只是个求爱不得的小姑娘，可是现在石谷秋的所作所为，却让她有种看恐怖片的感觉，她从未见过因为喜欢一个人，而做出这般可怕的举动。

林遥之想了想，没有吭声，默默地摸到石谷秋身后，把她放在外面的梯子撤了，随后又掏出手机给秦鹿打了个电话。

“回来了。”秦鹿道，“这么晚，该回家了。”他并不知道发生了什么，还以为林遥之在继续蹲守。

“比比啊，我现在和你说个事，你别太激动。”林遥之说，“你尽量保持冷静啊。”

秦鹿有种不好的预感：“什么事？”

林遥之道：“你的客厅窗户拉窗帘了吗？”

秦鹿：“没有。”

外面太阳已经落山，窗帘他早就拉开了，一扭头就能看到窗外一轮皎洁的明月，秦鹿也从林遥之谨慎的语气里品味出了一点不太妙的东西：“怎么了？”

林遥之道：“你现在不要看窗户，假装拿东西靠近落地窗，然后看向面对窗户右下角的位置……”

秦鹿不太明白林遥之的意思，但还是照着林遥之的话做了，他假装起身倒水，靠近落地窗，随后猛地扭头，看向窗户右下角。那一刻，秦鹿被吓得手里的水杯直接落到地上，啪的一声碎成了粉末。

只见窗户右下角，趴着一个白裙长发的女人，那女人将脸贴在玻璃上，用一种他难以形容的眼神窥探着屋内的一切，她的手上似乎还拿着什么东西，正在拍摄。

秦鹿少有地骂了脏话。

那女人和秦鹿对视后，察觉自己被发现了，发出一声尖叫，打算爬梯子逃跑，谁知梯子已经被林遥之拿走，她根本爬不了两米高的铁栅栏。

秦鹿冲到屋外，将女人堵在角落，这才看清楚竟然就是石谷秋。

石谷秋脸色惨白如纸，配上她一身狼狈的白色长裙，当真如同恐怖片里的女鬼一般，她知道自己此时的处境，也没有说出什么求饶的话，只是站在原地瑟瑟发抖。

林遥之姗姗来迟，走到秦鹿身边，声音里带着同情：“这怎么办啊？”

秦鹿道：“报警吧。”

“报警有用吗？”林遥之觉得这事不太靠谱，“先把她相机拿过来吧。”

秦鹿“嗯”了声，朝石谷秋伸出手。

石谷秋却露出不情愿的表情，她颤声道：“能……能不能把相机留给我，我好不容易……”

“你觉得可以吗？”秦鹿面无表情，“你该庆幸你是个姑娘。”如果是个男人，他早就一拳上去了。

石谷秋咬着下唇，她长得本来不差，此时看起来颇为楚楚可怜，倒是让人有种被欺负的人是她的错觉：“我……我只是喜欢你，秦鹿……”

秦鹿脸黑得要命，林遥之都能感觉出他在用尽全力压抑自己的怒气，他不再说话，只是招了招手，示意石谷秋把相机放上来。

石谷秋见秦鹿完全不为所动，只好缓缓把相机放到秦鹿手上，看她的表情，依旧是十分不舍。

秦鹿直接把相机拿在手里，林遥之同情地看着他，道："要报警吗？"

秦鹿道："报吧。"

林遥之便掏出手机，不过他们心里都很清楚，这事不会太严重，因为石谷秋既没有偷东西，也没有伤害人，只能按私闯民宅和侵犯隐私权处置，最多被拘留几天，罚点钱就会被放出来。

"能不能不要报警？"石谷秋央求道，"秦鹿，我只是喜欢你而已，没有做任何对不起你的事。"

"你都这样了，还没做对不起秦鹿的事？"林遥之不可思议道，"要是有个人趴在窗户上偷偷看你，你受得了吗？"

石谷秋的逻辑倒是很完美："如果那个人是秦鹿，我就受得了。"

林遥之："……"你可真是个小机灵鬼。

秦鹿道："不报警也可以。"

林遥之讶异地看着秦鹿。

"你还拍了我其他照片吧？"秦鹿冷冷道，"我现在就去你家，你把所有的照片和备份都给我，我就不报警。"

石谷秋死死咬着唇，隔了好一会，才不情不愿地"嗯"了声。

林遥之总觉得这事没完，能做出翻梯子偷窥行为的人，会这么轻易放弃？她觉得这可说不好。

但目前最重要的事还是把秦鹿的照片拿回来，在这一点上，林遥之和秦鹿倒是迅速达成了共识。

石谷秋不情不愿地带着秦鹿和林遥之去了自己家，林遥之这才确定，石谷秋的确就住在这里，而且离秦鹿的家只隔了三四间屋子，只是不知道她搬到这里到底多久了。

第二十三章

处理方式

到了石谷秋家门口，她折腾了好一会儿，才从兜里掏出钥匙，打开房门。屋子里黑漆漆的，没有开一盏灯，石谷秋进屋后也没有开灯的意思，而是直直地走向客厅，在沙发上坐了下来。

一路上秦鹿都黑着脸，看得出他心情非常不妙，林遥之见到石谷秋的举动，怕秦鹿被惹毛了直接爆发，忙问道："石谷秋，你家灯的开关呢？"

石谷秋低低应声："能不开灯吗？"

"当然不可以。"林遥之觉得这姑娘的脑回路和正常人完全不一样，不过也是，要是正常人怎么会做出跑到秦鹿家里偷窥的事来。

"在门旁边的墙上。"大约是林遥之语气里的不满太过强烈，石谷秋没有再纠结，给了林遥之答案。

林遥之的手伸向墙壁，在墙上摸了好一会才摸到开关，她手一按，客厅头顶上的大灯便亮了起来，明亮的灯光太过强烈，让人一时间有些睁不开眼，林遥之用手挡了一下眼睛，待到眼睛缓过来看清楚整个客厅时，却不由自主地倒吸了一口凉气。

整个客厅的墙壁上贴满了秦鹿的照片，密密麻麻的样子简直像是马赛克砖一样，让整个客厅都多了一种令人感到毛骨悚然的气氛。

秦鹿的脸色更难看了，林遥之害怕他爆发，赶紧抓住他的手，道："冷静点，秦鹿。"

"我没事。"秦鹿冷冷道，"我也很冷静。"

林遥之走到墙边，仔细看了这些照片，松了口气："还好，全是夏天的照片，她应该搬过来没有太久。"

照片上的秦鹿大部分时间都是穿着T恤，这意味着拍照的时间是近期，而且从客厅的摆设上来看，也不太有生活过的痕迹，看来这个石谷秋是最近才搬到秦鹿家附近的。

这大概是所有坏消息中唯一的好消息了。

石谷秋见事情败露，此时正缩在沙发上瑟瑟发抖，配上她那张漂亮的脸蛋，看起来倒是有几分可怜。只可惜此时林遥之和秦鹿都没有了怜香惜玉的兴趣，要不是石谷秋是个姑娘，可能早就被暴打一顿了。

林遥之把墙壁上的照片一张张取下来，这些照片有些是秦鹿在俱乐部的照片，有些是秦鹿日常生活的照片，但最感到不舒服的，是一些很模糊的照片，照片的内容大多都是秦鹿在客厅的样子，虽然模糊，却有一种被人窥探隐私的感觉，让人十分不适。

林遥之找了个袋子，把所有的照片放进去，还收缴了石谷秋的照相机。

"可以给我留一张吗？"被当事人发现，石谷秋居然还不死心，看着林遥之的动作，眼眶红了起来，反倒一副自己被欺负了的模样，"就……一张就行了。"

林遥之笑眯眯地问："你想留哪一张？"

石谷秋低下头，在袋子里翻啊翻，翻出来一张照片，道："这张。"

林遥之一看，发现石谷秋还挺有眼光的，这张照片上的秦鹿的确很有味道。他坐在靠窗的位置，全身都沐浴在黄昏的光芒里，大约是有些累了，他的颈项微微后仰，露出一截修长的脖颈和精致的锁骨，隔着单薄的T恤，可以隐约看到他结实的胸肌和一抹若隐若现的腰线，他的眼睛闭着，黑色的睫毛纤毫毕现，整个人都好似在发光，下一刻身后仿佛会伸出洁白的羽翼。

"有品位。"林遥之赞道，"谢谢你啊。"她把照片从石谷秋手里扯过来，在秦鹿愕然的目光中，塞进了自己的口袋。

石谷秋也愣了一会儿，才反应过来林遥之做了什么，她红红的眼眶再也忍不住，迅速落下泪水，嘴里也呜咽起来，倒像是被林遥之欺负了似的。

林遥之不客气地捏起拳头:“再哭揍你啊？秦鹿不打姑娘，我可不一样。”

石谷秋想起林遥之揍沙袋的情形，浑身一颤，硬生生把眼泪憋了回去。

林遥之这才满意地拍拍她的肩膀，说:“你委屈什么？最该委屈的不是秦鹿吗？你看他多坚强，眼眶虽然红了，但从未流出一滴眼泪。”

秦鹿:“我那是气的。”

林遥之:“我懂我懂。”

秦鹿面露无奈，他发现自己拿林遥之一点办法都没有。

把所有的照片收好，石谷秋弱弱地问:“你们是不是要走了？”

林遥之说:“走什么走啊？把你卧室门打开。”

石谷秋道:“你去我卧室做什么？”

林遥之道:“呵，你以为我傻啊，客厅里都到处是秦鹿的照片了，你卧室会好好的？”

石谷秋道:“我卧室里没有……”

“别废话。”林遥之踹了脚沙发，直接给沙发踹出了一个不大不小的洞，然后指了指那个洞,“你要是再废话，我就像对待这个沙发一样对待你。”

石谷秋憋得满脸通红，也不知道她怎么想的，居然朝秦鹿投去求救的眼神。秦鹿险些被气笑，正要上前一步，却被林遥之拦住，咋咋呼呼地叫着:“比比，忍住啊，你这一拳下去她人就没了。”

秦鹿道:“……”

林遥之道:“故意伤害罪至少三年呢！”

秦鹿停住脚步，沉默好久，开口道:“行，你来吧。”

林遥之“嗯”了声，让石谷秋把卧室锁着的门打开了。

让林遥之没想到的是，石谷秋的卧室居然挺干净的，没有像客厅里有那么多乱七八糟的照片，只有放大的一两张秦鹿的海报。林遥之又逼着石谷秋把她放在桌子上的电脑打开，然后果不其然从电脑里翻出了不少关于秦鹿的小视频。

为保险起见，林遥之直接把电脑带走了，说到时候格式化了再还给她。石谷秋敢怒不敢言，只是一脸幽怨。

不过说实话，林遥之的哥哥就是明星，她见识了不少性格偏激的粉丝，其中某些比较恐怖的甚至还会找到途径买下林霂之的行程，一路尾随，大概是林霂之比较有保护自己的意识，所以目前还没有遇到过眼前这样的情况。也怪不得秦鹿大意，于他而言，他也就是个长得比较好看的普通人罢了，谁能想到会遇到石谷秋这样的变态呢？想到这里，林遥之对秦鹿的怜爱之情又浓了几分。

把石谷秋家翻了个遍，确定没有什么东西遗漏后，林遥之和秦鹿才离开，离开前对石谷秋进行了一番威胁，说石谷秋要是再做这些事情，就让她进局子里蹲几天，再让人在局子里好好招待她一番。

石谷秋在旁边默默流泪，最后指着林遥之问了句："她到底哪里比我强了？"

林遥之得意忘形："我胸比你大，腿也比你长。"她骄傲得像只得意的小公鸡，"反正就是比你好看。"

石谷秋瞪圆眼睛看着林遥之，大概想的是这人怎么心里一点数都没有，她道："你确定吗？我可是C。"随后她用挑剔的眼神扫了一眼林遥之，语气里竟带了点不屑，"你有B吗？"

林遥之登时像被踩到尾巴的兔子暴跳如雷："我B往上了好吗？"

"你撒谎！"石谷秋残忍地揭破事实。

林遥之尖叫着要扑上去，被秦鹿拦住，她道："让开，秦鹿！"

石谷秋这一局险胜，却又哭了，心中更加不甘地说："为什么？为什么你选她不选我？我明明更适合你。"

秦鹿无情道："不适合。"

石谷秋呆住。

林遥之本来想放肆大笑，最后只能怒哼一声，努力挺起胸膛，然后用余光瞟了一下秦鹿，又更加用力地直了直腰，大概是怕被秦鹿比下去。

秦鹿哪会注意不到林遥之的小动作，没好气地给了她脑门一下："走了。"

林遥之道："走走走，哼，看着她就倒胃口，走，咱们回家吃冰棍去。"

临走前，两人没忘记又对石谷秋威胁一番，大致内容没什么变化，反正就是让石谷秋离秦鹿要多远有多远，只要再敢出现，当场扭送公安局。

两人慢慢散步回家，一路无言，秦鹿神情复杂，不知道在想什么，林遥之也低着头，她在思考一个非常严肃的问题。

等到了秦鹿家里，两人对视一眼，都在对方眼里看到了某种熟悉的神情。

“太晚了，我送你回去吧。”秦鹿开口。

“那这些照片和电脑怎么办？”林遥之扬了扬自己手里的一堆东西。

秦鹿道：“烧了呗。”

“烧？这可是你的照片，怎么能随便烧了？”林遥之不赞同，“太不吉利了。”

“那怎么办？”秦鹿蹙眉，这些东西他可不想留着，一看到就会想起石谷秋，连带着胃部都觉得一阵不适。

“唔……”林遥之想了想，“不然你送我吧？我帮你保管着。”

秦鹿道：“你留着有什么用？”他觉得最好的办法还是烧了或者销毁。

林遥之挠挠头：“我就随便找个柜子往里面一塞，肯定不会像她那样贴在客厅里的。”毕竟她哥哥过一个月就回来了，要是看见满屋子都贴着秦鹿的照片，估计会当场爆炸，提着菜刀就来找秦鹿单挑。

秦鹿没想到林遥之还是个小迷信，思量片刻后同意了林遥之的提议，林遥之便把电脑从袋子里掏出来，然后找了几个塑料袋把照片包得严严实实，塞进自己的背包里。

这么折腾了一会儿，时间已经快一点了，虽然林遥之示意不用，但秦鹿还是执意要送林遥之回家，说她毕竟是个女孩子，走夜路不安全。

“还好吧。”林遥之挠挠头，“总觉得你比我要不安全一点。”

秦鹿黑了脸色：“真要打起来，难道石谷秋还能对我做什么不成？”

林遥之道：“那可说不准，万一她用别的法子呢？比如吐口水之类的……啧啧，比比可真是个小可怜，总是被变态欺负，不过没关系，遥遥保护你哟。”

林遥之哈哈笑了，拍着秦鹿的肩膀说是开玩笑，秦鹿伸出手，掐住林遥之的脸颊，不轻不重地扭了一下才放手。

林遥之被掐得直咧咧，含糊道：“你掐我脸做什么啊？”

秦鹿面不改色：“没你嘴贫，只能动手了。”

第二十四章

去探班

在秦鹿的坚持下，他还是将林遥之送到楼下，看着林遥之上楼之后才转身离去。

林遥之提着一袋子照片，蹦跶着回到家中，去浴室冲了个凉洗去一身暑热后，便一边吹头发，一边把照片从袋子里抖出来。反正现在没事，林遥之决定把刚才没来得及仔细看的照片再看一遍，找找还有没有什么没发现的惊喜。

虽然觉得石谷秋挺变态的，但不得不承认她的毅力倒是十分惊人，这大夏天的蹲在外面的草丛里跟个雕塑似的，要换成林遥之早就被蚊子咬得意识模糊了，再好看的男人也留不住她。

看着看着，林遥之在空调凉爽的吹拂下，迷迷糊糊地睡了过去。

第二天，林遥之是被林霂之的电话吵醒的。

“喂，哥……”林遥之嘟哝，伸手揉着惺忪的眼睛。

林霂之道：“还在睡觉？”

“嗯。”林遥之打了个哈欠，从沙发上爬起来，“昨天睡太晚了。”

“干吗去了？”林霂之问。

“和朋友出去吃了个饭。”林遥之看着散落一地的照片，弯下腰一张张捡起来又塞回袋子里，嘴里和林霂之撒着娇，“你什么时候回来呀？我可想你了。”

“我也想你，至于回来……还有段时间呢。”林霂之语气里透出些许疲惫，“你照顾好自己。”

“我挺好的。”林遥之道，“你那边能探班吗？我打飞机过来给你送吃的啊。”

林霂之道："别了吧，这边不太安全。"说完他又小声补了一句，"人都凶得要命的……"

林遥之一听这还得了，谁敢欺负她哥，撸起袖子就说："谁凶你了？我帮你揍回来！"

林霂之没吭声，只是叮嘱林遥之别玩得太疯，记得每天给他发微信，林遥之随口应好，至于记不记得起来，就是另外一回事了。

挂了林霂之的电话，林遥之想了想，又给林霂之的经纪人赵统去了个电话。

赵统那边很快接通，林遥之直接问能不能过来给林霂之探班，还问林霂之在那边的情况怎么样。

"你看你自己方不方便，这边没什么问题，就是环境苦了点。"赵统说，"正好你哥精神状态也不是很好。"

"他怎么啦？"林遥之闻言心中一紧，她就知道自己这个哥哥如果出了事肯定是瞒着自己的。

"昼夜温差太大，生病了。"赵统道，"还吃不惯这边的东西……"他欲言又止，似乎还有些什么话没说出口。

林遥之是知道林霂之性格的，他虽然火，但一点都不娇气，去条件艰苦的地方拍摄已经是常事，赵统虽然只说了几句看似轻飘飘的话，但林遥之却感觉林霂之的情况似乎真的很不好。

"好，那我准备一下马上过来，需要我带什么吗？"林遥之问。

赵统沉吟片刻："你人来了就行，记得带几件厚衣服，这边海拔高，昼夜温差大，今年的雪还落得特别早……"

林遥之一一应声。

挂了电话，林遥之马上开始看机票，还顺便在网上看了一些关于喀纳斯的资料，得知那里一年几乎有两百多天都被白雪覆盖，所以游玩的黄金时期基本是在夏季，也就差不多是他们现在这个时候。

那边天高地远，物资匮乏，想来拍摄环境也好不到哪里去，林遥之向来是个实干派，订了明天下午的机票，打算去超市买一大堆林霂之喜欢的食物。她正推着购物车在超市里逛，好巧不巧遇到了何淼淼也在买东西。

“遥遥。”何淼淼笑着和林遥之打招呼。

“淼淼！”林遥之道，“真巧！”

“你买什么呢？这么多，提得动吗？”虽然见过林遥之的大力气，但何淼淼还是习惯性将林遥之当作普通的小姑娘对待，“我待会帮你提吧？”

“不用不用。”林遥之连忙拒绝，“我一个人完全没问题的。”

何淼淼看了眼购物车里的东西，大约是发现里面全是林霖之喜欢吃的零食，眼睛一亮：“你哥要回来了？”

林遥之摇摇头：“早着呢，他现在还在那边，赵哥说他生病了，还吃不惯那边的东西。”

何淼淼一听，眉头就皱了起来，眼里浮现出浓郁的担忧之色，她咬了咬下唇，明白了林遥之要做什么，道：“你要过去看他？”

“是啊，机票都买好了。”林遥之回答。

“那……那能带我一起去吗？”大约是知道自己的要求有些不合适，何淼淼说话声音低了几度，脸颊上浮起一抹害羞绯红，但还是坚持着把心里的话说出了口，“我会做饭，可以给他做些好吃的补补身体。”

林遥之思量片刻：“你不用上班吗？”

“我是自己开工作室的。”何淼淼道，“时间很自由。”她显然是害怕林遥之拒绝，又补充道，“我这边完全没问题，就看你那边方不方便，如果不方便也没关系，我就随便这么一说。”

林遥之想了想：“但是我哥拍这部剧，好像有需要拍吻戏的女星哦……”

何淼淼莫名其妙：“这关我什么事？”

唉，林遥之都忘了何淼淼是个亲妈粉了。

交流的过程中，林遥之看得很清楚，何淼淼说这些话的时候，眼神里的担忧全然不似作伪，而最让她感到无话可说的，是何淼淼眉宇间母亲一般慈祥的哀愁，她听见林霖之过得不好，仿佛看到有人欺负她那可怜的儿子，至于林霖之会不会和其他女人有对手戏，她一点也不在意——按照何淼淼的话，就是只要不找个品行特别差的姑娘谈恋爱，她都是很支持的。

林遥之再一次刷新自己对何森森的认识，她想了一会，同意了何森森的提议，决定把她带过去，当场给林霂之做顿大餐补补身体。

何森森见林遥之答应下来，自然是格外高兴，忙说自己再采买一些林霂之喜欢的食材，到时候做给林霂之吃。

准备好东西后，林遥之也不确定自己到底要去几天，便发了个朋友圈说自己要出去玩一段时间，让朋友们换时间约她。

秦鹿也看到了朋友圈，点了个赞后，私下问她要去哪儿。

林遥之便把林霂之的事说了。

秦鹿听完，叮嘱林遥之注意安全，林遥之笑着让秦鹿也保重身体，别她回来的时候，秦鹿已经被石谷秋干掉了。

秦鹿无话可说，只发给林遥之一串省略号。

机票是早晨六点的，飞过去差不多已经是下午，最惨的是到了机场还得坐一段距离的客车才能到达目的地，林遥之算着自己的行程，再一次感叹祖国的幅员辽阔。

两个姑娘，提着大包小包的行李，就这样出发了。林遥之没告诉林霂之她要过去的消息，想到了以后，再给他一个大大的惊喜。

一路上，林遥之和何森森都在聊天，何森森还讲述了一些她和秦鹿的事，大致过程就是秦鹿来她家的俱乐部做教练，她见色眼开，打算把秦鹿追到手后好好疼爱一番，谁知秦鹿这家伙却不为所动，即便是在她的软磨硬泡下答应尝试一个月，可最后时间还没到，就和她提了分手。

林遥之心里想着好好疼爱一番是什么鬼，你为什么能用那么正经的表情说出这么流氓的话？

“你现在进展怎么样呀？”何森森问林遥之，“秦鹿简直就是不开窍的石头，又硬又臭……”

林遥之比画：“进展十分顺利，我才打走一个我的竞争对手。”

何森森羡慕道：“我能有你这么厉害就好了。”

林遥之道："哪里哪里，你这一手厨艺，秦鹿没上当是他的损失。"

何森森叹气："唉，这些教练就沉迷鸡胸肉，我一点发挥空间都没有。"

林遥之立马表示赞同，说世界上最难吃的肉就是鸡胸肉，没有之一。两人越聊越投机，惺惺相惜的样子要不是在飞机上恐怕能当场找个关公像结拜。

经过几个小时的行程，当她们晃晃悠悠地到达目的地时，天已经完全黑了。剧组在山里，今天肯定是过不去了，林遥之便和赵统通了个气，说明天早晨再过去，赵统让她别急，注意安全，山上下雪了，来的时候记得好好保暖。林遥之一一应声，顺便告诉赵统自己带了个姑娘过来。

"姑娘？"赵统狐疑道，"你哥背着我谈恋爱了？"

"不。"林遥之道，"他背着你认了个妈。"

赵统："……"

林遥之道："哈哈哈我开玩笑的，这姑娘虽然是我哥的粉丝，但是对我哥绝无男女之情！"

赵统不信："你认真的？"

林遥之道："当然认真了，要是她对我哥有意思，我肯定不会就这么带过来。"

林遥之平日还是挺靠谱的，赵统便没有深究这事，但还是反复叮嘱她要注意安全，处处以安全为第一。

赵统很少有这么啰嗦的时候，林遥之表示自己一定会注意。

这边海拔高，所以昼夜温差变化极大，加上山高水陡，民风彪悍，很容易出事。几乎每年都有一些徒步旅行的人在这里因为各种原因失踪，等再次找到的时候，人可能已经不行了。

林遥之虽然力气大，但也没觉得自己能和老天爷抗衡，所以该做的准备都做得十分充分，还带了便携式氧气瓶作为备用。

在旅店好好休息一晚，第二天一大早，林遥之和何森森便背着行李上山去了。

剧组在山里拍摄，这地方虽然环境恶劣，景色却美不胜收，山上白雪皑皑，山下却一片青葱，天际蓝得好像冰蓝的水晶，无论哪里望去，都如同一幅浓墨重彩的绝美油画。

林遥之本来还有些担心何森森会跟不上自己的脚步，却没想到何森森十分争气，她穿着一身运动装，长长的黑色卷发简单地束在脑后，脸上未施脂粉，却依旧能看出洁白细腻的肌肤，她中途停下脚步，从背包里掏出一瓶水，咕咚咕咚灌进喉咙，红艳艳的嘴唇便因此多了一抹水润，看起来如同柔软的蜜桃般可口。林遥之不得不承认，这样的情况下还能这么漂亮，何森森果真称得上天生丽质。至于自己——林遥之挠了挠她那一头乱糟糟的头发，心想反正也没人看，丑点就丑点吧。

背着重重的背包跋涉了一个多小时，林遥之和何森森总算是到达了目的地。

两人远远看见在树林里安营扎寨的剧组，心中总算大大松了口气，然而林遥之这口气刚松下没多久，便再次提了起来，因为她隔着人群，远远地看到了自己的哥哥林霂之。

果然如赵统所说，他的状态很差，不，更准确地说，他的状态比赵统描述的更加严重。

第二十五章

山中一事

不过半个月的时间，林霂之几乎瘦了整整一圈，虽然脸上化着浓妆，但透过妆容依旧能看出糟糕的脸色，这模样简直好像大病初愈，看得林遥之心疼死了。

“哥，哥！”林遥之来不及多想，便冲到林霂之身边，伸出手给了他一个大大的熊抱。

林霂之没想到林遥之突然出现，满目惊讶，他本想说什么，可林遥之的拥抱差点没把他抱断气，只能轻拍着自己妹妹的脑袋，道：“轻点轻点，你要弄死我啊……”

林遥之这才松手，嘴里哼哼着撒娇：“我才舍不得弄死你呢。”她的眼睛在周围转了一圈，想要找出一两个欺负林霂之的可疑之人，“这才几天你怎么瘦成这样啦？”

“瘦了吗？”林霂之倒没觉得自己有什么异样。

“都快瘦成纸片人啦！”林遥之怒道，“你是不是没有好好吃饭？怎么把自己弄成这样？不是让你好好照顾自己吗？”

“好了好了，别叫别叫。”林霂之做了个噤声的手势，“这么多人呢，影响不好。”

林遥之噘嘴：“我才不管。”

因为两人的动静，剧组里的其他人都投来各种奇异的目光。林遥之虽然是林霂之的妹妹，但平日里林霂之将林遥之保护得非常好，圈子里只有林霂之最好的几个朋友知道这事。毕竟林霂之可不想让林遥之过上去看电影都要戴口罩防止被人认出来的生活。

林霂之小声道："遥遥，你们先去我住的地方把东西放下，我和导演说一声再过来看你们。"

林遥之点点头，牵着何淼淼的手去了林霂之的帐篷，顺便观察一下剧组的居住环境。

林霂之和剧组住的地方，是几间看起来格外破旧的木屋，从外面看简直像是恐怖片里的鬼屋，既阴森又破旧，屋子上面堆着一层薄薄的积雪，屋旁到处都是乱糟糟的杂草。屋子里有两张床，应该是林霂之和赵统的。

林遥之把东西一放，如同巡视领地的狮子，到处转悠。何淼淼问林遥之在找什么，林遥之哼了声："肯定是有人欺负我哥。"

"什么？"何淼淼道，"有人欺负霂之？"

林遥之道："对！"

艰苦的环境她见得多了，但林霂之也没有状态这么差的时候，要不是她亲眼见到，恐怕会以为他受到了什么严重的虐待。

何淼淼听到林遥之的话，也蹙起了眉头。

林遥之撸起袖管，咬牙切齿道："要是让我把那人抓到，我揍死他！"虽然平日里都是林霂之宠着林遥之，但真遇到什么林霂之解决不了的事，林遥之也不会让她哥受委屈。当年林霂之上初中的时候，因为长得太好看，太招女孩子喜欢，被高年级的学生堵着欺负，林遥之发现后就决定帮她哥找回场子。那时候的林遥之还是个小学生，高年级的也没把她放在眼里，直到被林遥之一巴掌拍断两颗门牙，才发现这个个子矮矮的姑娘的恐怖之处。

何淼淼在桌子上发现了几个吃剩下的泡面桶，道："他们平日就吃这个呀？"

林遥之道："不会呀，奇怪了，我哥最讨厌吃泡面了。"

何淼淼看下时间，差不多快吃午饭了，她从包里掏出自己准备好的工具和食材："我先做点吃的帮你哥哥补补身体吧。"

"行，你做，我出去转转。"林遥之把袖管放下来，又恢复到平日里娇小甜美的模样，蹦蹦跳跳地跟只兔子一样窜出去了。

那边林霂之的导演喊了一声卡，说大家吃个午饭，休息一下再继续。林霂之松了口气，站着让工作人员慢慢地卸下他身上的威亚，即便是这么冷的天气，他额头上也浮起了一层薄薄的冷汗，看得出这些戏份对于现在的他而言，的确十分辛苦。

林遥之走到林霂之旁边坐下，没急着问问题，而是先等他哥喘几口气缓了缓。

不过就这么会儿工夫，林遥之就发现不对劲的地方，午饭时间，剧组后勤却没有生火做饭，而是提着水壶在烧开水，演员和工作人员手里都捧着一桶泡面，看起来是打算就这么将就了。

“你们就吃泡面？”林遥之不可思议道，“不吃点其他的？”

林霂之道：“现在剧组就只剩下泡面了。”

林遥之道：“赵统人呢？他们这么虐待你，赵统不说话的？”

林霂之满目无奈：“他下山买吃的去了……”

林遥之道：“到底出什么事了？”赵统这个人她还是很清楚的，虽然是经纪人，但向来很宠林霂之，如果不是情况特殊，绝对不会让林霂之在这么冷的天里吃泡面过日子。

“说来话长。”林霂之道。

“那就慢慢说。”林遥之没好气道，“走走走，先回屋子里，何淼淼给你带了好多吃的呢，这么冷的天，还吃泡面……”

林霂之被林遥之拉着去了屋子。

这边何淼淼已经把锅架在了酒精灯上，这些东西都是进山之前买的，本来想着晚上给林霂之开小灶。

锅里放了底料和水，在酒精灯的作用下很快就发出咕噜咕噜的温暖声音，浓郁的骨头汤香气充斥着整间屋子，林霂之看着那个小小的锅，喉头微动，眼珠子都要掉下来了。

“说吧。”林遥之问，“到底怎么了？”

林霂之道：“唉，是这样的……”他开始缓声说剧组发生的事，林遥之和何淼淼越听，眼睛瞪得越大，脸上满是听故事似的不可思议。

原来在进山之前，剧组的后勤准备是很充分的，带了许多新鲜食物。但是谁知道进山不到两天，所有的食物都被人偷了。

那些食物本来都锁在一个房间里，不过一晚上的时间，锁被破坏，食物也没了。虽然众人群情激愤，但这里又没有摄像头，周围全是深山老林，想要找到凶手无异于大海捞针。无奈之下，后勤组只好下山采购食物，上山下山这一趟就算是不负重徒步也得两三个小时，后勤组带着那么多的东西，几乎得走上一天。因为采购困难，所以当天晚上剧组特意安排了几个大男人守夜，就是害怕食物再次被偷，可谁知道第二天早晨，那小偷居然连这几个人都打晕了，食物也不翼而飞。

无奈之下，剧组只能买了泡面，放在各自的屋子里，勉强果腹。

“这么恐怖的？你们没有报警吗？”林遥之问。

“报警了，警察也没什么办法，只是让我们早点出山。”林霂之无奈道，“大家都说这深山老林的，也不知道偷我们东西的到底是人还是什么奇怪的东西……”

林遥之道：“那肯定是人，他要不是人，他偷什么吃的？”

林霂之叹气：“这圈子本来就迷信嘛，不过那天晚上，我好像真的看到了那东西……”

“怎么回事？”林遥之问。

“现在不是泡面都放在自己的房间里吗？”林霂之说，“结果那天我实在是吃不下，就剩了一半放在桌子上打算明天早上扔，半夜的时候睡不着觉，在床上翻来覆去，结果一扭头，看到窗户上伸进来一张全是毛的脸……”他说到这里，打了个寒战，“太黑了，我也没看太清楚，但那的确……不是人的脸。”

林霂之被这事吓到了，本来天气就冷，还吃不好睡不着，身体状况急转直下，搞得赵统都想毁约把他带回去，就怕这戏继续拍下去，林霂之的身体会彻底垮掉。

林遥之听得直皱眉，说：“这肯定是人在装神弄鬼，有哪个大仙能看上你吃了一半的泡面啊？”

林霂之叹气，说：“谁知道呢？”

何森森听完后也觉得这事太玄乎了，说道：“先吃东西吧，我给你再下点菜进去。”

林霂之高兴地点点头，往自己冻得通红的手上哈了口气：“你们也别在这里待久了，明天就给我下山，我戏也拍得差不多了，不会在这里多待的……”

林遥之才不信林霂之的鬼话，她眼睛转了一圈，想到什么，道：“这里还有多余的房间吗？我今晚一个人睡。”

“你要干吗？”林霂之警惕道。

“我和森森带了那么多吃的，如果那东西还在，肯定被盯上了。”林遥之道，“你们加起来还没我一个人能打，真要出事都得拖我后腿。”她鼻尖冻得红红的，看起来可怜又可爱，只是说出来的话就没有那么温柔了，“倒不如让我一个人待着，而且看那东西也没有要伤人的意思。”

林霂之还是不同意。

“那怎么办？总不能我跟你和赵统挤一间屋子吧？”林遥之瞪着眼睛，“而且你舍得森森姐和我住一起？这真出了事，我有自保的能力，森森姐怎么办？”

林霂之语塞，苦恼地说：“你们两个就不该来。”

林遥之哼了声，心中对林霂之的话十分不赞同，她要是不来，指不定林霂之真得大病一场。

林遥之虽然个子不高，长得也柔柔弱弱，但论起战斗力，三个林霂之上来都未必打得过她。她毕竟是练过的专业人士，所以在听林霂之说起这种近乎恐怖故事的经历时，一点没觉得害怕。

林霂之吃了何森森做的饭，十分感动，说仿佛从里面尝出了妈妈的味道。何森森满目慈爱，说：“你喜欢就多吃点。”

林遥之看着他们两人“母慈子孝”的画面，默默揉了揉手臂上的鸡皮疙瘩。

经纪人赵统回来得有些晚，他背着一包食物，头顶肩头全是雪花，进屋后好一会才从寒冷中缓过来，道：“我还以为你们要明天才到呢，怎么来得这么快？”

“这不是担心我哥吗？”林遥之道，“这戏就不能换个地方拍啊？”

赵统道：“换地方是不可能了，合约里就是这么签的，要是霂之实在受不了，咱们毁约算了。”他说得轻轻松松，但其实毁约真不是容易的事，一是在业内名声会变差，二是很容易留下把柄，万一被不明真相的群众知道，估计会以为林霂之因为怕苦才毁约的。

“我来守一晚上。”林遥之道，“这么几个大男人，还怕这个？”

赵统无奈地看着林遥之：“我们这圈子都有点迷信。”不然也不会开机的时候还要选个日子拜关公了。

林遥之不屑道：“没事，我不怕，今天所有吃的都放在我屋里，我倒要看看那东西到底有几斤几两，够我打几拳的。”她咬牙切齿，一排小白牙反射着森森白光，“敢这么欺负我哥，我不揍死他。”

赵统笑起来，他算是看着林遥之长大的，对她的实力很清楚，但还是坚持和她一起守夜，说两个人好歹有个照应。

林霂之本来就累了一天，吃完热气腾腾的晚饭后，虚弱的身体很快就支撑不住，昏昏沉沉地睡了过去，虽然睡前还是坚持林遥之不许去守夜。

林遥之嘴上说好，却阳奉阴违，让何森森看着林霂之，自己和赵统带着食物去了另一个房间，打算把偷食物的家伙揪出来。

第二十六章

小鬼难缠

雪后的山中格外寂静。夜里没有虫鸣和鸟叫，随着太阳沉入地平线，整个世界都变得安静下来。簌簌的山风没有将这份寂静变得吵闹，反而衬托出一种超脱于俗世的孤寂。林遥之透过破旧的窗户，看见山中的树木被风吹得东摇西摆，十分可怜。

赵统坐在林遥之身后的床上打瞌睡。他今天下山就是为了给林霂之买些食物，一天内在这陡峭的山间来来回回跑几趟，自然是有些累了，又不敢睡死过去，担心自己一觉醒来，林遥之出现什么意外。

林遥之道:“赵哥，你睡吧，有什么事我叫你就行。”

赵统揉揉眼角:“没事，不困。”

“你这还不困呢？”林遥之道,“眼睛都快充血了，睡吧，真有事我会叫你的。”

赵统欲说什么，林遥之走到他身边，把他硬生生塞进被褥里，再裹得严严实实。

赵统本还想坚持一会，可眼睛却好似被胶水粘上了，一闭上眼就昏昏沉沉地睡了过去，还发出轻微的鼾声。

林遥之特意放轻脚步，再次回到窗户边。

屋子里只有两个能进来的地方，一是门，二是窗户。门她已经用插销锁住了，窗户却因为玻璃碎裂，只用油布糊了一层，如果真有人想要进来，那肯定会选窗户。

夜渐深，风声也越来越大，乍听上去，好似人类的哭号，在空旷的山野间来回传送。

林遥之实在无聊，便掏出手机给秦鹿发短信，问秦鹿在干吗。

隔了一会，秦鹿才回了一条信息，说自己刚洗完澡，又反问林遥之现在在做什么。

林遥之大咧咧地回答:“我在山上抓鬼呢。”

秦鹿:“你还会抓鬼？”

林遥之:“那可不，这鬼太过分了，连我哥这个可怜无助又弱小的小宝贝也舍得欺负，最后还得我出马！”

秦鹿以为林遥之在开玩笑，并未把她的话放在心上，两人又聊了些有的没的，林遥之却注意到窗外似乎传来一些同风声格格不入的响动，好像是有一群人走在地上，将地面上的积雪踩得嘎吱作响。要是一般人，听见这响声恐怕身体都得软半边，但林遥之艺高人胆大，内心倒没生出多少恐惧，而是支着脑袋朝窗外看了过去。

隔着油纸，看不见什么，林遥之有些遗憾，秦鹿见林遥之没回信息，便问她是不是睡着了。

林遥之应声道:“没睡着，鬼来了。”

秦鹿:“鬼来了？”

林遥之道:“是啊，好像已经走到我门口了……”

那脚踩在积雪上的声音越来越近，只是声音越近，就听得越清楚，这响声显然并不属于一个人，而像是有无数人的脚踩在雪地上。

可从窗户的缝隙望去，外面一片漆黑，只有挂在门口的小电灯，散发出微弱的光芒，借着这光芒，外面空无一人，唯有渐渐逼近的脚步声，在摧残着人的神经。

林遥之的手臂上起了一层鸡皮疙瘩，但这鸡皮疙瘩不是因为害怕，而是因为兴奋。

林遥之是不相信世界上有鬼的，但如果能亲眼见到鬼魅，改变一下世界观，或许未必是什么坏事。

那些东西似乎走到墙边，接着，林遥之听到划拉窗户的声音，她眼睁睁地看着一根铁丝从窗外伸了进来，接着很是灵敏地企图将窗户的插销拨下去。哎？鬼还会开窗户的？林遥之来了兴趣，心中涌起无限好奇，她就站在窗户边上，看着那铁丝一点点地将窗户打开。

嘎吱一声，窗户应声而开，屋外的风迅速将窗户吹得打向两边。

林遥之朝外头看去，却什么人都没有见到，她反应倒是很快，迅速地走到窗边，朝窗户下一瞧，果然在窗户下看到了密密麻麻的脚印，这些脚印像是人类的小孩大小，几乎布满屋外的整片雪地。

林遥之正在思考，门那边却传来啪嗒一声重响，竟也像窗户这样，被人勾开了插销。

林遥之转过身，正欲去门边看看情况，却忽然感到自己脑后一阵厉风袭来，她条件性反射地弯腰侧身，随即感觉有什么东西擦着自己的脸颊挥了过去，林遥之扭头一看，竟发现不知何时窗户上蹲着一个裹着破旧棉袄的小孩，那小孩手里举着一根粗大的木棍，见一击不中，转身就欲逃开。

终于见到罪魁祸首的林遥之怎么会让他轻易逃走，她几步上前，伸手一把抓住那小孩的衣领，硬生生将他拎了回来。

小孩的身手却格外敏捷，被林遥之拎住后迅速地在空中翻了个跟头便将外套脱了下来，打算来个金蝉脱壳。

只是林遥之早有准备，这次没有抓小孩衣服，而是一把捏住小孩的颈项，像是捏住刚出生的小猫那样，捏住了小孩的命脉。

小孩感觉抓住自己颈项的手好似铁铸一般，怎么都挣脱不开，他嘴里叽里呱啦说了一大堆林遥之听不懂的怪话，从语气上听起来，好像是在呼唤什么。

林遥之正欲发问，一扭身却看到自己的窗户外面多了一片绿莹莹的眼睛，那些眼睛在黑夜里显得格外可怖。

林遥之差点手一抖把小孩放了，好在她及时稳住心神，随手捡起掉在地上的棉衣，当作绳索把小孩捆了个结实。小孩嘴里叫唤得更加大声，而那些绿莹莹的眼睛，也在渐渐朝屋子靠近，当它们到达光线可视范围，林遥之才看清楚眼睛的主人到底是什么样子。

那竟是一群毛发浓密的猿猴，它们站在雪地里，支着脑袋同屋内的林遥之对视，在看到林遥之手里抓着的小男孩后，几乎全缓缓地躬起身体，做出一副马上要攻击的姿态。

林遥之看得头皮发麻，她虽然能打，但也没和一群猴子掐过架，况且这种猴子的品种林遥之还没见过，也不知道是不是国家级保护动物，万一真是，这要是打死了，怕不是得进去蹲几年。

“等等。”林遥之忙对小孩道，“没打算伤你，你让它们别过来。”

小孩扭着头瞅林遥之，大约是听懂林遥之的话，他那张脏兮兮的小脸上浮起几分得意，用当地话叽里呱啦又说了一通，还指了指林遥之放在角落里装满食物的背包。

林遥之虽然不明白他在说什么，但还是从他的动作明白了他的意思。这小孩还真是个熊孩子，偷东西就算了，还揍人，这会被抓住也丝毫没有悔改之心，甚至还用猴群来威胁林遥之。

林遥之咧开嘴笑了，她长得本来就可爱，笑起来更是甜得像颗刚剥开的水果糖，只是虽然在笑，嘴里说的话就没那么客气了："小兔崽子，你还真以为我怕你啊？虽然不能打猴子，但是我能打你啊。"她说完就把小孩子拎得高高的，伸手在小孩的小腿上拍了几下以示惩戒，“怎么可以为了偷点东西就袭击别人？这一棍子要是敲死人了怎么办?！”

小孩哪里受过这样的委屈，被林遥之一揍立马嗷嗷大哭起来，眼泪不要钱似的往下掉，看得林遥之目瞪口呆，觉得罪大恶极的那个人好像变成了自己。屋外的猴子听见小孩的哭声，情绪开始躁动起来，甚至有猴子试图朝林遥之靠近，那龇牙咧嘴的模样，怎么看都不太友好。

“喂，你别给我装委屈啊。”林遥之并不吃这一套，她撸起袖子，“你确定要让它们过来吗？打猴子我可不会心慈手软。还有，你再哭我把你裤子也扒了啊。”

小孩眼泪瞬间没了，狠狠地瞪着林遥之，全然没了刚才楚楚可怜的模样。

林遥之心想这小屁孩果然是个戏胚，刚才还一副要死要活的样子，这才不到三秒钟，又变了张脸。

她也没客气，伸手揪住小孩的脸，当然也没用太大的力气，只是让小孩的表情不要那么嚣张："你家长在哪儿呢？我要去告状！"

小孩当然不可能说，露出一副不屑的神情。

林遥之知道一时之间他肯定不会妥协，于是便将他放到凳子上，指着屋外那群猴子说先让它们离开。

小孩犹豫片刻，还是对猴群发出了命令，猴群接收小孩的消息后显得有些犹豫，但在小孩的劝说下终是慢慢退去了，夜晚再次恢复宁静，只是她的屋子里却多了一个小娃娃。

林遥之和他大眼瞪小眼，一时间也不知道该拿这个孩子怎么办，只想着等明天早晨去警察局问一问，最好能把小孩的父母找到，好好教训一下这个熊孩子。

这屋子闹腾了这么久，睡着的赵统依旧没有醒来，看来是真的累惨了。

林遥之从自己的背包里掏出绳索，在小孩惊恐的目光中将他绑了个结实，然后把他扔到自己的床上，用被褥裹好："就在这儿凑合一晚上吧，明天早晨再和你掰扯。"

小孩叽里呱啦说了一通，林遥之摊手表示自己完全听不懂。

小孩脸上露出挫败的表情，虽然语气十分严肃坚定，似乎是在告诉林遥之他是绝对不会睡觉的。

可大约是被窝暖和，小孩说着说着，语声就低了下去，林遥之不过是转身关窗户的工夫，再回到床边时，小孩已经呼呼大睡起来，倒是和旁边的赵统相得益彰，林遥之看得哭笑不得。

小孩睡着后，林遥之坐在旁边，仔细观察一番，小孩子脸上脏兮兮的，但依旧能看出线条鲜明的五官，特别是那双大眼珠，在瘦瘦小小的脸上格外醒目，皮肤很黑，也不知道是因为没洗澡还是被紫外线晒的，头发和衣着都和他的脸颊一样很是脏乱，如果和那群猴子蹲在一起，恐怕得反应一会才能看出这是个小孩。

林遥之见一根头发粘在他唇边，便伸出手轻轻将那根头发挑开，谁知小孩十分警醒，被林遥之一碰马上睁开了眼，又是一通叽里呱啦，像是在控诉林遥之。

林遥之只当没听见，小孩噘起嘴，一副绝对不会再被林遥之的温柔炮弹打到的固执表情，可还没固执三秒钟，又被温暖的被窝拉去了心神，呼呼地睡着了。

林遥之看得十分好笑。

这时一直安静的手机忽然响了起来，林遥之一看，竟是秦鹿打来的电话。

原来两人刚聊到一半，林遥之说了句“鬼来了”便消失不见，秦鹿发的信息一条也没回，秦鹿等了一会儿，还是没见林遥之回消息，担心她是不是出了什么事，便拨了个电话过来。

“没事。”林遥之听见秦鹿充满磁性的声音，心情一下子好了许多，她哼着歌，慢慢走到窗边坐下，“抓住那只鬼了，是只可爱的小鬼。”

“你没受伤吧？”秦鹿问。

“没……”林遥之正想说没有，看见自己的手臂上被那小孩抓出了几条血痕，她马上道，“我受伤啦，伤得可重了！”

秦鹿闻言呼吸略微急促了些，正欲问林遥之伤到了哪里，却听见电话那头的姑娘，又软又甜地拖长声调：“需要秦鹿亲亲才能好。”

林遥之说完这话，忍不住笑了起来，秦鹿却变得安静了，好一会，才吐出一口气，语调里带了几分无奈混着笑意：“这种时候就别开玩笑了。”他停顿片刻，低低道，“我会担心。”

“不担心。”林遥之道，“我可厉害了，现在把那小鬼揪了出来，还掐了他的脸呢。”她开始把今晚的事说给秦鹿听。

这是个精彩的故事，林遥之说得尽兴，秦鹿也静静听着，等到说完时，林遥之才察觉快凌晨三点了。

“哎呀，太晚了。”林遥之打了个哈欠，“你快去睡吧，我太兴奋，都忘记时间了。”

秦鹿道：“没事，我不困，你去睡吧。”

“我不睡啦。”

林遥之把浮起的困意压下去，她担心待会那些猴子还会回来，要是睡着了，可能反应不过来。

秦鹿温声道：“那我陪你说说话吧。”

林遥之道:“好呀好呀。”她捧着下巴，格外开心,“秦鹿，其实我有个问题一直想问你。”

秦鹿轻轻“嗯”了一声，以为林遥之要问出什么重要的问题，语调温柔极了：“你说。”

林遥之道:“你胸真的比我大吗？”

秦鹿:“……”

林遥之:“喂？”

秦鹿:“我有点事，先睡了。”

林遥之:“哎，我错了，我不皮了，哥，你别挂啊！”

第二十七章

走近科学

林遥之就这么断断续续地和秦鹿聊着天，直到早晨七点，漆黑的地平线上才终于泛起一抹晨光。

睡得迷迷糊糊的赵统翻了个身，却在床铺上摸到什么东西，他一睁眼，便被一张近在咫尺的脸吓得大叫一声，而脸的主人也被他的叫声唤醒，睁开那双大得出奇的眼睛，嘴里胡乱说着赵统听不懂的话。

“遥遥，这谁啊？”赵统赶紧从床上爬起来。

“昨天晚上抓到的小贼。”林遥之道，“就是他偷了你们的食物。”

赵统不可思议道：“就这么个小东西？”

小孩被被褥裹起来，露出一张脏兮兮的小脸，还没赵统握起来的拳头大，怎么看也不像是能做坏事的。

“是啊。”林遥之打了个哈欠，“你别看他长得小，战斗力可不弱，而且他还带着一大群猴子呢。”

赵统闻言朝窗外看去，这才察觉天已经蒙蒙亮，他抬起手腕确认一下时间，登时有些不好意思：“你守了一晚上？怎么不叫我……”他本来想陪着林遥之熬夜，谁知道一到床上就秒睡过去，完全没被吵醒。

“你也累了，反正帮不上什么忙，不如好好休息，但是这小孩怎么办啊？报警吗？”林遥之苦恼地问。

赵统沉默片刻，点头道：“报警吧。”

林遥之便掏出手机。

这里地方偏，警察出警的速度也比较慢，林遥之决定先和赵统去吃早饭，然后再做打算。

何淼淼用自己带的食材给他们熬了红糖小汤圆，里面还放了半熟的荷包蛋，味道相当不错。

几人边吃饭，边聊着昨夜发生的事，林霂之听到林遥之差点被偷袭的时候，眉头皱得死紧，半晌没说话，最后才道了句让林遥之早点回去。

林遥之知道她哥的性子，干脆当作没听见。

就在他们吃饭的时候，床上一直被林遥之绑着的小孩也醒了。依旧是听不懂的言语，但任谁都能从他的语气里听出不满和愤怒。

林遥之端着碗走过去，居高临下地瞅着小孩，含糊道："你什么意思呢？"

小孩叽里呱啦说一通。

林遥之歪歪头："不行啊，听不懂。"她见小孩的目光落在自己手里拿的碗上，隐约明白了，"你是想吃东西？"

小孩点点头。

林遥之想了想，把小孩从床上扶起来，然后用勺子喂给他汤圆吃，随着软糯的汤圆进入嘴里，小孩的神色越来越不凶狠了，眼巴巴等待的模样看起来竟有几分可爱。

屋子里的人都看乐了，林遥之没忍住伸手在小孩脸上掐了一下，掐完后看着小孩茫然的模样，林遥之才明白为什么总有人喜欢掐她的脸，这也太好玩了。

吃完东西的小孩安静了不少，就这么乖乖待在床上，一个多小时后，镇子上的警察才姗姗来迟。

听了他们报案，警察的表情变得有些奇怪，说附近并没有小孩失踪的事情，这小孩肯定不是附近村落的。

"那会不会是其他地方丢的，被猴子带到了这里？"林遥之猜测，"这么小的孩子，总不能把他放在山里吧？"

警察说："现在就只能先找找看，实在找不到的话，我们就只能把他送到孤儿院了。"

林遥之心想在孤儿院应该比在山里强吧，毕竟可以接受人类的教育，也不至于需要到处觅食，到时候喀纳斯封山，整座山林就只有白雪皑皑，动物都生存困难，更不用说人类。

警察和林遥之交流完，决定把小孩带到山下去，林遥之本来以为小孩会很抗拒，没想到他全程都很安静地听着林遥之和警察对话，一语不发。

只不过让林遥之没想明白的是，从警察到来的那一刻起，他们的表情就很微妙，像是有些话因为一些原因，没有说出口。

目送小孩离开，林遥之心中松了口气，这下总算不用担心林霂之被饿着了，看她哥那瘦了一圈的脸，林遥之真是害怕自己再晚来几天，他能把身体彻底折腾垮了。

整件事似乎就这么画上圆满的句号，又在这里玩了几天，林遥之便打算返程回家。

林霂之的戏还有一段时间，林遥之长期住在剧组也不是个事，毕竟已经有不明真相的工作人员开始说闲话了。

“那个林霂之真是艳福不浅啊，都在深山老林里拍戏了，居然还有两个女人来找他。”

“行了，人家毕竟是影帝，这点福利不是很正常吗？”

林遥之遛弯的时候正巧听见这样的闲话，对于嚼舌根的人，她也没出手，就这么抱着手臂面无表情地站在原地盯着两人，聊天的两人忽觉后背发凉，一转身就看到站在不远处神情不善的林遥之。于是脸上一僵，赶紧收声离开。

林遥之记住两人的模样，转身就同自己哥哥告了一状。

“下次遇到这种事我能揍他们一顿吗？”委屈的林遥之有小情绪了。

“那你控制一下力气。”林霂之慎重地开口，“别一个不小心……把人打死了。”

林遥之：“我是那种随便把人打死的人吗？”

林霂之道：“你忘了你高中那年帮人追小偷……”

林遥之眼神飘忽，高中那年她正巧在路上遇到有人抢包，于是直接冲过去把小偷一把扭倒在地，结果因为用力过度，不幸扭断了小偷的双手，万幸的是她当时没成年,加上家里的补偿,才没有因此受到法律的惩罚,如此说来都是血泪啊。

“那怎么办吗？”林遥之噘嘴,“我也不想让不熟悉的人知道你还有个妹妹呀。”

林霂之道:“没事，你以后少来探班，过段时间他们就忘了。”

林遥之觉得林霂之说得挺有道理，不过她哥对于她打架这事向来都十分忧心，不是忧心她打不过，而是忧心她会不会不小心把人打死直接进局子了。

两人聊这事，何淼淼就在旁边准备午餐，脸上一直带着笑，大概是觉得兄妹两人聊天的方式十分有趣。

林遥之道:“淼淼，咱们中午吃什么呀？”

何淼淼说:“吃水饺吧，再炒两个鸡蛋。”

“好嘞。”林遥之开心了。

吃过午饭，林遥之便准备回去，事情已经解决，她和何淼淼两个外人一直待在这里也不是个事。

林霂之巴不得她们两个早点离开环境恶劣的山上，所以十分积极地帮两人订了机票。

林遥之在这里度过最后一个晚上，确定猴子们不会回来后，才打道回府。

离开被风雪覆盖的深山，再次回到热闹的人类世界，林遥之生出一种恍如隔世的感觉，几个小时的车程后，她终于坐上了返程的飞机，靠着窗户打瞌睡。何淼淼本来也挺累的，却一直低着头玩手机，表情看起来有些怪异。

林遥之问道:“淼淼，怎么啦？”

何淼淼说:“我总觉得你哥那事有点奇怪。”

“什么事？”一提到自己哥哥，林遥之就来了精神，坐直身体,“你是说猴子和小孩？”

何淼淼道:“对。”

“哪里奇怪了？”林遥之揉揉鼻子,“这不就是一部《走近科学》吗？”

大家都以为是闹鬼，但是搞清楚了才发现是猴子和小孩作祟，事情得到了完美解决。

何森淼道：“可是……”

林遥之道：“可是什么？”

何森淼说：“可是喀纳斯……好像没有猴子。”

林遥之呆住了：“你说什么？”

何森淼道：“那山上气候条件恶劣，一年四季几乎都是白雪皑皑的冬天，我查了一下，好像真没有什么猴子。”

没有猴子，那她那晚看到的是什么？

何森淼也不吭声了，两个姑娘面面相觑，都在对方眼神里看到了名为惊恐的神色。

直到飞机起飞，发动机发出轰隆隆的轰鸣声，两人才从寂静中解脱出来，何森淼冷静地安慰林遥之，说：“没事，万一是什么没见过的新品种呢。”

林遥之抬手，默默抹去额头上的冷汗：“我就说为什么当时报警说有一群猴子的时候，那些警察的表情那么奇怪……”

因为山上根本没有猴子，所以林遥之看见的那群东西，到底是什么呢？还有那个小孩……

几个小时后，林遥之到达陆地做的第一件事，就是给警察局打了个电话。

那头接起来，大约是林遥之的口音和那边很不一样，竟直接听出了林遥之是前几日的报警人。

“那个小孩啊？已经被家长领走了。”警察说，“家长保证他不会再去偷东西，你们不用担心了。”

林遥之道：“那个……警察叔叔，我想问……”

警察道：“什么？”

林遥之说：“喀纳斯有猴子吗？”

一阵沉默，警察轻轻叹了口气，没有回答林遥之的问题。

可有时候沉默就是一种回答，挂断电话后，林遥之和何森淼一起失魂落魄地回了家，两人都是一副深受打击的样子。但为了不让林霂之那边担心，她们没敢把真相说出来，毕竟小孩不会再来偷东西，就已经是事情最好的结局，等到半个月后剧组离开那里，这件事也不会再有人想起。

至于喀纳斯到底有没有猴子，林遥之也不想再去深究。

万一只是人们没发现的新品种呢？林遥之往嘴里塞了根冷冰冰的冰棍，如此安慰着自己。

第二十八章

她绝不承认

从需要穿羽绒服御寒的天气，一下子跳到明媚的盛夏，林遥之一时间有些不习惯。

屋子里的空调一天没断过，嘴里总是叼着冰棍，冰棍有的是白味，有的是柠檬味，含在嘴中清爽可口。反正能降暑的东西林遥之就没放下过。

林霂之不在，也没人管她，她便趴在沙发上像一只没了脊梁骨的猫，好似随时可能化成水溜走。懒散的样子持续好久，直到门口响起门铃的声音。

“谁呀？”也不穿拖鞋，林遥之光着脚跑到门口，隔着猫眼向外望去，没想到居然看到秦鹿站在门口。

“比比！你怎么来啦！”开心地开了门，林遥之伸手就给了秦鹿一个大大的熊抱。

“怎么不接电话？”秦鹿蹙眉，“我还以为你出事了。”

林遥之挠挠头：“好像昨晚开了静音今天早晨忘记调了。”她哼哼着撒娇，“我好饿啊，又不想出去吃饭。”

秦鹿道：“点外卖？”

“这边的外卖都快吃腻了。”林遥之说，“先进来吧，外面热。”

关上门隔绝门外的热浪，秦鹿这才看见林遥之穿着一身粉色的睡裙，露出一截洁白的小腿，光着的脚丫踩在深红色的木地板上，看起来好似一个大大的洋娃娃。

林遥之把秦鹿放进来，又冲到沙发上，继续软趴趴地躺着，手拍打着旁边的位置，招呼秦鹿坐过来。

秦鹿缓缓坐下，说:“你早饭吃了吗？”

“没有。”林遥之道，“早上不饿。”

秦鹿蹙眉:“家里有什么东西？我给你下碗面？”

林遥之道:“好啊好啊。冰箱里好像还有些食材，你去看看。”

秦鹿“嗯”了声，解开袖扣将衬衫袖子挽起来，今天天气这么热，秦鹿居然穿的是衬衫，林遥之心想着他不热吗，便用手背轻轻贴了一下秦鹿的小臂，竟感觉到秦鹿的肌肤一阵冰凉。

“你怎么那么冰啊？”林遥之道，“没出汗吗？”

秦鹿回答:“我不太怕热，一般只有运动的时候才会出汗。”他走到冰箱前，打开冷藏室，拿出几样食材。

林遥之对做饭一窍不通，便在旁边站着凑热闹。

“对了，石谷秋的事解决了吗？她搬家了吧？”林遥之又掏了一根冰棍含在嘴里，一边嘎吱嘎吱嚼，一边和秦鹿聊天。

“解决了。”秦鹿道，“她第二天就搬走了。”

“那就好。”林遥之拍着自己的胸松了口气，她一提到这姑娘，就会想起那晚十分恐怖的画面，也不知道秦鹿会不会因此产生什么心理阴影，“不过她这么偏执，会乖乖走掉也是蛮让人惊讶的……”

秦鹿对此不置可否，只是眸色转暗，似乎想到什么，他手中动作不停，手指夹着鸡蛋在锅边轻轻一磕，一颗完整的鸡蛋便落进刚烧热的锅中，发出滋滋的美味响声。

林遥之在沙发上瘫了一天，这会已经饿得受不了，吸溜着口水站在秦鹿身边，眼巴巴看着鸡蛋一个个成形。

“能吃几个？”秦鹿问。

“五个。”林遥之伸出五根手指。

秦鹿:“五个太多了。”

“那三个。”林遥之只好把拇指和小指收起来。

秦鹿轻轻“嗯”了声，算是同意了林遥之的小贪心。他做的是清淡的鸡蛋面，清爽的面条上铺着三个煎蛋，撒着翠绿的葱花，林遥之高高兴兴地捧着碗，挑着面条往嘴里送，秦鹿坐在她对面，看着她没穿鞋的小脚丫在桌子底下晃啊晃。

“好吃好吃。”林遥之虽然个头小，但食量可不差，一大碗的鸡蛋面三两下就被她吃下肚，吃完后，趁着秦鹿去洗碗的工夫，她又躺沙发上装液体去了。

“又困了？”秦鹿走到林遥之旁边坐下。

“嗯……反正也没事，外面好热啊。”林遥之仰视着坐在自己旁边的秦鹿，忽然想起了什么，她表情一变，赶紧起身，匆匆忙忙地爬起来冲进卧室。

秦鹿不明所以，两三分钟后，见林遥之扭捏地从卧室出来，脸上竟奇迹般带着些许羞涩。

“怎么了？”秦鹿莫名其妙。

“没事啊。”林遥之不好意思道，“没什么……”

秦鹿上下打量林遥之一番，始终没在她身上看出任何的变化，又见林遥之不愿意开口，便将这事放下。而林遥之此时正假装无事发生的样子拿着手机给自己闺密疯狂发信息：“啊啊啊秦鹿来我家了，还给我做了面吃，可是……”

陆筱回信息：“可是什么？”

林遥之：“可是我忘了穿Bra！”

陆筱：“……”

天气热，林霂之又不在家，林遥之就相当随便了，穿了件睡衣就在家里晃荡，秦鹿来，她太高兴了，也没反应过来，直到吃了秦鹿的面，缺乏热量的脑袋终于开始思考，才意识到似乎有哪里不太对。

陆筱安慰自己这个心大的朋友：“没事，问题不大，就当是利用美色勾引秦鹿了，他什么反应？有没有不自在？”

林遥之暗暗观察一下秦鹿：“没有。”

陆筱想了一下自己闺密的大小，登时觉得事情有点不妙：“他……没发现？”

林遥之：“……”

虽然隔着屏幕，但陆筱奇迹般地从林遥之发过来的这一串省略号里嗅到了威胁的气息，她马上改口："没事，肯定是他太迟钝，还好你和他没有身体接触，不然就被占大便宜了！"

林遥之脸色铁青："他刚来的时候我给了他一个拥抱……你说他是不是装不知道啊？"

陆筱心想林遥之以你的大小，人家秦鹿可能真的不知道，但为了友谊长存，还是安慰林遥之一番，说定然是秦鹿为了让你们两个都不尴尬，所以装作不知道，肯定不是因为他没感觉到。

林遥之越看越气，咬牙切齿。

陆筱没敢吭声，但心里想的却是林遥之啊林遥之，都二十多年了，你怎么还没有接受这个残酷的事实呢？你也就骗骗外人，咱们姐妹这么多年，你多大自己心里就不能有点数吗？

林遥之怒而关上手机，抬头看向身边并不知道风暴即将来袭的秦鹿。

"比比啊。"林遥之声音温柔无比，让秦鹿莫名后背一凉，"你今天跟我拥抱的时候，就没觉得哪里不太对吗？"

秦鹿："哪里？"他完全不知道发生了什么，无辜的模样像极了小鹿斑比，"哪里不对？"

林遥之从牙缝里挤出一句："你要不要再仔细想想？"

秦鹿感觉自己好像没有注意到什么特别严重的事，思来想去，却始终不明白到底哪里不对，直到林遥之怒气冲冲地跑到他面前，伸出手重重地抱住了他。

"秦鹿！"林遥之这一声"秦鹿"喊出了泣血的效果。

秦鹿被林遥之这模样吓到了，有些无措："到底怎么了？哎，你哭什么？"

在抱上的那一刻，林遥之真情实感地哭了，之前她没有太注意，直到此时此刻，她再一次拥抱秦鹿，才感觉到秦鹿结实的胸膛是那般柔软——很多人都以为胸肌是硬邦邦的，其实并不是，一般情况下，胸肌其实非常柔软，林遥之将自己的脸埋在秦鹿胸口，想着这难道就是传说中的埋胸吗？可是她总是觉得哪里不太对……

"你哭什么？"秦鹿还不知道林遥之遗传了她家演戏的基因，眼泪说来就来，还以为自己什么地方惹到了林遥之，连忙帮她擦眼泪，“谁欺负你了？”

林遥之泪眼婆娑地望着秦鹿：“你。”

秦鹿：“嗯？”

林遥之幽怨地放了手，心想我林遥之怎么会沦落至此，女人比不过，只能和男人比了……

秦鹿：“到底怎么了？”

林遥之最后挣扎了一下：“我抱你的时候，你就没觉得哪里软软的吗？”

秦鹿：“软软的？”他观察一下林遥之，总算隐约明白了眼前这个小姑娘泪眼朦胧的原因，下一刻就被林遥之气笑了，伸手掐住林遥之弹性很好的脸颊，往外扯一大圈：“你是说你的脸吗？”

“你别掐我……”林遥之挣扎，“我和你说正事呢！”

秦鹿冷笑：“什么正事？”

林遥之眨巴着眼睛，摸不准秦鹿是不是真生气了，道：“所以到底有没有吗？”

秦鹿看着林遥之认真的模样，觉得十分头疼，他深吸一口气，道：“没有，一点也没有。”话还没说完，看着林遥之又要开始干号，他只能头疼道，“好，有有有！”

林遥之道：“真的有？”

秦鹿把自己的良心切成块直接扔了：“真的。”

林遥之羞涩道：“讨厌，就知道占人家便宜，不喜欢你了啦。”

秦鹿一脸漠然，心想林遥之你要是把你的拳头放下再说这话，可信度会高很多，算了算了，就当哄小朋友，免得到时候真的在这里打起来。

林遥之开开心心地掏出手机向闺密炫耀，说秦鹿果然好贴心，明明发现了却怕她尴尬才没有说出来，她就喜欢这样诚实不虚伪的男孩子。

陆筱对林遥之的说法抱以怀疑的态度。

秦鹿坐在旁边面瘫地喝着冰水，此时想的大概是林遥之这小姑娘可真难搞。

第二十九章

寂静的夜

又过了十几天，外出取景的林霂之总算回来了。原本白生生的一个大帅哥，硬是被强烈的紫外线变成了一坨黑炭，偏偏还瘦了不少，坐在沙发上缩着肩膀吃面条的模样像极了一只可怜的小猴子，把林遥之吓了好大一跳，还以为是喀纳斯的猴子找上门来了。

“哥，你回来啦，怎么不提前说一声？”林遥之刚从外面回来，手里提着一大袋零食和饮料，她随手把脑袋上的棒球帽放到一边，“吓我一跳呢。”

“饿死我了。”林霂之含糊道，“本来还要隔几天才回来，还好我的戏拍得进度比较快，导演就提前放人了。”

林遥之看着自己变得又黑又瘦跟个猴似的哥哥：“你也太黑了吧，这得多久才能白回来？赵哥没给你好好抹防晒啊？”

林霂之：“没事，过几个月就白回来了，男人黑点帅。”

林遥之闻言露出嫌弃的表情，不过嫌弃归嫌弃，到底是自己哥，在山里被欺负得那么惨，好不容易回来，两人自是要好好庆祝一番，于是提前预订了一家市内十分有名的中餐厅，打算给林霂之补补营养。

好在林霂之变黑也有点好处，晚上出去脸上就跟打了马赛克似的，压根看不清楚，就算不戴口罩，也不用担心被他的粉丝认出来了。

今晚订的那家餐厅红烧肉是一绝，肉是最上等的五花肉，最外面的皮软糯Q弹，下面的肥肉和瘦肉却炖得极烂，几乎是入口即化，林霂之以前不喜欢吃肥肉，今天破了例，一块肉一大口饭，看样子是馋得太久了。

两人在角落里吃着饭，过来送餐的服务员时不时把目光投向林霖之，兄妹两人都对这样的注视习以为常，林遥之开玩笑说待会又有人来要签名了。

可谁知上最后一个菜的时候，那服务员笑眯眯地对他们说："先生你长得可真像黄千炎。"

林霖之筷子一顿："有多像？"

服务员道："真的挺像的，要是您再白一点，就更像了。"

林霖之放下筷子，对服务员投去幽怨的眼神，服务员被这眼神搞得莫名其妙，以为是自己的话语太过冒犯，连忙道歉，林遥之在旁边笑得上气不接下气。

吃完饭，天色已经不早，炎热的暑气退了下去，林霖之提议他们走路回去，就当散步消食，林遥之愉快地同意了。

"后面食物没有再丢了。"林霖之说着他们剧组的事，"唉，谁能想到是一群猴子呢。"

林遥之想了想，没告诉林霖之后来她察觉的事实，毕竟这个事实着实很像恐怖片的前奏。

吃饭的地方离他们家有些远，慢慢走的话，得花半个多小时，其间还会路过一些比较荒凉的地方，不过反正两人没事做，回去也是躺着，在夜风清凉的夏夜里，和家人一起散散步，也挺舒服的。

兄妹两人平日都在各忙各的，很少有这么安静的谈心时间，林遥之看着自己哥哥变得又黑又瘦，嘟囔着说以后不要接那么辛苦的戏份，她会心疼的。林霖之没说话，只是伸出手搂住林遥之的肩膀，说："小朋友啊，为了自己喜欢的东西奋斗，其实也是一种快乐。"

林遥之叹气，她知道在演戏这件事上，林霖之从来都不肯让步。

两人边走边说，夜色渐深，路过一个公园时，本来一直在说话的林霖之突然噤了声，他压低嗓音，变得有些紧张："遥遥，你有没有听到什么声音？"

"声音？什么声音？"林遥之茫然。

"女人的哭声。"林霖之喉结上下动了动，"就……你真没听见？"

林遥之莫名："哪里传出来的？"

林霂之指了指不远处的草丛。

他们路过的这个公园是最大的一个市内公园，绿化做得相当到位，到处都是繁茂的树木和花草，白天的时候，人来人往热闹非凡倒是不觉得有什么，可一到夜里，晚风吹得树梢簌簌作响，路灯投下的剪影在地上摇摆扭曲，气氛瞬间变得有些让人后背发凉。

林遥之蹙着眉头朝林霂之说的地方走了几步，她以为那声音是林霂之太紧张听到的错觉，可谁知渐渐靠近后，她也听到了女人的哭声，那哭声断断续续，还伴随着啜泣的低语，在这光线暗淡的夜里，让人生出一阵森森寒意。

林霂之小声道："我听说这公园里死过人的。"

林遥之道："怎么死的？"

林霂之道："就是冬天的时候有流浪汉在这里过夜，结果突然降温，就被冻死了。"

这话一出，气氛越发诡异。

林遥之道："你在这里等着，我过去看看。"

林霂之抓住林遥之的手："你要过去……咱们还是一起吧。"虽然他觉得这场景十分惊悚，但也舍不得让自己的妹妹独自前去，万一真遇到女鬼，他至少还能挡在林遥之面前。

两人便朝声音的来源靠了过去，只是越靠近，越觉得不对劲，她顿住脚步，朝草丛里大叫道："谁在那儿哭呢，我报警了啊！"

哭声瞬间消失，只是却伴随着几声呜咽，好似声音的主人被捂住了嘴巴。

"给我出来！我已经报警了！"林霂之厉声呵斥。

过了几秒钟，不远处浓密的草丛里，居然真的站起来两个人，那两人一起身，地上便传来虚弱的哭声和求救声："救命……救救我……呜呜呜……"

那两人面色不善地朝林遥之走过来，借着昏暗的灯光，林遥之看到他们两人的模样，这两人面相凶恶，手里拿着一把折叠匕首，一看就不是什么好人。他们见到娇小的林遥之和看起来并不健壮的林霂之，脸上的恶意更浓了："哟，这是嫌我们兄弟两个吃得不够饱，又来送赠品的吗？"

林遥之见到是人，倒是松了口气，她就怕真遇到什么科学解释不了的恐怖事件，冷笑道："这么晚了，你们做什么呢？我已经报警了，你们自己看着办吧。"

那两人竟有恃无恐地笑起来，还甩了甩那把折叠刀："十几分钟已经够了……"他们上下打量林遥之一番，"虽然胸小了点，但脸还不错，不亏。"

林霂之露出惊恐的表情，伸手抓住自己妹妹的手臂："小心点。"

林遥之面无表情地没说话。

那两人听了林霂之的话哈哈大笑起来，说："这时候还让我们小心点，你是被吓傻了不会说话了吗？"两人刚说完，便看见那个小姑娘撸起袖子，面色阴沉地朝他们走过来，两人十分轻敌地把刀一收，想将林遥之直接制伏。然而接下来发生的事情，他们这辈子都没有想通。

本来看似无比娇弱的小女生，却力大无比，那双手砸到他们胸口上时，他们眼前甚至出现了走马灯似的东西，简直好像要直接去转世投胎了。

站在女生后面的男人，表情更加惊恐，总算是把刚才没说完的话补充完了："遥遥，你小心点，别把人打死了。"

听到这话，男人们胸口一闷，差点没吐出血来，去他的小心点，原来不是对他们说的啊！

"谁胸小了，谁胸小了！"前几天才被秦鹿刺激到的林遥之彻底疯了，揪着其中一人的领子不住摇晃，用抢过来的折叠刀在那人面前比画，"你再说一遍？你再说一遍？"

那人被林遥之一脚踹到背上，这会疼得眼冒金星正想自己的腰是不是断了，他看着林遥之狰狞的表情，差点没哭出来："我没说你，没说你！"

"那你说谁呢！"林遥之尖叫。

"我说我自己……"他差点疯了。

林遥之用挑剔的目光上下打量这人一番，最后嗤笑一声："啧，是挺小的。"

也不知是疼的还是气的，那人两眼一翻，要晕过去，却被林遥之硬生生摇醒。

"晕什么晕啊！"林遥之道，"我才打了你一拳呢，你怎么那么废物？"

那人终于哭了，哭得十分悲伤，委屈地朝林霂之嚷嚷："你不是报警了吗？

警察呢？”

林霂之干咳一声，有点尴尬：“不好意思，骗你的，我现在报啊。”

小混混看了眼身边已经晕过去的同伴，登时号啕大哭起来。林遥之猝不及防，气得抬手就是一耳光，怒道：“哭什么哭，敢欺负小姑娘这会还好意思哭，姑娘人呢？”

他抖着手指了指不远处的草丛。

林遥之“哦”了声，起身要走过去，那人看着林遥之的背影，咬咬牙竟从兜里掏出一把利器想要偷袭林遥之，林霂之见到这一幕正欲出声提醒，便看见他妹妹侧身就是一记飞踢，那人直接脸部中招，当场和同伴一样晕死了过去。

“废物就是废物。”林遥之阴沉着脸色，啐了他一口，“胸没秦鹿大，脾气还不小。”

林霂之：“……”等等，胸没秦鹿大是怎么回事？

林遥之没有再管身后的人，向草丛快步走过去，那姑娘已经不再继续哭泣，似乎被眼前发生的一切吓到了，林遥之心里正思索着要怎么安慰她，一低头，却看见了一张熟悉的满脸泪痕的脸。

“石谷秋，怎么是你？”林遥之惊恐道，“你怎么无处不在？你也太恐怖了吧！”

石谷秋看了眼林遥之身后两个混混生死未卜的模样，心里想着：我哪里恐怖了，你是不是抢了我台词？

第三十章

讨厌的感冒

林遥之没想到在这里也能见到石谷秋，两人大眼瞪小眼，气氛一时间凝滞。眼前这个看似楚楚可怜的姑娘，实则是个恐怖的跟踪狂，能把秦鹿都吓一哆嗦的那种。好在此时的石谷秋身上看不太出变态的气质，她脸上全是悲伤的泪水，连声音也在哽咽："呜呜呜呜，我好怕……"

林遥之吞了口口水，朝林霂之看了眼。林霂之敏锐地察觉到林遥之眼神里的惊恐，疑惑道："怎么了？"最恐怖的小混混不是已经被打倒了吗？他天不怕地不怕的妹妹怎么对一个受害的小姑娘露出这样的神情？

"没事，你报警了吗？"林遥之搓着自己的手臂，明明是夏天，可是当她看见石谷秋的脸时，脑海里浮现的却是贴满了秦鹿照片的房间，于是手臂上起了一层鸡皮疙瘩，好一会儿都消不下去。

"报了。"林霂之回答。

"那就好。"林遥之点点头，又看向石谷秋："石谷秋，你没事吧？"

石谷秋只是哭，却不说话，她虽然穿着衣服，但衣衫凌乱，看来险些被那些混混做到最后一步。林遥之最受不了姑娘这么哭，虽然知道石谷秋是个变态跟踪狂，她犹豫片刻，还是上前一步，进入草丛把石谷秋抱了出来。从个头上来看，石谷秋比林遥之要高一头，此刻却被林遥之轻轻松松地抱进怀里，离开了脏乱的草丛。林遥之把石谷秋放在公园的凳子上，又让她哥脱了外套，然后将外套系在石谷秋腰上，遮住破损的裙子。

"没事了，没事了。"林遥之安慰道，"他们都被我放倒了。"

石谷秋依旧一副惊魂未定的模样，不住抽泣着。

好在警察来得很快，出警的警官见到倒地昏迷的混混还愣了愣，问是谁打的。

林遥之把手举起来，表情乖得像是在课堂上回答老师问题的学生。

“你打的？”警察看了看林遥之，又看了看林霂之，表情狐疑，“真的？”

林遥之道：“对啊，真的，我学过散打呢，警察，她还在哭，怎么办啊？”

警察道：“姑娘，没事了啊，警察来了就安全了。”

石谷秋被吓得不轻，好一会才停止哭泣，表情依旧呆呆的，看起来像是吓傻了。

接着警察将他们带回警局做笔录，又通知石谷秋的家人来接她，这事才算圆满解决。

万幸的是此时已经接近凌晨，警局里就剩下几个值班的警察，这几人都不怎么追星，也没认出林霂之的身份，算是省下不少麻烦。

林遥之看着石谷秋的家人把她接走，才放心地和林霂之打车回家。到家后，她简单洗了个澡，扑到柔软的床上，便迷迷糊糊地睡了过去。

石谷秋这事，像个无足轻重的插曲，并未给林遥之的生活掀起任何波澜。几天后，她才想起来把这事说给秦鹿听。

“她没有再骚扰你了吧？”林遥之还是挺担心秦鹿的。

“没有了。”秦鹿道，“我给院子里安了摄像头，把栅栏加高了一层，她也搬了家。”

“哦，那就好。”林遥之忽然打了个喷嚏，她嘟囔，“谁在念我啊？”

秦鹿道：“别是感冒了。”

“不会，我壮得跟头牛似的，怎么会感冒呢？”林遥之揉揉鼻子，大大咧咧。

秦鹿挑眉：“可是牛也会感冒。”

好有道理哦。

也不知是不是秦鹿一语成谶，林遥之从俱乐部回来后就开始一直打喷嚏，喉咙也有种肿痛的感觉。

“你是不是感冒了？”林霂之本来在客厅打游戏，听见自家妹妹一个喷嚏接着一个，蹙起眉头，“昨晚踢被子了？”

林遥之没精打采地靠在沙发上，吸着鼻子：“我没感冒。”

林霂之道：“没感冒你怎么打喷嚏？”

林遥之道：“我只是……过敏！”

林霂之：“对什么过敏？”

林遥之抽出纸巾擦了擦鼻涕，想了半天，想出来了一句：“中午吃炒饭？”

林霂之冷哼一声，把手里的笔记本盖上，走到林遥之面前摸摸她的额头，确定温度不高后，才转身从柜子里拿了平时备着的感冒药，掰开递给林遥之：“给我好好吃药，现在症状还不严重。”

林遥之说着好，把药片捏在手里就是没有要往嘴里送的意思，林霂之点点她的额头：“把药给我吃了。”

林遥之哭丧着脸：“我从小学毕业就没吃过药了呀。”

林霂之想了想，还真是，大约是林遥之从小练习散打的缘故，身体素质相当好，当年学校里闹流感，林遥之班级里几乎所有学生都中招了，就林遥之依旧坚强地每天准时去学校，直到他们老师也得了流感，才被迫放了一周假。

“那你更得吃药。”林霂之叮嘱，“能把你传染的病毒肯定厉害，别等严重了再吃药，那就晚了。”

林遥之完全没把她哥哥啰唆的话放在心上，嘴上答应得好好的，说自己去厨房倒点水，转身就把药片扔进垃圾桶里，心里还想着只有弱者才需要吃药。

结果第二天，林遥之一起床就感觉不太对劲，强撑着到了俱乐部，坐在角落里不太想起来。

秦鹿刚换好衣服，见林遥之缩在角落里跟个被晒干的蘑菇似的，便走过去轻轻拍了拍她的脑袋：“怎么了？”

“不舒服。”林遥之抬头，满脸可怜兮兮，“我觉得我要死了。”

秦鹿道：“感冒了？”

林遥之吸溜着鼻子，点点头。

此时的林遥之鼻头红红的，黑色的眼睛因为堵住的鼻子也变得水汪汪，看起来像只受了欺负的小白兔,也只有熟悉她的人才知道这只小白兔的战斗力惊人。

“吃药没有？”秦鹿问。

“吃了，吃了。”林遥之有些心虚。

谁知秦鹿一眼看穿她的掩饰，伸手掐住她的脸颊，让她抬起头来看着自己：“说实话。”

林遥之被秦鹿这么一盯,知道瞒不过去,委屈道:“我以为我自己能好呢……”

秦鹿想说她几句，但见她这个表情，到了嘴边的话又咽了回去，只是转身去了趟外面，回来的时候，手里多了一杯感冒冲剂。林遥之看见冲剂眼睛就直了，她最讨厌吃的药就是这种黑不溜秋的冲水药剂，味道简直一绝。

“喝了。”秦鹿递到林遥之嘴边。

林遥之扭捏着接过来，半晌没动。

秦鹿也不催，就站在旁边安静地看着她，直到把林遥之盯得有点毛骨悚然，她才颤声道:“能……不喝吗？”说完还咳嗽了两声。

秦鹿声音很温柔，只是说出来的话却十分绝情:“不行。”

林遥之起身想溜,被秦鹿一把抓住又拎了回来,因为心虚她也没敢太过挣扎,只能苦着脸可怜巴巴地瞅着秦鹿，企图用可怜的神情让眼前的男人心软。秦鹿眉眼柔软，却没打算放手，而是把杯子慢慢送到林遥之嘴边:“喝了。”

林遥之开始干号:“啊啊啊，好烫啊，烫死我了。”

林遥之假哭:“呜呜呜……比比，你不爱我了，你想用药烫死我。”

秦鹿叹了口气,似乎有些拿林遥之没办法,他微微低头,说:“真要我喂你？”

林遥之眨巴着眼睛:“不，不用……”

她说着话，便看秦鹿含住杯沿，喝了一口药，随后朝自己靠了过来。一时间，林遥之脑海里浮现出一幅让她十分羞涩的画面，难道秦鹿打算嘴对嘴喂她？可是他们不是还没有谈恋爱吗？这样是不是不太合适？不过秦鹿的嘴唇看起来好软哦，不知道亲上去是什么感觉……

这美好的想象，终结于被捏住的鼻子，林遥之看着秦鹿捏着自己鼻子的手，呆住了。接着，装着药的杯子被送到她因为缺氧而被迫张开的嘴边，秦鹿手极稳，趁着林遥之发呆的工夫，一杯药就这么咕咚咕咚地灌进林遥之的嘴里。

秦鹿还在说:“尝过了，不烫。”

等把药咽下肚，林遥之正打算开号，秦鹿便动作迅速地往她嘴里又塞了什么，林遥之舌头一卷，感觉到甜蜜的味道在口中蔓延开来，原来是颗水果糖，甜味很快冲淡了药物苦涩的味道，两种强烈的对比，让林遥之一时间不知道该做出什么表情。

“甜吗？”看着林遥之傻乎乎的样子，秦鹿嘴边浮起笑意。

“甜。”林遥之点点头，又觉得有点不甘心，“你怎么那么熟练啊？”

秦鹿说:“朋友有家宠物店，那儿的小猫小狗不喜欢吃药，就是这么干的。”

林遥之流泪了，觉得自己活得怎么那么狼狈，人家喂药都是嘴对嘴，她则是被整杯灌，问题是还灌得那么熟练。

秦鹿揉揉林遥之的脑袋以示安慰，说:“这几天就别来俱乐部了，在家里好好休息，等感冒好了再说。”

林遥之不肯，说:“万一我隔几天来，你被别的小妖精勾走了怎么办？”

秦鹿思量片刻:“那你就来个三打白骨精？能打赢吧？”

林遥之撸起袖子:“不但打得赢，还能直接打死。”

秦鹿笑了起来。

林遥之见他弯起眉眼的笑，吸了吸鼻子，莫名觉得自己脸颊有些烧得慌，难道是自己发烧了？那可不能说出来，不然又得被灌一口药了，她心有戚戚地想道。

第三十一章

怎么老是你

都说病来如山倒，病去如抽丝，身体健康，许久连感冒都不曾有过的林遥之此时终于体会到了什么叫弱柳扶风。不但鼻子堵，嗓子还疼，她觉得自己好像变成了林黛玉，连说话的声音都被迫温柔了几分。

虽然林遥之被秦鹿和林霂之轮流盯着吃了不少药，但大约是她体内的病毒太过强大，感冒了好几天就是不见好。

“你就送我到这儿吧。”林遥之鼻子堵得死死的，哑着嗓子，说起话来细声细气，“我自己上去。”

秦鹿道：“你去吧，到了阳台给我招招手。”

林遥之点点头，转身走了，今天是秦鹿送她回来的，到了家门口才把她放下来。外面的天气依旧炎热，车里车外完全是两个温度。

林遥之张着嘴小口地呼吸着，昏昏沉沉上了电梯，此时电梯里已经站了一个高个的女人，女人戴着口罩和棒球帽，把自己的脸遮得严严实实。要是平时林遥之估计会觉得十分奇怪，但今天她感冒有点严重，没什么精力去关心周围的情况。然而即便如此，从那女人身上投来悄无声息打量的目光，还是让虚弱的林遥之产生了警觉，她疑惑地看了女人一眼，随后察觉出了什么，这女人虽然把脸遮得都快看不见了，但身材却让人觉得有几分熟悉，好似在哪里见过。

敏锐的第六感在提醒林遥之，眼前的女人似乎并不是什么好人，她朝电梯边靠了靠，疑惑道：“我们……是不是在哪里见过？”

女人并不说话，依旧低着头，要不是大白天，画面肯定会更加惊悚。

“你……”林遥之话还没说完，女人就动了，她轻轻“嗯”了声，随后竟上前一步，将林遥之堵在电梯的角落，发丝垂下，散发出独属于女生的微妙芬芳，她开口道：“我听说你感冒了……”

声音一出，林遥之后背就冒出了一层鸡皮疙瘩，惊恐地尖叫起来：“怎么是你啊！”

女人把墨镜一摘，露出一双漂亮的眼睛：“你别揍我啊，我就是来给你送点感冒药。”说完把手里的袋子往林遥之手里一塞。

林遥之叫得跟只被拎住脖子的鸡似的，没错，眼前的女人就是前几天她在公园里遇到的石谷秋，她本来以为那次见面是她们这辈子最后一次相遇，谁知道今天又再次见到了这个阴魂不散的姑娘。

“你跟踪我！”林遥之从来没有觉得一个女生这么可怕。

“我没有！”石谷秋瞪圆那双漂亮的眸子，看起来颇为无辜，“我没有跟踪你，我只是住在你家附近，恰巧看见了。”

林遥之不信：“你骗人，你明明住在秦鹿家附近！”

“这不是被他赶走了吗？”石谷秋微笑，“就……搬了个家。”

身后的电梯发出叮咚一声，正好是林遥之按的楼层到了，她一把推开石谷秋，尖叫着跑了出去，留下石谷秋一人神情落寞地站在电梯里。林遥之进屋后连忙给秦鹿打电话，惊恐地把这个情况告诉了他。

“石谷秋？”秦鹿也莫名其妙，“你怎么会在电梯里见到她？”

“我不知道啊。”林遥之觉得自己真是可怜弱小又无助，“她比牛皮糖还恐怖，简直是阴魂不散！”

秦鹿：“她现在在哪儿？”

林遥之道：“刚坐电梯下去！”

秦鹿挂了电话。

过了一两分钟，林遥之又接到秦鹿拨过来的通话，秦鹿在电话那头说：“下来吧，我抓住她了。”

林遥之听见这话没有一点高兴，反而有种秦鹿用手一把抓住蟑螂还让自己看的恐惧感。她磨蹭了一会儿，才不情愿地下了楼，看见秦鹿和石谷秋坐在楼下，石谷秋脸上的口罩和墨镜都摘了，一脸泫然欲泣，好像欺负人的是秦鹿。

“我真没有跟踪你。”石谷秋见到林遥之，委屈道，“真的。”

“我不信。”林遥之闷闷的，“你现在住哪儿？带我们过去看看。”她一想到满屋子都是自己照片的房间，打了个哆嗦。

“就在旁边。”没想到石谷秋挺坦然，“走嘛，我带你们过去坐坐。”

秦鹿看了林遥之一眼，目光正好对上，都在对方眼神里看出了深深的无奈。

唯一让林遥之感到欣慰的是，石谷秋和她不在一栋楼，离得有些距离。而在开门的那一刻，林遥之心如鼓擂，就怕看到自己最害怕的画面，不幸中的万幸，她最害怕的画面并没有出现在她的眼前。

此时石谷秋的房间看起来就是个普通女生的房间，简洁干净，和正常人并无二致。

“能看看卧室吗？”然而林遥之一朝被蛇咬，十年怕井绳，依旧不太放心。

“可以呀。”一般人听见这样的要求或许会生气，石谷秋却甜甜地笑了，她用一种让林遥之和秦鹿都毛骨悚然的眼神温柔地凝视着两人，“你们想看什么都可以哦。”

他们到底做错了什么，招惹上这么个姑娘。

卧室也没有照片什么的，连带电脑都十分干净，看不出什么端倪，林遥之松了口气的同时，又质问道：“你说你没有跟着我，那你怎么知道我感冒了？”

“我去俱乐部上课了嘛。”石谷秋保持着微笑，“虽然秦鹿不愿意教我，但是还有别的教练嘛。”

“你报了谁的课啊？”林遥之有些好奇是哪个倒霉蛋。

“季和玉。”石谷秋眨着眼睛，“他长得也挺好看的。”

“我真没有跟着你。”石谷秋解释，“只是看你感冒得厉害，有些心疼，就想给你送点感冒药过来。你那么厉害，怎么会怕我呢？”

林遥之被她这话搞得心中一颤，心想我再厉害，也怕变态。

“总之，你离我远一点，别让我再看见你。”林遥之确定自己没有被偷拍，放心了许多，还是反复叮嘱石谷秋，“不然我揍你啊。”

石谷秋听见这话居然脸红了，柔柔地“嗯”了声。

林遥之见到她的表情，顿时脸色铁青，绝望地看向秦鹿，秦鹿无奈道：“不行就报警吧。”

林遥之只能说好。

最后两人离开，林遥之步履蹒跚，仿佛一个被惊吓过度的老人，步伐之中满含生活的沉重。秦鹿跟在她后面，下楼的时候，轻轻按了按她的肩膀，道了句：“不怕，有我呢。”

林遥之哭丧着脸：“有你就更怕了，你在，变态的威力要乘以二啊。”

林遥之又道：“我觉得应该和季和玉好好说一说。”

秦鹿：“说什么？”

林遥之道：“当然是让他好好教导石谷秋，最好把石谷秋教成一个武林高手，到时候咱们就能在擂台上堂堂正正地打败她了。”

秦鹿简直想为林遥之精彩的逻辑思维鼓掌，但显然这种想法不太靠谱，看石谷秋那柔柔弱弱的模样，可能等到她练出来，他们都六七十岁了。

林遥之吸了吸鼻子，又打了个喷嚏，最惨的是他们刚离开电梯走到外面，住在五楼的石谷秋还在阳台上开心地和他们打招呼，大声地让他们下次再来玩，差点没把林遥之听哭了。她多想认真地告诉石谷秋，他们不是来玩的。

秦鹿的表情看起来有些奇怪，显然是那种想笑又觉得笑出来不太合适，于是只好憋着。

这次回家，秦鹿直接把林遥之送上楼，看着她进了家门才离开，林遥之到家后就瘫在沙发上，觉得重病的自己失去了活下去的动力。

林霖之正巧坐在旁边看剧本，见自己妹妹来来回回，奇怪道：“你怎么了？”

林遥之道：“哥……你遇到过那种一直跟着你的变态吗？”

林霖之道：“当然遇到过。”他毕竟是个明星，遇到这些事已是家常便饭。

“那你怎么办的？”林遥之问。

“只能不理他们了，如果他们没做什么实质性的举动，就算报警也只是拘留几天。”林霂之蹙眉，“你遇到什么事了？谁跟踪你？”

“没，只是怀疑。”林遥之道，“目前还没有证据。”

林霂之道：“到底是谁？”虽然知道自己妹妹的武力值，但他依旧不太放心。

林遥之道：“就是……一个姑娘，以前总是跟着秦鹿，还拍了好多他的照片，结果被秦鹿发现了。”她揉揉鼻子，“结果我今天发现，她又搬到了我们小区。”她倒是没有提石谷秋的名字，还算是给她留了点隐私。

林霂之道：“真的？”

林遥之道：“当然是真的。”

“那你以后出门的时候注意点。”林霂之道，“实在不行咱们就搬家。”他把剧本合上，“免得再和这样的人牵扯不清。”

林遥之听了觉得挺有道理，反正她家也不缺能住的房子，除了搬家的时候稍微麻烦一点，但至少可以免除后患。于是林遥之打定主意，如果她再见到石谷秋，就和林霂之商量搬家的事。但石谷秋好像挺有自知之明，自从那一次给林遥之送了感冒药后，就没有再主动出现在林遥之面前了，两人碰面都是在俱乐部里，有点井水不犯河水的味道。

当然，如果她能改一改每次看到林遥之和秦鹿，就好像看到美味食物时贪婪的眼神，林遥之就更高兴了。

第三十二章

美丽的误会

林遥之记得曾经有人说过，感冒了，不吃药一周才能好，吃了药七天也就好了。说来也巧，她每天被秦鹿和林霂之盯着塞药，塞了刚好七天，感冒便成功治愈，再次变成一头健壮的小牛犊。

这段时间何森森经常来她家给他们兄妹二人做吃的，顺便陪林霂之打游戏，养得林霂之那尖尖的下巴总算是略微圆润了些，皮肤虽然依旧很黑，但好歹不再瘦得像个刚从哪里逃出来的难民了。

这天林遥之正好在自家蛋糕店看账，接到秦鹿的电话，问她周六有没有空。

“有啊有啊。”虽然不知道是什么事，但林遥之还是高高兴兴地应下了。

“你陪我去朋友的宠物店帮帮忙吧。”秦鹿说，“那里进了些新的小猫崽和小狗崽。”

“好呀好呀。”林遥之闻言十分高兴，她挺喜欢这些小动物的，当年家里养过，只是后来狗狗年纪太大，生了场病没了，就再也没有养过。

据研究表明，喜欢小动物的人一般都挺喜欢小孩的，秦鹿对小动物这么有爱心，那肯定也很喜欢孩子吧，所以以后他们的孩子要上哪所大学呢？林遥之脸上浮起傻傻的笑容。

“老板，你想什么呢？”员工小顾看着林遥之的笑容，茫然问道。老板看账都看得这么开心，难道是最近生意特别好？

“我在想是时候买所学区房了。”林遥之的声音斩钉截铁，“孩子不能输在起跑线上！”

这哪儿跟哪儿啊。

工作结束，下班回家，心情颇好的林遥之哼着小曲回了家。

林霂之似乎也刚回来，去浴室冲了个凉，头发湿漉漉地坐在沙发上打游戏。

“你先去把头发吹干啊。”林遥之催促，“别像我一样感冒了。”

林霂之道：“吹风机呢？”

林遥之：“我房间柜子上。”她趴在林霂之旁边，跷着脚丫，“帮我把面膜也带出来吧。”

林霂之“嗯”了声，起身去了林遥之卧室。

林遥之卧室的色调是可爱的粉色，乍看起来和普通女生的卧室并无二致，只有放在角落里的杠铃和腹肌轮隐约暴露了什么。

吹风机就放在柜子的最上面，林霂之很快便找到了，只是林遥之说的面膜他却没有看见，于是扯着嗓子问：“你面膜放哪儿了？”

林遥之道：“你看看柜子里有没有。”

林霂之闻言拉开柜子，他在柜子里看到一个用塑料袋包着的东西，那东西似乎有些像面膜，林霂之便将塑料袋打开，可当他看清楚塑料袋里的东西时，整个人的表情瞬间凝固，好像一尊被石化的雕像。

没错，塑料袋里全是一个男人的照片，男人在走路，男人在喝水，男人在睡觉。而且一眼就能看出，这绝对不是什么正常角度拍摄的照片。

林霂之的手有些颤抖，他轻轻拿了一张近照，确定男人的身份，没错，就是自己妹妹最近一直在追的人——秦鹿。

“还没找到吗？”外面的林遥之问道，“就是那个最边上的柜子，粉色的那个！”

林霂之道：“哦！知道了！”他一边应声，一边手忙脚乱地把照片全部装回去，又放进了柜子，随后有些慌乱地找到林遥之说的面膜，心情复杂地离开了他妹妹的卧室。

林遥之从小就是家里最疼爱的那个，全家有什么最好的东西，都是先捧到她面前让她挑选，更是舍不得她受一点委屈，最让林霂之感到欣慰的，是即便如此林遥之也没有养成骄纵的性子，反而十分体贴家人，可是现在……

林霂之深吸一口气，看向坐在自己身边满脸无辜的林遥之。

林遥之全然不知道自己哥哥脑子里到底在想些什么东西，已经高高兴兴地拆开面膜敷上了。见到林霂之看过来，还好心地询问他要不要也来一片。

“不用了。”林霂之语气艰涩，“遥遥啊……”

林遥之道：“嗯？”

林霂之道：“你说的那个跟着秦鹿的变态，还在继续跟吗？”

“没有了吧。”林遥之不明白林霂之怎么突然提起这事，茫然道，“她搬到我们小区附近了……”她本来想说变成跟着自己了，但是害怕林霂之担心，便把话咽了回去。

“你就那么喜欢秦鹿？”林霂之颤声问道，喜欢到甚至犯罪也要靠近他的地步吗？

林遥之道：“还挺喜欢的。”

林霂之哽咽，眼神里充满沉痛的味道：“我觉得他没那么好吧？”

林遥之：“啊？他挺好的啊，长得好看，脾气也不错，我很少见他生气的样子……最近一次生气，还是那个跟踪他的变态被发现的时候。”

所以就是你被发现了，然后他发了一通脾气是吧？

林遥之莫名其妙：“你问这个做什么？”

“我……就问问。”林霂之有口难言，他觉得把这事就这么挑明，似乎有些不给自己妹妹面子，但不说，又觉得不能让林遥之在犯罪的道路上一错再错，“就是……遥遥，你知道吧，喜欢一个人，有很多种方式的。”

林霂之继续语重心长，都说长兄如父，现在他们爸妈都在国外，只有他这个哥哥能让自己妹妹从歪路回到正途了：“遥遥，你再厉害，也不能勉强人家啊，都说强扭的瓜不甜……”

幸亏现在林遥之在敷面膜看不清楚表情，不然肯定是一脸你在放什么屁的嫌弃。

“你明白吗遥遥？”林霂之沉声问道。

"不明白。"林遥之道,"林霂之你今天吃错药了吗?什么叫强扭的瓜不甜?我还能把秦鹿怎么样啊……"

林霂之道:"那是犯法的!真的会被抓!"

林遥之懒得和林霂之废话下去,她现在强烈怀疑林霂之是不是又拿到什么奇怪的剧本了,看起来神经兮兮的,不过林霂之经常抽风,林遥之倒是习惯了他这个模样,于是伸手过去揉乱自己哥哥的脑袋:"知道了,知道了,我慢慢来,不会让他接受不了的。"

林霂之欲言又止,还想说什么,但看着林遥之这不耐烦的样子,只能把话咽了回去。

林遥之敷完面膜,美美地去睡觉了,留下林霂之一个人坐在客厅里烦恼,想着到底要怎么委婉地把自己妹妹从犯罪的道路上拉回来。

第二天是个周末,秦鹿开车过来接林遥之去他们之前约好的宠物店。

"哟,秦鹿来啦,外面那么热,要不要进来坐一坐啊?喝点冰水消消暑?"和往日那爱理不理的态度不同,今天的林霂之热情得像个看见女婿的丈母娘,神情语态都充满了讨好。

林遥之用一种"你没吃错药吧"的眼神狐疑地盯着自己哥哥,以前秦鹿来的时候,林霂之恨不得马上把他赶出去,怎么现在反而是这种态度?这一晚上过去,到底发生了什么?

秦鹿也是一脸莫名,不明白之前高冷的林霂之今天是怎么了。

还能怎么了,此时只有知道真相的林霂之内心一片心酸,只想着还是对秦鹿好点吧,免得到时候真出事连个谅解书秦鹿都不乐意写。

林遥之没敢让秦鹿在家里多待,林霂之那眼神像是要把秦鹿吃了似的,搞得连她都慌了起来。

两人匆匆离开,坐到楼下的车上,才互相看了对方一眼。

"别问我,我也不知道。"看着秦鹿欲言又止的表情,林遥之摊手,"可能是看剧本看的吧,他经常入戏太深。"

秦鹿蹙眉。

林遥之嘟囔：“从昨天晚上就开始了，神神道道的，问他到底怎么了，他也不说。”

秦鹿道：“是不是发生了什么事？”

“没有啊。”林遥之道，“都在家里好好待着呢。”她揉揉鼻子，“算了，不管他了，可能过几天就好了。”

秦鹿便没有再多说什么，发动了汽车。

半个小时后，两人到达目的地，一家位于市中心的宠物店，还没进去，林遥之便被这店铺的装潢萌到了，店铺的招牌是一根嫩黄色的骨头，上面写着“嘉嘉宠物”四个字，旁边还印着各种可爱的小脚印。

隔着玻璃，林遥之听到里面传出嫩嫩的狗叫声，心瞬间软成一片，不过软的同时，她想起一件很恐怖的事，秦鹿一直没有提这朋友的性别，这宠物店这么可爱，该不会是个漂亮女生开的吧？

生出警惕之心，林遥之跟在秦鹿身后，走进门内，看见站在店里的人后，心瞬间沉了下去——那是个可爱的短发姑娘，个子高挑，穿着短裤的腿修长洁白，唯一能让林遥之升起信心的，是她那平得几乎看不见的胸部。

难道秦鹿喜欢这一款的？林遥之高兴之余，自豪地挺直腰杆，心里美滋滋地想着。

秦鹿叫了声：“嘉嘉，你哥呢？”

那姑娘扭头，说：“在上面给狗打疫苗。哟，这谁啊，你女朋友？”

林遥之听见姑娘的声音如遭雷击，这……怎么是个男声？是不是哪里不对啊？因为过于震惊，林遥之连秦鹿回答了什么话都没听见，失魂落魄得差点想要转身就走。

直到秦鹿拍了下她的脑袋：“想什么呢？”

林遥之悲痛道：“没……没什么。”

那姑娘，不，那男生却好像看穿了林遥之的想法，哈哈大笑起来。

第三十三章

我喜欢你

男生穿着简单的T恤短裤，如果只看脸，的确像个长相柔美的姑娘，但当他从笼子前直起腰，林遥之才发现他的身高只比秦鹿矮了一点，按这身高来看，平日里估计也不会有太多人把他认成女生。

“你们直接上去找他吧，我还在给狗崽子喂奶呢。”他手里拿着针管，对林遥之和秦鹿挥了挥。

秦鹿“嗯”了声，领着林遥之朝楼上走去。

“我还以为他是个女生呢。”林遥之在秦鹿身后悄悄地说，“他长得可真好看。”

“好看？”谁知秦鹿眉头一挑，“比我还好看？”

林遥之：“这……这不是一个风格的嘛。”她还想再说什么，两人已经到了二楼。

二楼是个非常宽敞的诊疗室，一个高大的男人背对着他们正在低头给小动物检查身体，只是从男人的体形来看，怎么都和眼前这些软乎乎的小动物显得格格不入。

秦鹿出声：“王啸。”

叫王啸的男人停住动作，扭头：“来了？”

“来了。”秦鹿应声。

然而站在秦鹿身边的林遥之，在看清楚男人的脸时，却露出愕然之色，这张脸她虽然没有在现实里见过，但印象极为深刻，没错，脸的主人便是出现在秦鹿家中碟片里的那个名为伯爵的地下拳手。

时至今日，林遥之依旧记得影像中碾压对手、外号名为伯爵的拳手，她回忆着录像里的场景，再看着面前这个照顾着宠物表情平静柔和的男人，觉得若不是长得一模一样，恐怕自己怎么也不会觉得他们是同一个人。

大约是林遥之的表情太过震惊，秦鹿在她耳侧轻声肯定了她的想法："就是他。"

"有什么我能做的吗？"秦鹿问。

"你去把锅巴洗了吧。"王啸说。

秦鹿说了声好，便转身离开，留下林遥之一个人站在原地手足无措，她想了想，还是小心地靠到王啸旁边，看着他给小狗崽们打疫苗。这些狗崽各类品种都有，奶嘟嘟，软绵绵，偏偏又是精力最好的时候，在桌子上跑来跑去，还得王啸一只只揪回来。

林遥之眨巴着眼睛站在旁边看着，王啸抬头看了她一眼，道："你是秦鹿女朋友？"

"现在还不是。"林遥之信心满满，"但很快就是了。"

王啸道："你很有信心嘛。"

林遥之道："还行吧。"

林遥之一边说话，一边小心地打量王啸，刚才离得远，她没注意，现在靠近了，她才发现王啸的一只眼睛似乎不太好，眼角处有一条已经愈合的狰狞的伤疤，再配上他不苟言笑的神情，显得十分凶悍。一般人见了他，估计还真得瑟缩地后退几步。

说话的工夫，王啸又揪住一只小狗崽，动作熟练地拎起它的后颈肉，随后将针扎进小狗颈项的位置，小狗呜呜直叫，湿漉漉的眼珠看起来可怜巴巴，林遥之看得心都软了大半。

"好可爱啊。"她小心道，"我可以摸摸看吗？"

"先去洗手。"王啸淡淡道，他说完这话，身上的气势忽然变得凌厉起来，接着用审视的目光打量着面前的林遥之，好似只要有一分不满意，就会直接把林遥之揍出去似的。

然而对于这种气势，林遥之在拳馆里已经见了不少，所以面不改色地“嗯”了声，还好奇地问王啸手里的狗崽是什么品种。

“你不怕我？”王啸有些意外。

“怕你什么？”林遥之故意露出一副可怜兮兮的模样，“你难道会打一个可怜弱小又无助的女生吗？”

心满意足地从王啸脸上看到和秦鹿类似的无奈，林遥之嘿嘿一乐，摩拳擦掌：“我先去洗个手呀，等我回来！”

王啸嘴角扯起一抹笑容，没了刚才的严肃，倒是多了几分邪性：“你比之前的有意思。”

林遥之立马警惕地竖起耳朵：“之前？秦鹿带回来过几个女的啊？”

王啸道：“你自己去问他吧。”

林遥之狐疑地看着王啸，心里对王啸的话不大相信，她道：“秦鹿在哪儿呢？”

“楼下的盥洗室。”王啸道，“和他的小情人共浴呢。”

到了楼下，林遥之听见角落的房间里传来哗哗水声，便走到门口，瞧见秦鹿站在盥洗室里，正蹙着眉头和一条湿漉漉的大狗大眼瞪小眼。

“你都臭了。”秦鹿慢条斯理地说话，“再不洗连小姐姐都不摸你。”

大狗嗷呜两声，就是不肯往浴缸里站，它大概是怕脚沾上水，还强行扒着墙壁竖起身体，看得秦鹿又气又好笑：“那咱们就熬吧，看谁熬得过谁。”

大狗听见这话，耳朵委屈地耷拉下来。

林遥之叫道：“秦鹿！”

秦鹿道：“你别过来。”

但秦鹿显然说得太晚了，林遥之的脚已经踏进盥洗室，那只大狗看见林遥之的那一刻，便兴奋地摇起尾巴，猛地朝林遥之的方向扑过来。

好在秦鹿早有准备，伸手将大狗拦住，然后将它死死地按在地上，狠狠地揉了揉它的脑袋：“不行。”

大狗嗷呜嗷呜地叫开了。

林遥之被吓了一大跳，狗的品种她虽然不认识，但体形挺大，浑身湿漉漉地往她身上一扑，估计当场衣服就得全湿了。为了防止林遥之受到牵连，此时的秦鹿就遭了殃，他把大狗压到地上时，身上的T恤便湿了大半，既然如此，他也不再继续和狗讲道理，直接将七八十斤的大狗抱了起来，丢进已经灌满温水的浴缸里。

这个画面简直太残忍，大狗想要从浴缸里爬出来，却被秦鹿无情地镇压，直到浑身湿透以后，它才无奈地放弃挣扎，蔫巴巴地趴在浴缸边缘，用幽怨的眼神谴责着秦鹿的粗暴行为。

折腾了这么一会儿，秦鹿浑身上下都湿透了，薄薄的衣衫贴着漂亮的肌肉和劲瘦的腰，完全凸显了他的好身材。

“行了，别扭了，早点洗完出去玩。”秦鹿拍了拍大狗的脑袋，又回头看向林遥之：“你怎么不在上面待着？小心衣服弄湿。”

林遥之道：“你朋友叫我下来的。”

秦鹿啧了声：“你别什么都听他的。”

林遥之好奇道：“这是什么品种的狗啊？”

秦鹿道：“德牧。”

林遥之走到秦鹿旁边，正想伸手摸摸大狗湿漉漉的脑袋，却被秦鹿制止了，说这狗是个人来疯，特别喜欢小姐姐，林遥之真要敢摸下去，估计它能从浴缸里冲到她身上去。

闻言，林遥之只好收了手，站在旁边看秦鹿洗狗。

看了一会，林遥之忽然想起什么，站在秦鹿身后露出邪恶的笑容，但语调听起来还是天真无邪的：“比比啊，你衣服湿了要不要脱下来？这么穿着容易感冒哦。”

秦鹿动作微微一顿，似乎正在考虑林遥之说的话。

没错，林遥之就是想起了何森森曾经对自己说过的关于秦鹿文身的小道消息，她觉得此时此刻是个千载难逢的机会，完全可以用正当的理由看到秦鹿腰上的文身。

“你看还要洗好一会呢。”林遥之道，“不如你把衣服给我，我帮你洗了先晾上吧，外面天气好，估计待会走的时候……”

话还没说完，蹲在她眼前洗狗的秦鹿却突然站了起来，转过身用意味不明的眼神凝视着她。

被秦鹿眼神一盯，怀着小心思的林遥之有点心慌，结结巴巴道：“你……你干吗呀？这么看着我做什么？”

“林遥之。”秦鹿缓声叫了林遥之的名字。

林遥之心中一紧，想要后退，可盥洗室就这么大点地方，她一退，就靠到了身后的墙壁。

而秦鹿却上前一步，将林遥之困在角落，他垂着眸子，似笑非笑：“你真当我傻是不是？”

林遥之咽了咽口水，脸颊红了一片，强撑着嘟囔：“我……我就想看看，不……不做其他的事。”

秦鹿抓住林遥之的右手，他的手湿漉漉一片，却抓得格外稳：“不想做其他的事？”

林遥之道：“真的，真的……”

林遥之的声音越来越小，眼睛猛地瞪大，秦鹿竟抓着她的手臂，将她的手贴在他的腰上，林遥之的手心触到一片紧致细腻的肌肤，她不可思议地缓缓低头，看到秦鹿掀起的T恤，和那半截劲瘦的腰线。

“啊！”林遥之被这画面刺激得差点晕过去，手抖如筛糠，若不是被秦鹿紧紧握着，恐怕早就因为紧张转身跑了。

“看也看了，摸也摸了。”秦鹿靠近林遥之的耳畔，灼热的吐息打在林遥之的耳郭，“怎么能不想做其他的事？”他发出低低的笑声，笑得林遥之整个人都酥了一片。

一个温柔的吻落下来，林遥之的眼睛里充斥着水汽，视野里朦胧一片，隐约间，她似乎听见秦鹿在对她说话：“林遥之，做我女朋友好不好？”

这一切来得这般突然，林遥之有种自己在做梦的错觉，她急促地呼吸着，慌乱点头，担心自己回应慢了点，秦鹿会改变主意。

“我……我喜欢你。”满脸潮红的小姑娘可爱得像只真正的小鹿斑比，她一字一顿，说得那般认真，就怕眼前的心上人听不清楚，“秦鹿，我喜欢你。”

心上人温柔地笑着，回应了她的示爱：“林遥之，我也喜欢你。”

第三十四章

一只小锅巴

看着秦鹿近在咫尺的脸，林遥之依旧神情恍惚，仿佛此时自己身处的并不是现实，而是酣甜的梦境。直到站在浴缸里一脸无辜的大狗突然甩了甩身上的水，温热的水滴砸在林遥之的脸颊上，她才猛然惊醒，意识到自己的的确确不是在做梦，秦鹿真的同自己告白了，虽然这场告白来得有些突然，但又有种顺理成章的味道。

秦鹿被甩了一身的水，他本来就差不多完全湿透了，所以此时也只是转过身去，伸手狠狠揉了揉大狗的脑袋：“不准闹。”

大狗小小地呜咽几声，像是在撒娇。

“我先把狗洗完。”秦鹿道，“你离它稍微远点。”

林遥之乖乖地站在身后，看着秦鹿继续洗狗。窄小的房间里，气氛依旧暧昧，林遥之的心脏扑通扑通地狂跳，她站在旁边，假意盯着大狗，实则余光落在秦鹿的身上。

秦鹿正在认真洗着面前的大狗，好看的眉头微微蹙着，薄唇抿出一条性感的弧线，水珠落在他黑色的发梢上，然后顺着下巴缓缓滑落至锁骨，整个人都散发着一股浓郁欲念的气息。

林遥之暗暗咽了口口水，在心中反复重申色即是空空即是色，自己要做个正直的好女孩，绝对不能被男色冲昏头脑。

大狗终于被洗干净，秦鹿朝外面叫了一声：“嘉嘉。”

起初被林遥之认错性别的那个漂亮男孩支了个脑袋进来：“秦哥，洗完了？”

“你带它去吹吧。”秦鹿伸手抹一把脸，将额头露出来，“我还有点事。”

嘉嘉是个机灵的，听见这话，并未问什么事，而是坏笑着说了声好，进来把大狗从浴缸里拎出来，带出盥洗室，还体贴地顺手关上了门。

于是整个盥洗室里，瞬间只剩下秦鹿和林遥之两人。

被秦鹿盯着的林遥之，莫名想起了刚才那一幕，慌乱道：“我……我也出去看看……”

秦鹿却一把抓住她，温声道：“你出去做什么？”

林遥之说：“吹……吹狗啊……”

秦鹿微笑：“刚才只是摸了，不还没见到吗？”

林遥之从未见过这个样子的秦鹿，平日里的秦鹿都是不苟言笑，即便有表情也并不浓烈，可眼前的秦鹿却展现出了林遥之不曾见过的一面，甚至让林遥之生出一种口干舌燥的感觉。

“我……我……”平日调戏起人来丝毫不怯场的林遥之此时却有些退缩，她的心脏疯狂跳动，甚至自己都能听到那扑通扑通的声音。

秦鹿微微低头，用自己的额头抵住林遥之的，轻声慢语：“往下看。”

林遥之呆呆侧过脸朝秦鹿腰上看去，秦鹿此时已经掀起大半的T恤，露出劲瘦的腰肢，只见那腰上竟文着一片点缀着艳色花蕊的黑色荆棘，从凹陷的脊椎，到性感的腰窝，最后渐渐隐没。

林遥之见过不少文身，却从未见过这么漂亮的，这文身好似是为秦鹿专人定制的，完美地贴合他的身材，性感的同时，又散发着危险的味道。

林遥之条件反射地伸出手，轻轻触碰一下那文身，感受到秦鹿灼热的体温后，又受惊般将手指收了回来。

“好看吗？”秦鹿问她。

林遥之道：“好……好看。”林遥之艰难回答，不知是不是因为房间太小，她生出一种缺氧的窒息感，眼前的男人额前垂下一缕湿润的发梢，黑色的眸子里仿佛燃着暗色的火焰，就这么凝视着面前的姑娘，他薄唇轻启，道：“你摸了我的腰，就是我的人了。”

林遥之咬着下唇，眼神湿漉漉的，像是被欺负了的小兔子，她轻轻“嗯”了声，小声地念着男人的名字：“秦鹿……”

秦鹿轻声道：“林遥之。”

林遥之道：“嗯？”

秦鹿用手捧住她的脸，声音又低又沉：“我一直想告诉你。”

林遥之茫然地看着秦鹿。

男人又笑了，只是这笑容中多了几分促狭的味道，他慢条斯理，像是野兽面对自己期待已久的美食：“你看起来好甜。”

林遥之还未反应过来，一个吻便落到了她的唇上，秦鹿的吻很温柔，带着试探的味道，似乎只要林遥之表现出任何不适，他便会停止。林遥之此时兴奋地差点昏过去，秦鹿的嘴唇和他火热的肌肤不同，是冰凉的，柔软的，如同一颗甜美的软糖，林遥之心如鼓擂，悄悄地踮起脚尖，闭上眼睛。

这一吻没有持续太久，便被激烈的敲门声破坏，林遥之茫然睁眼，看见秦鹿面色不善地转身，开了盥洗室的门。

一条吹得半干的大狗直接扑到秦鹿身上，后面还伴随着嘉嘉惊怒的叫声：“锅巴，破坏人姻缘是要被做成狗肉汤锅的！”

大狗哪里会听，哼哧哼哧地吐着舌头，尾巴摇得跟电风扇似的，绕着秦鹿的两条腿直转圈圈，一副我超级喜欢你的模样，让人根本不忍心责备它。

秦鹿面无表情地半蹲下来，伸手揪住锅巴的一只耳朵：“别装了，你以为我不知道你在想什么？”

锅巴眨巴着眼睛，不吐舌头了。

秦鹿冷笑：“为了报复我给你洗澡是吧？”

锅巴还是一脸不知道你在说什么的样子。

秦鹿：“过两天我还来。”

这话一出，锅巴转身就跑，速度如同一阵风，撵都撵不上，林遥之看得目瞪口呆。

秦鹿一脸的无奈，似乎早就料到锅巴的动作，倒是林遥之完全没想到一条狗还能这么机智。刚才暧昧的气氛已经完全消散，秦鹿也没有继续，而是领着呆头呆脑的林遥之离开盥洗间，让她在外面坐下喘口气。

没一会儿，逃跑失败的锅巴被秦鹿拎回来，揪住皮毛狠狠吹了一通风，屋子里到处弥漫着独属于狗类毛发的味道。林遥之坐在椅子上，还没从刚才的画面中回过神来，直到那个叫嘉嘉的男生凑过来，笑着问小姐姐你傻笑什么。

“我有在傻笑吗？”林遥之恍然惊觉，“没有吧，我不是在沉思吗？”

嘉嘉说：“沉思？这沉思的表情有点奇怪啊。”他说着，把手机递给林遥之，手机屏幕上的林遥之笑得那般憨厚。

林遥之看完后赶紧收敛自己那傻乎乎的笑容。

嘉嘉道：“你是秦哥女朋友吗？”

林遥之一听这话，立马自豪地挺起胸膛：“刚才不是，现在是了！”

嘉嘉道：“哦，恭喜恭喜。”

两人对话的时候，秦鹿还在和锅巴搏斗，要是普通人，估计真拿七八十斤的锅巴没什么办法，但秦鹿好歹是练过的，所以锅巴在他手里只能惨遭镇压，最后耷拉着耳朵趴在桌子上被吹风机继续虐待。

嘉嘉道：“我叫王嘉，是王啸的弟弟。”

“我叫林遥之。”林遥之笑得眼睛都要看不见了，“是秦鹿的女朋友。”

王嘉感叹道：“没想到秦哥喜欢的是你这样的类型。”

林遥之道：“为什么没想到？”

王嘉道：“唉，他糙，你这么小只，又这么可爱，柔柔弱弱的，和他谈恋爱岂不是会被欺负？”

林遥之道：“秦鹿不是那种欺负女生的人吧？”

王嘉坏笑：“我不是说那种欺负……”

林遥之一头雾水，反应了一会儿，才知道王嘉这个坏东西在说什么，他用那么漂亮的一张脸讲笑话还真是一点违和感都没有。

林遥之笑起来：“那可不一定谁欺负谁呢。”

王嘉“哎”了一声，没想到林遥之居然没有害羞，从外表上来看，林遥之应该是个可爱的乖乖女，听到他说这些不应该露出不好意思的表情吗？

林遥之又问：“小弟弟，你几岁了呀？”

王嘉：“我十八。”

林遥之道：“哟，没看出来。”她用老人般慈祥的目光凝视着王嘉，直到王嘉身上起了一层鸡皮疙瘩，才说，“我还以为你今年十六呢。”

王嘉本来坐在林遥之旁边，听见这话后，默默站了起来，他感觉林遥之好像并没有他想象中的那么软，至少不是个十分标准的萌妹。

“你练拳吗？”林遥之不肯放过人家小朋友。

王嘉道：“练。”

林遥之道：“加油哦，再过几年，就能赶上我了。”

王嘉语塞，他本能觉得林遥之是在开玩笑，但身旁的秦鹿一点也没有笑的意思，还不客气地来了句：“他不是练拳的料子。”

林遥之：“哎，不要对小孩子揠苗助长嘛，我看嘉嘉骨骼清奇，是个练拳的好苗子。”

王嘉不服气地嘟囔：“我就算再弱也比你强吧。”

林遥之道：“是吗？”

王嘉道：“那当然。”他自信满满。

林遥之道：“那这样吧。”她对王嘉勾了勾手指，“我们来握个手，先喊出声的人就算输了。”

王嘉不屑地哼了声：“秦哥，你不管管你女朋友？”他现在对林遥之的印象很差，觉得这姑娘是恃弱行凶，仗着自己是秦鹿的女朋友就出言挑衅。

秦鹿看了林遥之一眼，果然发话了，他说：“你轻点，别把他骨头捏断了。”

王嘉还以为这话是对自己说的，刚想应声，旁边坐着的小姑娘就乖巧地点点头：“那肯定，我又不是那种粗鲁的野蛮人。”

第三十五章

真的饱了

林遥之看了看王嘉，大致评估了下他的战斗力，随后笑眯眯地对王嘉伸出手。王嘉却将秦鹿的那一句话当成是对自己的挑衅，冷哼一声后，重重地握住林遥之。

林遥之的手不大，和她的人一样小小一只，能被王嘉的手轻轻松松完全握住。就这么一双手的主人，还能把自己捏骨折？王嘉一边在心里轻蔑地冷笑，一边开始用力，想要给高傲的林遥之一个下马威。

林遥之神情温柔地看着王嘉，就像在看着自己不懂事的儿子，她说：“嘉嘉，别怪姐姐啊。”

王嘉一脸的不明所以。

下一刻，宠物店里便响起王嘉凄厉的惨叫声，如魔音贯耳，穿透墙壁直接传到二楼，引得二楼的小狗崽们跟着他一起叫了起来。

“啊！”王嘉感觉自己的骨头快断了，他的手好像被一把铁钳死死卡住，根本动弹不得，偏偏那钳子还在不断用力，痛得好像下一刻骨头就会碎裂一般。

“姐，我错了，我错了。”王嘉真是痛到眼泪都要下来了，哭丧着脸连忙认输，“别捏了，别捏了。”

林遥之微笑着松了手，王嘉那双白皙的手已经红了一片，不住地发抖，他哭丧着脸道：“都断了吧……”

“没断呢。”林遥之道，“我有分寸的。”

王嘉登时哭笑不得：“姐，你力气怎么那么大啊？”如果说之前称呼林遥之为姐，只是看在秦鹿的面子上，那么此时他这一声姐绝对是真情实意，发自肺腑。

“还好吧。”林遥之道，“不是我力气大，只是你身子骨太弱了。”

林遥之很不要脸地掐了人家脸一下：“看看这水灵的小脸蛋，以后还得多练练啊。”

王嘉被林遥之掐得欲哭无泪，他长这么大，还没被人这么欺负过。

秦鹿就在旁边看戏，一点要插手的意思都没有，直到林遥之掐了王嘉的脸颊，他才慢慢从旁边摸出一条毛巾，把林遥之的手握在毛巾里擦拭一遍。

王嘉见到秦鹿的动作就不乐意了：“秦哥，你什么意思，嫌弃我脏啊？”

秦鹿淡淡道：“不乐意自己女友和其他男人有接触。”他停顿片刻，似乎想到什么，补充了一句，“有些女人也不行。”

王嘉：“……”

林遥之乖乖地让秦鹿擦，心里甜滋滋的。

王嘉被捏得这会手还一阵阵发疼，又被迫吃了好大一口狗粮，整个人都蔫了，哭丧着脸说我要去找我哥告状，然后转身就上楼去了。

林遥之看了看秦鹿，秦鹿无所谓道：“让他告，告了再被他哥揍一顿。”

果不其然，没过多久，王嘉的惨叫声再次回荡在宠物店里，也不知道被他哥怎么修理了，再下来时脸颊上居然挂着两行清泪。

“怎么哭了啊？”林遥之捅了捅秦鹿的腰小声问。

秦鹿道：“疼的吧。”

林遥之这才注意到王嘉走路变得一瘸一拐，这画面太过熟悉，林遥之立马想起当时给自己拉筋的秦鹿，默默打了个寒战。

在这儿闹了一下午便到了晚饭时间，林遥之本来以为他们会出去吃，可谁知楼上的王啸竟然穿上了围裙，还问林遥之想吃什么。

不得不说，这么个一米九几的大汉穿着围裙居然有点反差萌，林遥之说自己完全不挑食，给什么吃什么。

“不错。”王啸给出一个简单的评价，“好养活。”

林遥之闻言忍不住笑起来，觉得这个王啸似乎并不像录像带里表现得那么冷酷。不过只要是看过他打拳录像的人，恐怕都没办法把他当作什么善男信女来对待，毕竟印象实在是太深刻了。

晚饭十分丰盛，分量也很足。

林遥之毕竟和他们是第一次见面，所以心里还是有点矜持，吃了一小碗饭就说自己饱了，放下了筷子。

“就不吃了？”王嘉已经盛了第二碗满满当当的米饭，对于林遥之说自己饱了这事，他显然抱以怀疑的态度，“你真饱了？”

“饱啦。”林遥之微笑，“我的饭量不大呢。”

王嘉狐疑道：“这和你的力气不成正比啊？”

林遥之直接拍了他肩膀一巴掌，温柔道：“讨厌啦，人家的力气又不大，你不准这么说。”

王嘉觉得自己差点被林遥之这一巴掌直接拍飞出去，他硬生生咽下喉咙里泛起的甜腥味，决定自己还是少说几句吧。

秦鹿看了林遥之一眼，倒是没有说什么，毕竟林遥之之前和他吃饭，为了维持形象都只吃了个半饱，只是今天特别夸张而已。

王啸话不多，一直安静地吃着饭，秦鹿偶尔和王嘉聊两句，饭桌上的气氛倒是十分和谐。

吃完饭后，秦鹿开车送林遥之回家，一路上两人聊了些关于王啸的事，秦鹿很平静地说王啸是自己非常重要的朋友，所以这次才带林遥之过来看看，以后估计还会有不少见面的机会。

林遥之却有种自己在见家长的既视感，问道：“你们认识多久啦？”

“十几年了吧。”秦鹿说，“上体校那会就是同学了。”

他说，林遥之便在旁边听着。

原来秦鹿和王啸的缘分，还得从他们在学校时说起，在体校时，两人是同一个班上的，都说一山不容二虎，秦鹿和王啸其实也不太对付，两人针尖对麦芒很多年。直到某一次，秦鹿不小心惹到了社会上的人，被人堵在小巷子里，然后正巧被王啸看到了。

王啸帮了秦鹿忙，两人一笑泯恩仇，虽然在人前依旧不太互相搭理对方，但彼此之间的的确确多了许多欣赏。

林遥之听得十分感动，说早知道我就先找帮人把你堵在巷子里之后再英雄救美了。

秦鹿摸了摸林遥之的脑袋："没事，你这不是把我从石谷秋手里救下来了吗？"

一提到石谷秋，林遥之就垮了表情，哭兮兮地和秦鹿埋怨说她真的太变态了，自己真是拿她一点办法都没有。

秦鹿也跟着叹息。

秦鹿把林遥之送到家门口，两人就此分别，只是临走前，秦鹿问林遥之饿了没有，大约是觉得她晚上吃得太少。

"没有饿。"肚子早就空空如也的林遥之不肯承认，"人家饭量可小了。"

秦鹿道："真没饿？"

"没有。"林遥之十分坚决。

"好吧。"秦鹿道，"那早点睡，我回去了。"

林遥之"嗯"了声，然后屁颠屁颠地跑到阳台上，看着秦鹿的车开出小区，才转身扑进厨房，翻箱倒柜什么都没找出来，气得喝了几口热水，然后摸出手机打了个外卖电话，点了一大堆高热量的烧烤才心满意足地在沙发上瘫着了。

"饿死我了。"林遥之嘟囔着，"这才刚确定关系，可不能把他吓跑了。"

她力气大，饭量也比正常的女人大，就那么一丢丢……秦鹿想必不会太在意的吧？

等外卖的时光如此难熬，林遥之在沙发上滚来滚去，时不时看看手机上的订单到了哪里。

等到外卖小哥离她的距离还有五十米时，林遥之已经站在家门口摩拳擦掌了。

"叮咚。"期待许久的门铃声如久旱甘霖般出现，林遥之幸福地冲到门口，开开心心地打开门，看见了站在门外的外卖小哥，和外卖小哥身后的秦鹿。

气氛渐渐尴尬。

外卖小哥并不知道发生了什么，只是茫然地把自己手里那一大包烧烤递给林遥之："小姐，您的外卖到了。"

林遥之接也不是，不接也不是，最后还是秦鹿接了过来，让外卖小哥先走了。秦鹿拿着一堆烧烤，表情怪怪的，像是想笑，但又怕林遥之恼羞成怒，只能忍住。

林遥之和他大眼对小眼，最后长叹一声，悲伤地说："我要说是给我哥买的你信吗？"

秦鹿："你哥在家？"

林遥之："马上就回来！"

秦鹿慢慢道："那烧烤会凉的。"

这一大袋子的烧烤，已经在散发着诱人的香味，林遥之闻得直咽口水，但还是死鸭子嘴硬："没事，我哥就喜欢吃凉的。"话音刚落，她饿了好久的肚子很不给面子地发出一声咕噜声，像是在埋怨林遥之虐待自己。

秦鹿终于没忍住，哈哈大笑起来，浑身抖如筛糠，勉强扶住门框才没有弯下腰。

林遥之被笑得悲愤欲绝："不准笑！"

秦鹿："哈哈哈哈哈，你……你怎么那么可爱啊？"

林遥之的脸涨红一片，又羞又恼，实在不知道说什么，干脆冲上去对着秦鹿那看起来口感很好的下巴来了一口，秦鹿伸手抱住她，没有挣扎，用脸颊蹭了蹭林遥之的发梢，笑着说："想吃就吃嘛，我又不嫌弃你。"

林遥之委屈道："可是你笑我……"

秦鹿道："好好好，我不笑了。"他虽然说着不笑了，但眼睛依旧弯起好看的弧度，像天空中挂着的月牙。

林遥之哼了声，一把将烧烤抢过来，顺手想要关上门，看起来如同一只想要躲起来的小仓鼠，只是小仓鼠的门才关了一半，又支了个脑袋出来，瞅着外面那个还在笑的坏东西："那……你要不要来两串啊？"

秦鹿道："好啊。"

"就两串啊。"小仓鼠斤斤计较。

“嗯，就两串。”秦鹿一本正经，“我吃太多的话，怕你吃不饱又点其他的。”

秦鹿，你变坏了。

第三十六章

舌头好痛痛

烧烤是世界上最美好的夜宵，没有之一，林遥之啃着牛肉串时，满含热泪地想。这家店的牛肉遵循烧烤的一贯风格，多盐多油多辣，味道极重，鲜嫩的牛肉在炭火上滚一圈，滋滋地冒着热气，散发着让人欲罢不能的香气。

这样的烧烤，显然是非常不健康的，特别是在晚上吃。

然而人类的身体就好像要和人类作对，对这些不健康的食物充满了眷恋，连闻闻气味，也会让人觉得幸福得不得了。

林遥之啃着牛肉串，两只脸颊鼓鼓的，当真像一只正在储藏食物的小仓鼠，那一双黑眸盯着面前最后剩下的烤鸡翅，炯炯有神，看得旁边的秦鹿一阵好笑。

他伸手将鸡翅拿起来，作势要吃，面前的小仓鼠眼神里便流露出遗憾和失望，还有一丝丝欲言又止。

“这鸡翅看起来很好吃啊。”秦鹿逗她。

林遥之艰难地把嘴里的牛肉咽下去，硬是噎出一汪泪水，却挣扎着不肯放弃，道：“是……是啊……他家牛肉和鸡翅膀都可好吃了。”说完还咽了咽口水。

“那我吃了？”秦鹿说。

“你吃吧。”林遥之的眼珠都要粘在秦鹿手里的鸡翅膀上了，但还是强迫自己做出一副不在意的样子，豪爽地挥挥手，“我已经饱了。”

“真饱了？”秦鹿问。

林遥之撒谎：“饱了。”

秦鹿“哦”了声，便要把鸡翅往自己嘴里送，坐在他旁边的林遥之见状不自觉地微微张开了嘴，好像要随着秦鹿的动作也尝尝鸡翅是什么味道。秦鹿有些忍不住笑，肩膀微微抖动，手一伸，便把自己手上的鸡翅塞到林遥之的嘴里。

林遥之被塞蒙了，艰难地咀嚼着，好不容易把鸡翅啃了大半，才问："你不吃啊？"

秦鹿道："我饱了。"

"你骗我吧。"林遥之狐疑道，"你晚上也没吃多少啊？"说完还小声地嘟囔了一句，"比我吃得还少。"

秦鹿叹气："我又不用维持形象回去点外卖，自然也不用和你客气。"

林遥之想起刚才那一幕，登时有些不好意思，脸略微红了红。

"吃吧。"秦鹿道，"我真不饿。"

林遥之这才安心啃起鸡翅，可能因为独占鸡翅太过高兴，她没啃两口就嗷地惨叫一声，眼泪刷地就下来了。

秦鹿被她吓了一跳："怎么了？"

林遥之伸着舌头，含糊道："咬着舌头了……"

秦鹿连忙捧起她的下巴，仔细看了看，才发现林遥之真是个小憨憨，这一口下去直接在舌头上咬出了牙印，这会正滋滋地往外冒着鲜血，看着都让人觉得疼。

"快去拿凉水冲一下。"秦鹿忙道。

林遥之泪眼婆娑，赶紧去厨房拿了凉水，漱了漱口，秦鹿又检查了一下，蹙着眉头："看起来挺严重的，不然咱去医院吧？"

林遥之连忙摇头，因为吃东西把自己舌头咬破，这也太丢脸了。

"去挂个急诊。"秦鹿道，"看着那么疼。"

林遥之继续摇头，艰难地说："呜唔腾（我不疼）。"

秦鹿心想你说话我都听不懂了。

见林遥之态度坚决，他只能叹口气，去翻了翻林遥之家里的常用药箱，从里面翻出还未开封的口腔喷雾，给林遥之大致处理了一下伤口，叮嘱她如果伤口继续出血，一定要去医院，不能耽搁。

林遥之嘴上说好，心里却没把秦鹿的话当回事。

天色有点晚了，林遥之毕竟是个姑娘，秦鹿也不好在她家继续守着，同她告别后便离开了。不过在下楼的时候，秦鹿却看到了一张熟悉的面孔，正是之前见过的林遥之的哥哥林霂之。

林霂之刚上完节目回来，本来满脸倦色，结果看到从电梯里下来的秦鹿后瞬间清醒了，两人四目相对，沉默了好一会，秦鹿才率先打招呼："你好。"

"你好。"林霂之看了眼秦鹿，又看了眼自己手腕上的表，确定此时时间已经接近十二点，"回去了？"

秦鹿道："嗯。"

林霂之道："遥遥在家里？"

秦鹿回应："嗯。"

林霂之道："一路顺风。"明明是一句祝福的话，被林霂之硬是说出了咬牙切齿的味道。秦鹿淡然一笑，并不介意，他要是有个这么可爱的妹妹被别的男人据为己有，估计态度会比林霂之还差，于是道："遥遥刚刚不小心咬到了舌头，我让她去医院她不肯，麻烦您多注意点。"

林霂之道："我会的。"

秦鹿微微颔首，这才走了。

林霂之盯着秦鹿的背影暗暗磨牙，随后又想起什么，整个人如同泄了气的皮球，唉声叹气地进了电梯。

林遥之趴在沙发上，听见开门声知道是自己哥哥回来了，她舌头疼，便没有主动打招呼，直到林霂之坐在她身边，用让人毛骨悚然的幽怨目光凝视着自己。

"你干吗呀？"林遥之大着舌头艰难发问。

林霂之说："遥遥长大了，都不理哥哥了。"

林遥之吐出舌头，指了指自己上面的伤口："我疼着呢。"

林霂之道："我没让你说话啊，你连看都不看我一眼，真是只见新人笑不见旧人哭。"说着还假兮兮擦了擦眼角。

林遥之用看弱智的眼神看着自己哥哥，心里是真想把林霂之这模样拍下来给他粉丝看看，让粉丝看清楚传说中的高冷男神到底是个什么尿性。

林霂之道：“你怎么把舌头咬成这样的？”

林遥之解释道：“烧烤……”

林霂之：“你这是多久没吃肉了？对了，你和秦鹿发展到什么程度了？”

林霂之不问还好，一问林遥之就从沙发上跳了起来，高兴地挺起胸膛，如同一只斗胜的骄傲小公鸡：“拿下了！”

林霂之：“啊？”

“没错，从今天开始，秦鹿就是林遥之的男朋友了！”林遥之昂首挺胸，宣布自己的战果，“敢再有小妖精觊觎秦鹿，我见一个揍一个！”

林霂之狐疑道：“你怎么拿下的？秦鹿自愿的？”不会是拿那些照片威胁他的吧？当然，最后这句话，林霂之没敢说出口，毕竟自己还得给妹妹留点面子。

林遥之道：“那当然，我长得这么可爱，性格温和，重点是身材还好，有哪个男人能逃脱我的魔掌？”说着还十分酷炫狂霸跩地做了个捏拳的手势。

林霂之无情道：“重点错了吧？”

林遥之尖叫：“闭嘴，你不准说话！”

林霂之无奈叹息，说：“遥遥啊，虽然哥哥宠着你，但是咱们家也是三代良民，违法乱纪的事可不能做，秦鹿那小子就算长得再好看，能比哥哥我好看吗？”

林遥之鄙夷道：“看了你二十多年早看腻了。不和你扯了，我要去睡觉了。”

她吐着舌头，像只哈巴狗似的回了卧室，留下林霂之一个人坐在客厅里唉声叹气，一边心痛自己妹妹这棵好白菜被别的猪拱了，一边又担心其实自己妹妹才是那头猪。

林遥之懒得去管林霂之的伤春悲秋，躺在床上拿手机疯狂给闺密发短信，高调宣布自己终于追到了美丽的小鹿斑比。

陆筱对此表示十分惊讶：“你真追到啦？”

“那当然啦！”林遥之哼哼，“可是秦鹿先和我表的白呢。”

“在哪儿表白的？”陆筱问。

“盥洗室。”林遥之回答。

陆筱送了林遥之一串省略号。

林遥之不甘心道:“就算是盥洗室，也丝毫不损秦鹿的美貌，我还看到秦鹿腰上的文身呢，可漂亮了！”

陆筱道:“什么样的呀？”

“不告诉你。”林遥之嘿嘿一笑，事关秦鹿隐私，她自然不可能和其他人说，况且这就好像她一人才能拥有的宝藏，恨不得藏到心底里，怎么会同他人分享?

于是，伸着舌头快乐发短信的林遥之带着幸福的笑容陷入深眠。

第二天，林霖之在睡梦中被自己妹妹的哭声唤醒，他茫然地睁开眼，蒙眬看到一张肿成猪头的脸，被吓得一个激灵，脏话脱口而出。

“呜呜呜呜呜……”猪头哭得更伤心了。

林霖之瞪圆眼睛，好一会才反应过来眼前这个脸变了形的姑娘是自己妹妹，惊恐道:“遥遥，你怎么啦？”

“呜呜呜呜呜。”林遥之痛哭失声，她早晨一起来发现自己舌头肿得特别厉害，连带着旁边的牙龈也开始疼了，右侧的脸颊好似发了一整夜的白馒头，肿得不像样子。

林霖之哭笑不得，连忙起身换衣服说带她去医院看看，林遥之坐在旁边悲伤地垂泪，心里想着自己这丑样子一定不能被秦鹿看到。

刚想着，秦鹿的电话就过来了，林遥之连忙把手机递给林霖之，示意他给自己打掩护，敷衍一下秦鹿。

林霖之接过电话，第一句话就是:“喂，秦鹿，我妹妹毁容了你还稀罕她吗？”

秦鹿道:“严不严重？”

林霖之看了眼林遥之:“反正我第一眼看的时候没认出她的样子来。”

林遥之被林霖之逗得号啕大哭，冲上去就给自己哥哥来了一拳，这一拳下去，林霖之觉得自己差点被打死，这才想起林遥之只是脸肿了，那打人的拳头可是好好的。

第三十七章

住院啦

一个小时后，两个戴着口罩和墨镜的年轻人，神情鬼祟地到了附近医院的急诊室。

医生年龄挺大，头都没抬就让两人把口罩先摘下来，林遥之眼泪汪汪地扯下口罩，露出自己肿得几乎无法说话的脸。

“怎么弄的啊？”医生看见林遥之变形的脸，也惊了惊。

林遥之张嘴，指了指自己口腔里肿得一塌糊涂的舌头，然后恨恨地拧一把林霂之手臂上的软肉，林霂之被拧得龇牙咧嘴，只能颤声解释道：“她昨天晚上吃烧烤的时候不小心咬到舌头，今天早上一起来舌头就肿了……”

林遥之垂泪点头。

医生让林遥之张嘴，简单检查一下她的伤口，皱眉道：“你伤得这么重怎么不来医院？看起来像是感染了，我给你开个单子，你们先去口腔科做个检查吧。”

林遥之含糊应了声。

医生见两人还不走，便疑惑地问：“还有什么事吗？”

林霂之悲痛地取下口罩，道：“医生，我被打了能不能开点药给我消肿啊？”

医生一看，才发现林霂之脸颊也肿了一块，只是这明显是外伤，和林遥之肿得不太一样，他“哟”了声：“这是被谁打了吗？”

林霂之在林遥之幽怨的目光凝视下，只得硬着头皮表示否定，说自己只是不小心撞到家里的柜子。

见过世面的医生怎么会相信林霂之的鬼话，给林霂之开了点消炎去肿的药，语重心长地劝慰年轻人不要玩得太过头。

林霖之有口难言，只能乖乖听训。

两人又去了口腔科，做了比较全面的检查，最后确定林遥之是伤口感染，连带着旁边的智齿一起发炎，两者相加，这才导致林遥之此时脸肿得像猪头一样。

医生开了点滴和内服的药，让林遥之舌头好了后赶紧来医院拍个片早点把发炎的智齿也处理了，不然会影响到其他的牙齿。

林遥之一听拔牙就直哆嗦，她平时很少生病，所以最害怕的就是打针吃药，更不用说拔牙这种恐怖的事。

“能不能不拔啊？”林遥之还想挣扎。

医生面无表情地说：“你这牙长得这么歪，不用拍片就知道肯定得拔，早点拔少受罪。”

林遥之蔫了，趴在床铺上悲伤地打着点滴。

林霖之在旁边守着，没敢再开自己妹妹的玩笑，今天早上林遥之那一拳差点没把他的走马灯给捶出来。

林遥之恹恹地玩着手机，发现自从早晨接了林霖之的电话后，秦鹿就消失了，也没有关心她一下，难道是秦鹿发现自己变成猪头，就这么跑路了？林遥之从手机屏幕里瞅了瞅自己那张变形的脸，悲伤地想，跑路也挺好，至少不用看见她这张恐怖的脸。

就在林遥之这么想着的时候，门外出现了一个熟悉的身影，正是林遥之想见又不敢见的秦鹿，他手里提着饭盒，显然是专程过来送午饭的。

林遥之被吓了一大跳，跟只鸵鸟似的把脸埋在枕头里，林霖之显然给秦鹿提供了不少信息，笑得灿烂无比：“秦鹿，你来啦。”

秦鹿走进来，看了看坐在床边的林霖之，又看了看撅着屁股把自己缩成一团的林遥之，略微疑惑：“你脸怎么也肿了，传染？”

林霖之差点被呛到，讪讪道：“这……不是不小心撞了柜子吗？”

秦鹿瞬间秒懂，觉得这对兄妹可真有意思。

林遥之听见秦鹿的声音，死活不肯把脸露出来。

“你去忙你的事吧。”秦鹿看了看时间,“这里我守着就行了。”

林霂之道:“不用……”

秦鹿道:“我怕你被粉丝认出来,到时候会更麻烦。”

林霂之语塞,其实刚才带林遥之去查血的时候,就差点被认出来,好在林遥之及时取下口罩,用那张肿脸帮他吸引了注意力,才没有暴露。

可林霂之还是不太放心放着自家的小公主和秦鹿独处,虽然他理智上知道自己妹妹总有一天是要嫁人的,但是感情上还是觉得把自己妹妹骗走的男人都是王八蛋。所以一时间并未应声。

“她这模样我也不会做什么。”秦鹿倒是很明白林霂之所想。

林霂之觉得这话挺有道理,于是站了起来。

林遥之都被这两个混蛋气笑了,什么叫自己这模样不会做什么,还有林霂之你怎么就站起来了,能不能给你妹妹争点气,她一把想要抓住企图逃跑的哥哥,手却被秦鹿拦了下来,紧紧地握住:“不要乱动,还打着点滴呢。”

林遥之垂泪。

林霂之说妹妹啊,哥哥先去找点午饭吃,吃完再过来接你,这会就让秦鹿守着你,让他多看看你现在的样子。万一看着看着就不喜欢了呢——后面一句林霂之没敢说出口,怕挨揍。

林霂之在林遥之幽怨的目光中溜走了,留下林遥之和秦鹿大眼瞪小眼。

看着像小孩子似的闹脾气的林遥之,秦鹿温声道:“让我看看。”

林遥之不肯动。

秦鹿道:“看了也喜欢你。”

林遥之沉默片刻,艰难地憋出三个字:“太丑了。”

秦鹿道:“难道你觉得我是因为你漂亮才当你男朋友的?”

林遥之理直气壮地反问:“那不然呢?”

秦鹿沉默。

林遥之狐疑道:“你不说话什么意思啊?”不知道是不是因为太过生气,本来肿得不行的舌头此时居然完整清晰地说出了一句话,“难道不是因为被我迷人的美貌和性感的身材所诱惑？”

秦鹿冷静地抬了抬手里的饭盒：“咱们吃午饭吧，我给你熬了粥，还做了小菜。”

林遥之：“哎，你别转移话题啊。”

秦鹿道：“再不吃凉了。”

林遥之又开始扯着嗓子干号，说：“你为什么要昧着良心不肯承认这件事？就因为现在的我不漂亮了吗？”

秦鹿看了看林遥之，说：“肿得还真挺厉害。”肿得几乎快要看不出林遥之原本的模样了，只有那双依旧亮晶晶的黑色眼睛还能看出林遥之的风采。

“不准看我。”林遥之嘟囔道，“不准看……”

秦鹿哄孩子似的：“好，好，我不看，你乖乖吃饭。”

“吃不下。”林遥之撒娇，“舌头痛。”她又开始不要脸地耍赖，“需要秦鹿亲亲才能好！”

她本来只是在开玩笑，谁知秦鹿听完这话，竟十分自然地伸手捧住她的脸，迅速靠近，将一个轻柔的吻落在她的唇角。林遥之在调戏人方面，向来是个言语的巨人，行动的矮子，嘴上扯还行，被秦鹿这么一亲整张脸瞬间涨得通红，立马想要重新把自己藏进被子里。

秦鹿没有放手，林遥之平日习惯了自己向来都是占上风的力气，此时却被秦鹿抓得死死的，完全动弹不得，被迫和秦鹿鼻尖相触，感受着秦鹿近在咫尺的气息。

“剩下的好了再说吧。”秦鹿忽然开口。

林遥之：“啊？剩下的？”

秦鹿似笑非笑。

林遥之这才反应过来他在说什么，脸更红了，只能不自然地转移话题说自己饿了想要喝粥。秦鹿没有继续为难她，把饭盒递给林遥之。

林遥之接过来，开始慢慢吃东西，秦鹿就在旁边守着她。

粥和小菜都很清淡，很适合林遥之受伤的嘴巴，林遥之咕咚咕咚地喝了个精光，还小小地打了个嗝，说自己饱了。

秦鹿见林遥之挺有食欲的，才放下了心。

吃完饭没过多久，林遥之的闺密陆筱来医院看望她，不过陆筱显然没安好心，来的时候手里提着一大桶炸鸡，就这么坐在林遥之床边，边啃边慰问自己的闺密。

林遥之嗅着炸鸡的香气，气得直瞪眼。

“你别生气嘛，我是真的没吃午饭就赶过来看你了，秦鹿，来一块不？”陆筱问。

秦鹿拒绝了。

“你到底怎么弄的啊？都这么大人了，你哥饿着你了还是怎么着？”陆筱的嘴里发出炸鸡特有的清脆咔嚓声，“这一口下去都差点把你舌头咬断。”

林遥之指了指秦鹿，本来是想告诉陆筱，饿着自己的不是林霖之而是秦鹿，谁知道陆筱看见林遥之的动作，惊恐道：“啊？秦鹿咬的？你们这么重口味的？”

见两人表情奇怪，陆筱连忙又道：“不好意思，不好意思，我不是那个意思，就是想说年轻人虽然心中狂野，但也要注意分寸，别玩出人命来。”陆筱意识到当事人在场，连忙补救，“我都理解，毕竟这年头谈个恋爱也不容易。”

秦鹿张嘴欲解释，林遥之却嘤嘤地哭了起来，指着秦鹿说他是个坏东西，自己变成这样都怪他，因为这话，陆筱在旁边笑得越发微妙。

最后秦鹿也不解释了，淡定地伸手拿起全家桶里的鸡翅，咔哧咔哧地啃起来，把林遥之馋得直流口水，眼巴巴地问能不能让她尝一点。

闻言，秦鹿微笑地看着自己的戏精女友：“你都被我咬成这样了，我当然要对你负责，你这半个月就喝粥过吧。”

林遥之：“呜呜呜呜呜……我错了。”她就开个玩笑嘛。

秦鹿压根不理，又拿了个鸡腿啃上了。

林遥之看向陆筱，陆筱往后退了退，示意自己是打不过秦鹿的，让林遥之自求多福，林遥之只能眼巴巴地瞅着自己的男友和闺密把一桶炸鸡全消灭了，她连块碎屑都没尝到。

第三十八章

生活真是艰难

口腔受伤的林遥之被监督着喝了几天白粥。为了不让她到处乱吃东西，林霂之还特意放了个助理在家里，和秦鹿两点一线地盯着林遥之，就怕她嘴太馋忍不住。

白粥这东西，开始喝着还行，后面却越喝越馋，林遥之喝得快疯了，连带着林霂之都有点不敢在家里吃饭，因为每次他端着食物上桌，他妹妹就跟头狼似的，捧着自己的粥碗蹲在他旁边，眼睛放着绿光，问他好不好吃，到底是什么味。

“这不就是鱼香肉丝吗？”林霂之被林遥之盯得毛骨悚然，“你平时最不喜欢的菜……”

林遥之咽了口白粥，这会她的脸已经差不多消肿，但舌头上的伤口还在，为了防止前几天的惨剧再次发生，她只能含泪忌口。

“我又不吃。”林遥之幽幽地说道，“我就看看。”

林霂之：“你这么看我怎么吃得下去？”

林遥之怒道：“我是你妹妹，连看你吃个饭都不行吗？你还有没有良心?！”

林霂之无话可说，他还能怎么办？又打不过自己妹妹，只能屈辱地认了。

林遥之就这么站在旁边，看着林霂之吃完饭，才唉声叹气地回房收拾东西。林霂之问她要去哪儿，她说晚上俱乐部要聚餐，她想……

林霂之道：“你想什么？”

林遥之说：“想看着他们吃。”

林遥之收拾收拾，出门去了。

已经快半个月没有下雨，天气十分闷热，道旁树上聒噪的蝉鸣听起来格外声嘶力竭，林遥之觉得那只声音沙哑的蝉就如同什么也不能吃的自己。

到了俱乐部，她没去找秦鹿，随便寻了个角落坐下。

秦鹿在忙着上课，没有看到林遥之，倒是离林遥之比较近的季和玉发现这儿有只看起来蔫巴巴的小可怜。

本来对林遥之存有轻视之心的季和玉自从和林遥之打了一场，便对这个姑娘刮目相看，平日里林遥之都是活蹦乱跳的，这几天却垂着脑袋，好像一只被太阳晒干的小蘑菇。

“坐着干吗？”季和玉擦着脸上的汗水，走到她旁边递给她一瓶拧开的饮料，“不去找秦鹿？”

林遥之接过来，无精打采地喝一口：“不去。”

“闹矛盾了？”季和玉笑着问。

秦鹿和林遥之两人谈恋爱的事，并没有在俱乐部里高调宣布，但秦鹿也没有掩饰什么，所以有心人很容易看出一二，秦鹿不是那种随意和女生亲近的人，林遥之于他而言，显然是特别的。不，准确地说，林遥之本来就是个特别的女生。

“他背着我做坏事。”拿着饮料喝的林遥之声音微微颤抖，充满委屈悲伤，“我……我没有想到，他居然……”

“他做什么了？”季和玉来了兴趣。

“他……他和他的室友……”林遥之失声痛哭，“他们一间屋子里吃麻辣烫，吃完就一起睡了，连汤都没有给我剩！”

季和玉并不知道秦鹿的室友到底是个什么物种，所以听到林遥之的话，整个人呆滞片刻：“一起睡？”

林遥之纠正重点：“重点是吃麻辣烫！”

季和玉干咳一声，表情微妙，他觉得秦鹿不是那种花心的人，但看林遥之悲愤欲绝的模样，又有片刻迟疑，还未等他问出什么来，秦鹿就发现了坐在他身边假哭的林遥之，过来把她拎走了。

虽然不重，但好歹有九十几斤的林遥之被秦鹿轻轻松松地抱起来，像抱奶娃娃似的抱进怀里，临走时，秦鹿顺带给了季和玉一个暗藏警告的眼神。

季和玉被秦鹿这么一瞪，反倒笑了，他和秦鹿不对付是因为旧事，但他却非常了解秦鹿，在他身上见到这么浓的占有欲，倒是少有的事，看来这个林遥之，的确有点意思。

林遥之把下巴放在秦鹿硬硬的肩膀上，鼻子像狗似的在秦鹿颈项周围嗅来嗅去。

秦鹿蹙眉，微微偏头："你闻什么呢？"

林遥之呜呜号上了："你又骗我。"

秦鹿不明所以。

"你中午吃的什么？"林遥之道，"你不是说今天中午吃的难吃的食堂吗？"

秦鹿哑然。

林遥之恨恨地揭穿自己虚伪的恋人："你身上明明就有泡椒肉丝的味道！啊啊啊，你不爱我了，不爱我了！"

秦鹿哭笑不得，不知道林遥之这鼻子是怎么长的，硬是能闻出他每天吃了什么，火锅之类味道大的菜也就算了，偏偏泡椒肉丝这种东西都能闻出来，然后开始撒泼耍赖。

"是程冕带来的，我就尝了一口。"秦鹿抱着林遥之解释。

林遥之还是不信，恨恨地在秦鹿肩膀上咬了一口，只是咬完她就后悔了，秦鹿肩膀贼硬，和他软软的嘴唇完全是两个口感，一口下去，牙齿生疼。

秦鹿被咬，依旧面不改色，只是不轻不重地掐了一把她的脸颊，说周一就给林遥之做好吃的，前提是她这几天乖乖忌口。

林遥之不说话，赖在秦鹿怀里假装自己是个没有感情的木头人，心里的小算盘打得噼啪作响。

每个月俱乐部都会为了培养感情聚一次餐，今天就是这个特殊的日子。聚餐大部分都是吃一些味道比较重的食物，比如这次，林遥之就早早知道了他们的菜谱。

"你让他们吃小龙虾？"何森森作为俱乐部老板的女儿，自从和秦鹿分手，就很少再来俱乐部了，但关键时刻，还是很有用的，“你能吃？”

“我又不吃，我就看看。”林遥之舰着脸说，“是秦鹿想吃。”

何淼淼疑惑道：“秦鹿？”她记得秦鹿很少吃小龙虾，因为嫌弃太麻烦，不过这话她没敢问，毕竟现在林遥之在和秦鹿谈恋爱，身为秦鹿的前女友，她还是要避嫌的。

“嗯。”林遥之肯定道。

“那好吧，我和我爸说说，晚上就定小龙虾。”何淼淼只知道林遥之舌头伤了，并不知道伤得多严重，所以也没多想什么，“这季节小龙虾是挺肥美的。”

是啊，肥美的小龙虾，下午俱乐部下班，众人朝聚餐的地方走，林遥之像个小媳妇似的跟在秦鹿身边，尽量淡化自己的存在感。

秦鹿看了她一眼，没说什么，微微挑了挑眉头，表情似笑非笑。

八月的小龙虾，虾黄饱满，肉质肥美，在麻辣滚烫的汤汁里或爆炒或炖煮几小时，汁水便顺着破开的虾背浸没白嫩的虾肉，只要剥开鲜红的外皮，便能尝到美味的滋味。

林遥之特别爱吃小龙虾，一个人就能吃掉五六斤。

这家的小龙虾做得非常好，刚端上来，诱人的香味便弥漫整个包厢。

秦鹿特意给林遥之点了一碗清淡的粥，还配了点小菜，林遥之居然没有反对，而是乖乖拿起勺子，一副我就喝粥绝对不吃小龙虾的模样。

秦鹿戴上手套，状似无意地问道：“来一只吗？”

“不，我舌头疼呢。”林遥之忽闪着那双眼睛，满目无辜，“人家喝粥就行啦。”

秦鹿“哦”了声，放了只柔软的虾肉在自己嘴里，慢慢咀嚼。

林遥之喝了一半的粥，忽然起身道：“我去上个厕所。”

秦鹿看她一眼，点点头。

林遥之起身，慢慢走出包厢，还十分礼貌地带上包间的门，然后整理一下心情，转身就朝厨房旁边的位置蹿了过去。

平日里秦鹿和林霂之看得实在太紧，甚至还给她家楼下的保安打了招呼，让保安不准把她点的外卖放进来，林遥之清楚地知道，今天晚上是她唯一的机会了！

“老板，我之前提前预订的小龙虾呢？”她抓到老板，“就408包厢提前订的那份！”

老板莫名其妙：“已经烧好了，是现在送过去吗？”

“不不不。”林遥之道，“你给我端到那儿去，我在那里吃。”她指了指角落里的一张桌子。

老板还想说什么，林遥之赶紧打断他：“老板，别问为什么了，时间紧迫！”

老板哭笑不得，让服务员把林遥之提前订的小龙虾送到她说的位置，林遥之左看右看，确定附近没有可疑的人，才兴奋地戴上手套，正打算开吃，手机铃声却突然响起，一看，是秦鹿打来的。

“喂，比比啊，什么事？”林遥之只能接通电话。

秦鹿说：“你还在厕所？”

林遥之面不改色：“对啊，我有点拉肚子。”

秦鹿说：“没带纸吧？我给你送点过来。”

林遥之正想拒绝，谁知秦鹿把电话挂了，她一瞧这情况，也不敢继续吃，赶紧朝厕所跑。

这家店厕所没有分男女，都是一间间可以上锁的小隔间，林遥之刚随便找了个隔间躲进去，就听到外面传来秦鹿的脚步声。

“遥遥。”秦鹿慢条斯理地叫着林遥之的名字，“不严重吧？”

林遥之忙说：“不严重，不严重。”

秦鹿道：“开个门缝吧。”

林遥之眼中含泪，心想这恋爱真是谈得一点浪漫气氛都没有，才多久就开展厕所送纸业务了，人家不都说美少女从来不上厕所的嘛。心情悲伤的林遥之把隔间的锁拧开，手伸过去想赶紧拿了纸好继续出去吃小龙虾。谁知秦鹿瞧见她的手后，便陷入沉默，林遥之正想问怎么了，就听见秦鹿语调阴沉地问了句：“你上个厕所戴手套干吗？是怕待会在厕所抓东西吃弄脏了手？”

完蛋，她刚才跑得太急，吃小龙虾的手套忘记取了……

秦鹿:“你在厕所戴着手套干吗？”

林遥之哭道:“你不让我吃小龙虾，还不让我吃屎吗？”

秦鹿听着林遥之这个小憨憨说的话，又好气又好笑，伸手把门硬生生拉开，将她从里面揪了出来:“不让你吃小龙虾你就吃这个？”

林遥之破罐子破摔:“反正这个又不上火！”

秦鹿:“……”你是真狠啊。

第三十九章

一群金链子

最后，狠人林遥之还是被秦鹿从厕所里揪了出来，虽然被揪出来的全程她都气呼呼地鼓着脸颊，像只被惹生气的河豚。秦鹿把她拎回包厢，直到众人吃得差不多准备走了，林遥之都没有再离开的机会，就这么气鼓鼓地回了家。

秦鹿把林遥之送到家门口，林霂之开门就看见自己妹妹双手抱胸，扁着嘴一副要哭不哭的样子，惊奇道：“这是怎么了？怎么要哭了？秦鹿欺负你了？”

秦鹿道：“对，是我欺负她了。”

林霂之闻言眉头一挑正欲说话，秦鹿补充了剩下的话：“我不让她吃屎。”

林霂之愣了愣，看向自己妹妹，似乎是不太明白林遥之什么时候有了这个特殊的爱好。林遥之知道秦鹿是在逗自己，气得假哭起来，扯着嗓子，眼泪却一滴都没有掉：“我就爱吃，我就爱吃怎么了！你根本不爱我，根本就不关心我想吃什么。”

秦鹿对林霂之摊了摊手，一副你看不是我在欺负她的样子。

林霂之哭笑不得，同秦鹿说了声再见，把林遥之拎回屋子里：“遥遥，到底怎么回事？”

林遥之生气地把她和秦鹿在小龙虾店里发生的事情说给林霂之，还着重描述了一下自己戴着手套被秦鹿抓包在厕所里面的情形。林霂之开始还忍着，后来实在忍不住，哈哈大笑起来，笑得上气不接下气，眼泪直流。

林遥之恼羞成怒，上去就掐住自己哥哥的胳膊，怒吼：“你还笑，我都那样了。”

林霂之乐极生悲，被林遥之掐得哎哎直叫，忙求饶道：“妹啊，下手轻点，我肉都要被你掐下来了，你轻点！”

林遥之这才恨恨放手，不高兴道：“你们都是讨厌鬼！”然后生气地回了房间。

林霂之看着林遥之的背影直叹气，心想：“和秦鹿谈恋爱难道有降智光环吗？”他听说了何淼淼和秦鹿谈恋爱的时候，蒙秦鹿的眼睛和秦鹿玩猜猜我是谁的游戏，说实话，林霂之实在想不明白，何淼淼这么成熟的一个人，怎么会做出那样的事？

起初知道何淼淼是自己粉丝的时候，林霂之并无太多好感，因为他现实里见到的年轻女粉丝大多都会对他有些想法，而这些想法，却会成为两人交往过程中的绊脚石。但何淼淼没有，比如现在她就在网上兢兢业业地陪着自己刷竞技场，不怎么说话，也不会特别限制他和其他女生接触，是个十分省心的朋友。只不过林霂之不知道为什么，他对于何淼淼的这种态度，略微不喜，甚至有些小小的幽怨，这是很奇怪的情况，目前林霂之也没搞清楚自己到底是什么心态。

何淼淼看见他和其他姑娘在一起，难道就不会吃醋吗？林霂之困惑地思考着这个问题。

吃不到小龙虾的林遥之没有多余的心情关心自己老哥坎坷的情感之路，只是把自己丢在大床上，翻出美食视频，边看边难过，一想到自己戴着手套在厕所里被抓包的情形，她就要流出几滴悲伤的泪水。

第二天，秦鹿过来接她去俱乐部。

林遥之蔫巴巴地出了门，看起来已经彻底失去了生活的动力，秦鹿摸摸她的脑袋，把她拎上了车，然后再拎进俱乐部，不知道的人看了，估计会觉得林遥之是个大型的洋娃娃，不会动的那种。

吃过味道淡薄的午饭，林遥之本来以为今天会是和昨日一样无趣的一天，谁知下午的时候，俱乐部却来了一群人，那群人个个高大健壮，穿着一水的黑色T恤，手臂上还文着各式文身，一看就不像好人。为首的那人倒是最瘦弱的一个，戴着墨镜，脖子上挂着一条大金链子，简直是个典型的扫黄打非重点对象，出门都得被警察叔叔查三四次身份证的那种。

而最刺激的是这群人一进来，就说要找秦鹿。

前台姑娘被这些人吓得不轻，哆哆嗦嗦地说秦鹿刚好有事出去了，现在不在，问他们想要干什么。

为首的男人冷哼一声："出去了？怎么这么巧？不是知道我们要过来吧？"他嗤笑道，"他不在也行，你叫个和秦鹿关系最好的过来，我有话要带给秦鹿。"

林遥之本来坐在旁边凑热闹，结果男人这话一出，前台姑娘条件反射地朝她坐的位置看了一眼，毕竟俱乐部里和秦鹿关系最好的，还真是秦鹿的女朋友林遥之。

她这个举动被男人捕捉到，男人扭头，看见一个穿着长裙的漂亮女孩坐在角落里，瞪着黑亮的大眼睛看着他们，那双眼睛里似乎是惶惑还带着些恐惧，女孩微微咬着下唇，一副楚楚可怜的样子，让他都忍不住生出几分怜惜。

"那个女孩是秦鹿什么人？"男人重重地捶了一下前台的桌子粗声粗气地问。

前台姑娘被这人吓得都快哭出来了，她可不像林遥之那么能打，这要是一巴掌下来，估计能立马躺下，于是颤声回答男人的问题："是……是秦鹿的女朋友。"

"女朋友？秦鹿能找到这么漂亮的女朋友？她眼瞎啊？"

前台姑娘虚弱地笑了笑，没应声，心里想的却是秦鹿那么帅，什么样的女朋友找不到啊，要说不容易找朋友，怕是你比较不容易吧？

男人对身后的人道："你们在这里等着，我过去和她说，不要总是黑着脸，你看把人家小姑娘吓的。"他指了指脸色煞白、一副随时要晕过去的前台姑娘。

林遥之正缩在角落里当围观群众，就看见那领头的人朝这边看了几眼，然后朝自己走了过来。

她心中想着，这人不会是来踢馆的吧？便看见那人在自己面前停下脚步。

"小姑娘，你叫什么名字？"男人问。

林遥之眨巴着眼睛，捏着嗓子装可爱："大兄弟，妈妈说不能把名字告诉陌生人。"

"大兄弟？"男人的表情扭曲一下，"你叫我大帅哥就行。"

林遥之听完沉默两秒，自己选择了称呼："大哥。"

万幸的是他戴着墨镜，不然此时表情一定十分扭曲，他深吸一口气，告诉自己不要和小朋友计较，然后开口："你是秦鹿的女朋友对吧？"

林遥之乖巧地点点头。

男人说："你告诉秦鹿，两天后，晚上八点，金门角，陈哥找他，让他自己看着办。"

林遥之说好。

男人大约是觉得林遥之长得挺可爱，又补充了一句："你跟着他是没有前途的，还是早些另寻归宿吧。"

林遥之道："大哥我知道了，再见。"她挥挥手。

男人本来还想说点什么，结果林遥之如此积极地赶客，让他又把话咽了回去，转身悻悻离开。

他们走后，前台姑娘周围的空气总算是回来了，吓得直喘，说："这群人到底是来做什么的？"她还以为自己会被打呢。

林遥之冷静地拍拍她的肩膀，说："不要怕，你别看这些人这么健壮，其实身上的肌肉都是吃蛋白质练出来的，如果对上你，他们真得小心点。"

前台姑娘感动道："真的吗？他们对上我还得小心点？我也能打过他们？"

林遥之怜惜道："不，他们得小心点别把你打死了。"

林遥之逗完前台，终于神清气爽，一扫几日喝白粥的郁闷，背着手一摇一摆地进俱乐部里去了，觉得此时的自己仿佛是个武林宗师，却不知道这样走路的自己像是一只摇摇晃晃的白企鹅。

秦鹿办完事，直到下午快下班的时候才回来，他一回俱乐部，就觉得周围人看他的眼神不太对，正想着到底发生了什么，就被林遥之拉到角落说悄悄话。

"出什么事了？"秦鹿问。

"有一群穿着黑衣服的人来找你，为首的那个身长八尺，恶形恶状，一看就不是什么好东西。"林遥之比手画脚，"还让我叫他帅哥，门都没有，以为戴个墨镜我就不知道他丑了吗？"

秦鹿听着林遥之的话，感觉话题马上要跑飞，连忙抓住重点："找我做什么？"

“不知道啊。”林遥之道，“说什么五天后，晚上八点，金角门，陈哥找你……哎？是四天还是五天来着？”她停顿片刻，挠挠头，“我有点记混了。”

秦鹿显然知道这群人找他是做什么的，倒也没有什么表示，淡淡道：“不用想了，几天我都不会去的。”

“他们找你做什么呀？是不是想打你啊？”林遥之忧虑道，“现在是法治社会，实在不行咱们报个警。”

秦鹿闻言笑了笑，揉揉林遥之软软的脑袋：“不用，只是一些私事。”

林遥之还是有些担心，因为她注意到秦鹿说到这群人的时候，脸上一点温度都没有，只余下寒冬般的冷漠，自从和秦鹿谈恋爱，她已经很少在秦鹿脸上见到这样让人有些瑟缩的表情了。

“好吧，都听你的。”林遥之吸了吸鼻子，不放心地嘱咐恋人，“总之，无论什么时候，需要打架的话，记得带上我呀。”她挥挥拳头，“打架什么的，我可厉害了。”

“好。”秦鹿露出浅淡的笑容，“一定带上你。”

林遥之开心地咧嘴笑了。

第四十章

这是一对

过了两天，林遥之嘴上的伤口总算愈合了。喝了快一周白粥的她一听到辣椒、重口味之类的字眼，便开始眼冒绿光，兴奋得像头饿了一个冬天的狼。

“今天晚上咱们吃顿好的行不行啊？”林遥之可怜巴巴地瞅着秦鹿，“我看着白粥都想吐了。”

秦鹿道：“那你想吃什么？”

林遥之道：“外面太热了，咱们点个重口味的外卖来俱乐部吃吧。”她摩拳擦掌，“我知道有家麻辣烫可好吃了！”

秦鹿又检查了一下林遥之的伤口，确定她的舌头已经愈合，才同意她的提议。

终于可以吃顿好的了，林遥之兴奋地掏出手机，打开外卖软件，毫不客气地开始下单。

“牛肉我要，羊肉我也要，还要里脊……”林遥之盯着手机，不到片刻，购物车里已经装满了食材。

秦鹿也没拦着，他家小姑娘这几天是被憋得有点狠，现在终于好了，让她敞开吃一顿也未尝不可。

下单结束，林遥之坐在椅子上摇着腿，开心地等着自己的外卖，快乐得像头等待开饭的小猪崽。

此时已经到了晚上九点，俱乐部里大部分教练都快下班了，林遥之打算吃完外卖就和秦鹿一起回家。又等了大约半个小时，外卖小哥姗姗来迟，从自己的包里掏出一个巨大的塑料盒，小心地递给林遥之，还提醒她东西多，别洒了。

“嗯。”林遥之等这个外卖等得望眼欲穿，怎么可能会洒？她把外卖盒小心地提到俱乐部里，找了张桌子放下，摆好一次性碗筷，招呼着秦鹿快来吃。

秦鹿坐在林遥之对面，看着这一大碗麻辣烫，疑惑道：“你能吃完？”

“你不也要吃吗？”林遥之吸了吸口水，“你休息室里是不是有冰苏打水啊？”

“嗯。”秦鹿应声。

“那我去拿两瓶。”她不怎么喝碳酸饮料，但是苏打水还是可以喝的，秦鹿就看见他的女友欢快得像只小鹿，蹦蹦跶跶地朝休息室去了。

面前的麻辣烫散发着独属食物的浓郁香气，萦绕着整个房间，秦鹿不是特别喜欢吃这种重口味的食物，但陪着林遥之吃些，也没什么影响。他正这么想着，门外突然传来凌乱的脚步声，似乎有很多人在往这边走，秦鹿抬眸，毫不意外地看见一群穿着黑衣服的人进入他的视野，这群人显然刚从外面进来，浑身暑气，杀气腾腾。

为首那人一眼看到坐在麻辣烫面前拿着筷子面无表情的秦鹿，噌一下冲到秦鹿面前，咆哮道：“秦鹿，你居然不肯过来，连这个面子都不肯给我们了？”

秦鹿伸手盖住麻辣烫，冷静地说：“你别对着吃的说话，小心口水喷进去。”

那人表情一阵扭曲，指着秦鹿破口大骂，等他骂完一茬，秦鹿才慢条斯理道：“王文乐，我不会去的。”虽然林遥之记错了时间，但他本来就没打算去，所以有没有记错，倒也无关紧要。

王文乐的脸色一阵青一阵白，他道：“你为什么不来？”

秦鹿道：“我为什么要去？你怎么不去找王啸？”

王文乐道：“他那个脾气我哪里敢找他？”

秦鹿微笑着看向王文乐：“所以你就觉得我脾气很好是吗？”

两人正说着话，去休息室拿冰水的林遥之回来了，见到如此剑拔弩张的气氛，不由有些惊讶，刻意放轻脚步，走到秦鹿旁边，叫了声：“比比。”

秦鹿说：“你坐，不用管他们。”

林遥之疑惑地小声道：“他们不是和你约的星期三吗？怎么今天就来了？”

“什么星期三？明明就是今天！”虽然林遥之声音小，但他们距离近，王文乐自然是听到了林遥之的窃窃私语，他登时暴跳如雷，“你怎么记的?！”

林遥之收声，露出羞愧的表情，对他道了句对不起。

“对不起就没事了？”王文乐看见林遥之的表情，大约是把她误会成了脾气特别软的小萌妹，马上得寸进尺地指着她，“秦鹿，你马上跟我过去，不然别怪我不客气！”

秦鹿冷冷地瞪了他一眼：“你能怎么不客气？”

王文乐被秦鹿这么一瞪，不由得有点尿，但又想到自己身后站了这么多手下，至少现在不能退步：“哼，总之我不会让你好过的！”他说着话，还威胁似的狠狠拍了一下面前放着麻辣烫的桌子。

这桌子本来就不太结实，被王文乐一拍，直接断了条腿，一大碗火辣辣的麻辣烫就这么顺着桌子直接摔到地面，红的绿的淌了一地。

现场的气氛登时凝固。

王文乐面露尴尬，正想着怎么圆场，旁边一直没吭声的林遥之忽然幽幽开了口：“赔我。”

“啊？”王文乐一愣。

“把麻辣烫赔给我。”林遥之森然道，她指着一口没吃就全部交代在地上的麻辣烫，表情阴森得像个夺命的阎王，“立刻，马上！”

按理说林遥之就是个小姑娘，能有多大威胁，可王文乐硬生生被她瞪出了一身的鸡皮疙瘩，他忙道：“我……我不是故意的。”他本来想道歉，又想到后面那么多人看着，对一个小姑娘道歉，也太没面子了，只好硬撑着改口，“就……就算我是故意的又怎么样？谁叫你们不给陈爷面子！”

林遥之表情阴沉，扭头看了秦鹿一眼。

秦鹿心领神会，无奈道：“下手轻点。”

林遥之磨了磨牙，“砰”的一声，直接捏爆手里的苏打水，她恨恨地把手里的水瓶放下，在王文乐愕然的目光中，对他勾了勾手指。

“秦鹿，你女朋友没事吧？她这是什么意思啊？”王文乐愣了。

秦鹿在旁边解释：“她要和你单挑，放心，她不会下死手的。”

王文乐道："她？单挑？"他看了看林遥之那张可爱的脸，当场大笑，"我和她？哈哈哈哈，秦鹿你没疯吧？我要是把她揍进医院，你可别怪我。"

秦鹿怜悯地看着王文乐，说："我不怪你。"

王文乐从秦鹿的眼神中看出了事情似乎有些不对劲，但他并未多想什么，只是觉得秦鹿这人肯定是脑子坏掉了，男女体形的差异摆在那儿，就算林遥之是练过的，那也不可能和一个同样练过的、体形比她健硕的男性抗衡。王文乐虽然学艺不精，好歹也是个正常的成年男人，他撸起袖子，狞笑着想给秦鹿一个下马威："行吧，我也不会对这么可爱的姑娘下死手。"

一个小时后。

俱乐部旁边的大排档。

王文乐坐在椅子上，神情呆滞地看着林遥之戴着手套大快朵颐。秦鹿坐在旁边，温柔地帮他可爱的女朋友剥小龙虾，空气里弥漫着一股狗粮的芬芳。

"哎呀，这个小龙虾的壳子好硬。"娇小的女生噘着嘴撒娇，"人家剥不动啦。"

秦鹿道："剥不动就吃别的，我来帮你剥。"

"比比你最好了，人家最喜欢你了。"林遥之娇笑。

王文乐嘴角抽搐一下，看了眼自己面前的龙虾，心想你剥不动龙虾？要不是怕犯法你连我的天灵盖都能直接掀下来，你还剥不动龙虾？但他没敢说，只是露出一个虚弱的笑容，附和道："是啊，这龙虾真难剥。"

林遥之听见他说话，冷哼一声。要不是这人，自己刚才就已经吃完麻辣烫回家了，哪里还用跑出来吃小龙虾。

王文乐讪笑："我请客，多吃点，多吃点。"

林遥之一边瞪他，一边把虾头拧下来，王文乐见到林遥之的动作，不由缩了缩脖子，他也不知道秦鹿从哪里找来这么个神仙。

秦鹿剥出的虾肉，全进了林遥之的嘴，只是小龙虾本来就肉少，也不知道以林遥之的食量，到底要吃多少才算饱。

"你也吃点吧。"秦鹿轻描淡写得像个局外人，对王文乐说，"毕竟你买单，你不吃，我们怎么好意思继续吃呢？”

王文乐听见这话，差点哭出声来，心想：你们还知道我买单啊！

刚才，王文乐没在林遥之手里走下一回合，就被林遥之一记手刀砸倒了，他至今没想明白，林遥之那双白白嫩嫩的小手，怎么力气那么大？最后他不但惨败，还带着手下被迫收拾了地板上的麻辣烫，又被林遥之揪着出来重新给她点了一大盆小龙虾。

因为情形实在太过尴尬，王文乐只能赶紧打发手下，自己留着陪林遥之继续吃小龙虾。

一大盆小龙虾下了肚，林遥之的心情总算渐渐好了起来，看王文乐也顺眼了一点，没有再生出那种想把他脑袋拧下来的冲动。

“林……林小姐，你看着我干吗？”王文乐颤声问。

林遥之甜甜地弯起眼角，说：“哎呀，你怕我干什么呀？我又不会杀人。”林遥之咬一口龙虾，一字一顿道，“毕竟，杀人是犯法的嘛。”

第一次，王文乐如此庆幸健全的法律救了自己一命。

“是啊。”秦鹿似笑非笑，“杀人是犯法的，遥遥不可以杀人哦。”

林遥之故意恶心人：“讨厌啦，杀人什么的，人家才不懂啦。”

听着这对狗男女一唱一和，王文乐不知怎么的，突然有点想哭。

第四十一章

脆皮甜心林遥之

王文乐这辈子欺负过的人太多了，多得他连名字都记不住，更不用说记住自己什么时候欺负的他们。

然而此时此刻，他做的那些事好像都变成报应，一件件地返还到他身上，他却只能眼巴巴地看着，连还手的勇气都没有。秦鹿是很强的，王文乐早些年就领教过了，在得知林遥之是秦鹿女友的时候，王文乐其实心中暗喜，因为这个怎么看怎么娇弱的姑娘，成了秦鹿软肋般的存在，只要自己拿下林遥之，那拿下秦鹿就不在话下。

可现在看着面前一大堆龙虾壳，王文乐却有种欲哭无泪的感觉。

老板刚刚才端上来的十斤龙虾，全进了林遥之的肚子，连秦鹿都吃饱了，开始放下筷子帮林遥之剥龙虾。可眼前这个瘦瘦小小的姑娘，胃却好像一个恐怖的无底洞，塞再多的东西进去都听不见响。

王文乐本想说点什么，但回忆起刚才在俱乐部里发生的一切，他又止了声，缩着脖子安安静静地在旁边当个雕塑。

因为舌头上的伤，林遥之馋了整整一周，好不容易开个荤，麻辣烫还被王文乐打翻在地，小龙虾本就不管饱，林遥之剥得手都疼了，还觉得没吃够，偏偏王文乐又在旁边探头探脑，一副你怎么还没有吃饱的鬼祟表情。

“算了，吃不下了。”林遥之把手套一扔，恼道，“看着你都气饱了。”

王文乐看着垃圾桶都装不下的龙虾壳没敢吭声，心里虽然在骂脏话，脸上却讪笑道：“真不吃啦？感觉林姑娘你没吃多少啊？”

林遥之无耻道：“是啊，我本来胃口就小。”

王文乐被林遥之如此坦然的不要脸震惊了。

“真不吃了？”王文乐求生欲还是很强的，干笑道，“那我就先买单回去了，天黑了，太晚回去我也不安全。”

林遥之瞅了眼王文乐手臂上的文身和脖子上的大金链，慢慢道：“是怕自己打不到出租车吧？”大晚上司机哪敢接这种模样的客啊。

王文乐竟无言以对。

“走吧走吧。”林遥之懒散道，“记得把账结了。”

“好嘞。”终于得到离开的允许，王文乐立马高兴起来，兴高采烈地结了账，然后风一般地溜走了。

林遥之看着王文乐的背影，小声问秦鹿：“就这么放他走了？我总觉得这事还没完。”

秦鹿正在剥最后的小龙虾，他将剥下的虾仁塞进林遥之嘴里，慢慢道：“没关系，我会处理好的。”

林遥之说：“他们到底是来找你做什么的？”

秦鹿道：“打拳。”

林遥之道：“你不是退役……”话说了一半，她忽然想起秦鹿家里的录像带，“黑拳？”

秦鹿微微颔首。

“那咱们可不能去，那是违法的。”林遥之立马警惕道，“那群人要是敢再来找你，咱们就报警，让他们见识一下法律的铁拳！”

秦鹿眼带笑意：“可是今天要被法律的铁拳制裁的，是你呀。”王文乐虽然是个草包，好歹也练过，在林遥之手里居然两三下就被揍趴下了，脸上还带着伤，如果真报警，恐怕林遥之真不是占便宜的那个。

“那怎么能是我呢？”林遥之嘟囔，“那碗麻辣烫我等了那么久，连个味都没尝到。”她想起了什么，觍着脸道，“比比呀，你家里的录像带，是不是还有你打拳的？”

秦鹿挑眉,“嗯”了声。

林遥之一听便兴奋起来，满脸都写着渴望:“那……那能不能找个时间去你家看看录像带？我也想咪咪了，好久都没有吸它了。”

“可以。”秦鹿道,“就明天晚上吧。”

林遥之拍手叫好。

饭吃得差不多了,两人收拾一下便打算回家,谁知走到路边准备打车的时候,林遥之居然在街边看见王文乐灰头土脸地站着招手打车，那些空车看见他权当没看见，一溜烟跑得贼快，即便是天色已暗，依旧能从王文乐身上感觉到气急败坏的味道。

看来这年头出租车师傅都很有安全意识嘛，林遥之忍不住露出笑容，走过去拍拍他的肩膀。

王文乐本来表情狰狞,看见林遥之后瞬间变成一只乖巧的小羊羔,还叫了声:“林妹妹，你怎么还没回去呢？”

林遥之道:“王哥哥，你还没打到车呢？”

王文乐面露无奈:“我要投诉他们，他们居然拒载。”

林遥之怜悯道:“看在那么多小龙虾的分上，我就帮你一把吧。”她走到路边，随便招了招手,便有出租车停在她旁边,司机师傅热情地支出脑袋询问:“哟,姑娘,要去哪儿啊？”

林遥之笑眯眯地看向王文乐:“问你呢。”

王文乐赶紧上车，也不管那师傅僵住的表情，道:“去西郊。”

“姑娘不走啊？”司机师傅还想挣扎一下。

林遥之道:“不走，他太腼腆了，不好意思，我就帮他叫个车。”

司机师傅瞅了眼王文乐大金链子、大手表的装扮，悻悻道:“看不太出来啊。”

林遥之忍住笑:“注意安全啊。”

司机师傅和王文乐异口同声地说:“好的。”说完互相看了一眼，大约都在对方眼睛里看到了嫌弃和怀疑，于是气氛登时沉默下来，司机师傅不再说话，一脚油门蹿出老远。

林遥之咯咯咯地乐开了花，笑得像只小母鸡。

秦鹿宠溺地揉揉她的脑袋，想着不知道怎样的生活环境，才能宠出林遥之这样的活宝来。

秦鹿把林遥之送回了家。

林遥之今天打了一架，有些累了，本打算洗个澡便休息，谁知却看见她哥少有地没打游戏，而是一脸严肃地坐在客厅里，正拿着手机捣鼓。人家明星业余生活都丰富得很，什么旅游、健身、泡吧、交友，就她哥天天跟个宅男似的蹲在电脑面前打游戏，还打得菜得要命。

林遥之虽然嫌弃，但到底是自己亲哥，于是凑过去，疑惑地问林霂之怎么了。

“遥遥，我和淼淼好像产生了误会。”林霂之道，“要怎么解释清楚啊？”

林遥之疑惑道：“什么误会？”

林霂之说：“还不是打游戏打的。”

林遥之便去拿了根冰棍，一边啃一边听林霂之说他那甜蜜的烦恼。

原来是林霂之和何淼淼一直在一起打游戏，以前林霂之一个人玩的时候，谁私聊都不理会，但是现在和何淼淼一起玩了，便加了些工会，偶尔还会参加一些集体活动。林霂之本来就是人民币玩家，在游戏里买东西大手大脚，什么限量的材料外观，只要能买的他都买了，正因如此，他成了众人追捧的大佬。有些有心人便开始刻意靠近他，找他聊聊天，打打本。对于这些人，林霂之单纯看心情，心情好的时候聊两句，心情不好的时候理都不理。

不过偶尔，何淼淼会上他的账号，帮他精炼一下装备，这事工会里的人都知道，因为林霂之白天很少上线，可今天不知道发生了什么，何淼淼很委婉地对林霂之说，以后他的账号还是自己玩吧，她就不上了。林霂之一问，工会里的人才委婉地说白天似乎有个喜欢林霂之的女生找何淼淼吵了一架，说何淼淼抱林霂之大腿，死缠烂打，很不要脸。

“我和淼淼解释了，但是淼淼说着没什么，却还是不肯再帮我上号。”林霂之有些生气，“我把工会退了也没用！”

林遥之想了想：“那我帮你问问她？”

林霁之道:“行，那你委婉点。”

林遥之“嗯”了声，掏出手机给何淼淼拨了过去，何淼淼接起来，声音没有什么异样，热情地问林遥之什么事。

“淼淼姐，我就是想问下我哥说打游戏打得不开心，到底怎么回事啊？”林遥之机智地问道。

“不开心？哦哦，是这样的……”何淼淼坦然地把白天发生的事情说了一遍，“让你哥别误会啊，我不是怕麻烦，就是觉得这样好像的确不太好，那姑娘对你哥有点意思，不过网恋这事不太靠谱，但是孩子大了，谈恋爱也没什么，他做什么决定我都是很支持的。”

林遥之听着何淼淼如母亲般亲切地碎碎念，怜悯地看了旁边满脸期待的林霁之一眼，说:“淼淼姐，你就没有一点不开心？”

何淼淼茫然道:“不开心？虽然网恋的确不大好，但我也不至于不开心吧？”

林遥之重重地拍了拍自己哥哥的肩膀，长叹:“我知道了。”

“嗯，让你哥千万别多想啊，这事我也不会告诉别人的。”何淼淼笑着说，“他开心就好。”

电话就这么挂了。

林霁之被林遥之的表情吓到了，问道:“遥遥，淼淼说什么了？”

林遥之说:“她说她理解你，就算你网恋，她也支持。”

林霁之沉默三秒，笑了:“她吃醋了？”

林遥之没吭声。

林霁之道:“哎，她吃那人的醋做什么？我又对那人没兴趣。”他似乎觉得自己找到了问题的关键，笑得温柔，“这个小傻瓜。”

林遥之怜悯地看着自己满脸甜蜜的哥哥，没忍心告诉他残酷的真相，她欲言又止，最后只能从嘴里挤出一句:“哥，她……好像对你没有那方面的想法。”

林霁之无视了林遥之的话，自言自语道:“她不喜欢，我就不和那些人玩了，免得她不高兴。”

林遥之心想:林霁之，你快点醒一醒。

“我可不是那么好追的。”林霂之骄傲地宣称。

林遥之面无表情，心想:是啊，你不是很好追，可问题是人家也没想追你，只是想认个干儿子罢了，典型的我把你当儿子，你却想泡我。林遥之不忍心去思考她这个愚蠢的哥哥发现真相时，是怎样凄惨的画面了。

第四十二章
录像带里的他

林遥之每次到秦鹿家，第一件要做的事便是冲上二楼，找到待在自己房间里的咪咪。不过最近热得不像话，咪咪也没了晒太阳的兴致，整日窝在客厅里，翻着肚皮吹空调。

“咪咪，咪咪。”从屋外传来属于女生的呼喊，让本来放松的咪咪紧张起来，抬眸朝秦鹿频频观望。

秦鹿看了它一眼，淡淡道：“跑不掉的。”

跑不掉也要跑，咪咪听到门把手转动的声音，立马站起，朝二楼狂奔而去。然而它的动作还是晚了些，那个恐怖声音的主人已经出现在客厅，手里十多斤重的西瓜一点没有阻碍她灵巧的动作，一溜烟便冲到咪咪面前，伸手搂住咪咪毛茸茸、软乎乎的颈项，声音像蜜糖般甜蜜：“咪咪。”

咪咪绝望地朝秦鹿看去。

秦鹿起身，走到两人身旁，温声道：“西瓜给我吧，我去冻着。”

“好嘞，我先陪咪咪玩会儿。”林遥之十分高兴。

秦鹿接过西瓜，在咪咪绝望的眼神中，头也不回地走了。林遥之抱着咪咪的脖子，用力地蹭了蹭：“宝贝咪咪，好久都没有来看你了，有没有想我啊？”

咪咪一副死鱼眼的表情。

“哦，有想我啊？”林遥之虽然完全不明白咪咪在说什么，却开始假装自己像秦鹿那样听懂了咪咪说话，自言自语道，“那可真是太好了，我也好想你呢。”

林遥之赖在咪咪身边压根不肯松手，硬生生把它从二楼拽回一楼客厅，按在沙发上当靠垫。

围观全程的秦鹿面对咪咪哀怨的眼神完全视而不见，咪咪气得不行，嘴里嘀嘀咕咕的。

“咪咪生气的时候是不是会对人吐口水啊？”林遥之突然想起这个。

“是啊。”秦鹿说，“羊驼是很神奇的动物，每当遇到危险，都会对敌人吐口水。”

说到这里，旁边的咪咪眯起眼睛，向秦鹿投来威胁的眼神，然后秦鹿淡定地补充了一句：“用来加速自己的死亡。”

林遥之哈哈大笑，用脸颊蹭了蹭咪咪软软的脑门：“咱们家咪咪这么可爱，才不会做那么粗鲁的事呢。”

秦鹿：“如果它做了呢？”

林遥之：“吃羊驼不犯法吧？”

你们两个是魔鬼吗？

林遥之又笑眯眯地说：“咪咪放心啦，我们只是开个玩笑，你那么可爱，我们怎么会吃了你呢？”

咪咪面无表情，假装自己听不懂人话，对啊，它只是一头无辜的羊驼，为什么能听懂人话呢？

林遥之抱着咪咪，催秦鹿把属于他的录像带拿过来，之前看到伯爵打拳的录像，让她对秦鹿打拳的模样也充满了期待。

秦鹿拿了带子过来，放进影碟机里。

黑暗的屏幕上出现模糊的画面，这显然不是正常拍摄的，拍摄人的手一直抖得厉害，于是画面也变得模糊不清。林遥之努力辨认后，才意识到这并不是擂台，而是一条漆黑的小巷。

“呼呼……呼呼……”粗重的喘息声，伴随着人的求饶，为画面添加了恐怖的气息，拍摄者在踉踉跄跄地往前跑，根本不敢停下脚步，他一边跑，还在一边求救，大约是受了伤，求救的声音伴随着喘息十分微妙。

“你去哪儿呀？”秦鹿的声音从画面里突兀地传出来，只是没了平日里他对待林遥之的那种温和，语调里仿佛含着冰碴，刺得人生疼，他缓声说，“不是还没打完吗？”

这是林遥之第一次听见秦鹿用这种语气说话，即便是昨天面对充满恶意的王文乐，秦鹿也不曾这般冷漠，夹杂着恶意。

拍摄的人脚步停住，接着画面剧烈抖动，那人似乎摔了一跤，好在手里的手机还牢牢握着，正因如此，林遥之看清楚了画面中秦鹿的模样。秦鹿满身是伤，浑身鲜血，这些血不知道是别人的，还是他自己的。他微微偏着头，黑眸里笑意盈盈，可那笑意却并不会让人感到温暖，反而如同看到一只戏耍猎物的野兽，充满了残酷的味道。

“刚刚不是挺厉害的吗？”秦鹿在拍摄者面前蹲下，舌头舔了舔破损的唇，“王文乐，你的人就这么废物？”

拍摄的人居然是王文乐！林遥之有些惊愕。

王文乐声音颤抖得厉害，说：“秦鹿，秦鹿……我不是那个意思。”

秦鹿说：“那你是什么意思？”他微笑着问。

就在此时，秦鹿的身后突然出现一个人影，那人手里似乎提着什么武器，正悄悄靠近正在同王文乐说话的秦鹿。林遥之见到这一幕立马紧张起来，这人要是突然偷袭，恐怕蹲着的秦鹿会反应不过来。那人正如林遥之担心的那样，趁着秦鹿和王文乐说话，悄悄溜到秦鹿身后，举起了手里的东西——林遥之这才看清楚，那居然是一根手臂粗的钢管，她不受控制地屏住呼吸，死死抓住旁边坐着的秦鹿的手臂。

秦鹿再怎么厉害也是人，这一棒子下来，轻则晕倒，重则死亡，受的伤绝对不会太轻。

而秦鹿依旧蹲在原地，好似没有感觉到自己身后有人。

王文乐的呼吸重了些，他依旧在哀求：“秦鹿，我们本是兄弟一场，你何必闹得这么难看？王啸是疯子，可是你不是啊。”

秦鹿淡淡道：“你怎么知道我不是？”话音刚落，他十分突然地一脚踹倒面前的王文乐，王文乐惨叫一声，画面倒转，接着传来利器在空中挥过的破空声。

因为画面太凌乱模糊，林遥之看不太清楚，她紧张地问身旁人：“没打中吧？”

秦鹿笑着摇头："被打中了的话，我哪里还会坐在这里？"

林遥之心想也是，继续看向屏幕，却发现被踹倒的王文乐居然又十分坚强地举起手机，于是画面再次回到秦鹿那里。

偷袭秦鹿的人正和秦鹿缠斗在一起，和擂台上的比试不同，这种私下的打架，全然没了章法，能多狠就多狠，秦鹿每一拳砸向的都是人体最脆弱的部位，当然，他也留了分寸，不然肯定早就出人命了。

那人根本不是秦鹿的对手，仅三两下就倒在地上，王文乐见秦鹿这么快就处理了自己的手下，本该害怕，谁知他却兴奋地叫了起来："陈爷，陈爷你来了！"

秦鹿住手，抬眸，小巷的阴影中，走出一个穿着白衣的年轻人。那人虽然被王文乐称为陈爷，但从面容来看，应该是个二十多岁和秦鹿差不多的年轻人。他的体形并不夸张，只是从走路的步伐上来看，绝对是练过的。

陈爷缓缓开口，声音很温柔，他说："秦鹿，我不想和你打。"

秦鹿啐了一口血沫，抬手擦去自己嘴边的血迹："我也不想。"

陈爷道："但有些事，不是你不想做，就能不做的。"他叹息着，"你这是何必呢？"

秦鹿说："这话应该我说。"他直起身体，冷冷道，"你这是何必呢？"

陈爷迈步，出拳，带起刺破空气的风声，秦鹿并不躲闪，握起拳头重重迎了上去。

"砰"的一声闷响，是身体碰撞在一起的响声，血液顺着两人的手背流下，滴落在地面上，陈爷大笑，又是一拳，秦鹿并不躲闪，正面接下。两人的拳法全无技巧，只是最原始的野蛮和力量的对抗，但就是这样的拳头，却更加震撼人心，林遥之甚至隐约看见了他们破损的血肉中透出的森森白骨。

王文乐起初还有些兴奋，但到后面，拿着手机的手抖如筛糠，好似见鬼了一般。

林遥之也有些看不下去了，她咬着唇，紧紧握住秦鹿的右手，触摸到秦鹿手背上已经愈合的伤痕。他们练拳的，身上有些伤痕很正常，甚至有些人还将伤痕当作勋章，林遥之本来以为这是秦鹿打擂时留下的，如今看了录像，她的心里泛起浓郁的心疼，不由自主地抓过秦鹿的手，放在唇边吻了许久。

秦鹿伸出另一只手揉揉林遥之的头，安慰着他家被吓到的小姑娘，按下暂停键道:“怕咱们就不看了。”

“最后谁赢了？”林遥之可怜巴巴地问。

秦鹿眨眨眼睛，却笑了:“谁也没赢。”

“嗯？”林遥之疑惑道,“什么意思？”

秦鹿道:“唔……”

林遥之抢过遥控器，按下“继续播放”键，结果画面里突然传来警笛呼啸的声音，声音一过来，秦鹿和陈爷的动作都停了下来，随后对视一眼，转身拔腿就跑，这一跑十分有默契，最有默契的是坐在地上被吓软的王文乐，踉跄着爬起来，尖叫道:“你们两个是畜生吗？跑那么快，就不能带我一个！”

秦鹿果然停住了脚步，转身朝王文乐过来，王文乐还没来得及高兴三秒，手里的手机就被秦鹿一把抢了过去，随后画面伴随着王文乐愤怒的骂街声，黑了下来。

林遥之蒙了，没想到这事居然是这么结尾的:“你跑掉没有啊？”

“当然跑掉了。”秦鹿道,“我可是没有案底的良民。”

“那王文乐呢？”林遥之又问。

秦鹿说:“就我和陈爷跑掉了。”

林遥之想起小巷中倒了一地的人，登时哭笑不得，觉得这群人怎么像被大人抓包的小孩子似的呢。

第四十三章

他是柑橘味的

突然结束的录像，让林遥之既觉得意犹未尽，又有些庆幸。意犹未尽的是秦鹿和陈爷并未打出胜负来，庆幸的是，秦鹿并未受伤。

林遥之两手握着秦鹿的手，不肯放开，一遍又一遍摩挲着上面的伤痕："你们到底为什么要打架？"

秦鹿道："说来话长。"

林遥之说："那我可以慢慢听。"

秦鹿慢慢道："王啸打黑拳的那家地下拳馆，就是陈爷家的。"

林遥之愕然："他家开的？所以他是想你也去？"

秦鹿叹息："当年我、王啸、陈爷，都是从同一个学校里出来的，我进了正规的散打圈子，而王啸去了陈爷家里的拳馆。"

林遥之静静听着。

"王啸本来就是天才。"秦鹿道，"正规比赛的限制太多，对于他来说反而是种削弱，再加上他的性子本就不喜束缚，所以选择了地下拳馆。"

正如林遥之之前看到的那样，和正规的竞技比赛不同，地下拳馆的黑拳，连最基本的台上裁判都没有。一旦上了那个台子，便是生死自负的赌局，没有招式的限制，没有时间的约束，在黑拳的世界里，无论你的法子有多卑劣，人们也只会看到胜利。

"他连续打了三十七场，都赢了。"秦鹿慢慢地说，"后来每打一场，赔率都大得吓人。"

伴随着黑拳，是非法赌博，人们会在看比赛的同时为自己看好的拳手下注，那时的王啸就是地下王者，他身上的赔率已经到了一赔百的地步，这巨大的利益让无数人想看他落败，甚至惨死在擂台上。

林遥之听得心都揪了起来，她虽然没见过当时的情况，但从秦鹿看似轻描淡写的语气里，却能感受出当时凶险的情况。

“而且你也知道，黑拳不像正规比赛那样，想不打了就不打了。”秦鹿说，“太多势力盯着王啸，他已经站在风口浪尖上，一不小心就会落下来摔个粉身碎骨。”

如果王啸赢了倒还好，若是他输了，对手必定不会轻饶他，能不能活着下擂台都是个问题。

林遥之紧张道：“那怎么办？”她说完，忽然想起在宠物店里面无表情地给小猫小狗打疫苗的王啸，心里微微松了口气，至少现在的王啸状态不错，那当时肯定顺利渡过了一劫。

“没有办法，当时情况闹得太大，连陈家也护不住王啸了。”秦鹿半垂着眼睛，似乎是在回忆当时的情况，他缓声道，“唯一的法子，就是让王啸输给一个不会要了他命的对手，是真的输掉。”

他继续解释：“事情闹得太大，也有太多双眼睛盯着，想要打假拳是不可能的。”他捏了捏眼角，露出有些烦恼的神情，“一旦被人发现放水，可能事情会更糟糕。”

林遥之见不得秦鹿苦恼的样子，虽然她知道这件事已经过去许久，她凑到秦鹿身边，靠进了他的怀里，用自己的脸颊蹭着他的下巴：“所以陈爷想要你去？”

秦鹿笑着点了点林遥之的鼻尖：“自然不是。”

林遥之道：“那是什么？”

秦鹿说：“他不想我去。”

林遥之：“啊？”

秦鹿说：“这个胜利者，也不是那么好当的。”他低头看了眼自己怀里的小姑娘。和小姑娘硬邦邦的拳法不同，她的人软软乎乎得像只可爱的小仓鼠，身上还有股奶油糖果的香气，简直像是童话里需要睡好多层床垫的豌豆公主。

秦鹿只要看着她，心便软成了水，眼角眉梢都是忍不住的笑意，他说：“王啸实力摆在那里，比他还强的人屈指可数，一旦赢了，肯定会被各方势力注意，想要再退出去，不是什么容易的事。”

林遥之缩在秦鹿的怀里，靠着他结实的胸膛，她想起程冕曾经说过，秦鹿以前是个运动员，后来因为一些原因突然在巅峰时期退役，恐怕和现在秦鹿说的事脱不了干系。

“我说我去，陈爷却要自己上。”秦鹿说，“后来我就去找了陈爷的爸爸。”

林遥之：“陈爷的爸爸？”

“对。”秦鹿说，“我同他保证，我一定能打过王啸。”

林遥之咬着下唇，回想着刚才录像里发生的激烈打斗，有点替他委屈：“那他们为什么还要打你？”她抓着秦鹿的手，蹭着上面的伤痕，“还出手那么重。”

“唉，都是王文乐不争气。”秦鹿提到王文乐就笑了起来，“王文乐是陈爷的表弟，本来也是上体校的，结果三天打鱼，两天晒网，是个期末考试都能挂科的草包，陈爷本来打算让他拦着我，结果他太不争气，带着一帮人过来，全趴下了。”

林遥之想起王文乐打不到出租时的㞞样，乐了：“对了，陈爷到底叫什么？你们怎么都叫他爷呢？”

秦鹿说：“他是他家拳馆的馆主，真名叫陈野，我们叫顺口了就懒得改了。”

林遥之“哦”了一声。

“总之，王文乐没有完成任务，陈爷只能自己上场，我们两个都很清楚对方的实力，所以都没敢留手。”秦鹿叹气，“其实如果不是陈爷的身份特殊，让他去也未尝不可，毕竟王啸同他其实也是五五开。”

只可惜陈爷是陈家的儿子，如果让人知道王啸输给了陈家，未免会有操盘的嫌疑，恐怕这事会更难善了。但陈爷显然并不想考虑那么多，他觉得事情已经足够复杂，自然不想把本来还在当运动员的秦鹿牵扯进来。于是干脆一不做，二不休，想出了个不是办法的办法——劝不动秦鹿，便把秦鹿弄出点小伤送进医院，等到秦鹿出院，事情已经尘埃落定了。

林遥之听得眼珠都要瞪出来了：“小伤？可是我刚才看录像，陈爷都要拿钢管招呼你脑袋了，这一下要是落实了可得出人命啊，这能是小伤？”

秦鹿笑道：“他知道他打不中，我肯定会挥手挡下，如果挡得不好，手臂被伤到，正好进医院。”

林遥之啧啧称奇：“你们年轻人真会玩。”

秦鹿咬了一口林遥之软软的脸蛋，在上面留了个不轻不重的牙印：“小姑娘。”

林遥之被咬得一脸莫名，委屈巴巴地说：“你咬我干吗？”

秦鹿：“看起来口感太好，没忍住。”

“然后呢？”林遥之揉着自己的脸蛋，“后来怎么样了？”

秦鹿道：“然后我就去打比赛了呀。”

林遥之道：“再然后？”

“再然后我就赢了。”秦鹿轻描淡写。

林遥之道：“哇，真的赢了？”

“当然。”秦鹿说，“你男人厉害着呢。”

林遥之道：“有录像吗？”

秦鹿说：“没有。”

林遥之蹙眉看着秦鹿，觉得他肯定在撒谎，他连伯爵平时的录像都有，那么重要的一场比赛怎么可能没有录像？林遥之眨巴着眼睛，想从秦鹿的眼神里看出谎言，谁知秦鹿却毫不心虚地同她对视，最后反而是林遥之自己被秦鹿盯得脸红了。

只是秦鹿虽然说得轻轻松松，但王啸哪是什么好对付的角色？想来那也是场惊险无比的比赛。

“王啸输了比赛后，就没有再打黑拳了。”秦鹿说，“他去开了家宠物店，虽然每个第一次去他家宠物店的人都会被吓一跳。”

王啸手上也有文身，冬天还好，一到夏天穿短袖的时候，每个进宠物店的新客都会哆哆嗦嗦，小心翼翼，生怕和王啸对上眼神。王啸开始还企图挣扎一下，想戴个墨镜让自己的眼神没有那么犀利，谁知他戴上墨镜以后，连进店的人都没了，只要有人进来，一看见他，下一刻做的事情就是转身就走。

林遥之听得哈哈大笑:“他为什么想开宠物店啊?”

“是他弟弟开的。”秦鹿说,“我们都说他去应征保安都比现在情况好,上次还把人家一只吉娃娃吓尿了,人家主人幽怨的样子我现在都还记得。”

林遥之听得直乐:“你们也太好玩了。”

秦鹿说:“是啊,年轻的时候做事都不太靠脑子,开心就行。”

林遥之道:“那你后来就没有再和陈爷联系了?”她感觉秦鹿和陈爷以前关系应该不错,只是从现在看来,秦鹿的生活轨迹里,已经没了陈爷的影子,乃至于王文乐过来找秦鹿时,秦鹿的表现非常冷淡。

“每个人都有自己要走的路。”秦鹿淡淡道,“有些人方向不同,便越走越远,虽然遗憾,但也是不可避免的。”

林遥之从秦鹿的眼眸里看出了些许落寞,想来是他想起了那些和好友一起度过的少年时光。

只可惜时光荏苒,物是人非。

听完秦鹿的故事,林遥之有些唏嘘,道:“那陈爷现在找你是想做什么呢?叙叙旧?”

“不知道。”秦鹿说,“我也不想知道。”他看着林遥之,声音温柔得像春日和煦的风,“我只知道我现在过得很好,一点也不想和糟糕的事扯上关系。”他说完,在林遥之的唇边落下一个温柔的吻。

林遥之嗅到秦鹿唇上淡淡的柑橘气息,她微微仰起头,伸手搂住秦鹿的颈项,加深了这个吻。

气氛渐渐旖旎,林遥之迷失在一片柑橘味的香气里。

第四十四章

他负责奶孩子

一吻结束，林遥之紧紧贴着秦鹿的胸膛，因为激烈的呼吸，胸口不住起伏，脸颊上也浮起一抹可爱的红晕。秦鹿瞅着她的模样，性感的喉结微微动了动，轻轻咬了一下她的鼻尖，低低地叫了声遥遥。

林遥之有些害羞的脸贴到秦鹿结实的胸膛上，结果一贴上去，她就觉得触感有点不对，于是斜着眼睛瞅了眼秦鹿T恤里的胸肌，忽然化身一颗柠檬精，酸不溜秋地伸出手指戳了戳秦鹿的胸肌："怎么那么大？"然后又低头瞅了瞅自己的，蔫了，林遥之语调幽怨地长叹一声。

秦鹿看着林遥之的小动作，被她气笑了，手指揪住林遥之的脸蛋，把她的脸扯得老大，咬牙切齿道："你好意思？"

林遥之是挺不好意思的，但是她能有什么办法，都怪青春期的时候为了省事天天穿着运动内衣，硬生生压小了，可同样穿着运动内衣，人家秦鹿就挺争气的，这么想着，被揪大脸颊的林遥之还不死心，含糊道："我也没办法，移不开眼啊……呜，别揪了。"

秦鹿恼怒："你到底和谁学的？"

林遥之揉着自己的脸颊，双目含泪，只看外表倒像她才是被欺负的那一个。

秦鹿看着这个小流氓，说："以后不准开这种玩笑。"

林遥之明知故犯："哪种玩笑？"

秦鹿指了指自己的胸膛。

林遥之看了眼，很是无耻地啧了一声："这玩笑别人开不得，我还开不得？"

她伸手搂住秦鹿的腰，在他腰侧文身的位置狠狠摸了一把，“你全身上下都是我的，我开个玩笑怎么了？”说完鼓起脸颊，假意生起气来。

秦鹿面露无奈，他发现林遥之是给点颜色就上房揭瓦，你越说她，她越来劲。

林遥之哼哼唧唧地耍着赖，见秦鹿一脸拿自己没办法的模样，高兴地勾起嘴角。

许久，林遥之有点饿了，撒着娇让秦鹿去厨房给自己弄点吃的。

结果两人刚分开，一扭头就看见咪咪远远地站在楼梯拐角，眼神幽怨地盯着两人的背影，明明是只羊驼，却硬生生从它身上看出了被伤害的单身狗的味道。

林遥之被看得有点尴尬，干笑着同咪咪打招呼：“咪咪，下来干吗？要不要过来坐着聊聊天啊？”

咪咪给她一个白眼，扬着下巴骄傲地转身就走，林遥之以为自己出现了幻觉，等秦鹿从厨房出来的时候，茫然地对他说自己好像被咪咪白了一眼。

秦鹿道：“没事，我都习惯了。”

“为什么羊驼还能丢白眼啊？”林遥之惊奇道，“这符合羊驼的生理构造吗？”

秦鹿摊手：“符不符合它都白了，你能怎么样？”

林遥之顿时语塞，她怀疑地看秦鹿一眼：“该不会咪咪其实是个人假扮的吧？就是人在里面戴着头套的那种。”

秦鹿说：“你可以去试试，我会提前给你准备餐巾纸擦口水的。”

林遥之讪笑。

今天没什么事做，现在空下来，秦鹿便打算展现厨艺，给林遥之做一顿大餐，他随手拿过围裙打算系上。林遥之凑过来，不要脸地说：“小哥哥，我来帮你系围裙吧，小哥哥，你热不热啊？不然咱们把T恤脱了凉快一下？”

秦鹿给他这个色欲熏心的小女朋友脑袋上来了一记爆栗：“不然我脱光了给你做？”

林遥之一想口水都要下来了，觍着脸：“好啊好啊。”

秦鹿无语。

林遥之道：“放心脱吧，我绝对不会报警的！”

秦鹿没说话，挑眉看着林遥之，大约是他的目光有些露骨，本来还在耍嘴皮的林遥之一下子静了下来，嘟囔道：“你这么看着我做什么？”

秦鹿笑得有点坏：“就我一个人脱不太公平吧？”

林遥之说：“咪咪不陪着你吗？”

秦鹿道：“它又不是我女朋友，我要它陪着干吗？”

林遥之被秦鹿突然靠近的脸弄得十分不自在，她眼巴巴看着秦鹿，像只被揪住脖子的鹌鹑，讪讪道：“我就……开个玩笑嘛。”

“玩笑可不能乱开。”秦鹿瞅着小姑娘从刚才调戏他的样子，瞬间变成眼前瑟瑟发抖的小可怜，也不再逗她，认真道，“我会当真的。”

林遥之给自己做了个拉上嘴巴拉链的动作，她发现秦鹿真的是蔫坏蔫坏的，看着正经，可真要做起来，比只会嘴上占便宜的自己强多了。

秦鹿揉揉林遥之的头，没有继续逗她，进厨房做饭去了。

林遥之跟在他后头打下手，她的厨艺和她哥差不多，属于那种做出来吃了极有可能造成人员伤亡的级别，所以这会也没逞能，就站在旁边削个土豆，洗点白菜什么的。

秦鹿的厨艺林遥之之前就见过，今天更是深刻地了解到，自己到底骗到了怎样一个十项全能的好男人，秦鹿颠勺的样子，帅得林遥之直流口水。厨房虽然有空调，但毕竟是面对高温炉灶，不一会秦鹿的脸上便浮起汗滴，顺着他的脸颊滑到下巴，再到喉结。身上穿着的T恤也湿了大半，贴着结实的背部，甚至能看到线条优美的蝴蝶骨，林遥之没忍住，掏出手机拍了一张，秦鹿看了她一眼，倒是没说什么。

林遥之把秦鹿的照片发给闺密陆筱，在后面又发了个火红色的大桃心。

陆筱瞧见照片，感叹着说林遥之真是走了狗屎运，谁不想拥有这样一个既美貌又能打还有厨艺的帅小伙呢？

林遥之说：“嘿嘿，那你和季和玉发展得怎么样了？”

陆筱道：“哦，发展到他说我再继续练散打可能会废掉，推荐了我新的瑜伽课程……”

林遥之替自己的好友流泪："所以你就妥协了？"

陆筱沉默片刻，小声来了句："那个瑜伽老师也挺帅啊。"

行吧，也是一点都不挑嘴。

秦鹿虽然只做了几个简单的家常菜，但卖相十分诱人，林遥之嗅着味道便食指大动，秦鹿给她递上筷子，她便捧着碗大快朵颐起来，而秦鹿坐在旁边神情慈祥得简直像个看着自家熊孩子的父亲。

林遥之美滋滋地尝遍几个菜肴后，速度才慢下来，和秦鹿聊起天："比比，那陈爷那边你打算怎么办呀？"

秦鹿道："什么怎么办？"

林遥之说："他们找你肯定是有事情的吧？难道会这么善罢甘休？"

秦鹿道："也是。"

林遥之咬着筷子："不过看王文乐那个样子，真不像什么好人，活该他出租车都打不到。"

秦鹿想起那晚王文乐站在路边神情尴尬的场景，不由得跟着一乐："你说得有道理，我找个时间去和他见一面。"就这么说清楚了也好，免得王文乐再来继续纠缠。

"你打算什么时候去？"林遥之问，她眨着眼睛，一脸天真无邪，"我陪你一起去吧？我对那个陈爷还挺感兴趣的。"

秦鹿闻言似笑非笑："你当着你男朋友的面说对其他男人感兴趣，是不是不太好？"

林遥之大大咧咧道："没事，我就喜欢你这样的。"

秦鹿："哦？"

林遥之说："他一看胸就没你大，不好生养，到时候奶孩子……"后面的话林遥之声音越来越小，毕竟坐在旁边的秦鹿眼神越来越危险，林遥之的求生欲在警告她，如果继续说，可能会有危险。

"你倒是提醒了我。"秦鹿微笑着，"太小了不好奶孩子。"

林遥之本来以为秦鹿是在嫌弃自己小，正想和他理论两句，谁知秦鹿微笑着缓声道:“那我就想办法帮帮你吧。”

林遥之反应了一会儿，才意识到自己被秦鹿调戏了回来，有点委屈:“你以前不这样的。”

秦鹿说:“我以前怎么样？”

林遥之说:“你以前不该是脸红的那个吗？”

秦鹿给林遥之夹了一块排骨:“这不是骗到手了吗？”

林遥之心想不该是我把你骗到手了吗？总觉得哪里不太对。

秦鹿说:“快吃吧，都冷了。”

林遥之把排骨塞进嘴里，整张脸皱得像个刚出炉的包子，最后含糊地问了句:“你什么时候开始喜欢我的？”

秦鹿思量片刻:“你在KTV说自己被前男友欺负，哭得梨花带雨的那一刻。”

“我当时就在想，该哭得梨花带雨的那一个，不该是你前男友吗？”秦鹿眨眨眼睛，神情狡黠，“看来这姑娘不但能打，还是个挺有趣的演员。”

林遥之呆呆地看着秦鹿，她记得当时的场景，那时的秦鹿一副心疼她的样子安慰了她，还把她领到包厢见了俱乐部的其他人，怎么都没办法和眼前这个狡猾的男人联系在一起。

“所以我当时就决定先带你见见我的朋友。”秦鹿温声道，“毕竟我喜欢的女生，别人最好一下也别碰。”

林遥之愣了半晌，都没说出一句话来，直到秦鹿往她嘴里塞了第二块排骨，她才嘟着嘴抱怨:“那你怎么这么久才表白呀？”

秦鹿也叹气:“这不是怕太快把你吓跑吗？早知道你性子那么急……”他笑着说，“我就直接扛回家里来了。”

林遥之听着秦鹿的话，忍不住露出一个笑容。

第四十五章

秦鹿和陈野

和秦鹿相处越久，林遥之越发现她家的小鹿斑比并不像他表现出的那么无害。很多时候很多事情，他心里其实都非常清楚，只是不愿意说出来罢了。随着林遥之和他的关系越发深入，她发现自己喜欢的这个男人如同宝藏，越往深挖掘，越觉得有趣。

王文乐自从那天回去之后，便没了动静，看起来像是死心了。但显然秦鹿对自己的朋友十分了解，知道他们绝不会就这么善罢甘休。

果不其然，又过了几天，脸上瘀青消散的王文乐再次出现在俱乐部门口，只是这一次，他似乎没有进来的打算。

那几天林遥之的蛋糕店正好在开发新品，去得比较晚，所以当她嚼着冰棍走到俱乐部门口时，甚至以为自己出现了幻觉。只见俱乐部门口，站着一大排的壮硕男人，这群男人服装统一，全戴着墨镜，然而最醒目的，是他们手里拿着的一溜横幅——秦鹿，我们爱你，秦鹿，你是我们指路的明灯，你是我们最爱的偶像。

林遥之看清楚横幅后差点被呛死，咳得脸颊一片绯红，踉踉跄跄地进了俱乐部，一眼便瞧见前台姑娘神情憔悴，一副随时可能晕厥过去的模样。林遥之指了指外面，颤声道："这什么情况啊？"

"不知道啊。"前台姑娘说，"他们一大早来了，在外面站了一天，警察也拿他们没办法，毕竟……"她哽咽一下，继续说，"毕竟人家说，他们是来送锦旗的。"

林遥之闻言神情扭曲，心想："世界上哪有人会送这样的锦旗？"她要是秦鹿，恐怕早就羞耻地想把自己挖个坑埋进去了。

进了俱乐部，林遥之发现她男人面对这样的情况竟是十分坦然，和往日一样给学员们教学，从表情上看不出丁点端倪。

好在这会快放学了，林遥之连忙把秦鹿拉到休息室，问他外面到底怎么回事。

“快坦白，是不是哪个富婆爱上你了？”林遥之问。

秦鹿淡淡道：“王文乐算富婆吗？”

林遥之一听王文乐这个名字，撸起袖子，恶声恶气道：“他搞出来的？他在哪儿呢？敢欺负我男人，这是还没被打够？”

秦鹿说：“他怕被揍，没敢来。”

林遥之哼了一声。

“所以你想过去揍他吗？”秦鹿笑着问。

“你打算过去见陈爷啦？”林遥之明白了秦鹿的意思。

“嗯，去见见也无妨，毕竟这么多年了。”秦鹿叹息，“况且也不能让他们在外面这么继续闹。”

这么多大汉守在俱乐部门口，就算没有做出什么过激举动，也是会影响俱乐部生意的，长期下来，肯定不是办法，这事秦鹿早晚得解决。

林遥之倒是对这个陈爷十分好奇，毕竟王文乐的录像并不是特别清楚，对于陈爷这个人，她只有模糊的印象。

做下决定后，秦鹿掏出手机给王文乐打了个电话，让他给个陈爷的地址。电话里的王文乐一听便明白了秦鹿的意思，喜不自胜地说要亲自接他去见陈爷。说完后，又有点狐疑，想着秦鹿怎么这么容易就妥协了，可别是想把他骗过去挨一顿揍。

“放心，不打你。”秦鹿像是猜出了他在想什么，“过来就是了。”

“真不打我？”王文乐确认。

秦鹿冷冷道：“再问一句你就不用过来了。”

王文乐是个识相的，听见秦鹿这语气，立马果断地挂了电话。

十几分钟后，王文乐出现在俱乐部门口，秦鹿对他过来的速度有些惊讶，道：“来得这么快？”

王文乐讪笑：“这……这不是怕有什么意外情况，我就在旁边喝茶呢。”他看见林遥之居然也在，默默地朝秦鹿的方向靠了靠。

“那走吧。”秦鹿看了眼时间，“别耽搁太久，我晚上回去还有事。”

“好嘞。”王文乐喜笑颜开，正打算带路，却发现林遥之也跟在自己身后，惊讶道，“秦哥，她也去啊？”

“当然。”秦鹿似笑非笑，“我还指望她保护我呢。”

林遥之在旁边很配合地挥舞了一下手臂，看得王文乐一阵脸疼。秦鹿这话要是说的别人，王文乐就当他开玩笑了，可偏偏说的是林遥之，王文乐见识过这小姑娘的拳头，因而一时间有些分不清楚秦鹿到底是认真的还是在开玩笑。

不过王文乐也不敢问，缩头缩脑地走在前头，看得林遥之心中一阵好笑。

坐进王文乐的车里，林遥之看着车驶离俱乐部。

陈爷住的地方，离俱乐部有些距离，即便走了绕城高速，也开了大约一个半小时的时间。

到达目的地时，天色已经暗了下来，林遥之离开后座，看到一栋挺漂亮的独栋别墅。虽然是在郊区，但这别墅肯定不便宜，也对，既然都能开拳馆，那陈爷的家庭条件，肯定不会差到哪里去。

王文乐在前头带路，领着他们到了门口，按响门铃。

大门很快便打开，林遥之跟在王文乐身后，进到屋内，看见宽敞的客厅和客厅中央朝他们投来目光的陈爷，只是当她看清楚陈爷的情况，不由露出惊讶之色——陈爷竟坐在轮椅上。他的面容清俊，却十分苍白，可以看出明显的病态，不但没有了录像里和秦鹿对拳时的气势，甚至看起来比常人更加孱弱，好似一阵风就能把他吹倒。

“陈野。”秦鹿的声音显得有些艰涩，他问昔日的好友，“怎么了？”

陈爷看着秦鹿，露出淡淡的笑容，对他做了个手势：“不急，先坐。文乐，去拿些酒来。”

王文乐面露难色：“你这身体哪儿能喝酒啊？喝茶不行吗？”

陈爷面无表情地看着王文乐，王文乐苦笑，说：“好好好，大哥我是怕了你了。”

说着竟真的去厨房拿酒去了。

秦鹿哪有心思喝酒，他和陈野自从王啸那件事后，已经快有六七年没见面了，他本以为陈野过得很好，万万没想到他竟变成眼前这副模样。

“到底怎么回事？”秦鹿沉声发问，“你受伤了？”

陈野说：“只是生病了。”他笑了笑，“小病而已。”

秦鹿怎么会信，人都瘦成这样了，怎么可能是小病。他问道：“王啸知道吗？”

陈野淡淡道：“没必要和他说，这位是你那个拳法很好的女友？”他看向林遥之。

秦鹿点头。

“没想到你居然真的能找到女朋友。”陈野笑道，“我们当时还开玩笑，说你那性子，肯定得单身一辈子，就算长了张漂亮的脸蛋，可性格却那么不知情趣。”

秦鹿抿唇：“所以你呢，这些年来，你又遇到了什么？”

陈野说：“我啊，也没遇到什么。”

两人说话的时候，王文乐把酒拿来，随后表情幽怨地将酒放在陈野远处的桌子上，直到被陈野瞪了一眼，才更加幽怨地把酒挪到陈野旁边，嘴里还直嘟囔：“这哪儿能喝酒啊，早知道这样我就不叫秦鹿来了，真是的……”

陈野伸手便要倒，秦鹿却拦住他，道：“我已经戒酒了。”

陈野笑着：“那我自己喝总行了吧？”

秦鹿：“不能不喝吗？”

陈野斜睥看了他一眼。

秦鹿道：“况且王啸也不在这里。”

陈野闻言，略微思考后放下了酒杯，笑道：“也有道理。”他扬扬下巴，“坐吧。”

秦鹿和林遥之便在旁边的沙发上坐下。

“其实这次找你也没什么大事，就是想见你一面。”陈野靠在轮椅上，声音很轻，好似说话都十分费力气，和林遥之在录像里见过的那个神采飞扬的少年，全然判若两人，“只是王啸也不肯来。”

“你为什么不说……”秦鹿话还未说完，便被陈野冷冷地打断了。

“说什么？”陈野说，“我并不想要你们的怜悯。”

秦鹿抿唇。

陈野说完，又狐疑地看了王文乐一眼：“你没有做什么过激的事吧？”从秦鹿的表现看得出，秦鹿是不知道他生病这件事的。

王文乐连忙辩白：“我什么都没做，我还请了他们吃小龙虾呢！秦鹿是自愿来的！”

“嗯。”秦鹿没有拆穿王文乐，“我们是自愿来的。”

陈爷这才笑了，这次的笑容里却带上了些少年人的味道，其实算起年龄，他应该和秦鹿差不多，才二十多岁，只是身上透出的那股沉沉的暮气，却浓得让人心生担忧。

“那就好。”陈野说，“当年一别，我们已经好久没有见面了，你现在在做什么？”

秦鹿说：“在俱乐部当教练。”

陈野闻言，笑容渐渐淡去，两人对视许久，他才微不可闻地说了句：“不该是这样的。”

秦鹿喉头微动。

“你不该是这样的。”陈野说，“王啸也不该是这样。”

秦鹿说：“都过去了。”

陈野道：“不，有些事永远也过不去。”他的手撑着下巴，目光悠远，好似透过秦鹿，看到了不存在于这间屋子的景象，“如果当年我打赢你，事情就不会是这样了。”

秦鹿说：“我现在很好。”

陈野道：“哪里好？当教练好吗？”

秦鹿却显得很平静，他说：“至少没有你想象中的那么糟糕，不当教练，我也遇不到她。”他握住林遥之的手。

陈野的目光，便落到林遥之身上。

第四十六章

那些年，那些事

林遥之从进屋之后就一直没发出声音。秦鹿和陈野间的气氛实在太沉重，她压根不敢吭声，直到陈野看向坐在一旁的她。

林遥之有种被家长检视的错觉，突然有些紧张，在秦鹿身旁正襟危坐，两只手乖乖放在膝盖上，像个上课被老师看着的小学生。

秦鹿大约察觉了她的情绪，握住林遥之的手，微微用力，暗示她不用紧张。

“你……你好。”林遥之小心道，“我叫林遥之，是秦鹿的女朋友。”

“你好。”陈野露出笑容，看起来十分温和，“我叫陈野，曾经是秦鹿的朋友。”

秦鹿冷冷地打断他：“现在也是。”

陈野道：“那你为什么不肯来见我？”

秦鹿说：“我这不是来了吗？”

陈野道：“那也肯定是王文乐那蠢货用了什么方法，你的性格我还不知道？”他靠着轮椅，咳嗽两声，“算了，再说这些也没有意义，我只是马上要出国治病，也不知道能不能回来，所以想见见你和王啸。”

秦鹿抿唇：“你到底生了什么病？”

陈野轻描淡写，还是不肯告诉秦鹿：“小病而已。”

秦鹿说：“你总是这样。”

陈野闻言笑道：“你不也没有变吗？”

时隔许久，两个少年时最好的伙伴再次相见，一切都已物是人非。王文乐在旁边唠叨，说：“都这么晚了，你也该睡了，我把他们两个送回去。”

“再让我们聊会儿吧。”陈野懒散道，“也不知道有没有下次了，你去做点夜宵，我有些饿了。”

王文乐幽怨道：“弟弟啊，你真把我当你的佣人吗？”

陈野道：“不会啊，佣人哪有你这么笨手笨脚的。”

王文乐语塞，又不能和他计较，最惨的是这一屋子里没一个好惹的，于是他神情幽怨地去了厨房，还顺手把门带上了。

陈野和秦鹿聊着天，两人说了些少年时的事，林遥之就在旁边津津有味地听着。

从对话中，她发现陈野的确不是个按常理来的人，性子跳脱，时常剑走偏锋。当年秦鹿在擂台上打败王啸，结束了王啸的连胜纪录，之后便发生了一些事，秦鹿、王啸同陈野彻底决裂。

到底发生了什么呢？林遥之虽然好奇，却并不敢开口询问。

夜渐渐深了，陈野的脸上浮起些许倦色，王文乐端来刚煮好的夜宵，是热腾腾的饺子，他将饺子端到陈野身边，拿起筷子打算喂给陈野，陈野居然没有拒绝。

秦鹿见到此景脸色微变，显然，陈野的病并不像他说得那么云淡风轻，如果不是非常严重，陈野怎么可能连吃饭都需要王文乐喂？

陈野吃了两口饺子，见秦鹿脸色凝重，笑道：“真的没你想得那么严重，暂时是死不掉的。”

秦鹿说：“那到底是什么病？”

陈野又不说话了。

秦鹿神情里隐隐压抑着怒气，抬眸看向旁边的王文乐。王文乐被秦鹿一盯，鸡皮疙瘩起了一背，却只能苦笑：“大哥，你别盯着我看啊，陈爷不想和你说，我总不能勉强他吧。”

秦鹿站了起来：“那我先告辞了。”

他说着牵住林遥之的手，要说走就走。陈野也没有劝，温声道：“去吧，王文乐，把他们送回去吧，注意安全。”

秦鹿面色沉沉，看得出心情十分不妙。听了陈野的吩咐，王文乐只好放下碗，将林遥之和秦鹿领上车，秦鹿让林遥之坐在后面，自己坐到副驾驶的位置，伸手按住王文乐想要按下启动键的手。

“说吧，到底是什么病？”秦鹿冷声发问。

王文乐一抖，颤声道：“等等……秦鹿，你平时不是挺尊重朋友的想法吗？这可是陈野自己不想说的啊。”

秦鹿声冷如冰：“人都要死了，还尊重个屁。”

好像的确是。

“说。”看得出，此时的秦鹿情绪十分烦躁，他几乎是从牙缝里挤出来一句话，“我不想对你动粗。”

王文乐朝林遥之投来求救的眼神，林遥之只好劝慰说：“比比，你冷静一点。”

王文乐还没来得及露出笑容，林遥之就补充了下半句：“下手注意分寸，别把人打死了。”

王文乐恨死了这一对狗男女，他第一次感觉坐在驾驶室的自己是这样的可怜弱小又无助，只能扯着嗓子哭嚷道：“我要是说了被陈野发现了，不也是一条死路吗？”

“他饭都得你喂，你还怕他揍你？”秦鹿不屑道，“但是如果你现在不说，肯定是死路一条。”

王文乐转念一想，觉得还真有些道理，他犹豫片刻，叹了口气：“我如果告诉你了，你也得装作不知道的样子啊。”

秦鹿道：“嗯。”

王文乐：“是肌萎缩侧索硬化症。”他说出这个名字的时候，神情格外低落，甚至语气都哽咽了片刻，“俗称，渐冻症。”

车内一片寂静，秦鹿和林遥之两人都失去了言语。

王文乐趴在方向盘上，好一会才开口：“也没明白为什么会得这个。”

最有名的渐冻症患者，是已经离世的霍金。得了这种病的人，会渐渐失去对身体的控制，从肌肉到四肢，最后意识是清醒的，却无法对周围的环境给出任何反应，如同渐渐被冻结。

林遥之想起录像里拳法凌厉的陈野，又想到刚才坐在轮椅里的他，只觉得口中苦涩，一时间竟说不出任何安慰的话来。

“已经病了有些日子了，听说国外这方面的研究更深入一些，便想着出去治。”王文乐碎碎念，“但查了那么多的例子，见了那么多的医生……”他伸手抹一把脸，颤声道，“都好像没什么太好的法子。”只能延缓，不可痊愈。

秦鹿道：“为什么不早些告诉我们？”

王文乐苦笑：“就让时光停留在最美的时候，不好吗？”

秦鹿重重地砸了一把方向盘，咬牙切齿：“你告诉我现在是时光最美的时候？最美的时候，早过了。”

王文乐语塞。

“我会通知王啸，明天再过来一趟。”秦鹿闭了闭眼，强行收敛了即将爆发的情绪。他知道王文乐是无辜的，做出所有选择的人是陈野，是他不想告诉自己和王啸这一切。

“好。”王文乐讪讪道，“那要不要……”

“暂时先不要告诉他。”秦鹿说，“等我们过来就行。”

王文乐点点头。

车驶出别墅，车内的气氛却安静得瘆人，一路上秦鹿都没有再说话，林遥之有些担心他的状态。但因为她坐在后座，也不方便做些什么。

王文乐有些怕秦鹿和林遥之，把他们送到目的地后，转身就走，多余话都没敢说。

秦鹿下了车站在路边，此时天色已暗，昏黄的灯光在他的脸上落下暗色的剪影，他并排和林遥之走着，沉默得像一块石头。

林遥之知道这时候说什么都会让人感觉无力，她忽然停住脚步，转身搂住秦鹿的腰，将脸埋到他的胸口，重重地用力：“抱抱就不难过了。”

秦鹿呼吸一窒，反手抱住林遥之，他的力气极大，好似要将自己身前的这个小姑娘，硬生生揉进自己的身体里。

“不难过。”林遥之抬头看着秦鹿，“无论发生什么事，我都会陪着你的。”

秦鹿垂眸，说:“我其实没有怪过他。”

林遥之静静地听着秦鹿说话，没有追问，秦鹿想说，她就听，不想说，她就不问。

秦鹿说:“但是有些话，好像总是没办法对朋友说出口，就算他是你最好的朋友。”他用下巴蹭着林遥之的头顶，感受着林遥之隔着薄薄衣物透过来的体温，“那时候，我是个职业运动员，专攻的是泰拳，大家都觉得我前途无量。”

林遥之已经猜到了后来发生的事。

“但是我和王啸打黑拳的事被爆了出来，所以一切都结束了。”秦鹿低声地说着,“我离开了职业赛场。”

林遥之听着秦鹿的话，鼻子一酸，轻轻抽泣起来，她能感受到秦鹿对于格斗的热爱，只是没想到，竟是这样一个故事。

“有时候人生就是这样，总是在做选择题。”秦鹿说,“陈野恨我，也恨自己，他恨我为什么不肯妥协，为什么不肯让他去，他恨自己，恨自己为什么没能拦住我。然后我们便再也没有见过面了。”

因为只要一见面，就会想起那段最美的时光，想起少年时未曾实现便已夭折的梦想。

看着最心爱的朋友，因为自己的原因在即将翱翔之际被硬生生折断翅膀，陈野承受不了这一切。他无法忍受本该出现在职业赛场上的秦鹿在俱乐部当一个小小的教练，他怨秦鹿的固执，憎自己的无能。

“可是如果我让他去，他或许就死了。”秦鹿说,“就算不打职业比赛，我还有很多事可以做，可如果人死了，就什么都没了。”

他说着身体颤抖起来，语气无比痛苦，道:“但是为什么命运总是那么残忍呢？那种病，那种病……”

以他对好友的了解，得了那种病的陈野，恐怕会觉得自己就这么死了更好。

对一个拳手来说，没有什么惩罚是比渐渐失去对身体的控制权更残忍的了。

第四十七章

静谧的夜晚

林遥之不知道该如何安慰秦鹿，只能用手紧紧抱住他。秦鹿还在说话，他说起少年时的旧事，说起下手向来没有分寸的王啸，说起性子跳脱的陈野，他说他是他们里面最稳重的那一个，本该从源头上阻止一切的发生，却未能做到，该发生的，不该发生的，都发生了。

“在决裂之后，我以为我们即便不再是朋友，但至少能过得很好。”秦鹿说得有些累了，脸上泛出疲惫之色，“可是……”

可是命运，总是爱同他们开玩笑。

林遥之也不说话，就这么静静地抱着他流泪，直到秦鹿的情绪渐渐平静下来，又恢复了往日的淡然，他微微叹气，掏出手机道：“我先通知一下王啸那边，明天就过去看看。”

他怕去得晚了，陈野换了地方，连见最后一面的机会都没了。

林遥之点头说好。

秦鹿给王啸去了电话，电话接通后，他很简单地说陈野生了病，让王啸明天过来一趟，两人一起去看看。

王啸大约是从秦鹿的语气里察觉出沉重的气氛，并未询问太多，一口应下了。

挂断电话后，秦鹿才垂眸看向林遥之，见她满脸泪痕的模样，眸子里透出些心疼：“遥遥乖，怎么就哭了呢？”

林遥之抽泣道：“我不想你难过。”她喜欢笑着的秦鹿，喜欢狡猾的秦鹿，她不想看见他的脸上出现隐忍的痛苦，就好像已经皮开肉绽，也只能硬撑着说自己没事。

秦鹿不语，只是让她靠在自己怀中，轻轻地揉着她的发丝。

林遥之缓缓抬起头，在秦鹿的下巴上落下一个轻柔的吻，说：“你如果特别难过，就哭出来吧，没关系的。”

秦鹿笑着，用手指一点点擦拭林遥之脸颊上的泪水，说：“我哭不出来，遥遥帮我把眼泪都流干净吧。”

林遥之闻言内心涌起一阵酸楚，眼泪如断了线的珠子一般，一串接一串地落下来，秦鹿见她哭得这样伤心，一时间有些手足无措，道：“怎么又哭了？”

林遥之委屈道：“这不是帮你哭吗？”

秦鹿：“也不用哭得这么伤心嘛。”

林遥之嘟囔：“可是你本来就很伤心。”

秦鹿哑然失笑。

“我知道你们男孩子都可逞强了。”林遥之鼻子红红的，像只受了欺负的小兔子，“我哥就是，做饭不小心把手割了个好大的口子，去医院缝了整整四针，明明疼得不得了，还装作什么都没发生的样子，结果回到家里就溜到卧室偷偷哭去了。”

秦鹿叹气：“你哥也不容易。”

林遥之撇嘴：“我又不是外人，你哭了我也不会笑话你。”她眨眨眼睛，睫毛上明明还挂着泪水，脸上却浮起些笑意，“反正只哭给我一个人看。”

秦鹿用手刮了一下林遥之的鼻梁：“都说了哭不出来，快把你鼻涕擦擦，都快流出来了。”

林遥之瞬间脸蛋涨红，怒捶秦鹿一下：“都这时候了，还说这个做什么！”

秦鹿被捶得闷哼一声，心里暗叹他家小姑娘的力气真不是盖的，但是没敢说出来，而是慢慢悠悠地从兜里掏出一包纸巾，递给林遥之：“乖。”

林遥之气呼呼地接了过去。

两人一边说话，一边朝林遥之家的方向走，本来马上要到电梯口了，林遥之却忽然顿住脚步，大声道：“我不想回家了，明天反正要去王啸那儿，我去你家凑合一晚吧。”

秦鹿挑眉：“不太好吧？”

林遥之说：“哪里不好了？”

秦鹿道：“你哥放心你？”

林遥之嗤笑：“不放心我？不是开玩笑，半夜要是我们俩从家里一起出来乱逛，他要担心的肯定是他自己而不是我。”

秦鹿想了想，觉得好像真有几分道理，虽然林遥之长得一脸无害，但真要有人敢打她的主意，她这一拳下去还真不是普通人受得了的。

见秦鹿还在迟疑，林遥之又撒起了娇，抱着秦鹿的手臂故意嗲声嗲气地喊着：“比比，就让人家过去住嘛，人家担心你啦。”

秦鹿道：“好好说话。”

林遥之变脸怒吼：“不让我去住我就揍你！”

几分钟后，两人在林遥之的小区门口，坐上同一辆出租车。林遥之靠在秦鹿的怀里，温驯得像只无辜的小羊羔，眨巴着她的大眼睛问秦鹿：“大哥哥，你要带我去哪儿啊？”

秦鹿莫名：“嗯？”

林遥之说：“那里真的有好吃的东西吗？”

秦鹿正想问林遥之又在犯什么傻，就注意到前排的司机满脸狐疑地从后视镜盯着他看，那眼神简直像是在看一个拐卖无知少女的变态。

秦鹿又气又好笑，揪住林遥之的脸颊恶狠狠地说：“回去就给你喂好吃的，你到时候可别哭。”

林遥之敏锐地察觉这种好吃的似乎真的不太好吃，立刻正襟危坐，一脸认真地说：“哥，我开玩笑呢，你可别当真。”

秦鹿斜眸瞅着她。

林遥之赶紧抱着他的手臂又想撒娇，谁知秦鹿默默将手臂收了回来，说：“别蹭了，硌手。”

林遥之反应了两秒钟，才明白秦鹿是什么意思，瞬间暴怒，尖叫道：“秦鹿！

我要打死你！”说完一头扎进秦鹿怀里，企图用自己的小拳拳捶他胸口，秦鹿真的有点怕林遥之的小拳拳，连忙紧紧地抱住她，求饶说自己错了。

可怜出租车司机大哥莫名其妙就被秀了一脸的恩爱，眼神从警惕到疑惑，最后变成一片悲伤的漠然。

到了秦鹿家里，林遥之想做的第一件事就是洗澡。

大热的天气在外面跑了一天，她浑身上下都是汗水，黏糊糊的让人觉得十分不愉快。秦鹿帮她找来一套自己没有穿过的睡衣，林遥之却厚着脸皮表示其实穿过的更好，结果被秦鹿在脑袋上敲了一下，只能悻悻地拿着睡衣进了浴室。

秦鹿则准备客房去了，他知道林遥之就是那种口花花的性格，真要做点什么，这小姑娘恐怕立马会羞得满脸通红。

林遥之洗完澡出来时，没在屋子里看见秦鹿，找了一圈，才发现秦鹿站在阳台上抽烟。

因为职业特殊，秦鹿几乎很少沾烟，今天大约心情十分糟糕，才点上了一根。林遥之悄悄走了过去，在秦鹿还未反应过来时，从身后抱住他，软软地叫了一声比比。

秦鹿回头，看见头发还湿漉漉的林遥之，他的姑娘这会只穿着一件及膝的T恤，白皙的肌肤因为沐浴透出了些诱人的粉色，身上还散发着浅淡的香气。

秦鹿的声音有些低沉，伸手轻轻捋了捋林遥之的发丝：“怎么不吹干？”

林遥之说：“最讨厌吹头发了……”

秦鹿没说话，转身出去一趟，再回来时，手里多了一个吹风机，他对林遥之扬了扬下巴，道：“过来。”

林遥之坐在原地磨磨蹭蹭。

秦鹿也没有催她，走到她面前，直接像抱小孩子似的，将她抱进怀里。林遥之的后背靠着秦鹿的胸膛，长发被秦鹿撩起，吹风机灼热的风打在她的颈项。

秦鹿手里的烟已经熄灭，但身上还是透着淡淡的烟草味，林遥之感觉秦鹿的手指在自己的发梢穿梭，忽然问道：“比比，你交过几个女朋友呀？”

秦鹿说：“两个。”

林遥之道："何淼淼和我？"

秦鹿道："嗯。"

林遥之说："那为什么王啸说你带过很多女孩子去他那里？"

秦鹿长叹，有些无奈："咪咪在王啸眼里就是个男孩子——他眼里的男孩女孩，标准码总是比正常要宽松一些。"

林遥之笑道："所以女孩子是指猫猫狗狗之类的？"

秦鹿说："是。"

林遥之咯咯地笑开了，她靠在秦鹿怀中，倦意渐渐涌上心头，本来还想和秦鹿聊些什么，声音却渐渐放低，直到呼吸变得绵长平缓，秦鹿便明白，他的小姑娘已经彻底睡着了。

小姑娘个子不算太高，所以也不是很重，在他怀里，像个大号的漂亮娃娃，只是这娃娃比其他娃娃要金贵许多，只有捧在手心里宠着，才能看见她让人心动的模样。

慢慢把林遥之黑色的长发吹干，秦鹿的心也好像平静下来，他看着林遥之熟睡的侧颜，心中升腾起某些隐秘的感觉，随即苦笑，最后只是在林遥之的额头落下一个温柔的吻。

林遥之睡得酣熟，被秦鹿抱起也没有醒，她被带进屋子里，放在浅蓝色的大床上，林遥之大约是有些累了，发出小小的鼾声，然后动作自然地翻了个身，像在家里睡觉那样，抱住枕头，撅起了屁股。

秦鹿看着林遥之的动作，嘴角微微抽了抽，思量片刻，掏出手机对着林遥之录了一段她睡得像头小猪的视频，随后才熄了屋内的灯，退了出去。

林遥之睡得极好，几乎是一夜无梦，直到天色大亮，才蒙蒙眬眬地醒来，一睁眼，却发现枕头湿了好大一块，她登时露出不好意思的表情，把枕头默默翻了一面藏了起来。

还好是夏天，林遥之暗暗地想，不过她的睡相是不太好，还好秦鹿没和她睡在一起，不然肯定就被发现了。

第四十八章

少年时的梦

早餐时间，秦鹿问林遥之昨晚睡得如何。

林遥之把嘴里嚼着的煎蛋咽下去，做出一副西子捧心状，说昨天自己没怎么睡，一夜都在为秦鹿担忧，可怕的梦境一个接着一个。

秦鹿闻言挑眉："一晚上都没怎么睡？"

林遥之点头："是啊是啊。"

秦鹿意味深长地"哦"了声。

林遥之总觉得秦鹿的这声"哦"包含了好些复杂的情绪。

吃过丰盛的早餐，秦鹿打算去宠物店接王啸，然后一起去找陈野，林遥之乖乖地坐上秦鹿的副驾驶。

大约是想了些旧事，一路上秦鹿都很沉默，直到接到王啸，王啸的问话才让他说出了第一句话。

王啸问："这是个玩笑吗？"

秦鹿说："不是。"

王啸便没有再开口，他坐在后座，沉默得如同一尊坚硬的石雕。车子里的气氛僵硬得吓人，林遥之也不敢贸然开口，只好眼巴巴地假装自己在认真玩手机，只是耳朵却竖起来，生怕听漏了话。

秦鹿显得有些烦躁，本来想要再抽一根烟，但看了林遥之一眼，又把烟收了回去。后座的王啸则是双手抱胸，林遥之记得从心理角度分析，这个动作代表当事人的态度十分抗拒。

即将快要到达目的地的时候，秦鹿说："你想对他说些什么？"

王啸道："他应该早些告诉我。"

林遥之本来以为王啸是想表达自己早点知道这事就能早些过来的心情，谁知他补了一句："这样我就能揍他一顿了。"他咬牙切齿，杀气森森，"这个王八蛋。"

秦鹿叹息，伸手揉了揉眼角，叮嘱王啸进去之后别和陈野吵架，毕竟陈野是个病人。

王啸却冷笑不语。

秦鹿无法，只能停了车，带上王啸朝别墅的方向走去。

王文乐早早地等在门外，悄悄给他们开了门，看见王啸后，他脸上露出些许紧张的表情，战战兢兢地叫了声王哥。

王啸连个眼神都没给他，直直朝别墅去了。

"哎哎哎。"王文乐走到后头，压低声音对秦鹿说，"王啸不会进去就给我弟弟一拳吧？"

秦鹿摊手，一脸事不关己："有可能。"

王文乐惊恐道："秦鹿你可得拦着点，陈野那身体可经不起王啸那么一拳。"

秦鹿说："放心，他不会把他打死的。"停顿片刻，他补充了一句，"至少会留一口气。"

陈野、秦鹿、王啸，这三人中，虽然性子最怪的是他弟弟，但性格最差的，那要属王啸了。王啸可不像秦鹿那么讲道理，王文乐见过他揍人，那一拳拳下去，看得人真是头皮发麻，最恐怖的是他还会避开所有要害部位，等于挨了一通痛揍，最后却只能算个轻伤。

王啸直接踹开门，进去就看见陈野坐在轮椅上，正漫不经心地吃着早茶。

他面色微沉，几步走到陈野面前，居高临下地看着自己这个许久未曾见过的好友。

陈野只是抬了抬眸，在王文乐担忧的眼神中，随便挥了挥手，道："坐。"

王啸居然真的坐下了。

秦鹿知道他们两个的相处模式，倒也不紧张，牵着同样担忧的林遥之，随便寻了个位置坐下。

陈野说："喝茶吗？"

王啸道："不喝。"

陈野语调懒懒的："不喝就算了。"

王啸说："什么时候走？"

陈野道："周五吧。"

今天已经是周二了，还有三天陈野就会离开国内。

王啸说："就不能再提前点说？"

陈野笑道："王文乐不是去找过你吗？还没进去，就被打出来了。"

王啸闻言，恶狠狠地瞪了王文乐一眼，王文乐无辜得都要哭出来了，这关他什么事啊？谁叫王啸那么凶，他当时还有一只脚没踏进门里，就被硬生生瞪了出来。

"废物。"王啸冷冷骂道。

王文乐一听就急了："你骂谁呢？"

王啸撸起袖子，露出一手臂的文身，王文乐一见立马缩了缩脖子："秦鹿，他骂你是废物！"这里脾气最好的一个，就是秦鹿了，不然他可不敢去俱乐部拉横幅。

秦鹿冷笑："你以为我不会打你是不是？"

王文乐怒道："你们这群王八蛋，就欺负我，难道我就是你们里面最弱的那一个吗？这……"他的目光在人群里扫了一圈，正打算说这不还有个小姑娘在吗，结果对上林遥之貌似天真的目光，浑身一抖，随即想起这个小姑娘恐怖的战斗力，发现自己好像真的是最弱的一个，最后蔫巴巴地垂了脑袋，说，"你们聊，我去吃点东西。"

王啸不屑道："你家怎么就生了这么一个孬货？"

陈野说："孬货有孬货的好处，傻人有傻福嘛。"

两人四目相对，气氛再次沉默下来。林遥之虽然是个外人，但也能看出王啸此时的心情十分复杂，他极想发火，又碍于好友的身体状况，只能忍着，最后忍得双目赤红。陈野见状却忍不住笑了出来，打趣道:“王啸，你这是要干吗啊？怎么眼睛都红了？该不会下一刻就要扑到我怀里痛哭失声了吧？”

王啸从牙缝里挤出一句脏话。

秦鹿说:“陈野，你就别逗他了。”

陈野叹气，说现在不逗，以后没机会了。

这话一出，王啸抬手对着旁边的桌子猛地一砸，“砰”的一声巨响，那实木桌子居然被王啸砸得粉碎，当然，他的手也破了皮，鲜血滴滴答答地落到地面上。要是一般人，肯定会被吓到，但在场的四人都不是什么普通人，连最可能被吓到的林遥之也全程淡然，眼睛都没多眨一下。

王啸恶声恶气:“真想揍你一顿，这一拳，就该落到你身上。”

陈野无所谓道:“你随意。”

王啸磨牙。

秦鹿无奈道:“都这时候了，能不能好好说话？”

陈野眨眨眼睛，笑了起来，笑得越来越大声，最后抖着肩膀，弯下了腰。再抬起头的时候，眼角好似泛起了些许泪痕，只是那痕迹太淡，下一刻便隐匿在浓密的睫毛里。

王啸听着陈野的笑声，嘴唇抿起一条紧绷的弧线，他沉默良久，还是问出了那一句话:“还能回来吗？”

“我也不知道啊。”陈野眨眨眼，“但是如果死的话，我还是想死在国内。”

王啸道:“你说什么呢？”

陈野道:“王啸，我也不和你卖关子，这病秦鹿估计也和你说了，大家心里都清楚。”他慢慢地说，“如果真的到了那一步，我不会允许自己变成那个样子的。”不能说话，不能动，可意识却是清醒的，这样的事，对于陈野而言，恐怕比死亡还要可怕。

“所以如果你还有什么想对我说的，现在就说了吧。”陈野说，“毕竟以后可能也没有机会了。”

王啸深吸一口气，看了秦鹿一眼。秦鹿心领神会，牵起林遥之，示意她同自己一起出去。

林遥之便乖乖跟着秦鹿离开了屋子，还顺手带上了门。

两人站在院子里，灼热的阳光透过浓密的树木，碎成斑驳的剪影，秦鹿坐在林遥之旁边，无比沉默。

林遥之心里有很多想问的话，但她选择了将这些话咽进肚子里，只是静静地坐在秦鹿身边，抱着他的手臂，靠在他的肩头。

“王啸输给了我。”也不知在阴影里坐了多久，秦鹿忽然开口，他的神情有些疲惫，“但他还想继续打拳。”

秦鹿说，林遥之便听着。

“但是陈野不同意。他不但不同意，还封死了王啸所有的路。”

当时王啸虽然中断了连胜，但实力依旧无人可撼动，想要继续打黑拳，其实是件很容易的事，也有很多拳场想要他。但陈野却动用手段，让其他拳馆都不愿再接受王啸。

这件事，让王啸和陈野彻底决裂，王啸不能理解这种所谓对自己好的做法，而陈野，也不需要他理解，他只是想让王啸活着罢了。

“为梦想死去，与我而言是愚蠢又可笑的事。”陈野是这么对秦鹿说的，“我不怕王啸恨我，我也不在乎这个。”

秦鹿却知道陈野在撒谎。

如果陈野不在乎所谓梦想，他也不会想方设法拦下秦鹿，更不会在秦鹿断送自己的运动员生涯后勃然大怒。他只是不想看见王啸狼狈地死在那个血腥的擂台上。

可惜的是，王啸永远不会理解陈野，他所有的乐趣，都在于打拳，让他离开那个地方，还不如让他去死。

观念上的差异，让好友三人渐行渐远，终成陌路。

“我觉得我如果是陈野，大概也会这么做吧。”林遥之靠着秦鹿，小声道，“就算让朋友恨我，我也不想看见他死。”

秦鹿说：“如果那就是他的梦想呢？”

林遥之道：“梦想是会变的，我小时候的梦想是当科学家，现在的梦想就不是了，可是命只有一条啊。当然，我也没有说王啸不对的意思，毕竟每个人的想法，都会存在差异。”

人类之间想要相互理解，本就不是容易的事。

“那你现在的梦想是什么？”秦鹿问她。

林遥之却羞红了耳垂，她扬起头，凑到秦鹿耳边，小声地说着自己的悄悄话：“我现在的梦想就是……嫁给你呀。”

第四十九章

好朋友

林遥之的话一出口，秦鹿的眼神里便流露出浓郁的笑意，他薄唇轻抿，轻轻捏了捏林遥之软乎乎的脸颊，温声道：“你怎么可以抢我的台词？”

林遥之傻乐：“这不是怕你不好意思说嘛。”

秦鹿似笑非笑：“我怕真有那么一天，不好意思的那个人是你。”

林遥之本来还想说什么，屋内却传来一阵巨响，两人闻声皆是一惊。

秦鹿大约害怕王啸真的和陈野吵起来，起身急忙朝门口走去，结果还没进去，便听到屋内王啸愤怒的叫声：“陈野，你到底有没有心？你到底有没有把我当过朋友？”

秦鹿推开门，看见陈野坐在轮椅上面无表情地看着王啸，神情无比平静，而王啸却如同一头被惹怒的困兽，颈项青筋暴起，此时正冲着陈野怒吼。放在一旁的椅子被他掀翻，木头碎了一地，整个房间一片狼藉。

王啸吼，陈野就听着，并没有开口的意思。

秦鹿深吸一口气，走上前按住王啸的肩膀，硬生生将他的理智拉了回来，王啸恨恨地回头，一双黑眸因为怒火烧得赤红。

“冷静点。”秦鹿劝道。

王啸咬着牙，他对陈野说：“我想从你的嘴里听见一句对不起，是不可能的事，对吗？”

面对暴起的王啸，陈野显得很平静，这种平静在此时却透出死气沉沉的味道，他叹了口气，状似有些无奈，道：“我没有觉得我哪里做错了，既然没有做错，又为什么要说对不起？”

王啸道：“你当初不让其他拳馆收我，你觉得没错？”

陈野说：“我总不能看着你去死。”他有些疲惫地用手撑住下巴，“或者说，这件事从一开始，就是错的，我不该把你带入这个世界。”

王啸怒极反笑：“你总是这样，你做决定的时候，就不能先听听被决定人的意见吗？所谓为了我好，你就没有想过我到底是怎么想的？”

陈野无所谓道：“我就是这样。”

王啸本以为陈野会反驳什么，谁知道他居然坦然承认了，陈野摊着手，很认真地说：“我就是这样的个性，你早该知道了，王啸，我陈野就是这样的人，以前是，现在是，以后也是，所以……”

王啸恨得牙痒痒，本以为陈野还会说什么更过分的话刺激自己，谁知他的声音却低了下去，带着些自嘲和悲哀，陈野说：“所以，你还把我当朋友吗？”

屋内瞬间安静下来，只能听到王啸粗重的呼吸声。

陈野看着自己的好友，向来无所顾忌的他，这次话语里竟带上了一些小心翼翼，他问：“所以……你们还把我当朋友吗？”

王啸从自己的牙缝里逼出一个脏字，他嘴唇翕动，似乎有很多话想说，又硬生生憋了回去，将这句脏话又重复了一遍。

他被怒火烧得绯红的眼睛，泛起薄薄的雾气，雾气凝成水渍，润湿了他的双眸。

“你在说什么鬼话？”最后，王啸从喉咙里挤出一句沙哑的话，他说，“就算你做了那么多混账事，我王啸，也没有一天不把你陈野当朋友。”

他说完，伸手粗暴地揉了一下自己的脸，侧过身去：“我出去抽根烟。”

秦鹿叹气，注意到陈野的目光，落到自己身上，他想要笑一下缓和气氛，但那笑容实在是太难看，倒不如不笑。

“你永远是我的朋友。”秦鹿道，“无论发生什么。”

陈野苍白的脸上露出笑容：“真的吗？”

秦鹿重重点头。

“我其实一直很想问，你有没有恨过我？”陈野问，“当初如果我拦下你，你可能……”

“我从来没有恨过你。”秦鹿知道这件事一直是陈野心中解不开的结，如果说他成功做到了为王啸好，替他做了决定，那么在秦鹿这里，他却没能为秦鹿做出最优的选择。秦鹿还是上了那个擂台，还是赢下了那场比赛。

“那真是太好了。”陈野重重地松了口气，自言自语，“你们应该不会骗我吧？反正我也……”

秦鹿心里堵得难受，他本来以为他们还有很多时间，就算余生不再相见，但至少心中依旧会为这个老友留一个位置。

可世事无常，当真是应了那一句——万般皆是命，半点不由人。

王啸出去了一会儿，又回来了。

他回来时，脸上的怒气已经消退，只余下一片平静。

“算了，我不和你讲道理。”王啸说，“反正在这件事上，我们是永远也达不成共识，你固执得就像茅坑里的臭石头。”

陈野反击：“你也没好到哪里去。”

王啸磨牙。

陈野道：“好了，不逗你了，这次我出去，也不知道什么时候还会再回来，所以找你们过来一是叙叙旧，二是有个小小的愿望。”

“什么愿望？”秦鹿问。

陈野看着秦鹿，义正词严：“就是想在临死前抱上一个大胖孙子。”

林遥之和秦鹿对视一眼，都看懂了对方的眼神，林遥之大约是在说：快看，秦鹿，有人占你便宜。

于是秦鹿说：“王啸不就在你面前吗？想抱就抱呗。”

三人停顿片刻，都哈哈哈大笑起来，陈野看着王啸一脸黑下来的表情，乐得眼泪都出来了，说：“乖孙子，快来给爷爷多看两眼。”

王啸恨得牙痒痒：“你就是看准了我不敢打你是吧？”

陈野眨眨眼睛，狡黠道：“你可以打啊，秦鹿又不会拦着你。”

王啸都快气死了。

林遥之看着这两人，心想怪不得王啸那么怨陈野，陈野要是真算计起来，王啸显然不是他的对手，当初那个事情恐怕陈野都没和王啸商量，便自顾自做了决定。

不过看王啸这性格，好像商量什么也用处不大。

“好了，不开玩笑了。”陈野说得有些累了，打了个哈欠，“我的确有最后一个愿望……”

“什么？”王啸闷声闷气地问。

“我想再看你和秦鹿打一场。”陈野说。

王啸道：“就这样？”

“就这样。”陈野慢慢说，“当年那场比赛，为我们的友谊画上了句号，现在再打一场。”他灿烂地笑着，“就当是我们友谊的再次开始吧。”

“可以。”王啸毫不犹豫地应下，他看向秦鹿，眼神里燃起战火。

秦鹿也点点头：“可以。”

“什么时候打？”王啸揉了揉自己的手腕，“现在？”

“明天吧。”陈野微笑，“今天我有些累了，明天下午还是在这里，我为你们提前准备好护具和擂台。”

“也好。”王啸说，“那你先休息。”

秦鹿道：“我们先走了。”

一直躲在厨房里瑟瑟发抖的王文乐听到他们要走，这才支了个脑袋出来，装作刚听到的样子，说：“你们就要走啦？不在这儿吃个午饭吗？”

王啸瞪了他一眼，王文乐便缩了脖子，嘟囔道：“怎么那么凶？我这不是和你们客气一下吗？”

“明天见。”秦鹿对陈野道。

“明天见。”陈野温声道，“很高兴能交到你们这样的朋友。”

“我也很高兴能够认识你。”

陈野冲着他们挥挥手，又对王文乐扬了扬下巴，示意他出去送客。

王文乐很是不情愿，扭扭捏捏地从厨房出来，一副黄花大闺女出来接客的模样，给他们拉开了门，道：“一路顺风啊。”

秦鹿点点头算是应了声。

陈野大约是真的累了，坐在轮椅上半眯着眼睛，看起来一副马上要睡过去的样子。

秦鹿轻轻合上大门，吐出胸口的郁气，对王啸道：“找个地方喝两杯？”

“行。”王啸同意了。

于是秦鹿开着车，回了市区，随便找了个饭店，直接点了一箱啤酒。

王啸也不说话，坐在秦鹿对面，打开一瓶咕咚咕咚喝了大半才停下，把瓶子一放，说：“你真不怪他？”

“怪他？为什么要怪他？”秦鹿说，“和你相比，这个选择至少是我自己做的。”

王啸又问：“值得吗？”

秦鹿笑道：“能看见你坐在我面前喝酒，就已经很值得了。”

值得吗？这个问题很多人都问过秦鹿，包括他以前的队友，包括最看好他的教练，可秦鹿的回答从未有过片刻迟疑，他知道这件事是值得的，就算付出的代价是那般惨痛。

王啸不说话了，继续喝着闷酒。秦鹿也不劝，而是看着菜单点了几个菜，还问林遥之有什么想吃的。

林遥之随便点了几个菜，突然想起什么，道：“你们两个打过几次呀？”

“挺多次了。”秦鹿说，“在学校的时候经常较量，后来毕业了，就没怎么对上了。”

“那谁赢得比较多？”林遥之又问。

“当然是我。”秦鹿丝毫不客气。

“你放屁。”王啸嗤笑道，“你赢了还不是因为那些限制，要是没了那些比赛规则……”

秦鹿挑眉：“可是最重要的一场你输了。”

王啸登时语塞，片刻后，他恨恨地撸起袖子，沉声道：“那是因为我轻敌，明天不是还要比一场吗？那就来吧，让你女朋友看看，到底谁更厉害。”

秦鹿道:“好啊。”

两人对视，空气里充满硝烟味，林遥之突然期待起了明天。

第五十章

突然的意外

吃完饭，三人各自回了家。林遥之一开门，便看到哥哥林霂之幽怨的目光。

“我家小朋友长大了，都会夜不归宿了。”林霂之唉声叹气，像个几十岁的老头子，背着手在林遥之面前走来走去。

林遥之被他逗乐了：“你不也经常夜不归宿吗？”

林霂之道：“我那是为了拍戏，有正当理由的夜不归宿，你这是为了什么?！”

林遥之笑道：“当然是为了我家亲爱的小鹿斑比啊。”

林霂之露出一脸牙酸的表情，说请不要在我面前散发恋爱的酸臭味，林遥之嘻嘻笑着，问他和何淼淼进展如何。

“哼，那当然是进展很顺利了。”林霂之骄傲地扬起下巴，“她今天早晨还去片场给我送了牛奶呢。”

“哟，她去探你的班啦？”林遥之道。

“嗯。”林霂之说，“她还问我明天早晨想吃什么，不是我吹，看她的眼神，我就知道她肯定是很喜欢我，不过好像她比较迟钝，我暗示她好几次，她都没懂什么意思……”

林遥之看着林霂之，语气里带着些怜悯：“是吗？那你可要加油。”

林霂之没有注意到林遥之奇怪的眼神，依旧胸有成竹，说没关系，他明天要拍一场和女主角亲密接触的戏份，到时候何淼淼肯定会吃醋，她一吃醋，他就能抓住机会去哄好她，再顺势表白。

林遥之说：“万一她不吃醋怎么办啊？”

林霂之斩钉截铁:“不可能！”何淼淼肯定是喜欢他的，从她的眼神里明显能感受到满满的爱意，她不肯表露心情，肯定是担心他不会接受，不过没关系，他不是那种完全不主动的人，只要时机合适，他来表白也没有关系。

林遥之长叹一声，拍拍她哥的肩膀，说早点去睡吧，明天还有一场硬仗要打，心里想的却是如果不是明天有事，她肯定就跑到片场凑热闹去了。看看她哥在感情上吃瘪的样子，也挺有趣的。

林霂之依旧信心满满，保持着好心情睡觉去了。

林遥之洗了个澡早早爬上床，躺在床上盯着天花板看了会儿，便迷迷糊糊睡了过去。

第二天，依旧是个大晴天。

这几日天气热得吓人，还没到八点，明晃晃的阳光在大地上蒸腾起一片燥热的暑气。树梢上的蝉发出濒死般的叫声，吵得人心情越发烦躁。

林遥之和秦鹿约定的时间是下午两点，只是不知道为什么，从早晨开始，习惯性给林遥之发早安的秦鹿却没了反应，林遥之给他发了好些消息，都如同石沉大海。

起初林遥之想是不是他忙着做什么事，但眼见午饭时间都过了，秦鹿那边都没有回信，林遥之才给他打了电话，却得知秦鹿的电话处于关机状态。

秦鹿肯定是出了什么事，难道是陈野那边突发意外？林遥之脑子有些乱，换了身衣服驱车去了秦鹿家，可到了秦鹿家，怎么敲门都没听见里面有人回应。倒是秦鹿的室友咪咪跑到窗户边，隔着玻璃看着林遥之。

“咪咪，秦鹿去哪里了呀？”林遥之贴着玻璃问道。

咪咪低着头瞅了她一会儿，居然好像听懂了林遥之的问话，朝门口的位置扬了扬下巴。

“他出门去了？”林遥之问。

咪咪点点头。

林遥之道:“是早晨出的门吗？”

咪咪又点点头。

林遥之道:“出门前有没有人给他打电话?”

咪咪思量片刻，摇了摇头，随后“嗯嗯”两声，也不知道是什么意思。

昨天林遥之和秦鹿约定好两人一起吃午饭，秦鹿早上出门，大概是过来赴约的，不过现在却突然消失，手机还处于关机状态……

林遥之看了看时间，现在已经快到下午两点了，也就是秦鹿和陈野他们约定的时间，如果秦鹿处理完事情，肯定是会去赴约的，可惜林遥之没有陈野他们的联系方式，便打算直接开车过去，看看秦鹿在不在陈野那边。

大约两点半，林遥之到达陈野家别墅外面，气喘吁吁地按响门铃。

嘴里嚼着冰棍的王文乐来给林遥之开门，然而见到她的第一句就让林遥之有些心凉，他说:“哎?秦鹿没和你一起过来?”

“他不在这里啊?”林遥之焦急道。

“不在啊。”王文乐说,“刚刚陈野还在问呢。”

两人边说话，边往里面走，屋内，陈野和王啸都坐在椅子上，见到她独自一人前来，都露出些许惊讶的表情。

“秦鹿没来?”王啸问。

“他早晨就没接我电话了。”林遥之道,“我还以为他在你们这儿呢……”她擦着额头上的汗水，喃喃道,“秦鹿肯定是遇到什么事，不然不会突然消失，手机还关机。”

陈野和王啸对视一眼，王啸道:“要不要报警?”

“可以报警吗?”林遥之说,“他才失踪不到半天，找警察会不会不受理?”

王啸只能安慰道:“你也不用太过担心，秦鹿真要是遇到点什么，也不会毫无还手之力。”

“可是我觉得，秦鹿不是那种会随便玩消失的人。”林遥之还是不太放心,“他肯定是遇到什么事了……”

“不行就只能再等等。”王啸看了看时间,“不过今天这场拳，陈野你怕是看不到了。”他看向坐在一旁的陈野。

陈野微笑道:“没关系的。”

林遥之咬着唇，她突然想起来，明天就是周五，陈野一大早就会坐上飞向异国他乡的飞机，离开这里。陈野的病情肯定是不能拖的，然而他得的是世界范围内的绝症，到底能不能治好，本来就是个未知数。

林遥之有些坐立不安，她不敢猜测秦鹿到底遇到了什么，才会让他错过和好友的最后一次相见。

时间走得分外艰难，一分一秒都变得如此难熬。

陈野大概是看出林遥之实在难受，便道："遥遥，不然你现在就去警察局一趟吧，同警察说明情况，应该可以调出监控看一看。"

林遥之站起来说好。

王啸长叹一声，随手把拿在手里把玩的拳套扔到一边，说："你明天必须走？能不能推迟一下？"

"不行的，行程都是订好的。"陈野还没说话，王文乐焦虑地开口了，"本来这周一就该走了，结果因为他想见见你们，已经拖了好几天，想看那个专家的病人多得很，再错过，就不知道排到什么时候了。"

陈野微笑道："没关系的，说不定我以后还会回来呢，你陪着遥遥一起去吧。"

王啸低低地"嗯"了声。

林遥之听着陈野的话，忽然意识到，这极有可能是他们和陈野最后的一次见面，而看见好友打一场拳，也是陈野的最后一个愿望。现在秦鹿突然消失，这个愿望注定无法实现，林遥之心里冒出了一个大胆的想法，她咬了咬牙，开口道："陈野，我代替秦鹿和王啸打一场，你愿意看吗？"

陈野和王啸一起愣住。

"你？"王啸虽然知道林遥之不是普通的小姑娘，但看着她娇小的模样，依旧心存疑虑，"你行吗？"

"当然可以。"林遥之看了看时间，"反正打一场拳也用不了多久时间，打完咱们再去警察局也行。"她下定决心，如果让秦鹿看重的好友就这么失望离开，无论秦鹿发生什么，这件事一定会成为他这辈子的遗憾。而现在唯一的问题，就是陈野想不想看。

“可以呀。”陈野的回答打消了林遥之的担忧，他对待林遥之的态度向来温和，此时更是如此，他道，“不过你真的要和王啸打吗？他可是那种上了拳台，就翻脸不认人的类型。”

王啸说：“上了拳台就是对手，用尽全力，是对对手的尊重。”他看向林遥之，“你确定？真要开打，我不会留手的。”

林遥之平静道：“不需要你留手，我在秦鹿家见过你打拳的录像，请用你最擅长的方式吧。”

王啸笑了，说：“好。”

陈野丝毫没有看轻林遥之的意思，先是吩咐王文乐去拿适合林遥之的护具，接着王文乐推着陈野的轮椅，朝后院的方向去了，林遥之跟在后头，隔着玻璃看到后院里已经架上了一个简易的拳台。

“时间紧迫，三局两胜。”陈野道，“每一局五分钟。”他看了看表，又道：“王文乐，你去当裁判。”

王文乐赶紧拿起护具往自己身上戴，本来裁判是可以不戴护具的，但是他见过打疯了的王啸，那时候的他可不会管你是不是裁判。

“没有规则，但请尽量不要攻击要害。”陈野道，“至于其他的攻击方式，请随意。王文乐，给我认真地盯着。”

王文乐苦着脸说好。

王啸已经穿好护具，正在旁边热身，万幸的是林遥之今天穿的是便于运动的T恤、短裤，不用担心妨碍动作，她挥舞着拳头，开始适应手里的拳套。

“热身好了请告诉我。”陈野说。

王啸顿住动作，严肃地看向林遥之，道：“林遥之，你现在还有后悔的机会，真到了台上，我不会因为你是姑娘就放水的，你明白吗？”

林遥之闻言，咧开嘴笑了，说：“希望你说到做到。”她重重地挥舞一下拳头，冷声道，“毕竟上个给我放水的人，可是在医院里躺了好长一段时间呢。”

第五十一章

拳台之上

自从高中毕业，林遥之就很少打拳了。虽然她不再打拳，但平日里的运动量却并未落下，因为工作的特殊性，她平时十分自由，有充裕的时间用在健身上。

王啸也是如此，在没有打黑拳后，他也许久未曾站在擂台上了，此时他再次回到这里，胸膛之内，自是涌动着澎湃的战意。

林遥之热身完毕，走到拳台之上。

两人体形的差距在这一刻展现得淋漓尽致，在高大强壮的王啸面前，不到一米七的林遥之简直像个小孩，好似王啸一拳砸下来，她便会无力地瘫倒在地。

然而王文乐却很清楚，林遥之的柔弱只是假象罢了，他可是亲自领教过这姑娘的拳头。王文乐知道台上两人都不是自己能惹的，于是乖乖穿上所有能穿的护具，把自己裹得要多严实有多严实，连陈野都忍不住笑了起来，说："不知道的，还以为你要上去打呢。"

"我这不是担心出现意外吗？"王文乐嘟嘟囔囔，"万一这两人缠在一起，我不把自己裹严实点，哪敢上去把他们两个分开？"

陈野笑道："也是。"

王文乐深吸一口气，确认林遥之和王啸都准备好了，便掏出手机调出计时器，深吸一口气后，大吼一声："准备好了吗？三，二，一，开始！"

话音刚落，王啸的拳头便至，一拳砸向林遥之的面门！林遥之知晓两人在体形上的差距，并未硬扛，右脚迅捷后退，脑袋微偏，拳风擦着她的鼻尖划了过去。

一击不中，王啸又是第二拳，他虽然体形健硕，但拳法丝毫不笨拙，出拳速度极快，甚至在空中带出了细微的破空声。

林遥之似乎被王啸凌厉的拳势完全压制，不住往擂台边缘后退，看得王文乐胆战心惊，心里正想着业余的她和王啸果然不是一个级别，余光却注意到坐在轮椅上的陈野竟然在笑。

“你笑什么呢？”王文乐愁道，“可别伤到人家小姑娘了。”

“伤到？”陈野说，“明明处在劣势的是王啸，你却在担心林遥之？”

“什么？”王文乐愣住。

陈野叹气：“秦鹿能喜欢上的姑娘，果然不笨。”

王文乐茫然：“啊？”

陈野看了他一眼，无奈道：“至少比你聪明吧。”

王文乐心想这关他什么事。

随着时间的流逝，不太懂拳的王文乐也能看出些门道了。

王啸的确处于压制性的地位，看起来林遥之只是在十分狼狈地逃窜，可王啸的压制性地位并未给他带来任何收益，林遥之步伐灵巧至极，王啸没有一拳能砸到她的身上，她的每一个侧身、退步，都好像经过精密的计算，看似凶险，却躲过了王啸的每一次出拳。

王啸的性子本来就暴烈，硬生生被林遥之这种躲闪的打法弄出了火气。

眼见第一场五分钟的时间马上就要到了，王啸却连林遥之的手都没碰着，他忽然顿住脚步，重重吐出一口气，冷冷道：“你是打算就这么赢下我？”

林遥之眨眨眼睛，道：“如果这样可以赢的话。”

“好吧。”王啸扭了一下颈项，平静道，“那我便不留手了。”

王啸举拳。

林遥之依旧做出防御的姿势。

王啸见状狞笑，右脚猛地跨出一大步，直接堵死林遥之躲避的方向，随后左手出拳，朝林遥之面门挥出。这一拳，集速度和力量为一体，王啸知道林遥之绝对躲不过。

好在林遥之也没打算躲，她和王啸同时出拳，两人的拳头，就这么砸在一起，发出一声令人肉痛的巨响。

这是王啸用尽全力的一拳，而接下这一拳的林遥之，竟没有后退半步，不但没有后退，甚至还趁着王啸愣住的片刻，以左脚为重心，侧过身体，对着王啸的腰部便是一次飞踢。

“砰！”

成功命中！

毫无防备的王啸被林遥之踢了个正着，身体不由往后退了退，场下王文乐的声音激动地响起：“林遥之得分！”

王啸看着自己的腰，又看了眼拳头，随后抬眸，黑色的眼睛里已被兴奋染成赤红一片，他说：“你很有意思。”

林遥之喘着气，随手擦掉额头上流下的汗水：“你也是。”

王啸正欲上前继续，台下的王文乐却叫停比赛，五分钟时间已到，第一场就这么结束了。

王啸有些不快地看了他一眼，说：“这才刚开始呢。”

王文乐摊手：“规矩就是这么定下的。”

“我讨厌规矩。”王啸冷冷道。

王文乐仗着陈野在场王啸不会揍他，很是欠打地说：“你是讨厌输吧？林遥之，加油啊，干翻王啸！你能行的！”

林遥之虽然赢下了这场，表情却十分凝重。

第一场比赛，只能算是双方在互相试探对方的实力，林遥之利用王啸的轻敌赢了，她却深刻地感受到王啸恐怖的实力。和王啸对了一拳的右手还在隐隐作痛，她感觉似乎伤到了筋骨。

这种拳头，林遥之能不硬接最好躲掉，不然只会和王啸拼出个两败俱伤。但显然，决定用尽全力的王啸的拳头，并不是那么好躲的。

林遥之休息时，坐在旁边用水漱了口，王啸从下台子的那一刻起，目光就没有从她身上移开过。那目光十分复杂，有审视，有好奇，更多的，是熊熊燃烧着的战意。

接下来两场，皆是苦战，林遥之心中已有准备。

休息五分钟，两人再次回到拳台上。

这一场，王啸不打算让林遥之再躲了，他狞笑一声，舍弃了所有的防御，以最凶猛的攻击姿态，朝林遥之猛扑过来。林遥之举起双手，被迫格挡，拳头狠狠地砸在她没有护具的手臂上，发出沉闷的响声，这要是砸在下巴或者其他脸上的部位，砸掉几颗牙都算是轻的，肯定脑震荡都得出来。

拳台上的王啸，像是一只被惹怒的凶兽，力量极大，拳速也极快，躲不开的林遥之，在他面前似乎变成了一个沙袋，只能被动挨打，但好在她防御得滴水不漏，王啸始终没能得分。

在旁看着的王文乐紧张得直跺脚，嘴里低低地唾骂王啸一点也不知道怜香惜玉。

“怜香惜玉可是会输的。”陈野头也不回，他所有的注意力都放在拳台上，面容上的病态被兴奋掩盖，“这姑娘，不是个好对付的角色。”

林遥之的确被打得有些烦了，她本来只是想以最小的损失赢下和王啸的比试，可现在她突然改变了主意。

她不想躲了。

王啸看见林遥之止住防御的姿势，这个于他的体形而言，算是十分瘦小的女生，神情变得有些危险，她嘴唇轻轻翕动，对王啸说了一个字，王啸听清楚了那个字是什么。

“来。”林遥之对他说。

王啸瞬间暴起，对着林遥之狠狠砸下一拳。

这一次，林遥之没有躲开，她右手格挡，左手已经挥出，同时也被王啸挡住。如果是常规拳击，裁判就该上来将两个选手分开了，但这场拳击本来就没有规矩，没有限制任何动作。林遥之抬起脚，王啸已经料到她的动作，手一抬，便将她的脚抱在怀里，随后猛地扭身，要将林遥之直直地摔在地上。这是个非常标准的散打动作，一旦林遥之被摔到地上，王啸便能得分，然而被王啸抓住脚的林遥之，却灵活得像只猴子，王啸扭身，她便一把抓住王啸的颈项，硬生生粘在王啸身上。

两人几乎快要脸贴脸，林遥之喘着气对他露出一个笑容。

王啸表情微微扭曲，大约是受到了某种刺激，手中猛地发力，竟硬生生将粘在他身上的林遥之扯了下来，像扔块牛皮糖似的扔到地上。林遥之四肢着地，王啸得分，她在地上趴了一会儿才爬起来，表情带着几分幽怨，说："我有那么吓人吗？"

王啸没理她，伸手按了一下自己肩膀，林遥之的力气可不是一般大，把她从自己身上扯下来的时候，他感觉自己的右肩似乎有些扭伤。别看她撒娇的样子可爱，真和她打起来，才知道眼前这个娇小的姑娘，到底有多么难缠。

林遥之从地上爬起，这次没有等王啸出击，她竟先冲了过去，接着抬手出拳。

王啸成功格挡，林遥之见状再次抬脚，王啸表情瞬间扭曲："你……"他还没来得及反应，林遥之又再次粘上了他的腰，两只脚死死地锁在他的腰上，简直把他当成了一棵树，在他身上胡乱爬来爬去。

林遥之却很喜欢看王啸这副表情，乐得咯咯直叫，她力气极大，双脚锁着王啸的腰，两只手按着他的肩膀，这次贴的是后背，王啸压根不好用力，当真是拿她一点法子都没有。

王啸最后只能冲着台下的王文乐怒吼："你不是裁判吗？这不算犯规？"

王文乐毫不犹豫地偏心辩解道："你自己说的没规矩，既然没规矩，这哪里犯规了？"

林遥之在他耳边嚷嚷："你快认输，认输我就放过你！"

王啸气得不行："陈野！"

陈野哈哈大笑："继续，继续，我看这比试精彩得很！"

王啸再次气绝。

第五十二章

原来是你呀

林遥之像块狗皮膏药死死粘在王啸身后。如果是其他人这样，王啸还能揪着他们往前拉，可偏偏林遥之虽然身材娇小，力气和他比起来却不遑多让，气得王啸直咬牙，也没能把她从自己背上揪下来。

陈野和王文乐都是看热闹不嫌事大，见到王啸碰壁，不但没有阻拦的意思，甚至还看得津津有味。王文乐这个不称职的裁判，甚至掏出手机开始录像，一边录一边嚷嚷："王啸你行不行啊？不行咱认输也成，输给秦鹿的女朋友不丢人。"

王啸神情狰狞地瞪了他一眼，王文乐赶紧噤声。

林遥之就这么在王啸的后背上，赖足了五分钟，她发现当王啸拿她没办法的时候，还挺有趣的。

直到王文乐宣布时间到，她才恋恋不舍地从王啸后背上溜下来，灵活得像只活蹦乱跳的小猴子。

王啸虽然穿了T恤，但后背上依旧被林遥之挠出一片红痕，看起来就很疼的样子。他沉着脸走到拳台旁边，拧开一瓶水迎面倒下，随后将瓶子直接拧成一团，丢到一旁。

林遥之显然看出王啸此时的心情极差，但她并不介意，反而笑嘻嘻地对王啸做了个鬼脸。

"还好王啸没女朋友。"陈野在旁打趣道，"不然这一身回去，他可没法和女友交代。"

林遥之瞅着王文乐在录像，连忙让他停手，说自己这模样别让秦鹿看见，自己在秦鹿眼里可是十指不沾阳春水的小公主。

王文乐心想你揍我的时候可不是这么表现的，但鉴于他清醒地意识到自己不是能和王啸五五开的林遥之的对手，所以还是乖乖删掉了视频。当然，他留了个心眼，删之前暗暗把文件存到了另外一个文件夹，算是留下了林遥之的“罪证”。

如果只是正面对抗，毕竟体形差距摆在那儿，林遥之并不是王啸的对手。但问题在于这场没有规则的比试里，王啸根本无法强迫林遥之不使用其他手段。若是林遥之认真起来，他还真拿林遥之没什么办法。

王啸喝完水，目光死死地盯住林遥之，从那眼神看来，应该已经想出最后一场比试里折腾林遥之的法子了。

林遥之倒也不紧张，兵来将挡，水来土掩，王啸又不是什么不可战胜的大魔王，她怕他干什么。

休息的时间马上结束，林遥之站起来活动一下筋骨，正打算上台，听到放在背包里的手机响了起来。

“我接个电话。”林遥之打了个招呼，从包里掏出手机，看见屏幕上是个陌生的号码。

她心有所感，迅速按下通话键：“喂。”

“喂，林遥之，你在做什么呢？”那头传来一个熟悉的声音，林遥之一听这声音便皱起眉头，给她打电话的，竟是她那个草包前男友王飞涵。两人已经许久未曾联系，林遥之都快把他忘干净了。

“你管我做什么呢？干吗？”林遥之道，“有事直说。”

王飞涵的语气十分得意，道：“你那个小男朋友不见了吧？你不着急吗？”

林遥之一听这话，便明白秦鹿的失踪定然和王飞涵脱不开关系，她冷冷质问：“他在哪里？你对他做了什么？”

王飞涵说：“呵呵，我什么也没做啊，我不是和你说过吗？我不会放过你的！”

林遥之听着他放狠话，脑子却转得飞快，她没有再态度强硬地质询王飞涵，而是放柔声音，带着哭腔道：“王飞涵……你……你到底想做什么？他是无辜的，有什么你冲着我来！”

王飞涵哈哈大笑，似乎觉得自己终于占了上风，说："让我放过他可以，两个小时后，西郊小榭路96号，到那里去！"

林遥之颤声说好。

"不准报警，如果你报警，别怪我对他不客气，他叫秦鹿对吧？真是个柔弱的名字呢。"王飞涵得意道，"你以为你找个健身教练我就怕你了？林遥之，你是我女朋友，没有我的同意，你居然敢去找别的男人？"

好在王飞涵此时不在林遥之面前，不然她真想一把将他的脑仁捏爆，现在林遥之虽然已经气得表情狰狞无比，恨不得马上给王飞涵来一顿毒打，但隔着电话声音还是战战兢兢，带着楚楚可怜的颤音："你不要动他，我一定准时过来。"

"就你一个人，不准带其他人。"王飞涵说，"记住，两个小时后，如果你迟到了，就永远别来了！"

"啪"的一声，电话挂断，陈野和王啸都听到了林遥之的通话内容，均露出警惕之色，陈野问道："谁绑了秦鹿？"

"我那个废物前男友。"林遥之只恨当时没有把他打怕了，才让他有胆子敢兴风作浪，她捏着手机的手咯吱作响，看得王文乐胆战心惊。

"什么要求？钱？"陈野继续问。

"没有，只是让我一个人去西郊那边一趟。"林遥之冷冷道，"秦鹿应该就在他手里。"

"我们要不要报警啊？"王文乐小声说。

"可以。"林遥之思量片刻，"不过我打算先过去看看情况，如果情况不对，就马上报警，那边应该不知道秦鹿的实力。"不然王飞涵也不会张口闭口就是健身教练，他这样的废物，就算来十个也不是秦鹿的对手。

"还是先报警吧。"陈野道，"你一个人去不太安全，就算他绑了秦鹿，肯定也不敢做什么，我至少得保证你在我眼皮子底下不出意外。"

林遥之摇摇头，说："你这都是聪明人的想法，王飞涵智商太低，我就怕他到时候一个冲动真伤了秦鹿。"越是愚蠢的人，做出来的事后果就越严重，正常人哪里会干出绑架前女友现任的事来？可王飞涵偏偏做得出来。

“你怎么看上他的？”王文乐幽幽地问道。

林遥之有点不好意思，讪笑几声：“这不是……他长得还不错嘛。”

在场的三位男性同时陷入缄默。

林遥之恼羞成怒：“你们难道没有见色起意的时候？”

三人齐齐摇头。

林遥之怒道：“怪不得你们都是单身狗！”

三人哑然，发现自己居然无法反驳，这么多年，也就秦鹿找了个女朋友，他们三个还齐刷刷地单着，面对林遥之的攻击毫无还手之力。

“好了，不说这个了。”陈野赶紧转移话题，“我不赞同你独自去，还是报警比较安全。”

“不用担心我。”林遥之说，“秦鹿那边肯定是有意外才会被王飞涵抓住，你们去报警，我自己过去，里应外合更加妥帖，毕竟万一刺激到王飞涵，真伤到秦鹿就不好了。”她说着，朝王啸抛了个媚眼，“况且连王啸都伤不到我，王飞涵那边就更不用担心了。”

王啸只感觉自己后背一阵火辣辣的疼，的确，林遥之那无害的外表就是对人最大的欺骗，真要把她当作柔弱纤细的姑娘来对待，恐怕两巴掌就被揍趴下了，也不知道她那个前男友怎么还敢这么折腾。

“那至少带点防身的武器吧。”王文乐见林遥之心意已决，开始出主意，“万一出了什么意外……”

“也行。”林遥之挠挠头，“我带点什么呢？”

王文乐说：“你等着。”

他屁颠屁颠地跑出去，再回来时手里多了一把扳手，毫不客气地塞在林遥之手里，说：“这个你拿着，到时候情况不对就给那个叫王飞涵的人来一下。”

林遥之瞪着眼睛：“就没个灵巧点的？”

王文乐想了想，居然从屁股兜里掏出了一把小扳手：“这个？”

林遥之虽然一脸无语，但还是接了过来。

虽然情况听起来挺紧急的，但不知为何陈野有些想笑，他吩咐王文乐去公安局报警，让王啸和林遥之一起去王飞涵说的那个地点。

不过王飞涵在电话里反复叮嘱让林遥之独自前往，因为害怕刺激到他，林遥之只能委屈王啸在后备厢里凑合一下。

王啸阴沉着脸色躺进后备厢，在林遥之关上车门的时候，他甚至怀疑这事是不是秦鹿和林遥之故意设的局，就是为了整他，但仔细想想，好像又不太可能，于是最后硬是忍住，什么话也没有说。

林遥之开车去了王飞涵说的地点。

西郊离这里挺远，马不停蹄地往那边赶也得两个小时，刚好是和王飞涵约定的时间。

林遥之专心致志地开车，在后备厢里躺着的王啸却觉得哪里不太对劲，忽然出声："这边开过去还要很久吧？"

林遥之说："是啊。"

王啸道："那你为什么要我现在躺在后备厢里？不能待会快到了再让我躺进来吗？"

林遥之道："对哦！我怎么没想到？你可真聪明！"

王啸狐疑："你真没想到？"

林遥之无辜地说："肯定没想到啦，我心里记挂着我家被绑架的小鹿，况且我的手还这么疼，怎么有精力故意整你呢？"

王啸莫名："你手怎么疼了？"

林遥之微笑道："你真是贵人多忘事，就是你刚才打的啊。"

王啸心想就是因为这个，所以你其实是故意的对吧？

林遥之："躺稳了大兄弟，要急转弯了！"

王啸在后备厢里被撞得龇牙咧嘴，恨恨地想秦鹿到底是在哪里找来了这么个宝贝。

第五十三章
原来如此

为了在规定的时间赶到王飞涵说的地点，林遥之这一路可谓是开得火花带闪电。可怜了王啸缩在后备厢里，像块肉似的滚来滚去，最后到达目的地的时候，已是闷了一肚子发不出来的邪火。

林遥之见状只能出声安慰，说让王啸再忍忍，先把王飞涵骗出来再说。

王啸虽然没说话，但林遥之隐约好似听见他嘎吱嘎吱磨牙的声音，也不知道是不是她出现了错觉。

西郊小榭路96号，是个位于郊外的大型储物仓库，平日没什么人往这边走，孤零零的铁门外荒草遍生，一看就是凶杀案里特别合适的下手地点。林遥之摸了摸自己兜里的小扳手，拿着手机下了车，拨通王飞涵的电话。

那头很快接了起来，是王飞涵的声音："你到了？"

"我到了。"林遥之观察着周围的情况，"你在哪儿呀？"

"你在门口等着，我马上过来。"王飞涵说。

片刻后，仓库的大门被拉开，王飞涵出现在门口，很不客气地对林遥之招了招手："你没报警吧？"

"没有啊。"林遥之细声细气，"我已经按照你说的做了，秦鹿人呢？"

"哼，他自然是好好的。"王飞涵傲慢道，"过来。"

林遥之便走到王飞涵面前。

王飞涵道："你有没有后悔和我分手啊？"

林遥之做垂泪状："自然是有的，但曾经沧海难为水，既然已经放手，我便不再后悔。”她说着让自己牙酸的话，余光却透过王飞涵看向他的身后，果然，王飞涵并非一人向秦鹿下手的。他的身后，还有几个流里流气戴着口罩的年轻男人，正在虎视眈眈地盯着他们两人，这些人手里提着铁棒，看起来不太好对付的样子。

王飞涵还真信了林遥之的鬼话，笑得很是得意："那还差不多。"

"秦鹿呢？我想看看他，确定他还安全。"林遥之说。

王飞涵道："我说了，只要你过来，我就不动他。"他说着带林遥之进了仓库，朝角落里走去。

没走几步，林遥之便看见角落里被绑得结结实实的秦鹿。秦鹿是醒着的，只是被绑得像个螃蟹，嘴里还塞着布，见到林遥之，眼里流露出惊讶之色。林遥之看见秦鹿这可怜兮兮的样子，瞬间生出无限的怜爱之心，蹲下来捧着秦鹿的脸颊，柔声道："我可怜的小宝贝，他们怎么舍得这么对你……"

秦鹿面露无奈，他简直就是倒霉到了极点。

王飞涵在他家附近蹲点有几天了，但因为陈野的事，秦鹿的心思压根没放到其他地方，也未曾注意到自己身边的异样。等到察觉时，已为时太晚，王飞涵准备充足，不但备好武器，还带了几个人，秦鹿早晨出门时刚到车库，就被他们袭击了。

当时的他满脑子都是即将离开的陈野，被袭击时压根就没反应过来。

再次醒过来的秦鹿却是被五花大绑丢到一间陌生仓库，只能眼睁睁看着王飞涵给林遥之打电话，甚至还出言威胁。

"我来了，你可以放他走了吧？"林遥之扭头看向王飞涵。

王飞涵道："可以是可以，但是你得先答应做回我女朋友。"

林遥之握起拳头："你不怕我揍你？"

王飞涵摇头晃脑，振振有词："那一次你能打过我，是我没准备好，这次我要是准备好了……"

林遥之一巴掌呼到他脸上，"啪"的一声脆响，王飞涵当场蒙在原地，仓库远处几个聊天的小混混也呆住了。

“你……你干什么？”王飞涵直接被打蒙了，白皙的脸颊上瞬间浮起一个清晰的巴掌印，“林遥之，你又打我！”

“我就是这样的人啊。”林遥之振振有词，“你要是和我谈恋爱，就得接受这样的我。”

王飞涵气得浑身发抖，说：“你别给脸不要脸！能救你的男朋友都被我绑在这了，你还想翻出花来？”

林遥之看了眼秦鹿，小声道：“可是平时都是我在保护他。”

王飞涵哪里会相信林遥之的鬼话，他伸手就想抓住林遥之给她一个教训，谁知林遥之动作十分灵敏，反手就给了他一拳，这一拳直接砸在王飞涵的胸口，砸出一声沉闷的响声。王飞涵疼得龇牙咧嘴，后退几步，对身后几个看热闹的人道：“你们还在看什么？还不赶快把她给我也绑起来！”

那几个小混混显然并不太听王飞涵的话，悠哉地走到他身后，邪里邪气地打量着林遥之，调笑道：“哟，你女朋友长得不错啊！”

王飞涵道：“那是自然。”

“赎人的钱带来了吗？”有人问。

“什么钱？”王飞涵莫名其妙。

“你让我们帮你绑人，又想就这么把人放走？”小混混恶声道，“不放点血，哪有那么容易走掉的？”

“可是我不是给你们辛苦费了吗？”王飞涵越听脸色越白，捂着胸口的模样像被威胁的人质，“你们怎么一点儿也不守信用？”

“信用？我们要是讲信用，会来做这个？”有人笑道，“况且你才是主犯，车是你开的，脸是你露的，警察真要追究起来，你以为自己跑得掉？”

王飞涵瞪圆了眼睛也没有想到会是这个发展，他看向林遥之，却发现自己的前女友脸上毫无惊讶之色，平静得就像在听他们聊着无关紧要的天气。

“林遥之，你报警了没有？”王飞涵本来只是想吓吓林遥之，这会见事情超出了自己的可控范围，瞬间反了，迈着小碎步朝林遥之靠了几步，咽着口水发问。

“没有啊。”林遥之使坏，神情无辜地看向王飞涵，“你不是让我不要报警吗？”

“你什么时候这么听话了？”王飞涵简直想咆哮，“我让你和我和好你怎么不听啊?！”

林遥之摊手：“这不是担心我可爱的现男友的安危吗？你们一共几个人啊？有没有武器什么的？”

“我们……呸！是他们，一共五个人，有匕首、铁棒什么的。”王飞涵虚弱地说，“我……我和他们其实也不是很熟。”他只是想和林遥之和好罢了，绑架是这群混混出的主意。

这群人开始慢慢围了过来，看向林遥之的眼神里充满恶意：“聊完了吗？聊完我们就动手了，怎么不早点说你女朋友长得这么漂亮？反正你们也分手了，让她陪我们先玩玩吧。”

王飞涵吓得浑身哆嗦，大约是男人最后的尊严让他没有躲开，他抖着两条软得跟面条似的腿拦在林遥之面前，声音都吓变调了：“你们……你们不能这样，这是犯法的……”

“滚开！”领头的混混哪有兴趣和王飞涵继续磨蹭，抬脚就给了王飞涵一下，王飞涵惨叫倒地，凄惨的模样简直让林遥之都不忍直视。

“行了行了，别揍他了。”林遥之忙劝道，“有什么都冲我来吧，虽然我是一个人，但是我可早有准备。”她说完，从自己的裤兜里掏出王文乐给她的扳手。

只可惜那扳手像是幼儿园没毕业就出来工作的，小巧得惹人怜爱，几个混混见状都哈哈大笑起来，其中一个不客气道：“哟，宝贝你这么可爱，都快让我们舍不得动粗了。”

林遥之一个小姑娘，拿着一个小扳手，真是让他们大牙都要笑掉了。

林遥之捏着扳手，认真道：“这你们就不懂了，用太大的容易出事，你们那小身板，也就能受得住这个，来吧，谁先上？”

“那我就不客气啦。”话最多的那个混混一步上前，眼神邪恶地打量起眼前的姑娘，“那就让我看看，我能不能受得了吧。”

众人听着这荤话，皆是哈哈大笑，然而笑声还没持续几秒，便戛然而止。

就在下一刻，被调戏的林遥之握着扳手一步上前，一扳手便敲在那人的下巴上。

下巴属于头部，遭受重击后，不但有可能脱臼，还会引起头晕目眩乃至脑震荡，林遥之的动作极快，那人甚至来不及抬手挡住，便被小巧的扳手直接命中要害，眼花缭乱地后退几步，便狼狈地倒在地上。

混混们愣住，调笑的眼神变成不可思议，看向林遥之，就像在看一个奇形怪状的怪物。

“下一个。”林遥之挥舞一下扳手。

“这姑娘真是给脸不要脸。”回过神来的他们瞬间暴躁起来，从身后掏出武器，恶狠狠地瞪着林遥之，将她团团围住，“你还敢先动手？”

王飞涵快被这一幕吓晕过去了，可林遥之脸上依旧笑嘻嘻，他实在想不明白，他以前怎么没发现林遥之的胆子这么大？明明她是那种见到一只蟑螂都会吓得哆哆嗦嗦的小姑娘啊！

“别废话了。”林遥之拍了拍手上的扳手，玩笑道，“再废话，警察都要来了。”

几个混混对视一眼，弄不清楚林遥之是真的报了警，还是故意虚张声势，不过这都不重要，重要的是，他们现在就要给这个不知道轻重的女人一点教训看看！

“弄死她！”一声令下，几人直接朝林遥之扑了过来。

林遥之冷笑：“速战速决，也挺好。”

免得警察真来了，她还不好下手。

第五十四章
终于解决

王啸觉得自己在后备厢里躺了一万年。

林遥之离开时怕出意外并未锁车，和他约定遇到什么情况便会大声尖叫，但王啸此时什么声音都没有听到，躺在后备厢里的他，似乎变成了一尊已经被人遗忘的雕像。

王啸决定在心中暗数一百下，到了一百下，如果还没有动静，无论发生什么都要从这后备厢里爬出去。

等数到七十六下时，王啸终于听到一声期待已久的惨叫。只是那叫声显然不是林遥之发出来的，而是出自一个陌生男人之口，不过这已经足够了，王啸伸手打开后备厢，慢慢从里面爬了出来。

如果此时有人站在车旁，定然会被浑身杀气腾腾、宛若修罗的王啸吓到。

王啸离开车，转头看向旁边还没关严的仓库大门，叫声就是从那里发出来的。

憋了一肚子邪火的他，现在恨不得揪住某个人就是一通暴打——让他们敢抓秦鹿。要是他们不抓秦鹿，他就不用和林遥之上拳台，不和林遥之上拳台就不用被她粘在身后嘲讽，更不用像个行李一样被林遥之骗进后备厢。

王啸走到仓库门口，看见被围攻的林遥之，和两三个躺在地上生死未知的男人。

这几人手里都拿着武器，要么是钢管，要么是匕首，正毫不客气地往林遥之身上招呼。林遥之捏着她那把可爱得不行的扳手，抬手就是一拳，轻轻松松又放倒一个。

林遥之的力气和灵活的身手王啸早就深有所感，别看她一双手白白嫩嫩，似乎不沾阳春水，但一拳打到人鼻子上，当真能把人直接捶晕过去。这些人虽然人数众多，但显然不是林遥之的对手，和灵巧的林遥之相比，他们简直像是几个固定挨打的木头桩子，看得人一阵牙疼。

“王啸，你怎么来啦？”打架之余，林遥之居然还有工夫和王啸打招呼，“我不是没有叫吗？”

王啸暗暗磨牙：“你是没叫，他们叫了。”

说着指了指地上某个被林遥之一扳手敲在小腿骨上的男人，也不知道骨折没有，就抱着小腿坐在地上嗷嗷直叫，听起来就让人觉得惨无人道。

林遥之不高兴地看了那人一眼，嘟囔着说：“早知道就把他弄晕算了。”现在把王啸招来了。

王啸被林遥之气笑了，咬牙切齿地对五花大绑的秦鹿道：“你女朋友可真行。”

秦鹿满目无辜，并不明白林遥之到底哪里惹到了王啸。

和林遥之缠斗的几个混混压根没讨着好，本来勉强利用人数优势维持着五五开的局面，结果没打一会儿，居然不知从哪里冒出来一个身高一米九、身材健硕、手臂上还文着文身的恐怖男人。这男人虽然还没出手，但光看模样就知道不是个好对付的角色，还有战斗力的几人均是对视一眼，都在对方眼神里看到了迟疑和惊恐。

“你们居然还带了人！”小混混尖声叫道。

“我也不想让他出来的。”林遥之碎碎念，“我手现在还疼着呢，都怪你们叫得那么大声，你们要是小声点，他现在还在后备厢里躺着呢。”

王啸表情微微扭曲，他就知道林遥之绝对是故意的。

林遥之说完又是一扳手，直接敲在那混混的鼻子上，当即敲得他鼻血直流，惨叫声卡在喉咙里，就这么硬邦邦地晕了过去，她敲完还摊了摊手，道：“看，就是这样。”

剩下的几个混混眼珠都要瞪出来了。这姑娘跟只猴子似的，他们连她的衣角都没碰到，而且力气还很大，只要被她那把看起来没什么杀伤力的扳手近了身，绝对是不晕也残。

偏偏现在还来了个杀气腾腾的壮汉，怎么看他们几个也不是对手。

“你们可不要逼人太甚。”兔子急了也是会咬人的，混混们见到王啸也打算加入战场，其中一个黄毛立马开始扯着嗓子嚷道，“小心我弄死你们！”

林遥之笑道：“你能怎么弄死我们？”

黄毛狞笑：“你真以为我们没有底牌？”他说着扔掉手里的铁棒，在腰间摸索片刻，竟然掏出了一把手枪，“不准动！”

林遥之和王啸都愣住了，他们本来以为只是普通的小混混，没想到他们竟然不知从哪里搞来了这种武器。

林遥之放下自己可爱的小扳手，满脸无辜道：“大哥，你冷静一点啊，我就这么个小扳手，没别的武器了。”

小黄毛看了眼自己倒了一地的兄弟，表情扭曲，心里想就这么个小扳手都成这样了，要是林遥之带点别的什么武器，岂不是他们连还手之力都没有？这女人是个妖怪吧！

王啸没想到他们居然有枪，也是面色微沉。

“冷静点啊。”林遥之道，“用枪和没用枪恶劣程度可不一样，况且我们也没报警，都是江湖上的事，咱们也别闹大了。”

“是啊，咱们把你们送去医院再给你们点钱，这事就算这么结了。”王啸应声，“但是有枪伤就不一样了，警察肯定会介入，到时候绑架加非法持枪，说不定你下半辈子都得在牢里过了。”

两人都很小心地劝说着，就怕刺激到黄毛。

黄毛听着林遥之的话，神情略微有所松动，大约是觉得他们两人说得有些道理，真要弄到搞出人命这一步，这里要杀的最少也有四个，怕是不好善后。

林遥之连忙道：“你们不就是想要钱吗？你们说个数，我们尽量满足。”

黄毛说：“我们要……”话音未落，听到什么声音，他瞬间脸色大变，扭头朝仓库外面看去。

林遥之也听到了汽车驶过的声音，她想到什么，暗道一声不妙。

然而怕什么来什么，一辆警车真的停在了仓库的门口，虽然没有亮出警笛声，但车身上的公安两个字，却暴露了它的身份。

“你们居然报了警！”本来情绪渐渐平静的小黄毛发出愤怒的嘶吼声，下一刻便将手里的枪上了膛，咆哮着，“你们都去死吧！”

林遥之的身体动了，在所有人反应过来之前，她猛地朝前一扑，伴随着几声震耳欲聋的枪响，她成功地将小黄毛扑到地上，抓着他的头朝地上重重一砸，直接将他砸晕了过去。

林遥之趴在他身上，粗重地喘息着，脸上想要扯出一个笑容，却看见王啸惊恐无比的表情。

“林遥之，林遥之你没事吧！”王啸跪在旁边吼着，“快叫120！”

王飞涵干号着拨出电话。

林遥之缓缓低头，看见自己身上红了一片，不知道是因为太过紧张，还是身体自动屏蔽了剧痛，她没有感觉到有多疼，还能扭过头，朝角落里无法动弹的秦鹿看去。

秦鹿黑色的眼眸里是快要溢出来的惊恐，他艰难地朝这边蠕动过来，被塞住的嘴呜呜直叫，隐约能听到是在叫“遥遥”两个字。

林遥之道：“比比……”

秦鹿：“呜呜……呜！”

“秦鹿。”林遥之艰涩道，“我……我喜欢你。”

秦鹿眼里溢出泪水，声音也开始哽咽。

林遥之看着他这模样，幸福地想，能看见秦鹿这可爱的模样，就算自己死了，也算是值了。

接下来的一切都是那么混乱，警察们、医生们，无数陌生的脸从林遥之面前晃过。

秦鹿终于被解开，林遥之也被送上担架。

“林遥之你不许死，我不准你死！”

男人的叫声这般撕心裂肺，林遥之只能对他投去一个温柔的眼神，最后被医生送进救护车。

“林遥之！”在晕过去之前，林遥之的耳边，都是秦鹿的呼声。

第二天，手臂被裹起来的林遥之躺在床上啃苹果，秦鹿坐在她身旁，脸色阴沉得像烧煳了的锅底。

“比比。”林遥之小声道，“我中午想吃麻辣香锅。”

秦鹿抬眸，冷冷地看了她一眼。

被秦鹿恐怖的眼神煞到，林遥之讪笑道：“开……开个玩笑嘛，我这不是没事吗？”

秦鹿不说话，继续低着头削苹果，手里的小刀泛着银光，看得林遥之颈项一凉。

虽然当时情况看起来十分不妙，但送到医院来才发现，她只是右臂有一点擦伤，不过因为夏天穿得太少，所以血直接淌了她一身，王啸又在旁边鬼叫，搞得她还以为自己要死了。

以为她要死了的，自然还有秦鹿。

从住进医院开始，秦鹿就没怎么和林遥之说话，一直在生气。

林遥之苦着脸不敢吭声，这事的确是她太过莽撞，如果当时小黄毛稍微练过用枪，她肯定会交待在当场，但这不是没事吗？她家比比怎么还在生气呢？

“哟，小姑娘精神头不错啊！”中午，王啸提着一篮水果来探病，幸灾乐祸地打趣。

“当时要不是你在旁边鬼叫我会这样吗?！”林遥之怒道，“都以为我要死了。”

王啸轻描淡写：“我胆子小怕血不行吗？况且这么热的天，又在后备厢躲了那么久，意识紊乱也是正常的事嘛。”

林遥之哪儿受得了这个委屈，哭着就扑进秦鹿怀里，说：“秦鹿，你朋友也太王八蛋了。”

秦鹿温柔地摸了摸林遥之的脑袋，说：“你知道他这么王八蛋，怎么不让他一起去呢？你们两个不都挺厉害吗？”

林遥之和王啸同时缩了缩脖子，硬是从秦鹿温柔的语气里，听出了暗藏的杀意。

第五十五章

最开心的事

鉴于秦鹿看似温柔实则恐怖的眼神，王啸没敢继续挑衅，而是选择递上水果篮后起身便溜，留下林遥之独自一人在医院里承受秦鹿的怒火。

那日林遥之被送进医院抢救，绑架秦鹿的一干人等全被警察抓获，连陈野都趁着夜色来了医院一趟。

当时林遥之已经被确诊没什么大碍，只是右手被子弹擦伤，秦鹿坐在她身边，神情阴郁，看得林遥之只敢缩在被窝里瑟瑟发抖。

陈野被王文乐推着过来，秦鹿对他说了对不起，显然是在对因为意外爽约感到抱歉。

然而陈野却好像嫌林遥之不够惨似的，笑眯眯地表示没什么大碍，因为林遥之已经代替他和王啸打了一场，虽然没打完，但两人目前是五五开，还招招手，示意王文乐把他录的视频给秦鹿看看。

录像里，林遥之跟个猴子一样爬上王啸的后背，两只腿夹着他的腰，笑得跟个傻瓜似的。

王啸被她气得脸色发青，但又拿她毫无办法，于是两人便在拳台上玩起了二人转，情形十分好笑。

只是林遥之从被子的缝隙里注意到，她家小鹿的表情越来越难看，最后把录像还给王文乐时，那脸简直黑得跟锅底似的，吓得林遥之赶紧闭着眼睛，假装自己还在睡觉。

陈野蔫坏蔫坏的，和秦鹿又聊了会天才走了。走前和秦鹿告别，说："明日便要出发，再次相见，也不知是何时何地。”

秦鹿说：“有机会一定会出国见见你。”

陈野却笑着摇头，说他如果真的有了动弹不得的那一天，希望不要再和秦鹿、王啸见面，因为至少在两人的记忆里，他还是那个会动会说的陈野，而不是一尊凝固的雕像。

秦鹿不语，也不应声。

“还有你。”陈野又笑着对躲在床上假装睡觉的林遥之道，“想好怎么哄你家小鹿了吗？”

林遥之被秦鹿的死亡视线注视着，死活没敢吭声。

陈野挥手告别，林遥之则紧紧地闭着眼，直到秦鹿灼热的气息喷打在她的脸颊上。

“睡得这么熟？”秦鹿说。

林遥之不说话。

秦鹿揪住她的脸颊，微微用力，把她软乎的腮帮子揪出一个巨大的弧度：“嗯？”

林遥之只好睁眼，眼泪汪汪地瞅着自己生气的男朋友，凑过去蹭蹭抱抱，撒娇道：“不生气嘛，我又不是故意的。”

“你还和王啸打拳？”秦鹿咬牙切齿，“你知不知道他打起拳来有多疯？”

林遥之垂泪。

秦鹿说：“还扑上去挡子弹？嫌自己死得不够快是不是？”

林遥之开始装死。

秦鹿道：“说话。”

林遥之还没意识到秦鹿到底在气什么，以为他只是担忧自己的安危，于是手舞足蹈地表示王啸之辈不过尔尔，还不是被自己打得团团乱转，至于那把枪，总不能看着那人对他们一人来一下吧？

秦鹿很生气，又没法对林遥之发火，最后干脆什么也没说，就坐在旁边生闷气，林遥之想可能过几天他就消气了。

谁知秦鹿这几个朋友都不是省油的灯，第一天陈野火上浇油后溜之大吉，第二天王啸又来了，嬉皮笑脸地送了个果篮，还顺带挑衅林遥之几句，把秦鹿硬压下去的火气又挑了起来。

他倒是知道事情不妙，放下东西就跑，留下林遥之这个跑不掉的病号继续承受秦鹿的怒火。

“从这一点上来说，陈野和王啸简直太相似了，都是王八蛋。”林遥之幽怨地想道。

“可以嘛，还藏在后备厢里？”秦鹿平静地说，“挺聪明的。”

林遥之咽口水，眨巴着眼睛，没敢吭声。

秦鹿说：“我出去抽根烟。”

他说着起身，也没有再责骂林遥之，这让林遥之慌了起来，她敏锐地察觉到，这个样子的秦鹿比生气的秦鹿更可怕，于是咬着牙伸出完好的左手，抓住秦鹿的衣角。

秦鹿回头。

林遥之细声细气：“不去抽烟好不好？”她有些怕秦鹿拒绝，便故意做出楚楚可怜的表情，摇着秦鹿的衣角，“不喜欢比比抽烟……不抽好不好？”

秦鹿沉默不语。

林遥之有些急了，哼哼唧唧地又开始道歉，说自己不该那么莽撞，以后遇到危险的事，一定先同秦鹿商量，让秦鹿不要再生她的气，他这个样子，会让她特别难过。因为说得太过投入，林遥之的心里浮起一股委屈，眼泪便慢慢盈满眼眶，她当时看见那人掏枪的时候特别着急，如果不扑过去，万一那人打伤秦鹿可怎么办？

秦鹿伸手搂住林遥之，重重地吻着她的头顶，这个拥抱的力气极大，抱得林遥之都快要喘不过气来，他说：“宝宝不哭，都是我的错。要是我当时小心些没被抓住，就不会有这一切发生了，都是我的错。”

林遥之抽泣声渐大，在秦鹿的怀里哭成泪人。

秦鹿疼惜得要命，一边帮她擦眼泪一边哄，就这么一会工夫，便和林遥之签下了无数不平等条约，什么不能再生林遥之的气、要帮她报王啸的嘲讽之仇，直到林遥之开始得寸进尺地要求晚上吃麻辣香锅，他才回过神来。

“不行。”提到麻辣香锅，秦鹿恢复刚才的冷漠无情，“你手上有伤口怎么能吃辣的？”

林遥之眼泪汪汪：“我好啦。”

秦鹿：“好没好医生说了算。”

林遥之干号。

然而秦鹿早就对她的戏精情结深有了解，面对林遥之的干号不为所动，甚至在旁边掏出手机愉快地打起了连连看。林遥之一瞅麻辣香锅没戏，立马不哭了，沉着脸色给闺密发信息，说秦鹿肯定在外面有小妖精了，竟然面对号啕大哭的她无动于衷。

闺密并不知道发生了什么，和林遥之一起谴责秦鹿好一会，然后才问她为什么要号啕大哭。

“我就想吃个麻辣香锅。”林遥之振振有词，“就吃个麻辣香锅他都不满足我。”

闺密狐疑道：“你不是昨天才缝了五针吗？”

林遥之道：“已经缝起来不就没事了吗？”

闺密送了她一串省略号。

骂归骂，麻辣香锅什么的在这个月就别想了。

林霂之因为林遥之受伤这事也大为震怒，虽然没有怪到秦鹿身上，但是就差专门派个护工到林遥之身边守着她了。

林遥之深深地体会到了什么叫作不要在她哥面前生病和受伤，哪怕是划破手指，她哥也觉得她马上就要死了，更不用说是挨了一枪。

在医院待了四五天，伤口稳定后林遥之便不顾阻拦地出了院，总算是回到了家中。

这件事算是告一段落，王飞涵和那群人全部被刑事拘留，不过因为王飞涵虽然怕得要死还是为她说了几句话，林遥之略微心软了一下。对于警察的询问，她表示王飞涵这人可能单纯得脑子不太好使，心肠也没那么坏，判个五六七八年就行了，终身监禁还是有点太重，警察听着她这话哭笑不得。

不知道秦鹿对王啸做了些什么，气呼呼地给林遥之来了好几个电话，让她管管秦鹿。

“做什么？”林遥之莫名其妙，“我家秦鹿好好的我干吗要管他呢？”

王啸恨得牙痒痒。

后来，林遥之才知道，秦鹿使坏联系上王啸的弟弟王嘉，说来委婉实则很直白地表示王啸年龄也大了，耽搁不起，是时候开始相亲了，并且为王啸介绍了好几个条件不错的姑娘，职业大约都是十分受欢迎的教师、公务员之类。

王嘉对于秦鹿的热心非常感谢，激动地说一定会好好监督自己的哥哥，气得王啸差点没找秦鹿打一架。

林遥之知道这事差点当场笑死，亲着自家男友的下巴咯咯直乐。

又过了几个月，林遥之的伤口渐渐愈合，不过上面留了一个十分醒目的疤痕。秦鹿似乎很介意这个伤疤，林遥之有点怕他是不是嫌弃伤疤太丑，结果在某天夜里，从秦鹿身边醒来，她发现秦鹿垂着眸子，轻轻地亲吻着她狰狞的疤痕，眼神里全是疼惜和后悔。

林遥之见到此景，并未说什么，假装闭起眼，眼角却有些发潮。

第二天，林遥之突发奇想，伸手把秦鹿的裤子扯了大半，瞅着秦鹿腰间那漂亮的文身大声宣布自己也想文一个。

“怎么突然想起文身？”秦鹿蹙眉，有些不赞同，“很疼的。”

“以前就想文啦。”林遥之眨巴着眼睛，“但是怕我哥骂我。不过现在反正有个疤，我自然要好好抓住机会。”

秦鹿还欲再说什么，林遥之却直接扑上去吻住他的唇，不给他反驳的机会。一吻结束，两人的气息都有些紊乱，她把脸贴在秦鹿的胸口，轻声道：“我要和你文个般配的文身，这样别人就知道你是我的了。”

秦鹿怦然心动。

林遥之坏笑，手在秦鹿腰间摩挲，说：“不过你可不能随便给人看这个，谁要是敢看，我就把她眼珠挖出来。”

秦鹿说:“好。”他轻声慢语，眼神温柔得化作一湾春水,“亲手帮你挖出来。”

林遥之咯咯直乐，开心地又给秦鹿一个吻，秦鹿搂住她，重重地回应。

能遇到彼此，大约是他们这辈子最幸福的事。

第五十六章

给你一个亲亲

漫长又短暂的热夏终于过去，严冬降临，为大地裹上银白的新装。林遥之穿着单薄的睡衣坐在开着暖气的屋内，怀里搂着软乎乎的咪咪，脑袋一耷一耷，眼看就要睡过去。

秦鹿从厨房出来，手里端着热气腾腾的食物，见到林遥之这模样，抬手在她的脑袋上轻轻一拍："起来吃饭。"

林遥之猛地惊醒，揉着眼睛说好。

食物是秦鹿十分拿手的鸡蛋面，汤底是鸡汤做的，面条顺滑柔软，最上面还压着一个半熟的鸡蛋，撒着翠绿的葱花，光嗅着味道，便会让人觉得十分有食欲。林遥之一边吃面，一边看电视。

电视里正播着林霂之的访谈，林霂之笑容优雅浅淡，举手投足之间，皆是贵气。虽然他的脸不是特别英俊的那一款，却十分适合大屏幕，能架得住摄像头挑剔的面部特写。正因如此，林霂之向来是电影导演们的宠儿。

此时主持人正好问到林霂之关于感情的事，林霂之笑着说这种事讲究水到渠成，不可强求。

主持人抓住他话语中的漏洞，说："林先生，现在是不是有心仪的人了？"

林霂之道："这个问题涉及隐私，不太方便回答。"

主持人狡猾地露出笑容，说："那如果林先生有了心上人，那心上人岂不是会马上和林先生在一起？"

林霂之很平静地说："有些事，不能强求的。"

这表情看似无欲无求，只有林遥之知道林霂之此时心中是多么的想骂脏话。

她忍不住哈哈大笑起来，差点把手里的碗打翻，还是秦鹿帮她扶住了，无奈道："笑什么呢？"

林遥之眼泪都笑出来了，把林霂之和何淼淼的事给秦鹿说了一番，当听到何淼淼是林霂之亲妈粉的时候，秦鹿也忍不住跟着笑了起来。

"我都快要笑死了，我哥那个笨蛋居然一直都没有发现。"林遥之抹着眼泪，上气不接下气，"你知道吗？他一直以为何淼淼喜欢他，直到上周……"

"上周怎么了？"秦鹿问。

"上周不是圣诞节吗？"林遥之愉快地吸了一大口面条，吞下去之后，才继续道，"然后我哥觉得他和何淼淼的关系可以再进一步了，就暗示何淼淼可以表白了。"

秦鹿挑眉。

"这些大明星都有点偶像包袱，我哥也是，但是又着急何淼淼怎么还不表白。"林遥之乐得不行，"就和何淼淼暗示，圣诞节是个表白的好时机。"

秦鹿笑着问："然后呢？"他可不信何淼淼真的去表白了。何淼淼的性格他是知道的，如果真的喜欢一个人，那是从来不知道"隐忍"二字为何意，她那个性子，如果对林霂之有意思，恐怕早就挑明了。

"然后？"林遥之又开始拍桌子，"这才是整个故事最精彩的地方，然后何淼淼就在圣诞节那天相亲去了，哈哈哈哈哈哈！"

秦鹿也笑出了声。

"那天我哥还特意推掉好多行程，穿得美美的，喷上香水，在我出门之前臭屁地表示要给我领个嫂子回来。"林遥之说，"结果我一回去，就抱着我开始哭诉，说何淼淼太过分了，居然背着他约了别的男人，我一问，才知道何淼淼居然相亲去了。"

这个圣诞，可能是林霂之这辈子过得最凄惨的圣诞节了，虽然最后何淼淼在知道林霂之很不开心后，急匆匆地赶了回来，但依旧无法抚平林霂之内心深处的伤口。

“她回来的时候还给我带了一包糖。”林霂之阴郁地说，“在她眼里，我就是个能被糖果哄好的小孩子吗？”

林遥之听着自己哥哥抱怨，眨眨眼：“那糖你吃吗？不吃给我吃。”

林霂之说：“没门。”

林遥之：“啧。”

总而言之，林霂之遭受到一千点伤害，这段时间都处于濒死状态，而造成伤害的何淼淼还不明白到底发生了什么，只以为是林霂之被谁在圣诞节放了鸽子，才会情绪那么糟糕。

“不要再和那个放你鸽子的人玩了。”她还劝上了，“能在圣诞节放你鸽子，那人是有多过分啊！”

“是啊，真的很过分。”林霂之神情幽怨。

何淼淼拍着胸膛，说：“我就从来不放人鸽子，以后你要是想玩就提前约我，我换个时间相亲去。”

林霂之听到何淼淼居然还要去相亲，差点没咬碎一口白牙，硬生生把火气憋了下去，微笑着对何淼淼说了句好。

而只有林遥之才知道，她哥是真的要被气疯了。

面条吃完，电视里的访谈也刚好结束，林遥之主动去厨房洗了碗，趴到客厅的沙发上，对秦鹿伸出罪恶之手。

冬天到了，秦鹿换上冬装，哪里都好，就是豆腐没有夏天那么容易吃了。

好在这会屋内开着暖气，他穿得不算多，所以林遥之这儿蹭蹭，那儿摸摸，依旧十分幸福地享受着独属于自己的福利。

直到把秦鹿火气点起来，一把掐住她的腰，声音有些沙哑：“别动。”

林遥之感受到某种变化，眨巴着眼睛，凑上去亲了亲秦鹿的下巴：“我就动。”

秦鹿深吸一口气：“你……”

林遥之轻笑：“好久没看你的文身啦。”

秦鹿看着林遥之，眸色转深。

林遥之靠在他胸口，轻轻地笑：“快给我看看。”

一室旖旎。

宠物羊驼咪咪，对两个人类投去嫌弃的目光，随后高傲地仰着头颅，离开卧室，回了自己的房间。

这会虽然是下午，但外面因为下雪天色暗沉，待林遥之昏昏沉沉地醒过来，刚好午夜十二点。秦鹿睡在她身边，闭着双眸，呼吸匀称。他生得好看，线条形如刀刻，薄唇挺鼻，连黑色的睫毛也是长而卷翘，让林遥之有些手痒。

林遥之本来就不是个喜欢控制自己的人，于是便伸出手，轻轻点了点秦鹿的睫毛，看着他睫毛微颤的模样，心满意足地亲了亲他的鼻梁。

秦鹿迷蒙地睁开眼，看见他家姑娘笑得像个调皮的孩子，还未来得及思考，手便条件反射地伸了出去，将她搂入自己怀中："明天会不会怕？"

林遥之道："不怕。"

秦鹿道："想好了？"

林遥之说："想好了。"

明天他们就要去给林遥之的疤痕文身，图案林遥之早就找人设计好了，是一只可爱的小鹿。

看见小鹿图案的时候，秦鹿却有些沉默。

林遥之大约猜出了她家的斑比在想些什么，温声道："以后要是你不在，它可以替你保护我。"

秦鹿说："我不会不在，我一直都在。"

林遥之心下微动，又给了秦鹿一个吻，说："你不用担心，我什么都准备好了。"

秦鹿点头。

第二天，私人文身馆里，昨天一副信誓旦旦表情的林遥之，正在发出凄惨的猪叫声。

"怎么那么痛，秦鹿我要死了，我要死了！"林遥之躺在床上，叫得像只尖叫鸡。

文身师是个络腮胡大汉，一脸痛苦地看着林遥之，说："姑娘，你冷静一点，我还没下笔呢！”

林遥之：“你骗人！没下笔怎么会痛?！”

大汉差点哭了，说：“我这不是才给你酒精消毒吗？”

林遥之：“哦，这样啊。”

秦鹿哭笑不得，说：“咱们不文了好不好？”

林遥之说：“不，这点苦我都受不了，以后怎么给你生孩子？虽然生下来的孩子还得麻烦你自己奶。”

秦鹿心道：“你这种时候都不忘记皮一下吗？”

林遥之一脸慷慨就义的表情，说：“来吧，我准备好了。”

文身师面露狐疑，轻轻地戳了她一下，再次得到凄惨的猪叫声。

“轻点轻点啊大哥！”林遥之嘶吼。

“我还没下笔呢！”文身师咆哮。

林遥之：“真的吗？”

文身师：“你自己看！”

林遥之瞅了眼自己的手臂，“哦”了声：“那我为什么会疼？”

文身师：“我怎么知道啊！”

秦鹿头疼地揉了揉眼角，把刚才说的话重复了一遍：“咱们不文了好不好？”

林遥之说：“不！我可以的！”她深吸一口气，“来吧，我真的准备好了。”

文身师咬咬牙：“我真下笔了啊？你可把你女朋友按住了。”这姑娘要不是秦鹿介绍来的，他可能已经转身走了，他可忙着呢，哪有时间耗在这里。

秦鹿闻言苦笑，还是抓住林遥之的手臂，心里想的却是，真要挣扎起来，这床都得被弄塌，他又哪里按得住林遥之。

文身是不能打麻药的，否则会影响成型效果，疼痛程度大约等于表皮注射，一般人都可以忍受。当然，像林遥之这样的，单纯是因为紧张。秦鹿握着林遥之的手，一边和她说话一边示意文身师下针，好在一针下去，林遥之没什么反应，只是有些紧张地瞪着她圆溜溜的大眼睛，像只被吓到了的猫崽。

“疼吗？”秦鹿问。

“已经下针了？”林遥之有些怀疑。

“已经下了。”秦鹿说。

“你没骗我吧？”林遥之狐疑道，“我怎么觉得还没有涂酒精的时候疼啊？”

秦鹿笑得无奈：“那还不是因为你个小傻子太紧张了，不怕啊，我在呢。”

林遥之瞅着秦鹿的笑容，奇迹般觉得好像真的不疼了。

第五十七章

关于朋友的那些事

因为文身的图案有些复杂，林遥之这一天都耗在了床上。

文身里的鹿，是一只纤细的长角梅花鹿，身姿优雅，踏在一片繁花似锦的草地上。文身师利用伤疤，将小鹿的鹿角做出凸起的形状，更是显得活灵活现，再也看不出一点受伤的痕迹。

林遥之对文身师的水平十分满意，虽然文上之后有些火辣辣的疼，但还是开开心心地拍了照，发了朋友圈："把可爱的男友文在手臂上，他就再也跑不掉啦。"

朋友们见此情形纷纷留言祝福。

林霂之知道妹妹要去文身的事，他倒没有阻拦，女生都是爱美的，这么大个疤痕在手臂上，夏天穿衣服肯定不好看，现在用文身盖住，倒也是种办法，只是文上去的内容让他这个哥哥有点吃醋。

"不要吃醋，宝贝。"对文身很满意的林遥之安慰着自己情路不顺的哥哥，"看我帮你助攻！"

"你帮我助攻？对了，我还没问你到底怎么追到秦鹿的。"林霂之想起什么，一脸严肃，"遥遥啊，你虽然喜欢秦鹿，但也不能干违法的事啊。"

林遥之莫名其妙："违法的事？什么事啊？"

林霂之难以启齿："那次我无意中在你房间里……"

林遥之道："我房间怎么了？"

林霂之深吸一口气，说出了憋在自己心里好久的话："就是……秦鹿的照片。"

林遥之表情一片空白，完全不明白林霂之到底在说什么，什么房间、照片，还扯上犯罪了，她怎么都听不懂啊。

林霂之终于忍不住了，压低声音："就是你偷拍秦鹿的那些照片。"

两人四目相对，林遥之终于在林霂之担忧的神情里想起了照片是什么，惊恐道："等等，哥，你误会了，那照片不是我拍的！"

"不是你拍的？"林霂之狐疑，"那怎么在你房间里？"

林遥之只能把秦鹿遇到痴女，还被拍了不少照片的事解释给林霂之，林霂之听完后长长地吐出一口气，说你还好没有因为美色诱惑，而走上一条不归路。

林遥之哭笑不得，也不知道林霂之到底误会了多久。

"不过现在有个问题。"林遥之严肃道，"那个痴汉后来搬到我们小区了……"

林霂之愣住："啊？"

林遥之说："好像就住在我们这栋楼旁边。"她挠挠头，"不过最近倒是没怎么看见她，也不知道是好事还是坏事。"

林霂之打了个哆嗦，他是明星，自然知道这种喜欢窥探隐私的私生饭的恐怖之处，于是叮嘱林遥之千万小心，林遥之表示没什么大碍，毕竟真要打起来，十个石谷秋也不够她捶的。

不知道是不是因为说曹操曹操就到，没过几天，林遥之真的在小区门口遇到了石谷秋。只是石谷秋却没了前几次见面时的精神奕奕，穿着一身大衣，脸上戴着口罩和墨镜，把自己裹得严严实实。

林遥之被她的装束吓了一跳，第一反应就是她是不是又去跟踪谁了，于是跑上前去，拍拍她的肩膀，道："石谷秋，你怎么在这儿呢？"

石谷秋被吓得差点跳起来，抚着胸口，弱柳扶风道："吓死我了，别突然出现呀。"

林遥之啧啧称奇，心想原来她也有被吓到的一天，当时她蹲在秦鹿家窗户外面的样子可堪比最惊悚的恐怖片了，现在说起来秦鹿都是满心阴影。

"在这儿干吗？"因为石谷秋的前科，林遥之对她的异常行为十分警惕，"别是又看上了谁吧？"

"嘘，你小声点。"石谷秋急得直跺脚。

不得不说，在一个跟踪狂身上看到这么少女心的动作，林遥之觉得颇为惊奇，于是更加疑惑了："你到底怎么了？这么鬼鬼祟祟的？"

石谷秋蹙眉，神情忧愁地看着林遥之："哪是我怎么了，我这是被人怎么了。"

"嗯？"林遥之道，"怎么说？"

石谷秋沉默片刻，才幽幽道："前段时间，我在网上加了个成年人活动社团，结果社团里有个变态天天跟着我……"

林遥之一时间竟不知道该做出什么表情。

石谷秋说："唉，声音是挺好听的，怎么就那么扭曲呢？"

林遥之心想你好像没有资格说这话，石谷秋这张脸的确是个标准的美人，再配上让人怜惜的表情，十分惹人怜爱，要不是知道她也是跟踪狂，恐怕林遥之会对她生出几分怜爱之心。

然而早就看穿了石谷秋的林遥之此时心硬如铁，说："我建议你报警。"

"报警？不行啊，警察万一问起来……"石谷秋不好意思地说，"岂不是暴露了我参加的社团？"

林遥之道："你参加了什么社团？"

石谷秋说："STK研究会。"

她没记错的话，STK这个词在日语里是跟踪狂的意思吧？这年头还有这种社团吗？她现在是不是该拿起手机来报个警？

石谷秋见林遥之一脸震惊加惊恐，急忙解释："你别误会，我们只是研究，没有实质性的举动，研究的主要目的是帮我们摆脱这种行为……"

林遥之道："那你摆脱了吗？"

石谷秋诚恳地说："摆脱了。"

林遥之道："怎么摆脱的？"

石谷秋说："看见你一拳把俱乐部某个健身教练捶脱臼之后就摆脱了。"

林遥之心想："你求生欲还是挺强的嘛。"

石谷秋老实地说："但是我摆脱了，可还有些人摆脱不了。"她说着朝周围看了看，在看到马路对面时，脸色顿时铁青，冲林遥之摇摇手，连告别的话都没来得及说就走了。林遥之顺着她的目光看过去，看到一个戴着口罩和墨镜的男人站在马路对面，似乎正在往这边张望。

男生身形高大，头发是漂亮的栗色，虽然看不清楚面容，但林遥之和他四目相对片刻，硬是从他身上看出了一点熟悉的感觉。

还未等她想起来，男人便转身想要离开。

“等等！”电光石火之间，林遥之猛然醒悟，几步上前追上男人，一把抓住他的手，“你怎么在这儿?！”

男人压低声音：“你认错人了。”

林遥之说：“哎，我给我哥打电话了啊？”

男人面露无奈，他显然知道林遥之的力气和寻常姑娘不同，所以没有企图甩开她，而是叹了口气，说：“遥遥你怎么在这儿？”

这声音果然和林遥之想的某个人一样，她哭笑不得，道：“我家有套房子就在这个小区啊，你不知道？”

当明星的为了躲记者向来狡兔三窟，搬家已是常事，若非关系特别好的朋友，一般是不知道他们最近住在哪儿的。

男人说：“唉，早知道就不来了。”

林遥之说：“你跟踪人家小姑娘干吗？”

眼前这人正是和林霂之一个公司的演员，演过好几部特别卖座的电影，算是娱乐圈的当红炸子鸡。

只是不知为何此时却鬼鬼祟祟地出现在了她家小区门口，还和石谷秋扯上了关系。

男人无辜道：“我这不是为了下部戏找点灵感吗？况且她也不是什么无辜的小姑娘吧。”

的确不是，石谷秋的行为是很让人困扰的，林遥之因为她搬进自家小区，好长一段时间都不太乐意出门，就是害怕她的窥探。不过就算报警，也只是行政拘留几天，放出来又是一条“好汉”。

“你还参加了那个什么研究会？”林遥之问道。

“是啊，那研究会还挺有意思的。”男人解开口罩，又拿掉墨镜，露出一张年轻俊美的脸，“就她来说，虽然嘴上说着要改，但明显能看出她的内心还是对这件事充满了渴望，正好下部剧的题材和这个有点关系，于是我就好奇跟踪人就那么开心吗？”

林遥之道：“所以你快乐吗？”

男人说：“快乐个屁，我都要冷死了。”

林遥之哈哈大笑，说自己哥哥也在家里，邀请他去自家喝两杯暖暖身体，男人摇摇头拒绝了，表示自己今天的任务还没有完成，说着从兜里掏出一个小本本，上面还真有一排写得整整齐齐的任务栏。

“我就想找找感觉，能顺便帮她把坏习惯改改也挺好。”男人重新戴上口罩，“对了，我看你跟她好像说话了，你们两个认识？”

林遥之表情僵住，心想总不能说自己和自己男友就曾经是她骚扰的对象吧，于是干笑两声表示自己和石谷秋不熟，只是邻居罢了。

男人挑眉，从林遥之的表情里看出了些端倪：“该不会她是为了追你哥才到这个小区的吧？”

林遥之：“不会不会，她对我哥没什么兴趣。”

男人道：“哦，那就好。”

林遥之道：“那你去忙吧，以后再约。”

男人点点头，同林遥之告别，这才转身离开。林遥之看着他的背影，一时间感慨万千，当真是恶人自有恶人磨，石谷秋肯定不会想到自己有今天。

不过这样倒也不错，能帮石谷秋改掉她那个坏毛病，这么一想，林遥之心情顿时大好，哼着歌给秦鹿打了个电话，约他出来吃热乎乎的夜宵。

第五十八章

相守一生

第二年立春的那天，消失许久的陈野终于有了消息，消息是王文乐传来的，通过视频告诉几位在国内等候的好友，说陈野的病情得到了缓解，虽然不能痊愈，但至少不会直接恶化成一尊不能动弹的雕像。

秦鹿他们听到这个消息自然万分高兴，虽然视频里的陈野消瘦了许多，眸中也少了些光彩。

王啸因为林遥之受伤这事，被秦鹿折腾了整整一个冬天，最终冬天结束时，他没崩溃，他弟弟先崩溃了。

“不相了不相了，我哥这样子都快把人家小姐姐相出阴影来了。”王嘉怀里抱着狗，一顿狂撸后神情怨念地碎碎叨叨，抱怨自家哥哥不争气，“夏天还好，到了冬天一裹上棉袄，这人怎么就那么像头熊呢？”

王啸虽然长相挺有男人味的，奈何身高一米九，眼神也充满了杀气，手臂上还文满了花里胡哨的文身，坐在那儿不像是相亲的，倒像是追债的。最恐怖的是王啸还不配合相亲，人家姑娘问他职业，他脱口而出来了个放高利贷，吓得人家小姐姐花容失色，走时两股战战，就差报警了。被这么搞了好几次，王嘉气得简直想揍他哥一顿。

林遥之在旁边啃着嫩玉米，嚷嚷道：“没事，相亲这事也急不得，我那边还有好几个没男朋友的小姐妹呢。”她说着冲王啸就是一通挤眉弄眼，王啸怒目相对，却拿她丝毫没有办法。

为了给王啸添麻烦，林遥之呼朋唤友，硬是又找来好几个没结婚的小姑娘，和她们大肆宣传王啸的长相和性格，说他虽然看起来凶悍，但其实内心柔软，充满爱心，还是个看见蟑螂就会花容失色的柔弱男子。

她打电话说这些的时候王啸就在旁边，听得眉心直抽抽。

“秦鹿，你不管管你女朋友？”王啸咬着牙看向好友。

秦鹿瞅了他一眼：“管什么？”

王啸说：“我找女朋友还需要相亲？当年往我怀里扑的姑娘……”

话没说完，秦鹿拍了拍他的肩膀，说：“你老实和我说，当年往你怀里扑的姑娘，是想睡你还是想谈恋爱？”

王啸：“有区别吗？”

秦鹿：“当然有区别了，她们睡完难道会对你负责？况且你那时候天天就想着打拳，你真碰过？”

王啸无语。

秦鹿道：“算了，英雄不提当年勇，不说当年，现在还有姑娘往你怀里扑吗？”

他话音刚落，在王嘉怀里摇着尾巴的小泰迪，高高兴兴地冲过来，然后朝王啸的怀里一扑，气氛登时尴尬得要命。

“你看，现在只有狗。”秦鹿说。

王啸要被这两个人气死了。

无论王啸如何表态，反正他的便宜弟弟觉得秦鹿说得特别有道理，还拿出王啸的妈妈压场子，说你要是不同意，我就找咱妈说道说道，看看她来给你介绍，会介绍什么类型的姑娘。

王啸瞬间放弃挣扎，表示相亲也不是不能接受，答应的速度之快令几人一时疑惑王啸的妈妈到底给他介绍过怎样的女生。

而此时王啸最后悔的事，就是当时没有跟着林遥之进去，帮她挡下那一枪，不然也不会凄惨地相亲相了快半年还不得解脱。

一切的事情都在朝好的方向发展，除了林遥之的哥哥林霂之。

经过半年的折腾，直到开春，林霂之才终于发现何森森的真实身份——一个尽心尽力的亲妈粉。

林霂之当时就三观破碎，和他的经纪人请了足足三天假期，在家里调整心态。

“世界上怎么会有亲妈粉这种生物啊？”在感情方面向来都占有主动权的林霂之这会抓狂得像个青春期刚谈恋爱的小朋友，“她就没有那么一点点想要得到我吗？”

林遥之坐在沙发上看电视，瞅着自己老哥疯疯癫癫的模样，知道他是被刺激得狠了，说：“或许……有那么一点呢？”

“那给她打电话，立刻，马上！”林霂之吼道，“我就不信了，我到底哪里像个儿子了？”

林遥之无奈，只能拿出手机给何淼淼打了个电话过去。何淼淼那边很快接起来，声音甜美地“喂”了声：“遥遥，怎么啦？”

“淼淼姐，我有个问题想问你。”被林霂之虎视眈眈地盯着，林遥之道，“你……有没有过一丁点和我哥在一起的想法啊？”

何淼淼那头沉默三秒，最后十分严肃地道：“这怎么行？这可是乱伦啊。”

林遥之在林霂之发疯之前赶紧挂了电话，随后看见他哥在沙发上瘫成了一张饼，两眼无神，喃喃自语：“怎么会这样呢？到底是哪里出了差错？”

林遥之怜悯地摸了他的脑袋一把，说：“哥，不行咱就算了吧，当个儿子不也挺好？”她说着说着，自己先笑得上气不接下气。

林霂之在和何淼淼相处时，十分别扭，偶尔还会耍脾气，而何淼淼一点没有女生的矜持，什么事都宠着他惯着他。林霂之一度以为，何淼淼是因为喜欢他才会这样，现如今回首往事，他终于清楚地意识到何淼淼为何会如此娇惯自己，因为那是无私的母爱啊。一个母亲看见自己儿子耍脾气，哪里会觉得有什么不对，只会对儿子投来慈爱的目光，他就是那个蠢儿子，何淼淼就是那个溺爱儿子的母亲。

林霂之差点疯了。

林遥之安慰了好一会儿也不起作用，就见林霂之神经兮兮地抓住钥匙飞奔出去，看样子是想找何淼淼说清楚这事。

最后林霂之说清楚没有，林遥之也不知道，反正他当天晚上回来的时候像只战败了的公鸡，垂头丧气。

“她答应做我女朋友了。”林霂之蔫巴巴地说。

林遥之道：“这不是好事吗？”

林霂之叹气道：“可是我不清楚，她是因为喜欢我才答应，还是因为把我当……”他还是说不出来那个词。

林遥之很不义气地哈哈大笑起来，当真是一物降一物，能把骄傲的林霂之弄得这般挫败，也就只有何淼淼能做到。

人都说日子好了，时间便会流逝得飞快，林遥之也深感如此。

从夏到冬，再到烂漫的春，不知不觉间，便是四季轮回。

转瞬之间，又到了林遥之和秦鹿相识的夏天。

秦鹿依旧在俱乐部上班，还是有许多冲着他长相来报名的姑娘。不过林遥之倒不是很吃醋，因为她家比比很懂得避嫌。

这日秦鹿休息，两人在他的屋子里吹着空调吃冷饮，他突然问林遥之想不想见一见他的父母。

林遥之很少听秦鹿提起他的父母，听他突然发问一时有些愣住。

“可以吗？”林遥之有些紧张。

“当然可以。”秦鹿说，“因为我家的教育政策，我们的关系比较特别。”秦鹿解释说，他爸妈的观念都比较开放，从小就把孩子当作一个独立的个体，尊重秦鹿的想法，也尊重秦鹿的生活，他们两人很少插手干预。所以虽然不太回家，但其实他们的关系是很好的。

林遥之道：“那……那我需要带什么东西吗？”她还是第一次见男友的家长，顿时有种要马上参加高考的感觉，结结巴巴道，“我要不要去做个造型？穿哪套衣服去呢……”

秦鹿瞅着她，满脸笑意，温声道：“你只要带一样东西就行了。”

林遥之说：“什么？”

秦鹿缓缓抬手，手心里，不知什么时候放了一枚漂亮的钻戒，看见戒指的时候，林遥之脑袋一片空白，颤声道：“你……你是……”

“林遥之，你愿意接下来的人生，都和我一起过吗？”秦鹿温声道。

林遥之道：“我……我……我愿意！”惊喜来得如此突如其来，让林遥之这般措手不及，她不知道该如何表达自己的喜悦，捂住嘴的手被秦鹿拉住，轻轻地将戒指穿进她的无名指。

戒指很漂亮，尺寸和林遥之的手指完全贴合，看得出是秦鹿特意定制的，林遥之死死地握住戒指，转身扑进秦鹿的怀里，大声宣布小鹿永远属于自己，秦鹿由着她闹，笑得分外宠溺。

被突然求婚的林遥之激动不已，恨不得向全世界宣布这个喜讯，拍照发了朋友圈的同时，还揪住无辜的咪咪，大声地炫耀自己的戒指。

“哈哈哈哈，你看，我马上就要结婚了，咪咪你什么时候才能找到母羊驼呀？”林遥之得意地挺着胸膛。

咪咪抬起眼皮，嫌弃地看了林遥之一眼，嘴巴一张，第一次朝林遥之吐了口水。

林遥之呆住：“你不是不喷女生吗？”

咪咪：“嗯嗯。”

秦鹿在旁边忍笑：“它说结了婚的不算。”

罢了，她还是找别人炫耀吧。

其实秦鹿的求婚，于他而言不过是水到渠成之事，不知道从哪一刻开始，他便认定眼前这个笑容灿烂的姑娘，是他愿相守一生之人。

此种想法既成，便固若顽石，无法更改。

好在林遥之在面对他结伴一生的邀约时，未表露出丝毫犹豫。

此时月色正好，风也清凉，他只想搂她入怀，对她说出那一句：“我很爱你。”

路途遥遥，唯鹿相伴。

他们终成彼此生命中，最为特别的存在。

番外一

王啸

王啸的宠物店开张。

准确地说，不是他的宠物店，而是他弟弟的。

自从不能打拳之后，王啸的生活就变得异常枯燥乏味，按照陈野的话，他生来就是为了打拳，这是上天赐予他的礼物。

可现在，曾经说出这话的那个人却将这份礼物收了回去。

王啸喜欢没有规则的拳台，在这个拳台上，他不用顾忌对手的死活，每一拳都能用上自己的全力。

王啸和秦鹿打的，是全然不同的拳。可就算如此，王啸还是败了，当从擂台上落下的时候，他甚至脑袋一片空白，不明白自己为何就此落败。台上的秦鹿粗重地喘息着，脸上全是鲜血，黑眸中没了往日的平静，宛如黄昏时的修罗，只余下杀戮这唯一的本能。

王啸咧开嘴笑了，他发现自己竟错过了一个这样好的对手。

曾经的王啸天真地以为那场和秦鹿的比赛是故事的开始，然而现实很快给了他狠狠的一巴掌，残酷地宣布所有故事的终结。

一切都结束了，不光是他，还有秦鹿。

被人投诉打黑拳的秦鹿，惨遭运动队除名，他本该站在更高更远的舞台上，却为了自己好友的性命，断送了一切前程。

而王啸，也被另一个朋友陈野踢出拳馆，彻底封杀。

“陈野，你到底想做什么？”王啸愤怒地找到陈野，揪着他的领子质问，那时候的陈野还身体健康，所以轻而易举地扯开了他的手，陈野说：“王啸，你不能再打黑拳了。”

“那我能做什么？”王啸嘶吼着，“你明明说过，我就是为此而生的，可是现在，你要毁掉我的一切？”

陈野看着王啸，眼眸平静无波，好像在听着什么无关紧要的事，就在王啸快要爆发的那一刻，他吐出一声叹息：“王啸，我错了。”

王啸愣住。

“我以为我护得住你，但是我发现我错了。”陈野说，“在拳台上，全力以赴的你是灼热的太阳，云层再厚也有散去的一天，到时太阳便会裸露在所有人的目光下。”

他有些疲惫地半垂眼眸，声音低沉：“这一次是秦鹿灼伤自己护了你，那下一次呢？下一次你还打算让秦鹿出面吗？”

王啸失去了言语，他发现自己并没有办法反驳陈野的话。如果说这件事里最无辜的人，那便是秦鹿，对于他，无论是陈野或者王啸，都深感亏欠。

两人四目相对，沉默许久，最后王啸终于忍受不了，转身离开。

陈野嘴唇翕动，欲言又止，然而直到王啸的背影消失在他的眼前，他都没能说出卡在喉咙里的话。

那一次，是陈野和王啸最后一次见面。

秦鹿并不怪陈野，然而陈野始终无法释怀他站上拳台导致职业生涯终结的这件事，也不再和秦鹿联系。

三个少年时形影不离的好友，就这么渐行渐远，不复当年时光。

没了拳打的王啸被家里人揪到宠物店帮忙，他们都不知道王啸的真实职业，还以为他在哪里当保安。

不过王啸的弟弟王嘉知道，他甚至去看过自己哥哥的比赛，这让他一度对这个哥哥充满了艳羡和敬佩，在知道自己哥哥失业后，便把他叫到自己的宠物店帮忙。

王啸来宠物店的第一天简直是灾难片，大约是他身上的杀气太重，所有宠物见了他都是一通鬼哭狼嚎。最惨的是一只胆子特别小的吉娃娃，看见他的那一刻，直接尿在了地上。

王嘉见状惨叫，说："哥，你能不能别虎着脸啊？这些动物胆子都贼小，你别把它们吓出个三长两短来，到时候人家主人来了我怎么交代？"

王啸面无表情："我哪有虎着脸？"

王嘉道："那你笑一个呗。"

王啸扯了扯嘴角，露出一个笑容。

不笑还好，他刚露出笑容就有个牵着小狗打疫苗的姑娘推门而入，看见他之后，直接发出一声惊恐的尖叫，转身就跑，连自己的狗都忘了带上。

两人看着被抛弃在地上瑟瑟发抖的小狗沉默良久，最后王嘉从牙缝里挤出来一句："行吧，那你还是继续面无表情得了。"

其实认真说起来，王啸的长相真的不差，个子又高，充满男人味，肯定有不少女生喜欢。但不知道是不是因为他长期浸淫拳场，浑身上下都散发着一股不好惹的杀气，不说人家姑娘怕了，就是男人也怵。

好在王嘉对自己这个哥哥十分了解，知道他也就是看着凶，除非是人家欺负到头上，否则很少动手。当然，一般情况下估计没什么人敢欺负王啸。

王啸的宠物店生涯，就这么狼狈地开始了。

吓得把自家狗都丢掉的姑娘最后还是鼓足勇气回到了宠物店，看见长相可爱的王嘉后，松了好大一口气，悄悄地问："刚才那位是来找茬的吗？"还问他需不需要帮助，她可以帮他报警。

王嘉哭笑不得，解释道："那是我哥，来店里帮忙的，你别看他长得凶，其实铁汉柔情，连蟑螂都怕呢。"为了让姑娘相信，王嘉硬是给王啸增加了一点人设，比如害怕蟑螂、不喜欢吃西蓝花之类的谣言。

姑娘听后似乎感觉好了很多，只不过就在她快要对王啸改观的时候，本来在二楼待着的他突然出现在了楼梯拐角处，手里拎着一只八十多斤的阿拉斯加犬，那只阿拉斯加在王啸手里跟只可爱的小兔子似的，浑身抖如筛糠，一副随时要晕过去的表情。

王嘉惊恐道："哥，你拎它干吗？"

王啸说："它老是叫。我拎起来它就不叫了，是不是这样它比较有安全感？"

王嘉差点被王啸吓死，瞪圆眼珠，让王啸把人家大狗放下来，放下来后，大狗也不叫了，蔫巴巴地趴在地上，显然是被吓得太狠。王嘉说："这哪儿是没安全感，这都快被你吓破胆子了。"

等王嘉处理好大狗，再回过头时，刚才还在店里的姑娘已经不见了踪影，显然刚才王嘉所有的心理工作都白做了。

果然从此之后，王嘉的宠物店里，再也没有见过她的身影。

不过好在动物比人类适应得要快很多，虽然王啸来的第一天，店里的动物被吓得瑟瑟发抖，但当它们意识到王啸并不像外表那么凶残后，很快就和王啸打成了一片。

王嘉出去办点事，回来就看见他家店里最皮的那只柯基坐在王啸怀里，哼哼唧唧地让王啸给它挠肚皮。

王啸面无表情，手缓缓地挠着狗的肚皮，这画面看着衬出一点反差萌来，十分可爱。

秦鹿知道王啸在宠物店上班后，也很不可思议，到店里来转了几圈，认识了王啸的弟弟王嘉。

"他不会把宠物吓到吧？"秦鹿问。

"第一次来的时候吓尿了好几只。"王嘉道，"现在好多了。"

秦鹿道："那你家生意有没有受到影响？"

王嘉道："老顾客还是继续来，就是新顾客经常会被吓走。"

秦鹿哈哈大笑。

"在这里也挺好的。"秦鹿睁着眼睛说瞎话，"挺适合你。"

王啸信了才有鬼。

但无论合不合适，生活还是要继续。王啸渐渐习惯了在宠物店上班的节奏，不用担心死亡和伤痛的威胁，宠物都是贴心的小可爱，偶尔有一两只不听话的，被王啸一瞪，也会乖乖服法。自从王啸来了店里，原本给宠物洗澡这种最为麻烦

的事变成了小菜一碟，再也不用王嘉声嘶力竭地跟在后面吼了。

后来某一天，王嘉突发奇想，买了几只羊驼回来玩，买回来后发现这群羊驼里似乎有一只十分与众不同，不但有洁癖，性格还十分龟毛，最重要的是它好像能听懂人话，搞得王嘉都快觉得这只羊驼成精了。

养了一段时间，王嘉发现再这么下去不行，这只羊驼居然很讨厌和同类一起玩耍，不但精神消沉，食欲下降，看起来好像得了抑郁症似的。

无奈之下，王嘉只能想着替羊驼找个合适的主人，便把目光放到王啸的好友秦鹿身上。

秦鹿家里是别墅，条件足够好，而且最近也有想养一只宠物的想法，虽然秦鹿的第一目标是可爱的猫咪。

不过这难不倒王嘉，他凑到秦鹿面前，说："秦哥，你是我哥的好朋友，帮了我那么多的忙，我决定送你一只宠物！"

秦鹿说："那多不好意思。"

王嘉道："没有什么不好意思的，那宠物叫咪咪，我明天就让人给你送到家里去，你注意收就行。"

咪咪？那定然是只可爱的猫咪了，天真的秦鹿并未多想什么，就这么落入了王嘉的阴谋里。

第二天，他被快递从床上叫醒，头发凌乱地开了门，看见快递小哥脸上灿烂的笑容，小哥说："先生，您的宠物咪咪来了。"

秦鹿转头，看见一个巨大的笼子，和在笼子里一脸嫌弃的咪咪。

直到这一刻，他才意识到，原来羊驼也能取名为咪咪。

番外二
林霂之

林霂之曾经是个觉得谈恋爱是麻烦事的男人。

他现在事业如日中天，电影一部接着一部，平日里去片场，跑宣传，根本安排不过来，哪有那么多的时间谈恋爱。

所以在很长一段时间里，林霂之都对男女之情抱以不屑的态度。因为他身份特殊，周遭环肥燕瘦的姑娘数不胜数，其中也有不少对他有点意思的。然而林霂之都无情地拒绝了，他觉得自己年纪还小，不想谈恋爱。

直到，林霂之遇到何淼淼。

初见时，何淼淼便没有隐藏她粉丝的身份，看他的眼睛里满是星星。

“千炎，我特别喜欢你，你演的每一部电影我都收藏了，二版、三版我都有！”何淼淼激动地看着自己最喜欢的偶像，“我真的太喜欢你啦！”

林霂之虽然已经习惯粉丝们的追捧，但被这么真诚地夸奖，心里还是浮起一丝窃喜，微笑着说了声谢谢。

之后，何淼淼和他的关系拉近，还是因为她出色的厨艺。虽然生得一副漂亮的相貌，但何淼淼身上却没有一点娇生惯养的味道，无论是中餐、西餐，还是甜品、糕点，样样都是信手拈来，做出的食物，从卖相到味道，都无可挑剔。

曾经，林霂之的梦想就是当一名伟大的厨师，但是家里人清楚地意识到，如果让林霂之真的走上厨师这个行业，可能会有不少人受伤乃至送命，所以果断帮他断掉了这一条路。

结果鬼使神差，林霂之被星探发现，拍了第一部电影，他就这么一炮而红了。

在那部电影里，林霂之扮演的是一个智商有些障碍的青年，用他妹妹林遥之的话来说，就是林霂之演出了这部戏的精髓。

“哥，我觉得你完全和角色融为一体，彻底激发了评审和观众的母爱。”林遥之如此说道，“看完电影，我都想当你妈了。”

林霂之没和自己的妹妹计较，因为他知道她本来就是不靠谱的人，所以没怎么把她的话放在心上，可谁知后来……

经常来他家做饭的何淼淼开始跟着他一起打游戏。在游戏里，何淼淼玩了个类似牧师的职业，什么事也不做，就跟在林霂之身后加血。林霂之玩游戏玩得特别糙，所以号上的装备几乎全是何淼淼费心思弄的，他也是和何淼淼一起玩游戏后，才发现这游戏原来还能这么玩，比之前的单机可有趣多了。

和何淼淼相处越久，林霂之对何淼淼的性格就越欣赏。不忸怩，不做作，说话做事从来都是大大方方，虽然是他的粉丝，但也并不是事事都会依着他，若是有人冒犯到他，何淼淼绝对是第一个出来维护自己的。

只是这样的完美，却让林霂之觉得好像哪里差了点什么，他一直没有想明白，直到许久之后，他发现了何淼淼的真实身份—— 一个尽心尽力的亲妈粉。

娱乐圈的粉丝种类繁多，什么路人粉、女友粉数不胜数。亲妈粉这种类型的粉丝，通常都会出现在一些面相比较水灵的年轻明星身上，比如粉上一个十三四岁的小男孩，于是事事为他担心，仿若亲妈。

林霂之对此并不感到奇怪。

可是他是一个快到三十岁的成年男性，既不矮小，也不瘦弱，甚至长相和可爱也沾不上边，那么问题就出现了，为什么何淼淼会是他的亲妈粉呢?

关于这个问题，林霂之想了好久都没有想出一个答案。

身为亲妈粉的何淼淼，从来不会吃他的醋，无论是在游戏里，还是在现实里。

游戏里如果有姑娘想要勾搭他，何淼淼只会认真审视姑娘一番，确定她没有恶意，才会交由林霂之联系。至于林霂之是想和姑娘聊聊天，还是谈谈爱，何淼淼都表现得很无所谓。

现实中更是如此，林霂之曾经和某个女星闹了绯闻，他以为何淼淼会误会什么，便委婉地同她解释了一番。何森森当时在厨房里做晚饭，嘴里应着，最后林霂之问了句："你不会放在心上吧？"

何森森茫然抬头："放在心上，你刚才说什么了？"

林霂之当时还以为她是在吃醋装傻，现在想来，傻的那个明明就是自己。

两人相处的时间越久，林霂之就越觉得不满足，他想要何森森吃他的醋，想要何森森对他表现出占有欲，这才是恋人之间本该有的正常状态，但问题是何森森迟钝得不得了，对于靠近他的所有异性几乎都是无动于衷。

"如果我和××谈恋爱，你会生气吗？"某天，林霂之终于忍不住问了这么一句。

"××？"何森森终于给了他反应，"为什么是她啊？"

林霂之道："为什么不能是她？"××是个女星的名字，此时正当红，是他下部戏搭戏的女配角之一。

"可是她不是总和男星闹绯闻吗？"何森森碎碎念着，"我觉得她不是特别适合你。"

林霂之听见这话，终于高兴了，弯起眼角，温声问道："那你觉得谁更适合我？"

何森森羞涩地看着他，就在林霂之以为她会害羞地表示她自己是最合适他的时候，何森森开口了。

她说："我觉得×××就不错啊。"

林霂之沉默。

何森森道："或者××××也不错？"

林霂之继续沉默。

何森森大约从他的眼神里读出了某些危险的情绪，她咽了口口水，语气变得有些小心翼翼，说："那……那不然，只要你喜欢，随便哪个我都支持？"

林霂之转身就走，没有回头，留下何森森一脸茫然地看着他的背影，不明白自己到底是哪里惹到林霂之了，难道林霂之的真爱就是××？唉，儿大不中留啊……

那天回家后，林霂之因为这事生了何淼淼好久的气，连着几天都没有联系她。

何淼淼十分无辜，从头到尾都没搞懂林霂之怎么了，但还是耐着性子去哄了突然发脾气的林霂之，做了好些好吃的，才把林霂之哄得又乐意说话了。

这件事发生后，林霂之觉得不能再这么继续下去了，何淼淼的喜欢也太含蓄，太卑微了，他必须引导她勇敢地表白。

幸亏他妹妹不知道他心里想的什么，如果知道，定然会大声嘲笑他——含蓄？卑微？不不不，那可是世上最伟大的母爱，怎么可能含蓄卑微呢?!

还没有抓到重点的林霂之就这样迎来了他准备许久的圣诞节。虽然这是个外国的节日，但国内的节日气氛也很浓，不少情侣都会选择在这一天浪漫地表明心意。

林霂之也是这么想的。

在圣诞节前，他反复暗示何淼淼这是个谈感情的好日子，还说因为节日气氛的烘托，感情比较容易得到回应。

何淼淼听得很认真，就差掏出小本本来记上了，林霂之对她认真的态度很满意，觉得她总算是明白了自己的暗示。

林霂之好歹是个大红的明星，内心深处自然有些小别扭，虽然对何淼淼觊觎已久，但还是希望由何淼淼来打破这层窗户纸。不过他内心对于这件事其实也期待许久，于是在圣诞节的那一天，他选了自己最喜欢的一套西服，喷了香水，甚至还化了个淡妆，激动得像是要出嫁的新娘子。

林霂之晚上六点就到了酒店，手机一个劲地在响，可没有一个是何淼淼的电话。他盯着屏幕，几乎快要到望眼欲穿的地步，最后他终于忍不住了，掏出手机打给何淼淼。

何淼淼接起来，喂了声，甜甜地和他说了句圣诞快乐。

“你在哪儿呢？”林霂之问。

何淼淼说:“在吃饭呢，你吃了吗？今天忙不忙？”

林霂之沉默片刻，哑着嗓子道:“你在吃饭？一个人？”

何淼淼压低声音，说:“没，你不是说今天是谈感情的好日子吗？我妈前几天让我去相亲，就约在今天了。”

林霂之眼前一黑，他以为自己出现了幻觉，捏着手机的手都在颤抖：“你……在和别人相亲？”

何淼淼说：“对啊，你今天拍戏没有？有没有好好吃饭？”她还是和往常那般体贴，“要是没吃的话，我就给你带点回去。”

“你……你要气死我啊！”林霂之嘶吼一声，直接摔了电话，把打得整整齐齐的领带扯了个稀巴烂，他今天还特意订了餐厅，就等着何淼淼约他，可现在呢，这小妮子居然背着他相亲去了，真是……

林霂之觉得自己都要气晕过去了。

何淼淼也从林霂之的语气里听出了他的愤怒，还以为是出了什么事，急忙推掉相亲，赶回了林霂之那儿。

到了林霂之家，她看到面色阴郁坐在沙发上一言不发的林霂之，此时的他好像和平日不太一样，不见一丝温和，只有沉沉的郁色，他抬起头来看着她，对她招了招手：“过来。”

何淼淼突然有些害怕，她咬着下唇缓缓走到林霂之面前，没等他将话说出口，便从自己的兜里掏出一袋糖果，然后取出一颗迅速塞进他的嘴里，小声道：“怎么了吗？这么生气？快吃个糖甜一下，甜一下就没什么啦。”

林霂之瞧着她小心翼翼的样子，登时泄了气，捂着脸长叹一声，居然有些不知道该拿何淼淼怎么办才好。

林霂之本该是要生气的，可是看着何淼淼无辜的表情，尝着嘴里甜美的糖果，那股火气却硬生生化作了绕指柔，憋在胸口里，怎么都发不出来。

“今天怎么没出去过圣诞节呢？”何淼淼倒是察觉林霂之心情极差，坐在旁边乖巧得像个上课的小学生，试探性问道。

林霂之闷闷不乐：“被人放鸽子了。”

何淼淼一愣，心想有谁这么不上道居然放林霂之的鸽子，看把人家孩子气的，都快哭了，于是连声安慰，说：“不气不气，那人放你鸽子是那人没眼光，咱们不和她玩了。”

何淼淼不劝还好，她越劝林霂之越觉得不是味，何淼淼哄他简直跟哄小孩子似的。

“你怎么不问是谁放了我鸽子？”林霂之道。

“这……这不是你的隐私吗？”何淼淼在这方面表现出了一种让林霂之无法理解的善解人意，她道，“况且你又是明星，有些事情不想让人知道都是很正常的事，咱们只要不犯法，和谁谈恋爱不都行吗？”

林霂之道：“你就没什么想法？”

何淼淼挠挠头，似乎有些跟不上林霂之的思路：“想法？什么想法？”

林霂之气结，半晌都没说出话来。

“不过在这么重要的日子里还放你鸽子，看来那人的确没有把你当朋友。”何淼淼见林霂之气得脸色发青，劝慰道，“咱们以后不和她玩了，以后这种过节的时候，你要是没人陪就约我……”

最后这句话，总算是让林霂之心中微动，隐约松了口气，谁知他这口气还没完全松下去，何淼淼便无情地给他补了一刀：“我换个时间相亲也一样的。”

林霂之胸口一阵闷痛，硬是生出了受内伤的错觉，何淼淼茫然不知，还在安慰，只是完全安慰不到点上。

于是那天林遥之回来的时候，就看见她哥瘫在沙发上，满脸生无可恋。

“你怎么了？”林遥之问自己可怜的哥哥。

林霂之没精打采地把今天晚上发生的事给林遥之说了一遍，林遥之开始还能憋住，后来实在是忍不下去，拍着沙发哈哈大笑，笑得眼泪都要出来了：“哈哈哈哈哈，你也有今天？”

林霂之道：“她就没有一丁点喜欢我？”

知晓一切的林遥之很是怜悯地表示：“喜欢可能还是挺喜欢的。”不过这喜欢好像出了点小差错，和林霂之想要的喜欢类型不太一样。

林霂之道：“真的？”

林遥之说：“真的。”

林霂之信了他妹妹的鬼话，喃喃自语：“那她是不是因为害羞才不行动，我

是不是该主动一点？”

“是是是。”林遥之说，“你早该主动一点了。”

林霂之握拳，表示自己不能再这么蹉跎岁月，他要努力，要奋起，要给何森森一个光明的未来。

林遥之心想你努力之前还是先搞懂人家森森心里在想什么吧。

有了目标的林霂之，在接下来的半年里都十分努力，再也不似之前那般委婉骄傲，总而言之，就是尽量表现出自己对何森森的喜欢，何森森也对他越来越温柔，好似一切都即将水到渠成。

直到第二年的春天，快到情人节了，林霂之打算在情人节当日同何森森表明心意，期望两人可以捅破那一层窗户纸。为了做准备，他提前约了何森森去看某个明星的演唱会，在演唱会上委婉地询问何森森想过个什么样的情人节。

“我又没男朋友，过什么情人节啊？”何森森摇着荧光棒，没太注意林霂之在说什么，随口应答。

“那你觉得我是你的什么？”林霂之没忍住，问了句。

何森森茫然地转头看了一眼，说：“喜欢的偶像啊。”

林霂之道：“你……就对我没点别的想法？”

这话一出，按理说何森森应该会有点反应，果不其然，何森森露出害羞的表情，连带着声音也小了许多，她说：“你知道了？”

林霂之心中窃喜，但脸上还是不动声色，淡淡地“嗯”了一声。

何森森道：“可是，我只是亲妈粉，没有真想当你妈妈的意思，你别误会啊。”

林霂之以为自己听错了，表情都出现了片刻呆滞，他说：“你说什么？”

“我说我只是亲妈粉，没有真要当你妈妈的意思。”何森森挺不好意思的，“真的很抱歉给你带来困扰。”

亲妈粉，这三个字在林霂之的脑中不住回荡，他看着何森森，只觉得自己的意识在渐渐远去。

那天，林霂之不知道自己是怎么回去的。

最惨的是，到家后的林霂之把这事告诉了林遥之，得到的却是一顿无情的

嘲笑，林遥之笑得上气不接下气，还打了个电话给何淼淼。电话里，何淼淼无情地断绝了林霂之想要和她在一起的想法。

“这怎么行？这可是乱伦啊。”何淼淼如此说道。

被刺激惨了的林霂之脑袋一片空白，抓着钥匙就冲了出去，好在何淼淼的家离他家并不远，所以十分钟后，他站在何淼淼家门口，咚咚咚地敲响了门。

开门的何淼淼一脸诧异，更加让她诧异的，是林霂之接下来说的话。

他说：“何淼淼，做我女朋友好不好？”

何淼淼：“啊？”她以为自己听错了。

林霂之大声重复了一遍：“何淼淼，做我女朋友好不好？”

接下来就是一段让林霂之极为不安的沉默，就在他以为何淼淼会拒绝的时候，这个满脸茫然的姑娘，缓缓地点了点头，说：“好呀。”

林霂之高兴得差点跳起来。

成功告白的他高高兴兴地回了家，只是回家路上他却越咂摸越觉得哪里不太对，何淼淼答应他，该不会其实并不喜欢他，而是出于一个亲妈粉的宠溺？林霂之越想越觉得有可能。

林霂之曾经以为他对何淼淼的告白是他们故事的幸福结局，但之后的故事却告诉他，这不过是个开始而已。

他们还得经历许多事，才能真正地在一起。

而何淼淼，也终于摆脱亲妈粉的身份，成为一个会吃醋的女友粉。

这可真不是件容易的事，抱得美人归的林霂之在心中心情复杂地感叹。